VOLTAR PARA MIM

TÍTULO ORIGINAL *Volver a mí*
© 2019 Laura G. Miranda
Publicado originalmente em espanhol em 2019
por V&R Editoras. Todos os direitos reservados.
© 2021 VR Editora S.A.

DIREÇÃO EDITORIAL Marco Garcia
EDIÇÃO Thaíse Costa Macêdo
PREPARAÇÃO Luciene Lima
REVISÃO Natália Chagas Máximo
DIAGRAMAÇÃO Pamella Destefi
CAPA Carlos Bongiovanni
PROJETO GRÁFICO Olifant – Valeria Miguel Villar
ADAPTAÇÃO DE PROJETO GRÁFICO Pamella Destefi

Dados Internacionais de Catalogação na Publicação (CIP)
(Câmara Brasileira do Livro, SP, Brasil)

Miranda, Laura G.
Voltar para mim / Laura G. Miranda; tradução Ellen Maria
Vasconcellos. – 1. ed. – Cotia, SP: VR Editora, 2021.

Título original: Volver a mí
ISBN 978-65-86070-40-8

1. Amor – Ficção 2. Ficção argentina 3. Relacionamentos
I. Título.

21-54667   CDD-Ar863

Índices para catálogo sistemático:
1. Ficção: Literatura argentina Ar863
Maria Alice Ferreira – Bibliotecária – CRB-8/7964

Todos os direitos desta edição reservados à
VR EDITORA S.A.
Via das Magnólias, 327 – Sala 01 | Jardim Colibri
CEP 06713-270 | Cotia | SP
Tel.| Fax: (+55 11) 4702-9148
vreditoras.com.br | editoras@vreditoras.com.br

LAURA G. MIRANDA

TRADUÇÃO
Ellen Maria Vasconcellos

Voltar para mim

Para minhas amigas:

Maria Eugenia Napolitano,
uma heroína deste tempo,
maravilhosa, por fora e por dentro,
e nada mudará isso jamais.

Stella Maris Carballo,
por dignificar a profissão de tabeliã
com sua humanidade. Um orgulho para mim.

Para meus filhos, Miranda e Lorenzo, sempre.

Prólogo

Às vezes, é preciso partir. Tomar decisões dolorosas e difíceis. Reunir em um mesmo ato de valentia forças que não se têm e verdades que não se afrontam. Afastar-se. Abrir mão das certezas e mergulhar na intensidade do que não se conhece, mas que se faz necessário conhecer.

Há momentos na vida nos quais fazer as malas é a única opção. Quase sempre há muito pouco o que se colocar dentro delas, porque já estão carregadas de um vazio que se expande. Porém, os pequenos momentos encontram seu espaço na bagagem e são guardados como verdadeiros tesouros junto a uma roupa que traz recordações. Roupa e medo. Também cabe uma foto que evoca o passado do qual se quer escapar, enquanto nos olhos brilha a nostalgia do que já foi.

Não é viajar pelo mundo. É se perder nele e sair para buscar a si mesma desesperadamente.

Um dia qualquer, ao nos determos por um momento, nos surpreendemos por fazermos parte de um cenário diferente. Os filhos já saíram de casa e o tempo compartilhado com o amor da sua vida se transformou em uma rotina corrosiva. Pior que isso, os momentos de solidão, que ao menos tinham um sabor amargo, tornaram-se insípidos. O que falta quando aparentemente se tem tudo? É possível ter perdido, nas idas e vindas do tempo, a capacidade de reconhecer os momentos valiosos e a possibilidade de desfrutar as coisas mais simples?

Então, a busca e a determinação de se reencontrar se impõem. Achar a mulher que habita esse corpo, mas que já não está ali, a seu próprio alcance.

O caminho para todas as respostas é assustador. Porque a distância nubla, afasta e nos coloca diante de uma viagem interior que costuma não ser tão bonita quanto as sonhadas paisagens dos lugares que visitamos. O desafio é entender que a vida passa, e o tempo não pede permissão para passar também. Por isso, ser feliz é uma missão inevitável para não se esquecer de si mesma, imersa na repetida decisão de dar prioridade a tudo e a todos.

Às vezes, é preciso partir. Saber ler a bússola da alma e se animar em conhecer o destino que espera em algum lugar pela mulher que realmente somos. Mas é preciso perguntar-se: para onde vamos? E como vamos?

CAPÍTULO 1

Decisão

*O casamento deve combater sem trégua
um monstro que o devora: o hábito.*
Honoré de Balzac

Voltar a deixar algo para trás. Gina Rivera arrumava sua mala depois de dias a refletir sobre essa viagem. A decisão que tomou não era precipitada. Na verdade, levou anos processando uma realidade que não queria enfrentar. A família, as necessidades do marido, as estruturas sociais arraigadas na pele sempre a impediram de sequer pensar no que finalmente estava acontecendo como uma possibilidade.

Enquanto escolhia a roupa que levaria, lembrou-se daquela jovem de 18 anos que certa vez também havia recolhido seus sonhos e deixando alguma coisa para trás. Mas até então não havia, na mochila emocional, muito mais que uma cidadezinha que, em boa medida, a oprimia com seus boatos, suas invasões exageradas e seu desrespeito à privacidade alheia. "Cidade pequena, inferno grande", dizia uma expressão popular. E assim era e seria. Todos acreditavam saber muito sobre a vida alheia e pareciam satisfeitos em opinar sobre ela. Alguns levantavam ainda a bandeira dos preconceitos, outros se escoltavam nos juízos de valor, e alguns poucos dividiam-se entre indiferentes ou profetas de carinho sincero. Convencida de que partir para a capital era a única maneira de ser dona de suas decisões e de se afastar do olhar controlador de uma parte dessa pequena sociedade tóxica, Gina partiu sem olhar para trás. Naqueles anos, essa era a única opção para ser alguém, estudar, crescer e se distanciar dessa rotina paralisada no tempo que continuaria assim por toda a eternidade. Assim pensava naquela época.

Também havia seus pais, que desejavam o melhor para ela e que, de algum modo estranho, eram parte desse clã interiorano, mas que tinham enraizado seus costumes quando se tratava de Gina. Seu pai esperava que, depois de graduada, ela voltasse para trabalhar com ele. Sua mãe desejava que alcançasse o que ela mesma não pôde. Por razões diferentes, portanto, a apoiavam. Devia ir em busca de seu futuro, apesar do grande vazio que lhes deixaria sua ausência e da alta probabilidade de que nunca voltasse a viver ali.

Havia um paralelismo entre seu presente e seu passado. Talvez por isso estivesse lembrando-se dele agora. Era a segunda vez que arrumava a mala rumo ao abraço de suas incertezas. Não havia segurança alguma a respeito do que poderia acontecer. Só a acompanhavam suas firmes convicções e seu espírito de luta. Aquela alma livre, que clamava por seu lugar no mundo, ainda era a mesma, só as circunstâncias eram outras.

Aquela viagem à capital tinha moldado sua vida. Tinha estudado muito até se graduar como tabeliã. Enquanto estudava, começou a trabalhar no cartório de uma grande mulher, Alícia Fernandez, a quem devia quase tudo o que conseguiu na vida. Assim, só regressou à pequena cidade como visita.

Honestidade e desejo de aprender definiam Gina. A humildade que a caracterizava junto a sua inteligência a transformaram em uma profissional brilhante e em ascensão. Sua independência econômica era absoluta, mas sua dependência afetiva era ainda mais forte.

Ela se casou muito jovem com Francisco, seu namorado desde a época da universidade, enquanto ambos ainda estudavam. Concluíram suas formações já casados e com dois de seus três filhos. Ele era contador público. Apesar de terem sido pais muito cedo, sua vida de casal e de família correspondiam aos seus sonhos. Assim foi durante muito tempo, mas em algum momento a depredadora rotina arrebatou o que os unia.

Gina estava triste, mas satisfeita ao mesmo tempo. Um grande paradoxo. Depois de 25 anos de casamento, tinham decidido se separar. Quer dizer, ela. E ele aceitara a decisão. Não o fizeram por alguma infidelidade, dívidas ou brigas, como costuma ser com muitos casais. A questão era a falta de um projeto em comum. Talvez esse tenha sido o desencadeador fatal, e agora só tinham um fabuloso passado que os sustentava. E cada vez mais fraco e distante. Uma história compartilhada que havia pulsado forte um dia, mas com o passar do tempo a batida era menos apaixonada e mais cômoda. Por acaso não mata o amor essa constante erosão de gestos repetidos? Estava morto esse vínculo ou ainda agonizava? Não sabia, mas a realidade era inegável: não era feliz.

Tinham substituído o prazer de saborear momentos a sós pelos cotidianos encontros sociais. Mas como outros casais que viviam uma situação similar, ambos pensavam, sem dizer, que a natural decadência dos anos matrimoniais tomava protagonismo, tão fervorosos no passado e tão vazios no presente. Ninguém advertiu que o coração tinha deixado de pulsar ao ritmo do amor que os havia unido, a ponto de dormirem indiferentes sobre lados opostos da cama. Também não notaram que já não iam dormir na mesma hora. Muito menos que era tarde também para salvar a relação do fim que se insinuava. Sem se dar conta foram abandonando o olhar da alma e se deixaram levar pelo olhar de olhos que já não se atraem. Aquela visão que sucede sem prestar atenção nem se deter.

A última conversa se repetia em sua memória.

– Francisco, merecemos alguma coisa melhor que isso. Não sou feliz, faz tempo que me sinto assim. Você já sabe. Estou vazia.

– Vazia é exagero... A certa idade, a felicidade é outra coisa. Já te disse antes: mudamos, mas seguimos sendo uma família.

– Não. Este é o ponto: já não estou pensando na nossa configuração de família. Quero pensar em mim e em você. Já não há um "nós".

Francisco não gostava de ter que voltar a falar sobre esses assuntos, não concordava e rejeitava essa análise da situação afetiva de seu casamento.

– Não vou me opor ao que você queira, ainda que eu não esteja convencido de suas razões. Passamos outras crises e as superamos sempre. Agora que nossos filhos estão grandes não esperava essa sua decisão de terminar com tudo.

O diálogo deixava claro que as ideias eram dela. Seriam os homens mais permeáveis à comodidade de uma situação a ponto de negar a verdade? Seria uma questão de gênero? Não tinha respostas, mas estava certa de que a mesma realidade atingia os dois, porém ele postergava em razão de se manter em um caminho mais simples. Seguir. O que vinha acontecendo já fazia um tempo.

– Não esperava essa decisão... Que esperava então?

– Não sei, mas não isso – respondeu. Nesse momento se lembrou de todas as conversas que teve com Gina sobre a vida em casal. De repente, tomou consciência das diferentes propostas que sua esposa sugeriu tempos atrás. Agora ele a via muito decidida e um temor desconhecido o tomou por inteiro. Ela iria deixá-lo?

– Não é a primeira vez que falamos disso. Faz tempo que tenho dito a você que não sou feliz – reforçou, já segura de sua verdade.

– Eu estou bem e não acho que você seja infeliz.

Isso incomodou Gina ao extremo, o sentimento de invisibilidade. Não era que ele não a via, era muito mais grave: ele não podia vê-la. Já existia uma desconexão total. Não existia nenhuma sintonia de casal.

– Não posso acreditar no que você diz. Você por acaso me escutou?

_ Claro que ouvi, sempre te ouço, mas pensei que você só estava exagerando – disse com sinceridade.

– Você está se escutando? Exagerar? Com que frequência nós nos desejamos nos últimos tempos? Quanto tempo faz que não assistimos juntos ao mesmo filme e que não jantamos sozinhos? Não pensou que pode estar acomodado ou acostumado a este casamento? Isso não é felicidade – respondeu subindo o tom.

– Gina, por favor, isso não é determinante na nossa idade – preferiu deter-se nessa questão sem responder às outras.

– Na nossa idade? Tenho 45 anos, e você, 47. A vida não terminou! Não ao menos para mim.

Francisco se aproximou e a abraçou. Seu modo de vencer as discussões sempre foi a segurança que ele lhe dava ao envolvê-la entre seus braços. Ela se afastou bruscamente.

– Não. Devemos continuar a conversa – se impôs.

– Podemos continuar depois – se insinuou como se fossem adolescentes em uma briga sem sentido.

Então, Gina soube com exatidão que tinha chegado o momento.

– Francisco, eu tenho muito carinho por você. Isso está fora de discussão, mas já não é amor. A vida me escapou pelas mãos. Cada dia é igual ao anterior, estou submersa em meu trabalho e você, no seu. Não temos planos que almejamos. Nada que nos faça aproveitar o tempo juntos como casal. Eu me sinto vazia. E nos transformamos em um modelo de pais que deixaram o casamento de lado. Acho que se não fosse pelos nossos filhos, teríamos muito pouco o que conversar.

Francisco a observava em silêncio, tratava de compreender todo esse momento. Suas palavras o feriam. Não podiam estar certas... ou podiam?

– Não acho que a situação seja assim tão extrema – atinou a dizer.

– É assim, sim! Procurei por todos os meios que fizéssemos alguma coisa para mudar essa realidade, mas você sempre desviou do assunto, como está fazendo agora.

– Tem alguma coisa que ainda posso fazer?

– Agora é tarde. Já perdi minha identidade. Não sei mais quem realmente sou. Preciso de uma mudança já. Descobrir o que há além de meus 45 anos, e não posso fazê-lo ao seu lado. Já tentei. Cansei de te dar tudo.

Francisco não era um homem combativo ou questionador. Seu perfil era estruturado, mas respeitoso. Mesmo que sempre conseguisse dissuadi-la, sentia-se diferente. A recusa de Gina o fez refletir, e tudo aquilo que ele valorizava, naquele momento o sacudia como uma realidade irremediável que o situou novamente diante dela, na curta distância física que os separavam. No entanto, um abismo gélido se colocava entre seus olhares. Suas palavras confirmavam que já não havia nada que ele pudesse dizer para fazê-la mudar de opinião.

– Gina, não vou discutir. Conheço você, e quando toma uma decisão, nada a faz mudar de ideia. Eu acho que temos tudo, mas se você precisa se afastar, é isso que vou lhe dar. Deixe-me organizar minhas coisas e eu vou embora. Buscarei um apartamento. Aqui ainda vivem dois de nossos filhos e eu não tenho intenção de que suas vidas se alterem por um assunto nosso. Seu, na verdade, mas nosso, por consequência. Talvez sim, seja algo "nosso", depois de tudo – adicionou com ironia.

Essa posição de não tentar convencê-la de que não se separassem lhe demonstrava que, de modo inconsciente, ele queria o mesmo. Gina escolheu ignorar sua referência a esse doloroso "nosso" que ele aludia ao tema, minimizando-o. Era melhor não prolongar essa conversa.

– Francisco, acho que é o melhor. Quero que você vá mesmo. Eu já expliquei a nossos filhos que as coisas não estão bem entre nós. Além disso, não lhes afetará em nada nossa decisão desde que estejamos presentes para eles como sempre. Posso conseguir um apartamento para você...

– Deixe de pretender controlar tudo também. Eu vou decidir onde vou morar. Vai ser o que você quer, Gina, mas não sob sua lupa implacável de controle – se colocou, cortante. Estava bravo.

Assim, passaram-se algumas semanas durante as quais ela sentia que tinham feito o correto e ele se moldava a sua determinação sem nenhuma reflexão aparente. Ao menos não colocava palavras a seus sentimentos diante dela. E o muro invisível entre ambos se tornava intransponível. Seus diálogos se limitavam a questões da organização familiar. Muito de acordo com sua profissão de contador. Tudo exato, como se fosse o balancete de um cliente, só que era sua vida. Prejuízos? Lucros? Saldo?

Finalmente, a noite de 20 de setembro de 2017 se foi. Gina acordou no dia 21 com a sensação de que era o primeiro dia do resto de sua vida. Vítima de uma rara angústia, ela pensou como ele sentiria falta da vida cotidiana, dos filhos no café da manhã, da casa, do cachorro, da gata, até da luz que entrava pela janela. Essa habitualidade agradável e simples que vivem as famílias da porta para dentro. Doía-lhe ter tirado isso dele. Ela não lhe desejava nenhum mal. Era seu companheiro de vida, o pai de seus filhos. Não era uma separação convencional, dessas em que as pessoas mostram o pior de seus caráteres. Era um final anunciado, pacífico, silencioso e dotado de certa melancolia.

Enquanto ela o imaginava, observava sua casa e tudo lhe era recordações. Desejava ter a possibilidade de mudar o cenário em um piscar de olhos. Começando pela cor das paredes, os móveis e esse cheiro familiar da nostalgia que lhe provocou um nó na garganta enquanto tomava seu café. Dava assim início à sua nova etapa.

Chegou ao cartório. Vestia um terninho azul-claro com uma camisa azul-escura e seus habituais sapatos de salto. Confirmou que tudo seguia seu curso. O mundo que a rodeava não se deteve nem ela se afundou nele. Assim, deixou que seu lado profissional desse o pulso à mulher que tinha perdido dentro de si mesma. A ideia de partir, de fazer uma viagem, começou a ganhar espaço dentro de sua cabeça.

Tinha passado um mês desde sua separação. Faltavam dias, nada mais, para sua partida. Já não tinha 18 anos, nem deixaria uma cidadezinha para trás. Tinha 45 anos, e o que deixaria ao partir era sua vida inteira. Sabia que fosse qual fosse o caminho, deveria voltar. Ainda que esperava fazê-lo sendo Gina Rivera, a autêntica, não essa cópia infiel dela mesma na qual havia se transformado.

CAPÍTULO 2

Vínculos

Conheça todas as teorias. Domine todas as técnicas, mas ao tocar uma alma humana, seja apenas outra alma humana.

Carl Gustav Jung

Gina Rivera não era uma tabeliã convencional. Talvez nisso consistia a razão de seu sucesso. Para ela, sua profissão era uma tarefa de absoluta humanidade. Ela não redigia escrituras: construía vínculos. Claro que era precisa, ordenada e detalhista. Quase obsessiva, por isso, buscava que a perfeição pudesse ser encontrada em cada peça de seu protocolo. No entanto, não era esse o objetivo de seu trabalho. Não tinha clientes de quem cobrava honorários em troca de uma prestação de serviço. Ela era parte da história familiar de cada pessoa que passava por sua sala de reuniões. Conhecia-os pela primeira vez em momentos importantes de suas vidas, e logo voltavam para contar-lhe os progressos, as fatalidades, o desenvolvimento de suas vidas ao passar dos anos. Cada trâmite que requeria um tabelião os levava de volta a sua cordialidade e ao seu sorriso. Gerava uma empatia pouco habitual com as pessoas. Sustentava que era dona de um "cartório familiar" e o dizia com muito orgulho e emoção. Muitos de seus clientes eram filhos ou netos de clientes de Alícia Fernandez, a mulher que tinha lhe ensinado tudo o que sabia, e de quem herdou seu registro e designação.

Comprar uma casa talvez seja um sonho para a maioria das famílias. Jamais se esquece do escrivão que participou desse momento. Costumava dizer que não existia um só vendedor que não fizesse alguma referência ao comprador a respeito do que lhe vendia. Cada propriedade era especial para ambas as partes e todas continham uma história valiosa, contada diante de seu olhar cálido e de seus sentimentos. Ela era a tabeliã que escutava os sonhos, que observava os cálculos para confirmar se o dinheiro era suficiente. Também era testemunha de pais lúcidos que, diante da finitude da vida, decidiam realizar doações com usufruto em favor de seus filhos para poupar-lhes da realização de sucessões. Tinha assinado autorizações de menores de idade para viajar a Disney com seus avós, a quem anos depois legalizava os títulos profissionais ou lhes entregava o formulário de transferência de seus primeiros veículos. Hipotecas. Cancelamentos e tantos outros trâmites relacionados com a vida de alguém passavam diariamente por suas mãos e ela lhes dava fé. Claro que em cada ato jurídico sua fé, sua paixão, sua entrega, seu grande amor pelo trabalho eram colocados ali e definiam não só sua função social, mas também sua personalidade, como mulher inteligente, generosa e humanista. Um estilo próprio.

Numa manhã de outubro, Gina chegou ao escritório cedo. Antes de seus funcionários e de sua escrivã. Vestia-se elegante e formalmente, como sempre. Observou detidamente o lugar como se fosse a primeira vez que o observava. Lembrou de pessoas e momentos que se projetavam diante de seus olhos como um filme. A iminência da viagem, a separação de Francisco e todas as mudanças que enfrentava a colocavam por alguns momentos como espectadora de sua própria vida. Era como se observasse de fora com um olhar sutil. Não pôde conter uma lágrima atrevida de gratidão e emoção. O telefone tocou. Ela nunca atendia, mas como estava sozinha, o fez e isso também lhe trouxe recordações de outros tempos, quando iniciou a carreira. Comoveu-lhe um ato tão simples como esse porque era prova de seu caminho trilhado e conquistado.

– Tabeliã Rivera, bom dia. Em que posso ajudar?

– Querida Gina, em nada. Eu é que na verdade deveria perguntar isso a você – disse Alícia do outro lado da linha.

– Oi, Ali! Que bom escutar sua voz. Não preciso de nada, estou bem.

– Eu não tenho tanta certeza disso – acrescentou.

– Por que não? – perguntou seguindo o rumo que propunha a conversa, cordialmente.

– Bom, talvez porque você terminou seu casamento. Vai viajar sem saber o destino e sem data de volta. Vai deixar o cartório a cargo de sua escrivã com minha supervisão. Você emagreceu. Cortou o cabelo e pintou com uma cor que não é a de sempre. Tudo isso em um mês. Isso é suficiente para eu duvidar ou te conto mais motivos? – disse com certo humor realista.

Enumeradas assim, todas as suas últimas decisões pareciam muitas. Mas, por mais irracional que pudesse lhe parecer a Alícia, cada mudança foi refletida o suficiente e tomada sem nenhum arrependimento.

– Ali... te juro que estou bem – repetiu com carinho.

– Eu acho que você está convencida disso, mas não significa que você esteja realmente bem. Por isso me permito duvidar. O que você está fazendo tão cedo no cartório?

– Você me conhece bem. Estou aqui porque o trabalho é minha válvula de escape quando certa nostalgia me invade. E sim, estou muito convencida de tudo o que fiz e do que faço. Não se preocupe. O fato de você, já estando aposentada, me apoiar e vir até o cartório durante meu tempo fora, para que eu me sinta tranquila, para mim já é mais do que suficiente. Fico lhe devendo mais essa. Nunca vou deixar de te agradecer por isso. De qualquer forma, vou ligar todos os dias – acrescentou.

– Não precisa agradecer. Faz parte do ciclo da vida. Você é a filha que eu nunca tive. Sabe disso. Mas aproveito a ligação para dizer outra coisa também. Queria avisar que daqui a pouco estou chegando aí. Vou acompanhá-la hoje, não só porque é das últimas vezes que vou vê-la antes de sua viagem, mas porque você vai fazer a escritura da casa de Gustavo Velásquez, que é filho de um cliente seu, mas que também é bisneto de um cliente meu. Acompanhamos os Velásquez há quatro gerações. Lembro-me daquele homem com grande carinho. Ficarei feliz em vê-lo como gerente do banco no qual foi tesoureiro toda a vida.

Gina entendia o que Alícia sentia. Eram essas situações especiais. Os sentimentos não se ensinam, não passam de um para o outro, mas ela achava que foi com Alícia que aprendera a respirar a profissão e a senti-la como parte de seu ser.

Talvez o bisavô Velasques o veja da eternidade, refletiu Gina.

– Sim, é verdade, Alícia. Quatro gerações passaram por aqui. Falando nisso, estou preocupada por ele...

– Eu também. A cotação do dólar não te deixou dormir, né?

– Sim, entre outras coisas. Se hoje abre o mercado e o dólar sobe, o dinheiro não será suficiente.

– Tenho isso em mente. Mas já veremos o que vai ser e como poderemos resolver.

– Que assim seja. Espero você aqui.

As variações do dólar eram um tema muito frequente e problemático em toda a América Latina. As pessoas em geral não têm ideia, mas os tabeliões comprometidos jamais estão alheios a essas informações e situações, que tanto afetavam seus clientes.

Um tempo depois dessa conversa, Gustavo Velásquez e sua esposa, na qualidade de compradores, e os vendedores ocupavam a sala de escrituras. O dólar permaneceu estável, para alívio de todos, com o mesmo valor que o fechamento no dia anterior. Gina leu o conteúdo da ata, testemunha da emoção dos presentes. A parte vendedora o fazia porque sua única filha foi viver no Canadá e finalmente tinha obtido autorização do país para que seus pais pudessem ir viver com ela e com a família que ela tinha formado lá. Nesse momento, a vendedora falou.

– Preciso lhes contar uma história: há um pé de jasmim no jardim da casa. Eu mesma o plantei e cresceu ao lado de nosso cachorro que foi enterrado ali. Eu gostaria que não o arrancassem, porque faz parte da casa, e além disso – acrescentou a vendedora para convencê-los – é muito difícil que um jasmineiro floresça. Ele precisa gostar realmente de um lugar para florescer.

Os Velásquez sorriram. Era terno sentir o amor dessa senhora pela casa que já não lhe pertenceria mais.

– Nós os deixaremos lá. Pode ficar tranquila. Gostamos muito do perfume do jasmim e amamos os animais. Como se chamava seu cachorro?

– Oh... ele se chamava Sleep. Era muito lindo. Cuidamos dele por dezoito anos.

– Pois será uma honra ter sua alma conosco na casa.

– Muito obrigada. Fico mais sossegada – acrescentou e era visível sua felicidade por isso.

– Eu disse que entenderiam – sussurrou-lhe o esposo. O homem só fez um gesto de agradecimento ao casal comprador. Era evidente que tinham discutido o tema antes desse momento e o esposo achava melhor que ela não tivesse tocado nesse assunto.

Etapas que se concluíam e outras que começavam. Depois de anos de trabalho, o jovem Velásquez e sua esposa, grávida de oito meses, teriam uma casa na qual veriam crescer seus filhos e realizariam seus sonhos. Não era uma propriedade qualquer: era a casa de outra família que deixava sua vida inteira nas paredes.

Viagens e esse ir e vir dos destinos cruzados colocavam em paralelo todas as histórias entre as linhas de uma escritura que escondia verdades, medos, esforços, desafios e amor. Sempre amor.

Alícia abraçou o bisneto de seu cliente e lhe recordou quando seu avô também comprara uma casa. Depois, todos se cumprimentaram e se desejaram boa sorte. Era comovente ver o que as pessoas construíam em torno de suas próprias realidades. Os laços invisíveis da espontaneidade e da qualidade humana eram materializados nos gestos e nas palavras bem-intencionadas. Tradições. Novas raízes e também desprendimentos. Assim como na vida de Gina, nada parecia ter um lugar definitivo. Ela se ofereceu para tirar uma foto do grupo com a matriz da escritura, uma peça que não veriam mais. E assim o fizeram. Todos estavam felizes com o resultado, seus rostos davam fé de que a vida sempre continua, porque lar não é onde se vive, mas com quem se vive.

CAPÍTULO 3

AIV

*Se alguém deseja uma boa saúde, primeiro deve se perguntar
se está pronto para eliminar as razões de sua doença.
Só então é possível ajudá-lo.*

Hipócrates

▬ ▬ ▬ ▬ ▬ ▬ ▬

A campainha da casa soou no mesmo momento em que o celular tocou. Gina o agarrou e respondeu a ligação enquanto caminhava até a porta.

– Oi, mãe. Tudo bem? – sua filha, Isabella, parecia um pouco triste do outro lado da linha.

– Bem... me dá um minuto. Estão chamando na porta.

– Está bem.

Mal abriu a porta e Maria Dolores a abraçou e começou a chorar em seu ombro. Era sua melhor amiga. Fazia tempo que as coisas não iam bem em seu casamento. Se conheciam há muitos anos: eram vizinhas. Só uma quadra de distância as separava.

Gina respondeu ao abraço enquanto tentava responder à filha ao mesmo tempo.

– Meu amor, Maria Dolores chegou aqui e precisa de mim. O que houve?

– Nada. Só queria conversar – Gina soube imediatamente

que esse "nada" era algo como "o mundo se cai sobre mim, mas permaneço parada esperando o golpe".

– Outra vez? – os soluços de sua amiga, que ainda a abraçava, invadiram a conversa.

– Te amo, mãe. Fala com a Maria Dolores. Acho que ela está pior que eu. Mais tarde volto a ligar.

– Está bem, meu amor. Não fique mal. Lembre-se de que você está exatamente onde escolheu estar. Te amo.

Com essas palavras, desligou o celular para se ocupar de Maria Dolores, que já tinha parado com as lágrimas e esperava sua atenção. Logo em seguida falaria com Isabella.

– O que houve, Lola? Por que está chorando?

Ambas se sentaram no sofá.

– Ele está me traindo. Tenho certeza. Eu o segui. Disse que ia jantar com os amigos da escola, mas estacionou na porta de uma casa – não foi capaz de contar nesse momento que o viu abrir a porta com uma chave.

– Você desceu do carro? – perguntou com certo temor pelo que podia ter acontecido, associando isso aos motivos pelos quais estava tão angustiada.

– Não, não fui capaz – respondeu e começou a chorar descontroladamente outra vez.

– Por quê?

– Porque não posso deixá-lo. Por mais que eu sinta vergonha de reconhecer isso, prefiro olhar para o outro lado do que ter que me divorciar. Não imagino minha vida sem ele.

– Não seria uma casa em que ele vai a trabalho...? – tentou defendê-lo. Manuel era arquiteto.

– Não. É uma casa habitada. Era evidente que não estava em obras. Além disso, era a hora da janta...

– Certo. Só estou analisando as probabilidades. De todas as formas, pode ter mentido, mas isso não significa que te trai – acrescentou em favor do marido da amiga. Não por ele, mas sim para tentar confortá-la de algum modo.

Maria Dolores já havia lhe contado outra vez que chegavam mensagens em seu celular à noite ou ainda de manhã bem cedo. Seu celular tinha senha e ele sempre fechava o *notebook* quando ela se aproximava. Uma vez por semana saía com os amigos do Ensino Médio e realizava viagens relâmpago com frequência a trabalho. Os extratos do cartão de crédito chegavam diretamente em seu *e-mail*. Enfim, nada inovador para quem escolhe transitar pelos caminhos da infidelidade. Algo era certo, não era um típico "amante latino", mas era evidente que escondia algo. Ele nem sequer era atraente. Era um tipo comum. Custava imaginá-lo enganando a esposa. Esse não era seu estilo. Era até possível que tivesse tido muito pouca experiência antes do casamento.

Não era a primeira vez que elas falavam desse assunto. Gina sentia pena da dependência emocional da amiga que submergia a níveis mínimos de dignidade.

– Tem certeza, então?

– Sim. Faz meses que mudou algumas de suas atitudes. Já te contei e hoje... – fez uma pausa.

– O que foi diferente hoje? – interpelou Gina com interesse.

– Hoje... bom, vi que ele tinha chave para entrar nessa casa – confessou. –Ter a chave de uma casa que não é própria e que não está em obras.... Acho que é o suficiente.

Gina ficou boquiaberta diante da situação. Intuir era uma coisa. Confirmar, outra. Mas não queria fazer com que Maria Dolores se sentisse ainda pior. Tratou de ser honesta, mas de um modo quase técnico para evitar chateá-la.

– E... sim. Tudo indica que suas suspeitas estão certas. De qualquer maneira, agora é o momento em que você deve seguir investigando e descobrir tudo ou deve abandonar essa questão. É o que eu acho.

– Não quero avançar nem ir mais fundo nisso, até porque não vou fazer nada com essa informação.

– Por quê? É pelo dinheiro? Eu posso te ajudar – ofereceu. Maria Dolores não trabalhava e talvez essa fosse a razão. Não tinha condição financeira para enfrentar a vida sozinha.

– Não, não é isso, ainda que eu dependa financeiramente dele. É minha outra dependência, a pior, a afetiva. Eu o amo e sou capaz de aguentar tudo para estar a seu lado.

– Mas ultimamente ele tem um modo de agir que só te machuca. Isso é evidente. Também é evidente que você "não aguenta tudo". Chora, segue chorando, está fora do eixo o tempo todo.

– Eu sei – respondeu admitindo que a amiga estava certa.

– Mas... você acha que ele sustenta uma vida dupla, ou acha que é apenas algo casual? – perguntou para verificar o nível de negação de sua amiga. Tinha chave, não era ocasional.

– Prefiro não pensar nisso – respondeu Maria, evadindo-se da realidade. – Não muda nada.

– Eu acho que não é o mesmo. Tudo está de mal a pior, mas não é igual uma coisa da outra – Gina insistiu, ainda assombrada. Manuel seria um *latin lover* afinal de contas? Não era possível.

– Não quero saber mais nada sobre isso. Não vou deixá-lo. Nem sequer vou dizer a ele que sei que alguma coisa está acontecendo – respondeu.

Gina não podia entendê-la, mas aceitava seus motivos. Francisco nunca lhe tinha traído. O respeito pela relação estivera sempre em primeiro lugar. Manuel era muito parecido. O que será que aconteceu para que mudasse assim? Não parecia capaz de ser infiel, mas durante os últimos tempos, todas as suas condutas indicavam que realmente tinha uma amante. Depois do relato dessa noite, já não restavam dúvidas. Não tinha desculpa para mentir e entrar com chave nessa casa. Buscou a melhor maneira de aconselhá-la sem feri-la.

– Lola, não sei se está pedindo minha opinião ou só quer um ombro para chorar... mas acho que já é hora de você tomar uma decisão – começou a dizer. – Eu não te julgo nem condeno se preferir ignorar a verdade, mas me atrevo a dizer que você não pode continuar assim. Se quer escolher ser a esposa que olha vitrines, faça, mas não o siga por aí. Não chore. Não tente confirmar coisas a respeito das quais você sabe que não fará nada. Não deixe sua vida no caminho. Isso é completamente insano.

– Não posso. Estou dependente dele e quanto mais certeza tenho de que ele tem uma amante, mais fico obcecada e faço coisas sem sentido, como hoje quando o segui. Estou presa a ele e faço o que for preciso para que ele não me deixe.

– E sua terapia?

– Evidentemente não está funcionando. É que quando ele volta, me seduz, me trata bem, me diz coisas lindas e, por alguns momentos, acho que estou imaginando coisas. Nunca lhe digo uma palavra nem questiono suas atitudes. Nada. Não sei o que está acontecendo comigo. Vivo uma mentira, eu sei, mas prefiro isso à verdade – levantou-se e foi em direção ao banheiro. – Já volto – acrescentou.

Gina estava indignada. Não podia imaginar seu papel de sedutor e não entendia como podia ter uma amante. A vida era absurda às vezes. Pensava detidamente nessa relação tóxica, quando de repente escutou um barulho. Foi até o banheiro e então sua respiração se acelerou. Maria Dolores tinha caído no chão. Tentou levantá-la. Algo terrível estava acontecendo. Estava imóvel. Seus braços estavam pendurados, inertes, e mal conseguiu colocá-la sentada de costas contra a parede. Lola olhava para Gina com desespero, como se quisesse ter controle sobre si mesma e não pudesse.

– Lola, fala comigo, por favor! Responde – suplicava.

A amiga tentava modular palavras, mas nenhum som saía de sua boca.

O coração de Gina batia em um ritmo descontrolado. Correu para buscar o celular. Voltou a seu lado e chamou o serviço de emergência enquanto segurava a mão de sua amiga.

– Por favor, minha amiga caiu. Não está conseguindo falar...

– Senhora, acalme-se. Ela está consciente?

– Sim, mas não pode falar nem domina seu próprio corpo. Só me olha. Por favor, venham logo – disse e passou seu endereço.

– Uma unidade já está a caminho agora mesmo. É um código vermelho. Por favor, me indique como está seu quadro de saúde – pediu.

– Igual, ela permanece igual.

O tempo parecia eterno. Seria isso um acidente cardiovascular? Não era possível. Isso deixaria sequelas e afetaria a fala. Só de pensar lhe caíam lágrimas. Ambas choravam. Gina não soltava da mão de Lola. E se seus conselhos tivessem provocado esse ataque? Tinham a mesma idade. O que fazer diante dos umbrais do princípio do fim? Nesse instante, sentiu que todo seu mundo era uma pequena e insignificante partícula de um universo que lhe mostrava o que era importante da pior maneira. Se era um AVC, Gina preferiria morrer se estivesse em seu lugar. Afastou essa ideia de assumir a situação como se fosse pessoal.

A ambulância não chegava. Voltou a ligar.

– Por favor, liguei já faz um tempo e ninguém vem ajudar a minha amiga!

– De que endereço a senhora está falando? – perguntou a atendente.

– É um código vermelho. Você me disse. O que está acontecendo que não chegam? – reclamou e logo voltou a passar seus dados.

– Senhora, só se passaram cinco minutos desde sua ligação. Estão a caminho.

– Cinco minutos? – a unidade de medida do tempo era seu desespero e para ela tinha passado não menos que uma eternidade.

Logo seu cachorro começou a latir e deu o alerta. Os médicos entraram, examinaram Maria Dolores e lhe disseram que deviam levá-la imediatamente ao hospital. Entraram com uma maca. Ela afastou todos os móveis para facilitar os movimentos dos enfermeiros e reagiu apenas quando escutou dizerem a uns médicos: "possível AVC".

Então, ligou para Manuel. Ele não atendeu.

Estava sozinha na sala de espera. A noite marcava o ritmo diferente do hospital. Só pensava no poder da fatalidade. Em um instante, tudo podia mudar, desmoronar. O destino simplesmente podia nos empurrar para fora da montanha-russa da vida. E nesse momento, durante a queda livre, talvez fosse tarde demais para se segurar ao que sempre tinha estado ali e não se tinha dado a devida importância. Por que Maria Dolores não escolhia ser feliz? De qualquer modo, talvez já não importava mais. Talvez o golpe do revés que a vida lhe deu apenas para fazê-la reagir, lhe tivesse surtido esse efeito a mais. Gina pedia a Deus que não fosse assim. Valia Manuel a sua saúde? Justificava esse casamento ou qualquer outro, resignar a felicidade a uma relação que só lhe tirava pouco a pouco as oportunidades?

Ainda que submersa nesses pensamentos e completamente atormentada, concluiu que tinha tomado a melhor decisão. Tinha conseguido se priorizar. A vida lhe demonstrava que esse era o caminho que devia seguir, e o que se passava com sua amiga era o fatal atalho dos que escolhem se perpetuar no estresse e nos conformismos.

Finalmente, um médico saiu e Gina poderia entrar. Já tinham-se passado algumas horas.

– Você é da família?

– Não. Sou sua melhor amiga. Estava em minha casa. O que aconteceu? Como ela está?

– Teve um AIT.

– O que é isso?

– Um ataque isquêmico transitório. Por uns instantes, o oxigênio não chega ao cérebro e neste caso, afetou sua fala. Realizamos uma ressonância e uma tomografia. Não há lesões cerebrais e ela responde bem aos exames neurológicos. Esse acidente vascular não deixa sequelas. Por isso, sua amiga já pode falar normalmente.

– Qual é a causa?

– Podem ser várias. Mas, visivelmente, o estresse e a vida sedentária complicam estes quadros. Considero que o acidente foi um sinal de alerta. Ela terá de organizar suas prioridades e melhorar a qualidade de vida. Talvez fazer terapia.

Depois dessa conversa com o médico, Gina pôde vê-la. Maria Dolores estava claramente angustiada, mas também ausente. Já era de madrugada quando lhe deram alta, sem antes passarem algumas recomendações. Gina quis levá-la para sua casa, mas a amiga preferiu voltar para a própria casa. A primeira coisa que Maria Dolores perguntou foi se Gina tinha avisado a Manuel. O episódio aparentemente lhe colocaria no centro das atenções e isso a alegrava. Gina sentiu raiva, mas não podia se interpor entre sua amiga e sua equivocada posição, depois de tudo o que houve. Preferiu ser testemunha passiva de seu erro. Não era o momento de aprofundar a questão para nenhuma das duas.

Manuel só apareceu depois que tudo havia passado. Deu a desculpa infantil de não ter escutado o celular em meio à farra com seus amigos. No hospital, pediu aos médicos que lhe informassem diretamente sobre o estado de saúde de Maria Dolores e agradeceu a Gina por tudo o que fez. Aos olhos do mundo era um marido encantador e preocupado. Maria Dolores olhou sem dizer nada a amiga e a abraçou também em silêncio. Segundos depois, sussurrou um "obrigada, te amo", sincero e devastador. Era isso: nenhuma palavra encoberta o código das amigas. Não houve nenhum sinal que indicasse a Gina que ela tinha mudado de ideia. Não podia entender. Ela ia embora com a causa de todos os seus problemas.

Um minuto, talvez menos, podia ser a fração de tempo em que atuava o destino para demonstrar que era capaz de mutilar qualquer vida. Nem sempre era possível reverter as consequências desse fatídico minuto, mas, às vezes, podia acontecer. Sem necessidade de um episódio tão extremo como o que viveu sua amiga, Gina tinha conseguido essa oportunidade e esperava que a vida ganhasse outro significado. Tinha mudado o eixo da atenção principal. No entanto, Maria Dolores não era capaz de entender o que houve. Sua despedida apontava sua decisão. Gina lamentou prever que a vida seria mais difícil para ela, sempre inundada em dúvidas e ausências. Queria que sua amiga compreendesse o fato de que ninguém é dono da vida e, por isso, há que se honrar a oportunidade de vivê-la enquanto fosse possível. Se algo lhe havia deixado esse fatídico AIT, além de aprender um conceito médico que não conhecia, era essa reflexão.

Voltou à casa nervosa e esgotada. A mala, ainda por fazer, parecia ter um letreiro luminoso que dizia "sou sua melhor opção". Pensou que as pessoas se vão muito antes de partir, e partem no momento em que já desejam estar neste outro lugar. Esse era seu caso, provavelmente o caso de Manuel também, mas não o de Maria Dolores. Sentiu pena por ela. Olhou seu celular. Não havia mensagens no grupo da família.

Não se deu conta em que momento se deitou na cama e dormiu ao lado de sua gata Chloé, que a acompanhava.

CAPÍTULO 4

Isabella

Mamãe, o que é desistir?
Não sei, filha. Nós somos mulheres.

Anônimo

Para Gina não existia uma tarefa mais exaustiva que ser mãe. Não sabia em que lugar mágico encontrava forças para suportar a dor que não podia evitar a seus filhos. Todos esses anos tinha sido capaz de resistir às preocupações, até à agonia física, exibindo um sorriso e lhes ofertando tranquilidade. Mas já eram grandes. Cada um transitava o caminho que eles mesmos escolheram. O tempo de ensinar-lhes a andar de bicicleta tinha sido substituído pela busca de compreensão para apoiar suas decisões adultas.

As fases de consultas pediátricas, festas escolares, clubes, de levar a algum lugar, rezar quando saíam, dormir só quando chegavam em casa, lavar equipamentos e uniformes a cada noite, cozinhar, receber amigos, ir a apresentações na escola, baixar febres, levantar ânimos e calar para respeitar seus espaços adolescentes, tudo isso tinha ficado para trás. Em seu lugar, uma espécie de heroína com um grande sentido de oportunidade para falar a transformou nesse ser amado a quem se recorria quando os ventos sopravam forte, a vida golpeava duro ou se ansiava pela segurança do abraço daquela mãe que tudo podia na infância.

Os papéis mudaram. Gina sabia muito bem disso. Seus filhos, Isabella, de 24, Andrés, de 23, e Diego, de 21 anos, já não dependiam dela nem de Francisco.

Parte de sua busca anterior se relacionava com esse fato inevitável que leva a essa intensa afirmação comum: "Meus filhos são grandes". E eram, mas se preocupava com eles da mesma forma. Devia se propor a não se envolver em seus temas mais do que o necessário ou imediatamente começavam a ocupar toda sua atenção, e não devia ser assim. Mas como toda mãe de vários filhos, sempre tinha um que a preocupava mais que os outros. No caso de Gina, era a sua amada Isabella.

No dia seguinte, o alarme do relógio despertou Gina às seis da manhã, como sempre. Estava aturdida, como se o que aconteceu na noite anterior tivesse sido um pesadelo. Percebeu que tinha dormido com a mesma roupa que passou o dia. Sua gata começou a se espreguiçar para acordar também. Era lindo de ver a harmonia de seus movimentos. Gina a tomou em seus braços e a beijou como fazia todos os dias. Só faltou o "bom dia" a Francisco nesse ritual doméstico diário. Sentiu sua falta, mas preferiu não pensar nisso.

Foi tomar banho e desceu para tomar o café da manhã. Quando viu os móveis fora do lugar, todo o episódio da noite anterior voltou como uma sombra angustiante. Pensou em ligar para Maria Dolores, mas ainda era muito cedo. Mandou um WhatsApp para Manuel: "Oi. Como passou a noite?".

"Muito bem! Obrigado por tudo, mais uma vez! Não se preocupe. Ficarei com ela o dia todo", respondeu imediatamente.

Isso não colaborava para que sua amiga reagisse a todo o

ocorrido, mas não quis gastar energias nisso, não por egoísmo, mas por saber que seria em vão. Sabia perfeitamente quando algo era em vão e esse era um caso. Conhecia Maria Dolores muito bem, ela não iria deixá-lo. Ao menos não naquele momento.

Acomodou os móveis, preparou um café e estava tomando quando Isabela ligou novamente. Atendeu em seguida. Com tudo o que houve na noite passada ela tinha se esquecido de retornar a ligação.

– Oi, meu amor. Como você está?

– Triste.

– O que houve agora?

– Estou angustiada e não sei o que fazer. Sinto que Luciano não me entende.

– Bella – assim costumava chamar a filha – você se casou com ele faz um ano. Você tem 24 anos. Tem uma vida profissional, trabalha com o que gosta. Por que está em uma situação em que não é feliz?

– Sou feliz – retrucou de maneira automática. – Ele é um bom homem – o defendeu.

– Você acaba de me dizer que está triste. Não digo que ele seja mau. Só digo que se você pensar bem, são mais frequentes os dias que você está triste do que os dias que não está triste. Isso não deveria acontecer em tão pouco tempo de casamento. Por que sente que ele não te entende?

– Ele quer ter filhos.

– Bem. Isso faz parte dos sonhos de uma família. Não me parece ruim, a não ser que você não queira.

– Sim, quero.

– Então... qual o problema, Bella? – às vezes tinha que perguntar as coisas de mil modos diferentes para que ela soltasse a verdade. Dava voltas em torno do que lhe incomodava, mas não dizia em seguida.

– É que me parece que ele se incomoda porque trabalho na revista.

– Você é jornalista. Trabalha em uma ótima empresa. Não entendo por que ele se incomodaria e o que isso tem a ver com o projeto familiar.

– Suponho que ele encontrou uma maneira de camuflar seus ciúmes. Não me diz diretamente, mas acho que é isso. Ele não gosta que eu me relacione com outras pessoas. Quer que eu deixe de trabalhar quando tivermos filhos.

– Isso é grave...

– Não sei, mamãe. Estou confusa.

Gina se debatia entre ser clara e contundente ou ser mais compreensiva. Sabia que sua filha se esforçava para disfarçar a angústia e supunha que havia muito mais coisas que ela não lhe contava. Não podia entender por que ela não impunha limites a Luciano. Por acaso seu papel nas últimas horas era ver como outras mulheres postergavam a si mesmas justo quando ela tinha decidido não o fazer mais? Todas pareciam sinais que a impulsionavam a seguir. No entanto, era sua filha. Partia-lhe o coração não poder fazer mais que a ouvir e aconselhá-la, mas era isso.

Em determinado momento, os filhos cresciam. O futuro deles já não lhe pertencia. Isabella já não era pequena, tinha uma linha invisível que separava suas decisões da possibilidade de opinar abertamente sobre elas. Apesar de que ser mãe implicava jamais descansar, Gina era uma guardiã respeitosa da vida adulta da filha. Doía-lhe, mas não podia ajudá-la demais. Tinha situações nas quais era necessário deixar que o tempo fizesse seu trabalho. E o tempo sempre o fazia. Procurou então encontrar as palavras justas e dar-lhe um conselho adequado.

– Isabella, você bem sabe que isso não faz o menor sentido. Não tem por que Luciano estar ciumento e você não deveria permitir que ele te manipule a respeito do seu trabalho com algo tão sério e lindo que é o projeto de serem pais. Você tem que falar com ele.

– Não é possível.

– Você precisa tentar. Ele precisa compreender que são dois temas muito diferentes. Não se excluem entre si. Hoje em dia ser mãe de nenhum modo implica abrir mão da carreira.

– Ele subverte a situação e sempre me diz que não é assim para as coisas que estou dizendo, para sustentar as coisas que ele diz.

– Não entendo. Seja mais clara.

– Se eu digo a ele que sou feliz no meu trabalho e que não quero sair, ele me diz que felicidade é a família que formamos, que quer filhos e que gostaria que eu cuidasse deles. Quando eu pergunto se ele está me pedindo para deixar de trabalhar na revista, ele me responde que de jeito nenhum, e que me respeita como profissional. Então?

– É bem confuso o que ele diz. Só gostaria de aconselhar é que neste contexto não se apresse para engravidar.

– Esse é o problema, mãe.

– Qual?

– Estou atrasada. Só uma noite não nos cuidamos. Eu lhe disse, mas... Bem... Já está feito e agora estou com medo.

Gina sentiu um calafrio. Um casamento que não funciona é uma coisa, mas um bebê a caminho com um marido que queira anular a vida profissional da mulher já é outra coisa.

Passavam-lhe mil coisas na cabeça para dizer, mas ganhou-lhe a mãe que ela sempre era por dentro e priorizou pensar no melhor para sua filha.

– Bella, fique tranquila. Um atraso não é uma gravidez. Não necessariamente. Você está muito nervosa e angustiada, essa pode ser até a causa do atraso.

– Mas e se eu estiver grávida, mamãe?

– Se estiver, terá que falar com ele e, claro, pensar muito bem no que você quer para sua vida. Eu estarei apoiando você seja qual for sua decisão.

Gina nunca tinha considerado o aborto como uma possibilidade, em nenhum caso. Não que sua família fosse católica, mas por suas próprias convicções. Uma vida era uma grande responsabilidade e ninguém devia ter o poder de terminar com ela.

Entretanto, os tempos eram outros. A mulher ocupava outro papel na sociedade, seu desempenho profissional era importante e valorizado. A igualdade constitucional tinha renascido e alcançava as questões de gênero, finalmente. Não negaria a sua filha a possibilidade de pensar em seu futuro desse ponto de vista mais atual e progressista.

– Obrigada, mamãe – disse Isabella com voz mais aliviada.

– Não fique mal. Por favor – pensou em renunciar a sua viagem.

Por um momento, a frase "eu fico aqui com você" esteve a ponto de sair-lhe da boca. Como partir de viagem enquanto Isabella talvez estivesse grávida e necessitava de sua atenção? Mas segundos depois, sentiu que devia soltar as rédeas. Sua filha estava escrevendo sua própria história e o papel de Gina era apenas a de uma mãe sem voto. Ao se casar com Francisco, todas as decisões a respeito da vida de casados eles tomaram juntos, dando especial atenção para que ninguém se intrometesse em seus assuntos. Francisco não era Luciano, mas Luciano era a pessoa que sua filha tinha escolhido. Gina tinha que ser capaz de tomar distância e deixar que Isabella enfrentasse seu destino.

– Estou melhor – respondeu.

– Bem, assim deve ser. Chega de sofrer. Trabalhe, aproveite sua casa, vá na academia, leia um livro. Não sei como, mas tem que vencer a angústia e esperar. Não se renda antes.

– Mas você está indo embora... – Isabella disse as palavras fatais.

– Sim, estou indo, mas voltarei. Falaremos por telefone e isso, como todas as coisas, têm solução. *Capito?* – disse em carinhoso italiano que usava com os filhos desde sempre, como seu avô fazia com ela.

– Te amo – Isabella respondeu sorrindo.

– E eu, você.

– Que aconteceu com Maria Dolores ontem? – perguntou mudando de assunto.

– Problemas que não sabe como enfrentar – começou a dizer. Logo contou-lhe o episódio do AIT de Maria Dolores no banheiro e sua filha se assustou.

– Mãe, viaja sim, mas se cuida. Eu morreria se passasse algo assim com você.

– Ninguém sabe, filha. Por isso insisto que você deve ser feliz. Todos devemos.

Gina se sentiu diferente ao se dar conta de que tinha falado com sua filha mais velha e tinha sido capaz de vencer os laços que as atavam. Tinha sustentado sua decisão de partir, ainda que Bella a solicitasse. Era como se estivesse de frente para uma nova versão de si mesma. Era egoísta? Talvez sim. Mas depois de analisar, se sentiu satisfeita. Tinha postergado a si mesma por tempo suficiente. Recém-chegada aos 45 anos estava conseguindo ser sua prioridade pela primeira vez na vida.

Às vezes, não há obstáculos, há atitudes. Não há desamor, mas respeito aos próprios espaços. Não há segundas intenções, mas a permissão de que os outros sejam protagonistas. Não há ausências, há mudanças.

Às vezes não há labirintos, há chaves. E Gina acreditava que por fim tinha encontrado a sua.

O importante era que para todos sempre haveria uma nova oportunidade.

CAPÍTULO 5

Francisco

Quando os homens amam as mulheres só lhes dão um pouco de suas vidas; mas as mulheres, quando amam, dão tudo.
Oscar Wilde

Inácio tinha convidado seu amigo Francisco para jantar. Preocupava-se com seu estado de ânimo. Além disso, ele conhecia por experiência própria o que significava uma separação. Em seu caso, o divórcio.

– O que está acontecendo com você, meu amigo? Você parece muito mal. Já passou um mês, precisa seguir com sua vida.

– Sinto falta da minha família – respondeu de maneira direta. Conhecia Inácio a vida inteira, e além disso, eram sócios no escritório contábil.

Seu amigo permaneceu calado uns segundos como se meditasse sobre aquilo que se podia pensar e aquilo que se podia dizer. Nem sempre se coincidiam e nem sempre a situação era oportuna. Definitivamente, a prudência não era uma de suas qualidades.

– Sabe se ela tem outro? – perguntou por fim disparando a pergunta como uma bala no centro da alma.

– Não. Eu já disse. Estivemos de acordo. Não há terceiros.

– Muito de acordo me parece que não foi. Se fosse assim, você não estaria desse jeito – afirmou com ironia.

– O que queria que eu fizesse? Que eu resistisse? Não tinha sentido. Quando Gina decide alguma coisa, não olha para trás – respondeu.

– Isso é verdade. Mas você não acha que podia haver algo que a mobilizasse, um homem ou sabe-se lá o quê. Já reparou que muitas mulheres começam a ter uma crise existencial quando se aproximam dos 50 anos e reagem como se isso fosse o apocalipse? – disse lembrando-se do próprio divórcio.

– Ela disse que quer se priorizar, que não é feliz, que vai viajar... – acrescentou.

– Bom, isso tranquilamente poderia significar um terceiro.

– Não, ela está indo sozinha.

– Se fosse com alguém, não te contaria. Não seja ingênuo.

– Eu acredito nela. Gina não é assim – a defendeu.

– Olha, eu não sei como ela é agora, mas é evidente que ela não é mais como era antes. Uma mulher que termina com seu casamento aos 45 anos, com filhos grandes e uma vida resolvida, ou tem outro, e por isso insisto em perguntar, ou está muito entediada e se fartou da vida de casada. Se for esse último caso, você tem uma boa parcela de culpa – Inácio era brutal em suas falas, mas também muito sincero. Dizia o que pensava.

Francisco ficou pensando nisso uns instantes e um sabor amargo lhe veio à boca. Nunca lhe passou pela cabeça que além de passar por uma separação teria de enfrentar algo assim.

– Não, Inácio. Não pode ser a primeira opção. Pensei muito. Muitas vezes ela me fazia perguntas às quais não dei a menor importância. Suponho que foram alarmes que não soube escutar.Gina não me deixou há um mês e meio. Ela o fez quando começou a pensar que queria viver outra vida. Talvez tenha sido anos atrás.

– As mulheres nunca dizem quando decidem. É um processo interno, uma questão de gênero, quase estatístico, te diria. Planejam tudo, se preparam emocionalmente e quando estão prontas, só comunicam, dando a cartada final. Os únicos alertas podem ter sido aquelas perguntas insuportáveis: "Você me ama?", "Eu estou bonita?", "Eu fico bem com essa calça?", "E essa blusa, está marcando?", "Estou gorda?" – disse com certo humor enquanto se lembrava de suas experiências. – E o que esperam como resposta? "Eu te amo?" Claro que ama. Se você está com ela, é porque ama. Não precisa ficar repetindo o tempo todo. Às vezes, ela está linda, outras vezes, não. Mas não diga que a trocaria por duas de 25 porque o tempo também passou para você. Uma autêntica lei de pedra, imutável: "O tempo te faz velho". Mas elas, de modo irracional, não aceitam. Tampouco a lei da gravidade que faz cair o que antes era firme. Então, algumas calças caem bem e outras, não. Blusas que marcam quilos que antes não existiam, mas se disfarçam com roupas que favorecem. Ou seja, sim, ela engordou e você também. Mas isso não muda o fato de que continua sendo sua esposa. No entanto, não vivem assim – fez uma pausa e deteve o humor veemente com que estava sustentando suas palavras. – Claramente tudo isso é teoria que eu nem soube aplicar, porque estou aqui, divorciado.

Francisco escutou atentamente e esboçou algum sorriso pela simplicidade do discurso de seu amigo. Era de uma lógica esmagadora. Divertiu-lhe em certo ponto esse resumo aplicável a tantos casamentos, mas não ao seu. Inácio era engraçado quando tinha o que contar. Tinha uma habilidade inata para administrar os silêncios enquanto conversavam. Sabia capturar a atenção de quem o escutava. Até o mais absurdo se tornava tema de seu entretenimento se ele quisesse. Sempre era foco de atenção das reuniões. Era seu oposto. Além disso, também lia muito sobre filosofia oriental, por isso também podia ser muito sábio em seus conselhos. Era o equilíbrio entre as questões terrenas e as espirituais.

– Não é exatamente meu caso. Gina nunca me perguntou essas coisas. Eram outras as questões.

– Quais?

– Dizia que não tínhamos projetos em comum. Que eu estava metido em minha vida, e ela, na dela. Que ela não era feliz. Que não tínhamos mais planos juntos.

– Pior. É uma das pessoas para quem as crises são uma questão existencial. Misturam passado, presente, futuro e oferecem um coquetel impossível de assimilar.

– Você fala como se as mulheres fossem tipos disponíveis em catálogos.

– Pode rir, se quiser, mas é assim. Sua esposa é do tipo existencial – insistiu. – Deve ter dito que os filhos já cresceram, que por fim vocês ficarão sozinhos e que não há romance. Outro perfil, mas que também pertence às estatísticas. Acho que Gina fez uma proposta filosófica. Essas são ainda mais difíceis de conformar. Porque pensam muito, e isso põe você em desvantagem. Minha ex era mais impulsiva.

– Algo assim aconteceu. Gina é organizada em tudo. Não me surpreenderia se já tivesse esquematizado detidamente como faria acontecer o que está fazendo agora, a partir do mesmo momento em que ela decidiu que nossa relação tinha deixado de funcionar para ela. Eu nunca me envolvi em dar-lhe respostas e dedicar meu tempo a ela. Para mim, estava tudo bem. Mas se nota que não – afirmou com um sorriso irônico.

– É... não. Ela decidiu ficar em silêncio, enquanto internamente contava quantas vezes você devia tê-la surpreendido com uma saída, uma viagem, um gesto romântico, dizendo que a amava ou que ela estava linda, mas você não o fez. Não há modo de sair bem na foto. Sei do que estou falando. Pela minha própria experiência e a de outros. Seja qual for o tipo de mulher, não é fácil sobreviver a elas entre os 45 e 50. Ocorre um fenômeno exterminador de homens! Nós somos básicos. Temos que admitir.

– Básicos?

– Sim, Fran, básicos, simples. Se você diz que vai dormir, o que você faz?

– Vou dormir – respondeu imediatamente.

– E quando era ela que dizia isso? O que acontecia? Pensa.

– Dava quinhentas voltas, fazia muito barulho, e quando ia se deitar, eu já estava cansado de esperar e me esforçando muito para não pedir que ela deixasse de passear pela casa.

– Está vendo? Não falha nunca. Somos básicos. Elas, não. Entende o que eu digo? Agora vamos supor que surja uma viagem para ir. O que você faz?

– Arrumo minha mala com o que preciso e vou.

– E ela?

– Meu Deus! Sim. – começou a rir – Depiladora, cabeleireiro, manicure. Encher a geladeira para os filhos. A roupa, pesquisa de clima. O que vestir para pegar o avião, a temperatura ao chegar, o peso da mala... Tem razão, somos básicos. A vida para nós é mais fácil – fez uma pausa que o afastou das divertidas comparações da delícia conjugal. – Estou destroçado. Quero minha casa, meus filhos. Quero Parker e a minha gata, Chloé. Sinto falta da luz que entrava pela janela do meu quarto. Preciso de todas as minhas rotinas, mas no seu lugar só tem o vazio.

– E se você tentar voltar? – propôs. – Seria ousado e tremendamente difícil, mas "quem não chora não mama" – acrescentou sem muita convicção.

– Tenho que dar um giro completo na minha vida, demonstrar que reconheço meus erros, que posso mudar, e ainda assim não acho que Gina daria um passo atrás. De qualquer modo, preciso me armar, juntar minhas partes quebradas, antes de fazer qualquer movimento. Tenho coisas para buscar em casa ainda, mas não consigo ir.

– Quer que eu vá?

– Não. Somos adultos. Agradeço muito, mas devo enfrentar essa situação.

O jantar transcorreu em meio a uma conversa entre amigos. Não muito tarde, Inácio levou Francisco de volta a seu apartamento alugado.

Ao chegar, o silêncio foi devastador. Tudo exalava ausência. Deitou-se logo em seguida. Quando o corpo devia aproveitar de seu merecido descanso e o calor acalentava o ambiente de onde estava iniciando sua nova vida, começava ao mesmo tempo um fenômeno inevitável: os pensamentos intrusos se anunciavam em sua memória como um letreiro luminoso. A lista de erros ganhava dimensões extraordinárias e o arrependimento lhe tirava o sono, como se fosse dono da madrugada.

Gina. Gina. Gina. Só podia pensar nela, em sua família, no seu lar destruído. Francisco estava devastado.

Por que a noite multiplicava as angústias até o infinito irremediável que não morria com o amanhecer? Quem tinha dado à noite o poder de fazer sucumbir diante do vazio? E se Gina tinha mesmo conhecido alguém? Será que Inácio tinha razão ao mencionar essa possibilidade? A ideia o atravessava enquanto ele tentava entender o que fazia ali, sozinho, se esforçando para não chorar.

A noite corria por suas veias de uma maneira insuportável. Nessas horas, a ausência era tenaz, a lógica era confusa e até a certeza de seu nome escapava entre a segurança de que necessitava, o presente que vivia e o futuro que esperava por ele. Por que a noite, cada noite desde sua separação, o desafiava? Não sabia.

Tinha 47 anos, três filhos maravilhosos, e uma esposa que o tinha abandonado, enquanto ele voltava a escolhê-la. Que acontecia às mulheres dessa idade? Tinham tudo e se transformavam nos seres mais insatisfeitos do universo. A época da paixão e os detalhes românticos tinham ficado para trás, mas reclamavam ignorando que o tempo, pela disposição divina, levara consigo esses encantos. Era uma regra tácita dos casamentos de muitos anos. Sustentavam-se em outro lugar. Era assim que pensava, mas evidentemente ou isso não era certo ou eles não tinham conquistado esse lugar.

Nesse momento, esgotado pela tristeza, refletiu que devia tê-la escutado quando disse pela primeira vez que não estava feliz. Essas palavras tinham sido o princípio do fim. Conhecendo Gina, foi um erro, talvez irremediável, não ter feito nada a respeito.

Talvez, se tivesse tentado resgatar nele o rapaz que a tinha conquistado tantos anos atrás... Lembrou-se da Ilha de Providência, dos dias felizes em San Andrés. Se tivesse restado um pouco daquele jovem dentro de si, quem sabe essa noite não estivesse vivendo uma batalha contra a solidão, mas indo viajar com ela. Porém a realidade não era assim. Gina sairia do país sozinha. Não sabia a que lugar iria depois de seu primeiro destino, que era a Big Apple. Por que voltaria ali? Tinha ido para lá em muitas oportunidades. O que ela buscava ali? O que tinha nisso de tão importante que precisava sentir, ter ou projetar para ser feliz?

De repente, se convenceu de que sim, era capaz de oferecer a ela o que quer que fosse, estava disposto a recomeçar. Ele a amava. Só queria ter sido capaz de realizar todos os sonhos dela. Mas quais seriam esses sonhos no momento? Evidentemente, ela não os diria. Seria ele capaz de adivinhá-los?

Sem ver que horas eram, enviou uma mensagem no grupo do WhatsApp da família: "Sinto falta de vocês. Bom descanso".

"Eu também. Um beijo, pai", respondeu Isabella.

"Amanhã nos vemos", foi o texto de Diego.

"Até amanhã, meu velho. Também tô com saudade", respondeu Andrés.

Verificou que Gina também viu as mensagens. O grupo estava bastante silencioso desde a separação, mas permanecia com seus cinco integrantes. Gina lia, mas não participava.

Dormiu pedindo a Deus, com quem conversava pouco, que Gina não tivesse conhecido outro homem, e que lhe desse outra oportunidade.

CAPÍTULO 6

Engano

*Nos viu, desfeito o engano da noite,
a luz crua do amanhecer.
Era hora de fugir.*
Joaquín Sabina

Manuel se levantou naquela manhã no horário habitual. Fazia alguns dias desde o episódio do AIT de Maria Dolores. Ela estava completamente recuperada e os exames não mostravam nenhuma sequela. Tinha sido um alerta emocional. Um aviso diante do ritmo de vida que a estressava. Por conta disso, ele sugeriu que ela trocasse de psicóloga, começasse a fazer atividade física e modificasse os hábitos que a levaram a esse estado. Acrescentou que desejava que essas mudanças começassem o quanto antes.

Enquanto tomava banho, esqueceu seu celular carregando na mesa à noite. Maria Dolores acordou com um sorriso, na noite anterior sentira seu marido tão seu novamente, que decidiu reconquistá-lo, sem mencionar nada sobre o que sabia.

Um som que conhecia muito bem esfumaçou seu sono reparador. Chegavam mensagens insistentemente. A tentação a venceu. Pegou o celular. Pedia senha. Tentou algumas datas que para ela eram significativas, como seu aniversário, o aniversário de casamento, o número da casa e nenhuma delas pôde desbloqueá-lo. Quem lhe escrevia às seis em ponto da manhã? Devolveu o celular para o lugar em que estava e sentiu que não podia encarar a resposta.

A ilusão que sentiu nos primeiros minutos do dia já tinha se desvanecido. O *que devo fazer?* No instante seguinte, reformulou sua pergunta: O *que sou capaz de fazer?* Observou-se, ainda nua, coberta apenas pelo lençol. Sentia que não tinha amor-próprio.

– Bom dia, amor. Descanse, estou indo trabalhar – disse Manuel com suavidade.

– Tão cedo?

– Sim, tenho papéis atrasados. Acumularam-se planos e relatórios técnicos.

– Não poderia fazer de casa?

– Não. Não posso, amor. Os arquivos estão no escritório. Aconteceu alguma coisa? Você se sente mal? – perguntou demonstrando preocupação.

– Não, fique tranquilo. Estou bem, só não queria ficar sozinha.

– Você precisa começar uma atividade física ou sair com alguma amiga. Não a essa hora, claro, mas aproveite seu dia. Quero que fique feliz. Não merece menos que isso – aconselhou. – Se tiver vontade, esta noite podemos sair para jantar – acrescentou. Era evidente que só queria se livrar e sair, mas suas palavras eram sinceras.

– Bom. Reservo mesa em algum lugar?

– Não, vida. Não se preocupe, eu faço isso.

Pegou seu celular na mesinha e guardou no bolso, sem olhar para a tela.

– Tocou várias vezes... – disse ela sem analisar sua reação.

– A essa hora, seja o que for, pode esperar. Talvez sejam os grupos, esqueci de silenciá-los e o de velhos formandos é agitado – comentou sorrindo.

Como argumento era crível. Sua expressão, imutável. Maria Dolores preferiu abstrair-se e aproveitar o sabor do beijo que ele deixou sobre seus lábios antes de partir.

Manuel tirou seu carro da garagem e a poucas quadras de sua casa encostou para ler as notificações. Claro que não eram dos grupos e ele sabia perfeitamente. Era Raquel. Fazia mais de um ano que era Raquel.

Leu as mensagens que às seis da manhã o faziam passar por todos os estados de ânimo. Provocavam-lhe, excitavam-lhe, xingavam-no e esperavam-no. Todas as palavras da mesma mulher que atravessa as múltiplas facetas no claro papel de amante que acredita em promessas com todo seu amor, mas sabe lá no fundo que jamais se cumprirão.

Manuel era um homem casado. Soube desde o primeiro dia. Usava aliança e tinha sido fiel a Maria Dolores até que ela apareceu para alterar seus sentidos, em um encontro casual. Naquela noite, ele saíra para beber com um amigo depois de terminar uma casa. Notou a presença dela a distância. Tomava um drinque no balcão do bar. A atração física foi recíproca, mas ele não se aproximou. Olhou a hora, e ela viu quando ele procurou um lugar menos ruidoso para poder falar no celular. Ligou para a esposa. Era o protocolo, Raquel sabia bem.

No entanto, e contra todo o desejo de realizar suas intenções, quando Raquel lhe dirigiu a palavra em meio a um jogo perigoso de sedução, ele não a negou. Ela ainda se lamenta por tê-lo seduzido naquela noite. Agora sofria amargamente as consequências dessa relação condenada ao fracasso. Apaixonou-se e se chateava com ela mesma por ter cometido esse erro.

Em geral, as mulheres saíam com homens casados quando encontravam um amante que não era parecido com o homem que as esperava em casa. Homens musculosos, com habilidades únicas em suas mãos. Esses que davam beijos de novela e lhes deixavam o corpo ardendo. Que ofereciam adrenalina em lugares menos habituais e que se metiam não só em seu corpo, mas também em suas fantasias. Manuel não era assim. Além disso, ninguém esperava por ela em casa.

No entanto, tinha algo que chamou atenção e a prendeu. O que seria? Se o analisasse bem, era um homem bem comum. Um amante regular que não se empenhava muito nas preliminares. Não lhe dava muitos presentes e era provável que ficasse careca muito em breve. Então? A palavra. Esse era o problema. Tinha magia em seu discurso, as palavras a abraçavam com doçura de forma permanente. Era um "orador profissional". Dava-lhe certezas, proteção e sonhos. Ela, que tinha sido vítima de um companheiro que a insultava e que chegou bater nela, valorizava esse carinho acima de tudo.

Manuel ligou.

– Oi, meu amor. Não precisa dizer mais nada. Sim, eu sei de tudo isso e você tem razão. Que saudade. Estou indo para sua casa agora preparar o melhor café da manhã. Depois que eu te beijar, se desejar que eu vá embora, eu vou.

Raquel escutou o estrondoso ruído que provocou a queda de todas as barreiras que sustentavam suas queixas. Ao cair de uma vez, só restou em seu lugar a vontade de revê-lo.

– Você me ama?

– Como nunca te amei antes. Te amo para sempre.

– Te espero.

Capítulo 7

País

As tentativas de superar essa dualidade, de domesticar o selvagem e de dominar o que não tem freio, de fazer previsível o desconhecido e de aprisionar o errante são a sentença de morte do amor.

Zygmunt Bauman

Ser tabeliã era ser organizada, metódica, programada e previsível. O sistema notário latino é referência no mundo e não deixa margem ao erro. Continuamente com sua firma, além de dar fé pública, Gina cumpria com a obrigação de obter resultados desde o primeiro minuto. Nesse contexto e durante tantos anos, essas estruturas eram parte de sua vida. Suas decisões pessoais e até emocionais cumpriam inevitáveis e tácitas regras de previsibilidade. Gina se comovia diante das histórias de vida que as pessoas lhe permitiam conhecer através dos trâmites, mas também era plenamente consciente de que a emoção não podia, de modo algum, modificar seu papel central de profissional responsável. Dela dependia a ordem e o controle. Sempre.

Por isso, para tomar a decisão radical de se separar e na sequência completar sua decisão com uma viagem, Gina precisou se esforçar muito. Uma espécie de autorização interna para sair em busca de si e ir contra uma parte sua que a tinha dominado durante muito tempo. O que desejava fazer e o que lhe condizia fazer. Era um alerta de que devia fazer algo para ser feliz a despeito do que todos esperavam dela, inclusive ela mesma.

Tinha sido todo um ato de ousadia decidir que Nova York fosse seu primeiro destino, sem saber se haveria outros. Para completar, somava-se a isso a letal incerteza do objetivo mais difícil, que foi ignorar a data de volta. Jamais tinha viajado sem um itinerário preparado detalhadamente, com tempo suficiente entre os voos. Estadias, hotéis e excursões programadas. Inclusive, escolhia as datas conforme relação direta com o clima dos países aos quais iria. Nunca deixava algo ao azar. Agora precisava saber quem era a mulher que tinha dentro de si, e que lhe impunha a necessidade de controlar tudo. Por isso, tinha se animado à titânica tarefa de ignorar as estruturas incorporadas milimetricamente como deveres irrenunciáveis. A profissão de Gina e sua vida nesse momento a situavam no centro de um grande paradoxo. Agora, nada mais era seguro ou conhecido quanto aos resultados; em consequência não podia controlar as imensas variáveis que atravessariam seu caminho, seus sentimentos e sua busca. Não podia dar fé do que ocorreria. Começou a acreditar no destino, o qual colocava em crise sua vida inteira e a condenava à imprevisibilidade.

Claro que não desejava que ninguém opinasse a respeito, mas era inevitável. Todos falariam. Por esse motivo, tinha postergado ao máximo algumas conversas que devia ter. Sua intuição era como um escudo protetor a guiá-la. Tinha diálogos anunciados que, como uma crônica de momentos que não desejava atravessar, chegavam à galope.

Seus pais ainda não sabiam de nada e essa batalha não seria simples nem fácil. Continuavam vivendo no interior. Tinha sido fácil eludir a questão, mas não era justo não lhes dizer a verdade. Além disso, queria despedir-se deles. A finitude, à idade que tinham, era algo no qual preferia não pensar, mas não deixava de estar ali, latente como uma sombra, a possibilidade de um repentino final. Era um dado objetivo da realidade. A lei da vida é sobreviver aos pais, mas o fato não ajudava em situações como as que Gina enfrentava. Tinha que evitar que eles lhe instalassem dúvidas recorrendo ao seu lado mais vulnerável. O amor pelos seus era seu perfil mais permeável a influências. E a consequência podia ser que deixasse de priorizar-se, a única determinação pela qual não estava disposta a ceder. Não devia permitir que o juízo de valor sobre suas ações a alcançasse. Era uma mulher adulta, ninguém tinha mais ou maior direito que ela sobre seu presente e futuro. Ainda que reconhecesse seu calcanhar de Aquiles. Quando criticavam suas ações e existia alguma possibilidade de que tivesse cometido um erro, o controle que exercia sobre tudo se desmoronava. Não permitia margens para se equivocar. No entanto, as decisões de terminar seu casamento e viajar a colocavam perante a incerteza de não saber se tinha feito o correto. Estava determinada, mas só o tempo conhecia a verdade e este ela não tinha capacidade de dominar.

Desde que Francisco saiu de casa, todos os dias ela fazia o possível para construir uma barreira antiaderente de emoções entre sua vida e a dos outros, para que nada grudasse. Nem reclamações, nem pedidos, nem crítica, nem excesso de dependência, nem amor, nem culpas, nem vazios, nem presságios. Não devia permitir que nada tivesse o poder de interromper seu projeto. Não era fácil. Ela sabia muito bem. Por isso, as demoras voluntárias.

As últimas conversas que mantinha diariamente com seus

pais lhe deixaram mal por ocultar-lhes a verdade, de maneira que, antes de sua partida, viajou à cidade onde moravam para falar com ambos. Foi de carro até lá, sozinha. Ao chegar a sua velha casa, se deteve a observar. Nada havia mudado. A tranquilidade de um lugar detido no tempo se lançava sobre ela sussurrando-lhe que não entenderiam suas decisões, e que os preconceitos ganhariam. Seu passado, diante de seus olhos, a observava tentando compreender em silêncio por que tinha terminado a relação com seu esposo. O cheiro, esse aroma diferente que trazia sua vida adolescente à memória, uma mistura de árvores, ventos, mormaço e café. Esse lugarejo quase deserto e no meio do nada, onde muitos casamentos se mantinham eternos pelas aparências, a recebia com preconceitos e interrogações. Fechou os olhos e respirou sua própria percepção antes de descer do carro. Soube então que não era a cidadezinha quem lhe esperava com perguntas, eram as inquietudes de sua própria consciência que pulsavam ao ritmo da procura por respostas. Era a própria vida em circunstâncias que não podia evitar, ainda que fossem absolutamente previsíveis.

Entrou na casa dos pais, a porta sempre estava sem chave. Sua mãe apareceu da cozinha, onde lavava os pratos.

– Gina! Filha! Que alegria! – expressou alegremente. – José! – gritou em seguida, enquanto secava as mãos. – Olha quem veio nos visitar! – pronunciou essas palavras já abraçando-a. Esse lugar, esses braços, eram a sensação de segurança e proteção com a que tinha crescido. Ali tudo se curava, mas dessa vez não teve a mesma sensação.

– Gina, que surpresa! Não esperávamos por isso!

– O que traz você a essas terras sem nos avisar? Os filhos? Francisco? Está tudo bem?

– Sim, mamãe. Todos estão bem.

– Almoçou? Que linda você está! Você sempre fica bem de preto – aludiu ao vestido. Era discreto e clássico. Usava também um *blazer* da mesma cor, com detalhes bordados em dourado, iguais aos da barra do vestido na altura dos joelhos.

– Obrigada! – respondeu pensando que inconscientemente se vestiu como sua mãe gostava de vê-la. Estava buscando sua aprovação? – Sim, almocei. Queria só um cafezinho, por favor, mamãe – acrescentou. – Esse café saboroso que só encontro nesta casa e que trouxeram os jesuítas a Colômbia desde Nova Granada – disse lembrando o que seu pai repetia de vez em quando desde que começou a tomar café.

José sorriu orgulhoso ao ouvir o comentário.

– É o que eu digo. Não se esquece daquilo que se aprende desde cedo.

Seu pai era um conhecedor fanático da história do café e já tinha contado uma e outra vez que existiam várias versões da chegada e da origem do café na Colômbia. Alguns indícios históricos apontavam que os jesuítas tinham levado o grão à Nova Granada em 1730. Por outro lado, diziam que o produto tinha chegado graças a viajantes que vinham da Guiana, passando pela Venezuela, mas José negava essa possibilidade. Gostava de se informar, era curioso. Suas conclusões o afastavam dessa última versão e assim ensinou a sua filha.

Os três sentaram-se nos sofás da sala para conversar segurando pela alça suas xícaras fumegantes. O aroma os unia. Gina sentiu que era o mesmo sabor de sempre, mas melhor. Como se seu paladar tivesse rejuvenescido. Uma sensação de triunfo deslizou por seu interior junto ao primeiro gole. Desfrutou.

– Estou indo viajar – anunciou para começar por algum

lugar que não fosse uma zona muito hostil. Sabia que a magia familiar se quebraria em muitos pedaços quando dissesse que tinha se separado.

– Algum congresso? – quis saber seu pai, também tabelião. Porém ele retornara a sua cidade natal assim que se graduou.

– Não.

Fez um silêncio. Se conheciam bem demais e pelo enigma que rodeava Gina era evidente que não se tratava de uma viagem usual.

– O que você veio contar para a gente? – acrescentou, apoiando a xícara sobre o pires e mudando seu olhar de pai amoroso que há muito não vê a filha para um inquisidor social que, além disso, também estava acostumado a controlar tudo a seu redor.

– Bom, eu vou a Nova York primeiro – e não se atreveu a dizer que depois não sabia para onde.

– Como assim "eu vou"? E Fran? – perguntou sua mãe.

– Nós nos separamos. Já não vivemos juntos – soltou suas palavras como uma avalanche convicta em desmoronar.

Seus pais se entreolharam. A primeira reação foi um silêncio demolidor. Gina desejou que lhe perguntassem como ela estava, se ela precisava de alguma coisa, ou o que tinha acontecido. Algo parecido ao que ela fazia a Maria Dolores ou a sua filha Isabella, mas sabia que não aconteceria desse modo.

Seu pai se levantou e deu uns passos.

– Você ficou louca? – enfrentando Gina com seus olhos o menos amigáveis possíveis.

Sua mãe tratou de ser mais moderada, mas tampouco conseguiu. Outro estilo, menos agressivo, mas também bastante condenatório.

– Você precisa voltar com ele. Já estão há muitos anos juntos.

– Basta! – Gina interrompeu a mãe. – Não vim aqui pedir conselhos. Não quero que se magoem, muito menos que me julguem. Tenho 45 anos e estou certa de que fiz o que era melhor para mim. Não, não fiquei louca, papai – acrescentou com ironia.

– Pois eu digo que sim – insistiu.

– Não. Não sou feliz. Que fazem vocês quando algo não os faz felizes?

– Somos coerentes – respondeu sua mãe.

– E o que é ser coerente?

– Sustentar aquilo pelo qual você deu a vida. Sua família. Isso vem em primeiro.

E ali estavam, duas gerações de mulheres muito diferentes, frente a frente. Ela sentia em suas entranhas a necessidade de ser feliz do modo que fosse e sua mãe, com a mesma força de convicção, sustentava a bandeira de fiel cumpridora do mandato social do casamento. Se não era feliz, o mais importante era ser coerente e ponto. Aguentar a qualquer custo? Resistir até que a morte os separe como prega a lei de Deus? Onde estava Deus, nesse momento? Claramente, não estava unindo o que se rompia diante de seus olhos.

Gina não queria discutir. Se desse explicações, absorveria seus discursos por alguma fresta em meio a sua valentia. Era vulnerável. E sabia. Devia fazer aquilo que a motivou a ter viajado até ali. Deixá-los informados da realidade, se despedir e assegurá-los de que os amava. Nessa ordem, como tinha repetido em sua mente várias vezes.

Respirou fundo, e enquanto se passavam diferentes formas de defender sua posição com unhas e dentes, ironicamente, foi coerente e estrategista. Centrou a atenção em seu objetivo.

Iria se preservar. Outra regra de ouro nesses tempos. A regra número dois. A número um era se priorizar.

– Papai, sente-se, por favor. Não vim discutir com vocês, os amo e fiz questão que soubessem diretamente por mim do que está acontecendo. Quero ser feliz e faz muito tempo que não sou. Nossos filhos já estão grandes, já têm suas vidas, e com Francisco nos perdemos em algum lugar do qual não foi possível voltarmos juntos. É um bom homem, o pai dos meus filhos, mas já não estou mais apaixonada por ele. Preciso do meu espaço, entender o que sinto e o que quero.

– Soa muito filosófico, mas a vida não é um livro de autoajuda. Que você possa pagar uma viagem não justifica que deixe todo mundo sem pensar nas consequências – acrescentou sua mãe.

– Concordo com sua mãe. Você é uma mulher adulta e age como uma adolescente que quer devorar o mundo. Para onde você vai? E o cartório?

– Já disse. Vou a Nova York. Alícia vai ficar junto com minha escrivã no comando do cartório.

– Não é a mesma coisa. Você deve estar lá. É muito irresponsável de sua parte – disse com firmeza. – E depois? – acrescentou.

– Não sei. Vou para onde sentir necessidade de ir – disse afetada pelo fato de seu pai tê-la chamado de irresponsável.

– Não me diga! Necessidade de ir? É uma piada?

– Não. Não é.

– E vai conhecer um *hippie* e vender colares na praia para sentir o mar e a areia debaixo de seus pés? Por favor, Gina, você perdeu o juízo, filha. Sinto muito, mas não posso te apoiar nessa insanidade. Não é uma viagem à capital para se instruir, como antes, que era arriscado, mas inteligente. Essa nova viagem é um caos.

– Lamento que pensem assim – fez uma pausa, e meditando sobre o que responder à ironia sobre conhecer um *hippie*, por um instante lhe pareceu deliciosa a imagem de sentir o mar e a areia em seus pés. A tensão do ar a trouxe de volta – Eu os amo – continuou. – Vou ligar para vocês para dizer onde estou e para saber de vocês – disse com muita dor.

– Para mim nem precisa ligar. Não posso apoiar coisas sem sentido – disse seu pai e se encaminhou ao quarto.

Gina não pôde conter as lágrimas. A mãe a abraçou; por um segundo se sentiu protegida. Quis se aninhar ali até que tudo passasse. Pausar suas emoções nesse lugar de paz. Esquecer quem era, mas precisava partir.

– Gina, acho que tudo isso é uma loucura. Não entendo suas razões. Em seu lugar, não faria o que você está planejando, mas sigo sendo sua mãe e estarei esperando por notícias suas. Quando a solidão te afogar, porque vai acontecer – adiantou – lembre-se que sempre te aconselhamos pensando no seu futuro.

– Esse é o problema. Meu futuro consumiu meu presente. Quero viver o agora. Amanhã posso nem mais estar aqui e não me perdoaria por não ter feito nada para ser feliz. Mãe, todos seguem com suas vidas e eu perco um pouco da minha todos os dias e com cada um deles até desaparecer. Você pode entender?

– Não. Mas aqui vou estar sempre que precisar.

Gina a abraçou. Foi até o quarto para se despedir de seu pai, mas a porta estava trancada por dentro.

– Tchau, pai. Te amo – disse com angústia detrás dessa madeira velha que se colocava como os preconceitos de seu pai. – Sou responsável – acrescentou. Ele não respondeu.

Às vezes, só o que resta é partir.

CAPÍTULO 8

Filhos

O inesperado que se apresenta, de repente, não com estrondo, nem com sinais importantes que o anunciem, mas deslizando-se de forma imperceptível, mansa, do mesmo modo que poderia não chegar.
Arturo Pérez-Reverte

Andrés e Diego eram seus filhos mais novos. Muito diferentes de Isabella. Não por serem homens, mas por terem personalidades distintas. Para eles, a separação não parecia ter significado nenhum drama, talvez porque Andrés era muito generoso para questionar e Diego, reservado demais para expressar o que sentia. Assim acreditava Gina. Suas vidas continuavam com a habitualidade esperada. No entanto, ainda não tinha falado com eles a respeito da viagem e o faria essa noite. Ambos tinham avisado que voltariam cedo para casa para jantar com ela.

Gina decidiu cozinhar uma sopa típica: *ajiaco*. Ela a preparava com frango, três tipos de batatas, milho e uma erva chamada *guasca*, que dava ao prato um sabor maravilhoso que seus filhos reconheciam de longe. Alícia foi quem lhe ensinou a fazer muitas receitas. Enquanto terminava de cozinhar, Gina lembrava-se do nascimento de seus dois meninos. Uma espécie de nostalgia a invadiu. Tinham sido os grandes amores de sua vida e nesse momento já eram homens. Jovens, mas no início da vida adulta e longe dos dias de infância. Já não pediam permissão para nada nem dependiam física ou emocionalmente dela. Respeitavam as mínimas regras da casa: avisar onde estavam, se voltariam ou não para jantar ou dormir e atender o celular.

Andrés tinha 23 anos e decidiu, contra a vontade dos pais, que não queria estudar. Quando terminou os anos de escola, com todas as possibilidades para iniciar a carreira que quisesse, disse, incisivamente, que não o faria. Não lhe interessava continuar se esforçando no sentido acadêmico. Era lógico e muito racional. Reconhecia suas limitações, não tinha vontade de seguir carreira universitária. Se o fizesse, seria em uma entidade privada e levaria o dobro de tempo que os demais. E justamente era isso o que menos lhe interessava: perder tempo em projetos que não eram próprios, e que, por mais que pudessem dar-lhe um futuro, não garantiam sucesso. Ele gostava da vida tranquila, de estar de bom humor e tratar de ser feliz. A madeira era sua habilidade. Apreciava tanto talhá-la como fabricar móveis. Tinha conseguido trabalho na empresa do pai de sua namorada, Josefina. Ela estudava Direito.

Diego estudava licenciatura em Física. Estava adiantado para sua idade, quase terminando o terceiro ano. Era independente e muito discreto. Quase nunca pedia nada, embora em toda sua vida tivesse em suas mãos tudo o que precisasse, porque Gina e Francisco estavam sempre atentos às necessidades do filho. Nunca queria se destacar, preferia passar despercebido. Levar os dois sobrenomes dos pais, por exemplo, Lopez Rivera, em certos casos o incomodava. Ele não gostava de se gabar de uma situação econômica vantajosa. Ele era Lopez, como um grande número de colombianos, mas Lopez Rivera o elevava a uma outra classe social. Então, se podia evitar, não mencionava seu último sobrenome. Também tinha uma namorada, Ângela, fazia mais ou menos um ano. Ele a conheceu em um café em frente à faculdade onde ela era empregada. Gina não conhecia muitos detalhes da relação, já que ele mencionava pouco ou quase nada. A jovem parecia ser muito doce e trabalhadora. Era notável que estava apaixonada por ele. Diego também praticava corrida. Essa atividade física era feita, inclusive, de acordo com seu caráter reservado. Não falava com ninguém enquanto corria. Só pensava e curtia. Costumava participar de maratonas em Bogotá.

Naquela noite, a mesa estava posta esperando por eles, e a janta, pronta.

– Oi, mamãe! Uau, que delícia! *Ajiaco*! Eu estava torcendo para que você tivesse preparado mesmo sua especialidade – disse Andrés com carinho enquanto sentia o aroma saboroso da sopa. – Estou com fome – acrescentou.

– Oi, Andrés! Como foi seu dia?

– Bem, mamãe – respondeu antes de contar sobre seu dia e algumas piadas.

Um pouco depois, chegou Diego.

– Desculpa, demorei esperando o ônibus que não vinha – explicou. Diego não usava o carro da família nem o que seus pais presentearam a ele e a seu irmão.

– Oi, filho! Não tem problema. Não é tão tarde – cumprimentou respondendo a suas palavras. Ambos os irmãos se cumprimentaram e, minutos depois, todos já estavam sentados à mesa, onde era inevitável não pensar no pai. Sentiam-se um pouco decepcionados diante da cadeira vazia, ainda que tentassem não se deter nisso. Eles também não tinham falado sobre isso entre eles. Diego era de poucas palavras. Francisco costumava dizer que o filho tinha a sabedoria de um velho em um corpo de jovem. Era muito maduro. Não se identificava com os jovens de sua idade.

Gina serviu a cada um seu prato, enquanto buscava as palavras para contar-lhes que viajaria em circunstâncias diferentes. Sozinha, sem data para voltar e conhecendo somente ao seu primeiro destino. A experiência com seus pais já a tinha provocado uma postura defensiva da qual não gostava. Ela tinha sido julgada e isso era tudo o que não queria que acontecesse com seus filhos. Estava convicta de fazer valer seu direito de não dar explicações, mas ainda assim, uma parte dela sentia que devia dá-las a sua família. E, sobretudo, que deveriam aceitá-las. Incomodava-a muito sentir essa necessidade de aprovação, mesmo que não admitisse. O encontro com seus pais lhe frustrou internamente.

— Meninos, quero comentar um assunto com vocês – começou.

Ambos a olharam sem interrompê-la.

— Estou indo viajar. Lembram-se de que comentei que tinha essa vontade?

— Sim, sim. Alguns dias depois que o pai foi embora, você comentou – confirmou Andrés. Diego permanecia mudo.

— Para onde você vai?

— Primeiro a Nova York.

— Ah! Vai fazer compras. Com quem você vai? Com Alícia? – perguntou. Elas tinham mesmo feito várias viagens juntas.

— Não. Viajo sozinha. E não vou fazer compras – afirmou.

— Não?! Não acredito! – exclamou Andrés, já rindo.

– Qual o motivo da viagem? – perguntou Diego. Assim era ele, direto.

Era uma pergunta difícil de responder. Não podia dizer que ia em busca da mulher que um dia havia sido ou da felicidade que tinha se perdido dela em algum momento durante os últimos anos de seu casamento. No entanto, com seu filho caçula ela tinha que ser precisa ou perderia a oportunidade de falar sobre o assunto.

– Preciso de um tempo para mim. A separação não é algo simples, ainda que tenhamos tomado juntos essa decisão.

– Pensei que era mais fácil assim e que, por isso, vocês se separaram – observou de maneira cortante.

– Não, não é. Vivi 25 anos com seu pai. Nesse tempo aconteceram muitas coisas. Vocês cresceram. Eu me entreguei à minha profissão, mas em algum ponto, me esqueci de mim mesma. Essa viagem é algo que quero fazer. Mas de um jeito diferente. Sem as estruturas e a previsibilidade de sempre. Demanda um grande esforço da minha parte, mesmo que pra vocês seja difícil de acreditar.

– Do que você está falando, mãe? Não me diga que você agora faz parte desses grupos de solteiros e solteiras procuram... – interrompeu Andrés com humor.

– Isso não tem graça – disse Diego.

– Meninos, não viajo com essa intenção. Não estou interessada em encontrar uma pessoa – explicou. – Viajo sozinha e não quero ter nenhuma obrigação. Nem com horários, nem com voos programados ou excursões. Nada.

Ao se escutar, repensou. Será que não desejava mesmo encontrar alguém? Não tinha parado para pensar no quanto era romântica e acreditava no amor. Definitivamente, sim, queria uma, alguma ou outra vez, mas não era algo para se contar aos seus filhos.

– Não é seu estilo – acrescentou Diego.

– É verdade, não é. Mas acredito que é aquilo de que preciso agora.

– Quando você volta?

– Não sei.

– E o cartório? – perguntou Diego.

– Alícia vai ficar encarregada e Carmem vai ajudá-la – respondeu referindo-se à escrivã.

Gina sentia que Andrés não parecia ter problema algum com a viagem, mas algo no olhar de Diego a preocupava.

– Alguma coisa te incomoda, Diego?

– Sim.

– Com minha viagem?

– Não. Não é isso! Ainda que não me pareça o momento para ir e muito menos nas condições que você propõe, quem sou para dizer alguma coisa?! Você sabe o que faz.

– Então?

Diego meditou uns instantes no efeito que suas palavras provocariam. Logo, convencido de sua determinação, resolveu falar de uma vez como atirando pedras ao mar.

– Vou deixar a universidade.

Gina sentiu um calafrio. Andrés olhava surpreso.

– Por quê? – Gina perguntou de imediato.

– O que está acontecendo? – perguntou Andrés a seu irmão.

– Porque eu decidi. Quero trabalhar.

– Mas você já concluiu mais da metade do curso. Não nos falta dinheiro. Pode terminar e depois trabalhar.

– Não, não posso. E sim, falta dinheiro.

– Para quê? Seu pai e eu podemos bancá-lo – acrescentou.

– Já falei com papai e ele entendeu.

Gina não podia aceitar, sem que se notasse em sua expressão, que Francisco não tivesse ligado para contar nada sobre isso haja vista a importância do assunto. Supôs que as revanches da separação começavam a tomar forma. Seria esse o caminho a partir de agora? Já não compartilhariam os assuntos dos filhos? Ela nunca tinha pensado nisso antes.

– Quando você falou com ele?

– Não importa quando falei. Vocês se separaram, ele já não mora aqui. Encontrei com ele. Sou coerente, já não estão juntos, então não vou convocar uma reunião familiar para falar dos meus assuntos sendo que já nem somos mais uma família.

– Aí você se engana, seguimos sendo uma família – a palavra "coerente" lhe soou como um ruído estrondoso. Isso era o que seus pais faziam quando não estavam felizes, eram "coerentes". Assim tinha expressado sua mãe e, era fato, essa ideia lhe obrigou a memorizar o termo e a associá-lo, toda vez que o ouvia, a algo tão frio como renunciar ao que se sonhava. Ser "coerente" nesse sentido era sinônimo de suportar. Seria esse o caso de seu filho?

– Não. Já não dá para ser o que já foi. Vocês colocaram um fim – Diego parecia magoado.

– Diego, acho que você não está bem com algo pessoal e está transferindo seu mal-estar para essa situação – ele não respondeu. – Aconteceu alguma coisa na faculdade? – insistiu.

– Não.

– Você deixou de gostar do curso? – perguntou seu irmão desorientado. Isso era praticamente impossível, mas não conseguia pensar em outro motivo.

– Não.

– Então eu não entendo...

– Ângela está grávida.

Gina sentiu que o destino mutilava o futuro de seu filho.

– Sério? Seu pai já sabe? – Gina perguntou sem pensar.

– Sim, já sabe. Mas antes que você telefone para atacá-lo, aviso que fui eu que pedi para que ele não contasse nada. É meu filho e você tinha que saber por mim. *Não venho pedir conselhos nem ajuda. Só estou avisando.* Com licença – concluiu e saiu da mesa.

Não venho pedir conselhos nem ajuda. Só estou avisando. As palavras do filho se repetiam quase como gritos dentro da mãe. Seria Diego uma versão dela bastante adiantada? Ela, com 45 não tinha saído tão ilesa e segura da casa de seus pais.

CAPÍTULO 9

Sobrevivente

É a lei do sobrevivente... Este pedaço de tempo, ou de eternidade, que se chama vida, é brutal, selvagem e doloroso. E é preciso sobreviver. Seja como for. Com unhas e dentes. É preciso se defender e lutar.
Pedro Juan Gutiérrez

Alguma coisa em Gina não lhe deixava avançar rapidamente sobre a decisão de Diego. Primeiro, por sua atitude quase definitiva. Depois, porque sentia que estavam atravessando momentos da mesma profundidade e queria dar-lhe o respeito que pretendia que todos dessem a ela também. No entanto, era seu filho e estava se equivocando. Não por ter engravidado a namorada. Esse era um assunto que, apesar de sua angústia porque as condições não eram ideais, não iria julgá-lo. Diego ainda era filho, jovem demais para ser pai, mas assim como muitos fracassavam nesse cenário, havia muitos outros que conseguiam amadurecer e realizar bem seu papel. Isabella tinha nascido quando ela tinha 20 e Francisco, 22 anos. Naquele mesmo instante questionou: tinham conseguido, ela e o marido? Depois de uma pausa, constatou que sim, a criação de seus filhos tinha sido uma conquista. Eram honestos e tomavam decisões. Ela gostando ou não das decisões tomadas.

Imaginando o futuro de Diego, observou que ele terá a mesma idade que seu pai no momento do nascimento do filho. Enquanto ela seguia lembrando, a preocupação maior voltou. Por que abandonar a carreira? Ela e Francisco terminaram seus estudos apesar da formação da família. Tempos de muitos esforços em conjunto. Gostou de rememorar o quanto compartilhava com Francisco naquela época e como eram felizes, mesmo com todas as dificuldades. Entendiam-se e apoiavam-se em benefício do melhor que tinham, que eram seus sonhos e o projeto de vida que estavam construindo.

Pensou que, talvez, fosse porque Ângela não estudasse e talvez não o compreendesse. Teria ela exigido que ele priorizasse o bebê? Não parecia ser essa sua personalidade, já que se mostrava doce e carinhosa, mas ela não a conhecia com profundidade. Seria dessas que se mostram de um modo e são o oposto? Descartou essa ideia. Parecia mais ser uma questão de orgulho de Diego. Sempre fora muito maduro. A responsabilidade em seus ombros, antes de tudo. Nesse contexto, não era de se estranhar que quisesse sustentar a família e trabalhar imediatamente.

Não podia acreditar que dois de seus filhos possivelmente a tornariam avó e que nada aconteceria como ela havia imaginado. Sequer sabia se queria ser avó. Não era muito jovem para ser?

Os planos e o tempo, quando se trata da vida, não costumam atuar conforme o previsto e muito menos no prazo esperado. Outro duro golpe a sua previsibilidade. Claramente sua profissão não era igual a seu destino. Assim como não foi capaz de imaginar que seu casamento fosse terminar, tampouco pôde prever que Diego deixaria a universidade e formaria uma família ou que Isabella viveria com um marido ciumento com quem não é feliz.

No entanto estava ali, uma literal sobrevivente de suas próprias imposições. As estruturas de sua vida inteira, a precisão e a objetividade de sua profissão, que fazia parte de todo seu ser, foram substituídas por uma incerteza que modificou seu universo por completo. Sentia que tinha mudado de vida e nessa nova realidade alguém mudou tudo de lugar. Apesar disso, exigia dela que seguisse controlando tudo como se fosse capaz. O que ela podia controlar se nada estava onde deveria estar? Era como abrir a gaveta de talheres para pôr a mesa e encontrar remédios. Tudo inesperado, desconhecido.

Cada passo que dava ou cada momento que decidia deter-se gritava-lhe do mesmo modo que nada mais estava no lugar nem organizado segundo as previsões de um sistema metódico que lhe assegurava alcançar um resultado. Tudo estava disperso, sem perspectiva de continuidade, sem certezas nem acordos, sem controle. Suas costas enormes de tabeliã que passavam ao mundo a impressão de que ela era um ser que dominava a ordem se derrubou e a deixou diante de uma mulher vulnerável com mais dúvidas que certezas. Por vezes, causava-lhe medo se afastar da tabeliã e sair em busca da Gina. Conhecê-la, assim, despida de seu passado. Deixando para trás sua vida perfeitamente desenhada.

Então, sentada em sua cama, chorou. Incansáveis lágrimas de uma sobrevivente percorriam seu rosto e tudo se misturava em um grande "Por quê?". O silêncio e mais lágrimas eram a única resposta.

Por que não podia resolver a vida de seus filhos? Por que não conseguia deixar de pensar nas memórias nostálgicas com

Francisco? Por que não era capaz de ajudar sua amiga para que ela fizesse o que devia ser feito? Por que a afetava tanto o vazio de seu pai e a atitude "coerente" de sua mãe? Tinha ela legitimidade para decidir pelos outros? Não. Não tinha, porque não era a tabeliã que fazia as propostas, era a mulher que lhe habitava e não tinha controle de nada, exceto de suas decisões. Seus sentimentos também batalhavam contra ela mesma. Por que seguia acreditando no amor e se detinha a observar as mulheres que se encorajaram a recomeçar?

Secava as lágrimas, mas logo outras tomavam o lugar daquelas que foram secas. Uma grande dúvida a angustiou. Deveria ficar? Era certo partir em meio a tantas questões importantes que afetavam os seus? Sentia-se egoísta. Chloé, que parecia ler seus pensamentos, subiu em seu colo e começou a lamber sua mão. O toque carinhoso e áspero de sua pequena língua lhe roubou um sorriso. Acariciou o pelo da gata.

– Seria lindo se você pudesse me aconselhar... – sussurrou para Chloé entre soluços. Chloé escalou até seu ombro e pousou ali como se fosse um papagaio. Gina sempre ria quando ela fazia esse movimento. Sorriu outra vez. Sua gata era também uma sobrevivente, e, no entanto, estava ali sempre feliz e esperando-lhe. Sem querer, a pequena felina lhe mostrava um caminho, o mesmo que a motivara a mudar sua vida, a ser feliz. Para brindar junto com os demais, é preciso estar bem.

Decidiu, outra vez, que não voltaria atrás. Deixou de chorar, agarrou a gata, a abraçou e a beijou.

– Vou sentir sua falta – disse-lhe com suavidade.

Depois, saiu do quarto e se dirigiu ao quarto de seu filho. Antes, acariciou o velho Parker, que vigiava a porta ali sentado. Olhar a mancha negra que tinha sobre um de seus olhos sempre a fazia sorrir. Sua carinha era alegre. Gina deu três toques na porta.

– Pode entrar – escutou do outro lado.

Diego estava deitado na cama, mas vestido, ainda calçado.

– Filho... entendo que queiram ter o bebê e formar uma família, mas não deveria abandonar a faculdade. Podemos ajudar você, não falei com seu pai, mas vou falar. É seu futuro. Poderá oferecer a ambos uma vida melhor se estiver formado – disse, retomando o tema sem rodeios.

– Mãe... Ângela me deixou. Não há família para formar.

Deus... não terminarão as surpresas com esse filho?, pensou.

– Como assim te deixou?

– Sim. Já me deixou. Disse que não sabe se quer ter o bebê e que não vai ser a responsável por eu abandonar a faculdade. Tentei falar com ela, mas não foi possível.

– E então, por que sua decisão?

– Porque eu devo. Porque a amo e isso se demonstra mais com fatos do que com palavras. Que ela faça o que quiser. Eu vou fazer o correto: trabalhar e demonstrar que a amo e sou capaz de tudo por ela e pelo bebê.

Imediatamente, Gina pensou que era uma loucura. Ainda que por um instante esquecesse quem era seu filho e deixasse espaço para certo romantismo, poderia ser o princípio de uma grande história de amor com final feliz, no qual Ângela voltaria para ele, Diego voltaria para a faculdade e teriam o bebê. Não sabia que atitude tomar. Como se enfrentava uma batalha que não era própria, mas que importava mais do que se fosse? Estava diante de uma luta para a qual não foi convocada.

Ela se aproximou dele e o abraçou.

– Fique tranquila, mamãe. Vou resolver isso.

– Não tenho dúvidas disso. Só quero que saiba que pode

contar comigo. Não estou nem um pouco de acordo com que abandone a faculdade, por isso te peço que pense muito bem. Pode solucionar as coisas sem ser tão drástico.

– Não quero que me leve a mal, mas... é você que me diz para não ser drástico? A ex-esposa que viaja um mês depois da separação de um casamento de 25 anos e que está em busca de algo que nem sabe o que é. Isso não é drástico? Sem mencionar que você emagreceu e mudou o visual...

Isso foi golpe baixo, mas por mais que lhe custasse assumir, era verdade, ele tinha razão. Gina se deu conta de que Diego e ela eram muito parecidos, mais do que ela imaginava.

Capítulo 10

Testamento

*Se sorriem enquanto se olham, e não precisam
dizer nem uma só palavra... é amor.*
Julio Cortázar

Como costumava fazer quando estava transbordando de emoções, pensamentos e afazeres, Gina aferrou-se em sua última manhã de trabalho. Os assuntos dos filhos, a pressão silenciosa de seu pai, a preocupação com Maria Dolores e a vida que trazia à memória o melhor de Francisco eram fatos que a encurralavam na encruzilhada entre adiar ou não sua viagem. Não queria isso, mas não conseguia se sentir melhor.

Chegou bem cedo ao cartório e a surpreendeu a campainha quase imediatamente depois. Ainda não tinha chegado nenhum funcionário. Resolveu verificar pela janela. Viu um homem bem-vestido, de cabelo bem curto, aparentando uns 55 anos.

– Bom dia! Em que posso ajudá-lo?

– Por favor, preciso falar com a tabeliã Rivera. É sobre um testamento. É urgente. Posso explicar, se me permite entrar – pediu respeitosamente. Parecia angustiado.

Uma aguda sensação de pena invadiu Gina. E se estivesse

em suas mãos ajudá-lo? Não pôde negar. Deixou-o entrar e escutou sua história.

– Sou a tabeliã Rivera – apresentou-se. – Por favor, entre.

– Meu nome é Carlos Alberto Martinez, vivo com meu companheiro há vinte anos. Carly, temos o mesmo nome, – explicou – adoeceu faz uns meses. Tem câncer e está em fase terminal. Sua família nunca me aceitou. São muito conservadores. Um casal *gay* não se encaixa em sua estrutura tradicional. Suas duas irmãs literalmente me odeiam. E me culpam por sua escolha de vida. Jamais lhes contei que não sou seu primeiro companheiro, mas serei o último e o mais importante – destacou. Sorriu satisfeito.

– Então? Em que posso ajudá-lo?

– Meu Carly quer me deixar todo seu patrimônio, porque eu não tenho nada. Se acontecer o pior, estou na rua. Eu não me interesso por nada e sempre recusei. Quer dizer, até hoje, quando ele suplicou chorando que aceitasse seu pedido. Disse que não suportaria se suas irmãs me expulsassem e ele sabe que elas farão isso. Estão esperando ansiosas por seu último suspiro – lhe caíam lágrimas. – Ele quer que você prepare o testamento e vá até nossa casa para que ele possa assinar. Nossos vizinhos se ofereceram para serem testemunhas. Tenho os dados de todos e a documentação de Carly. Ele entende dessas coisas. Você pode fazer?

– E por que veio justamente procurar por mim? – interrogou com curiosidade.

– Porque somos amigos da família Velásquez. Não sei se você se lembra deles. Fizeram aqui um trâmite e me disseram que é um ser humano muito sensível.

– Amanhã estou indo de viagem...

– Hoje. Carly me pediu que fosse ainda hoje. Pode ser à tarde, assim você terá mais tempo.

A urgência desse homem determinou sua resposta. Talvez seu futuro dependesse exclusivamente de que ela agisse. Portanto, obviamente, ela faria.

– Veja, se você estiver de acordo, acaba de chegar uma de minhas funcionárias. Ela se ocupará de tomar todos os dados. Avise ao senhor Carly que ao meio-dia estarei em sua casa para que expresse sua vontade e assine o testamento. O que você acha?

– Perfeito. Ele ficará bem tranquilo ao ouvir isso – fez uma pausa. – Muito obrigado!

– Não me agradeça. É meu trabalho e amo fazê-lo.

Gina o deixou na companhia de sua funcionária e logo retomou sua manhã laboral. Chegou a ouvi-lo no celular.

– Carly? Ela vai fazer. Disse que vai aparecer em casa ao meio-dia. Te amo. – Terminou de passar os dados e se foi.

Na hora programada, Gina se apresentou no endereço. O senhor Martinez e mais duas testemunhas estavam na porta para recebê-la para esse ato tão diferente, já que provocaria efeitos quando a pessoa falecesse. Uma disposição de sua última vontade a respeito de seus bens. Amavelmente a conduziram ao quarto onde o senhor Carly, chamado Carlos Alberto Ruiz, estava deitado em sua cama. Muito magro, com olheiras e calvo. Seguramente, em consequência do tratamento invasivo contra o câncer. Tinha aquela cor amarelada que habita os doentes, mas sorria. Certa tranquilidade emanava de seus olhos escuros. Gina o cumprimentou.

– Bom dia, tabeliã... Estava esperando pela senhora – respondeu ele de maneira formal e certeira.

– Carlos Alberto me contou da urgência, por isso priorizei seu trâmite.

– A senhora fez bem. Agradeço-lhe muito. É minha vontade deixar-lhe todo meu patrimônio.

Gina procedeu diante dos presentes a explicar o alcance do ato que ia celebrar. Estava presente, além das testemunhas, seu médico, quem previamente outorgou um atestado confirmando que o paciente estava em pleno uso de suas faculdades mentais, o qual Gina anexou ao protocolo.

Lida a ata testamentária, Gina se aproximou do senhor Ruiz, que assinou em conformidade, assim como fizeram as testemunhas. Carlos Alberto tinha a mão esquerda entre as suas e o olhava com devoção. Carly o fazia com absoluta entrega. Ambos sorriram.

Um raio de sol entrava pela janela para iluminar esse amor eterno. Observá-los era como ver uma imagem que explicava sem conceito algum a existência de almas gêmeas.

Gina tratou de guardar logo todos os documentos para dar privacidade aos dois e às palavras que trocavam em silêncio.

De repente, uma energia incomum tomou conta de seu corpo. Seu coração acelerou rapidamente e sentiu que seu cliente voltou a chamá-la: *Tabeliã, estava esperando pela senhora. A senhora fez bem. Agradeço-lhe muito.* Vítima desse momento, Gina paralisou ao voltar a olhar para a cama. Alguma coisa não estava bem.

Carlos Alberto começou a chorar quando Carly fechou os olhos para sempre e o médico constatou que já não tinha pulso.

Assim era a verdade fatal. "Estava esperando pela senhora." "A senhora fez bem. Agradeço-lhe muito." Nada era mais certo que isso.

Gina não pôde evitar chorar e ao mesmo tempo agradecer a Deus pela possibilidade de ser um pouco parte de seus milagres. Em casos como esse, o futuro das pessoas dependia de sua humanidade. O amor que esses homens sentiam depois de tantos anos a fez refletir. Ela queria experimentar isso. Ver-se em outros olhos que só aguardavam por seu olhar.

A vida era apenas um instante, uma decisão. Para o bem e para o mal. A morte ocorreu bem diante de seus olhos com a frivolidade de um minuto gelado. Mas também deu tempo suficiente para que quem a esperava colocasse emoções em ordem antes do descanso eterno.

Gina amou ainda mais sua profissão e elevou um olhar ao céu agradecendo a oportunidade de ajudar e sentir que seu trabalho era especial. Nem todas as pessoas tinham essa benção. Ela fazia parte da vida dos outros e de um destino que não pedia permissão. Para ela, era um sinal. A necessidade de encontrar o seu destino e ser feliz se impunha, ali, às vésperas de sua partida, de um modo trágico, mas muito simbólico.

CAPÍTULO 11

Aeroporto

As interrupções podem duplicar o trabalho que se requer para finalizar todo o processo.
David Allen

━ ━ ━ ━ ━ ━

Gina chegou ao Aeroporto Internacional El Dorado de Bogotá. Havia se despedido de seus filhos em casa, com certa dor, apesar da viagem ter sido uma decisão acertada. Eles continuavam a não entender muito bem por que ela queria viajar sozinha. Sabiam, claramente, por que Francisco não iria com ela, mas não entendiam por que não poderia acompanhá-la uma amiga, por exemplo. De qualquer forma, não lhe dificultaram o momento com perguntas. Sim, foi um esforço tremendo deixá-los sabendo de seus conflitos e problemas e rejeitar a tentação de ficar para ajudar a resolvê-los. Mas não. Essa era a outra Gina, a que queria deixar para trás.

Andrés supôs, a princípio, que, sendo Nova York o primeiro destino, sua mãe iria fazer compras. Internamente se preocupava, mas não demonstrou. Diego se limitou a um "você sabe o que faz", compreensível no andamento de uma vida própria que lhe impunha também suas reflexões, urgências e determinações. Seu filho caçula a julgava tacitamente. Ela sabia.

Isabella a abraçou e lhe desejou o melhor. Havia uma aproximação diferente com ela. Bella lhe sussurrou ao ouvido que lhe avisaria apenas se tivesse novidades.

Gina visitou Maria Dolores, quem parecia estar literalmente feliz, porque desde seu AIT, Manuel se dedicava a cuidar dela e havia deixado de sair à noite. Ela guardou para si seus pensamentos. Cada qual decidia onde queria estar. Sua amiga não era exceção.

Alícia a abraçou fortemente e disse apenas:

– Leve o tempo que for necessário para que se reencontre. Só assim poderá continuar. Para sermos felizes precisamos saber quem somos e que lugar ocupamos em nossa lista de prioridades.

Sua sabedoria, misturada ao seu amor incondicional, roubaram-lhe algumas lágrimas de emoção.

Gina beijou sua gata Chloé. Ela a amava. Sua pelagem era de um caramelo tigrado com branco. Entre esses tons, seu rosto se dividia simetricamente debaixo de seus olhos. Eles a encontraram quase sem vida, dentro de uma caixa à porta de casa, em uma noite de tempestade. O amor e os cuidados tinham-na transformado em uma sobrevivente. Era uma mascote com estilo próprio que lhe dava carinho, diversão e aquele calor necessário que desanuvia as preocupações. Sustentá-la em seus braços ao chegar em casa era esquecer tudo por alguns instantes e se entregar ao prazer de sentir a incondicionalidade única que dão os animais. O mesmo fez com seu cachorro, o velho Parker, um vira-lata tricolor, com expressão de ternura que mantinha nos quase doze anos que estavam juntos. Tinham-no resgatado também, de um lixão. Era um cachorro do tamanho de um ratinho. Com muita dedicação, assistência veterinária e carinho se transformou em um cachorrão. Gina o acariciou e pediu que a esperasse voltar.

Se lhe perguntassem onde encontrar a definição de gratidão eterna, a resposta de Gina seria: nos olhares de Chloé e Parker.

Amava profundamente esses animais que eram parte de sua vida. Sentiria muitíssimo a falta deles. Como seus filhos eram iguais a ela nesse sentido, sabia que tanto a gata quanto o cão estariam muito bem-cuidados. Isso lhe permitia ir tranquila nesse aspecto. Tampouco tinha que se preocupar com a planta de seus amores, presente de Alícia. Seu jasmineiro ficaria a cargo do jardineiro da família. Ela o ganhara desde que comprara a casa e lhe dedicava pessoalmente todos os cuidados em troca da beleza com que ele lhe presenteava e do perfume que a transportava a sua infância. Na casa de seus pais também havia um jasmineiro.

Tudo estava pronto para sua partida, exceto Francisco. Não se despediu dele, de propósito. Ele sabia por seus filhos a data de partida. Preferiu evitar um diálogo que certamente ofuscaria seu grande momento. Estava muito ofendida ainda porque ele foi o primeiro a saber do que estava acontecendo com Diego e não ligou para contar. Ela também não havia telefonado. Não queria dar-lhe a possibilidade de tentar fazê-las mudar de planos por causa desse assunto. Sabia que Francisco não aprovaria sua ausência. Apesar de suas diferenças, era um ótimo pai. Ele também sempre priorizou seus filhos sobre sua própria vida.

Gina não queria que ninguém fosse ao aeroporto para se despedir. Começava um novo capítulo de sua história e diante da página em branco, escolhia ser a única a imprimir sobre ela as palavras que nasciam de seus primeiros novos passos.

Chegou num táxi. Durante o trajeto, o ar que respirava era

diferente, mais leve. Tinha até outro cheiro. Inspirava amor-próprio. O entorno invadia seus pensamentos, mas só estava ali para fazer parte de um cenário que tentava observar de longe. Como se pudesse se separar dela mesma, por momentos, Gina era testemunha de sua própria partida. Não pôde evitar lembrar da manhã em que foi embora de sua cidadezinha rumo a Bogotá. Nada era igual àqueles anos, exceto a carga de ansiedade. Só que aos 18 anos Gina tinha dúvidas e medo. Aos 45 a acompanhavam certezas e perguntas. Intuía que nos destinos acharia as respostas. Não sabia onde iria depois de Nova York nem quando regressaria a Bogotá. A vida iria dizendo.

El Dorado era um aeroporto do qual Gina gostava. Esteticamente lindo, organizado e confortável. Seus cartões de crédito lhe possibilitavam o acesso à sala VIP, que era muito cômoda. Transitou pelo saguão até o balcão da empresa aérea para fazer o *check-in* e despachar sua bagagem, uma mala verde-esmeralda que comprou com Francisco em uma viagem a Paris. Na ocasião, haviam adquirido o jogo completo. Na recente e ainda incompleta divisão de bens, a mala mediana ficou na casa e a grande ficou para ele, que a encheu com grande parte de suas coisas. Nesse instante, Gina desejou que Francisco aproveitasse sua ausência para buscar o resto de suas coisas. A mala menor do conjunto Isabella pediu emprestado para uma viagem e nunca mais devolveu.

Sua decisão de partir fez com que pensasse em Nova York como o primeiro destino sem nenhuma dúvida. Era uma cidade que a deslumbrava. Amava a quantidade de opções que ela oferecia. Em especial, gostava de passear no Central Park. Imaginou-se lendo ali, algo que não tinha feito antes por nunca ter ido para lá sozinha. Gina já tinha realizado muitas outras atividades e passeios antes, mas também sentia a necessidade de repetir essas experiências de uma perspectiva diferente. Aparentemente, era quase a mesma Gina que todos podiam ver, mas internamente havia uma nova mulher se formando. Uma que pedia gritando por seu lugar no mundo. Saía de um corpo habituado a tradições e formalidades para se converter em alguém livre. O que era a liberdade? Um conceito usado por seres reféns de uma definição. Que levantavam a bandeira com os dizeres "vivo segundo minhas regras". Uma mentira coletiva aceita por todos como um costume certeiro de que não era livre de fato. Quem podia chamar de próprias as regras da vida impostas segundo uma visão social? E sobrepor as exigências pessoais, consequência de um "dever ser" que sobrevoa, desde sempre, como um eterno mandato ao mundo inteiro? Ninguém.

Gina sentia que estava destinada a transgredir esse conceito de liberdade convertido em um ritual e retirá-lo de suas estruturas. Buscava a essa mulher diferente daquela em que se transformara. A que tinha se dado conta de que a única liberdade que gozava era a da falsa definição. Não estava claro como a encontraria nem onde. Também não sabia por que essa viagem tinha se alocado em seus pensamentos até se tornar real. Mas estava convencida de que estava fazendo o certo. Percebeu-se privilegiada em relação a muitas mulheres que talvez sentissem o mesmo, mas não tinham condições de fazê-lo. Agradeceu por ter estudado e por poder dar-se ao luxo de realizar essa etapa em dólares, euros ou com a moeda que fosse. Nem todas podiam.

Imersa em seus pensamentos, não percebeu que alguém a observava a uma curta distância.

– Gina – a voz que escutou era familiar; o tom, nem tanto.

Temia virar. Uns instantes que pareceram horas a consumiram no embate entre não olhar para trás e apurar o passo ou entrar em uma conversa que não queria ter. A Gina previsível olhou para trás quando ouviu seu nome pela segunda vez.

E ali estava. De frente para ela. Francisco. Seu marido. Ex-marido, na verdade. Custava ainda se referir a ele desse modo.

Ela o observou detidamente. Viu o pai de seus filhos. Um homem triste e com a autoestima baixa. Vestido com uma roupa que compraram juntos e um olhar suplicante.

Parecia que o tempo transcorrido desde a separação tivesse sido anos e não pouco mais de um mês. Ou será que agora ela conseguia vê-lo de maneira mais real? A distância aguçara seus sentidos? Seu corpo era a expressão de um casamento acabado. Ombros caídos, como que esmagados pela rotina. Olhar cansado como o de alguém que trabalhou intensamente sem dormir e que só consegue pensar em uma preocupação. Calças largas... Que ironia! Pensou que, como ela, ele também tinha emagrecido. Tinha perdido peso. E não era o mais importante que tinha perdido.

Doeu-lhe não ser permeável a seu sofrimento nem sentir empatia com sua imagem devastada. Não lhe era indiferente, claro que não. Mas não se sentia parte disso. Sinal claro de que ela avançara no luto muito mais rapidamente que ele. Aproximou-se.

Francisco lhe deu um beijo no rosto. Tudo era muito estranho. Ela o olhou perguntando-lhe em silêncio o que ele fazia ali, mas ele não respondeu à linguagem de seu olhar. Só a observava. Então, ela tomou a iniciativa.

– O que houve? Por que está aqui? – pensou primeiro em

seus filhos – Nossos filhos estão bem? Isabella? – começou a se alarmar. Não era nada relacionado ao cartório porque havia acabado de falar com Alícia.

– Não aconteceu nada com eles. Todos estão bem. Estou aqui porque preciso te dizer uma coisa. Posso te pagar um café antes de seu embarque?

– Sim, acho que sim – respondeu, mesmo desejando negar o convite.

Sentaram-se em uma mesa a que chegaram sem pronunciar uma palavra e com uma distância esquisita entre ambos, ainda que caminhassem lado a lado. Francisco pediu o de sempre para os dois sem consultá-la. Dois cafés duplos com creme. O creme à parte. Gina se incomodou por ele não ter perguntado o que ela queria tomar, mas compreendeu que, para ele, nada tinha mudado, ou ao menos, isso. Estava a vários passos atrás da nova realidade.

– Diga – Gina pôde dizer, finalmente.

– Faz pouco mais de um mês que não vivemos juntos e falamos só o estritamente necessário. Vivo só em um apartamento que, muito longe de ser meu lar, se transforma diariamente em um tormento onde me falta minha vida inteira. Quero voltar. Quero dar a você tudo o que precisa para ser feliz... – foi direto ao ponto porque percebia que tinha pouco tempo.

– Não continue... – suplicou. Sentia uma angústia sufocante.

– Tenho que continuar. Você precisa me escutar, Gina. Pensei muito.

Gina não queria ouvi-lo. Não queria que ele lhe gerasse dúvidas. Também não queria que nada nem ninguém lhe alterasse a viagem. No entanto, contra tudo o que sentia, cedeu e se submeteu a um momento que tanto quis evitar.

– O tempo de pensar já passou, Fran. Não quero ser cruel, mas acabou. Tomamos uma decisão.

– Não! – disse, enfático. – Você tomou uma decisão e eu aceitei. Mas não é o que eu quero. Me dei conta de que você tentou mudar as coisas, me dizendo que era infeliz, mas eu não entendi. Agora compreendo.

Como dizer que era tarde, muito tarde?

– Francisco, estou a poucas horas de partir para minha viagem, de conseguir fazer algo pensando em mim, acima de todos os demais. Não arruíne isso. Por favor!

– Posso ir com você. Assim, com a roupa do corpo, apenas. Dar a você toda a aventura que deseja, buscar o romance, o que for – lembrou-se do exemplo de seu amigo. Era certo. Era básico: só precisava de sua decisão de viajar.

Gina o olhou com cara de assassina em série, sem empatia. Em vez de motivá-la, isso a enfureceu. Por que fazia isso? Por que razão não a escutara antes de que internamente o tirasse de seu caminho? Por que, às vésperas de começar a definir seu novo destino, Francisco atirava sobre ela um *tsunami* de dúvidas? Tudo voltou a sua mente: os filhos, a família, a história, os tempos em que tinham se apaixonado e o instante em que a desolação começou a envolvê-la por inteiro. Respirou profundamente e se colocou de pé, apoiou a mão sobre o puxador da mala e foi categórica.

– Não posso negar que você é muito criativo e que sua intenção é boa. Provavelmente é a melhor iniciativa que você toma em muitos anos, mas não. Apesar de eu não ter um plano, sei que o farei, e o farei sozinha. Sinto muito – caminhou dois passos e voltou a olhar para ele. – E você deveria ter me avisado sobre Diego – retrucou.

Francisco não pôde evitar o brilho prévio que seus olhos demonstravam antes da dor. O fulgor triste que as lágrimas depois cobriam. Não podia falar.

– Ele me pediu silêncio. Você deveria deixá-lo crescer. Eu vim aqui para falar de nós – respondeu.

– Não me diga o que devo ou não fazer com meu filho – devolveu enraivecida.

– Você tem alguém? – perguntou mudando bruscamente o eixo da conversa e sem acreditar no que estava dizendo.

– Você não entendeu nada. Claro que não há ninguém. Você terá que achar suas próprias respostas. Não as buscar através das minhas – continuou. Isso era terrível. Ela estava aconselhando-o. Percebeu que estava muito à frente dele e não mais ao seu lado. Talvez essa fosse a forma de assimilar o termo "ex".

– Te amo – disse ele.

– Não me ame. Apenas deixe-me seguir adiante – respondeu com suavidade. Não pretendia feri-lo, mas nesse momento soube que não era capaz de sentir o mesmo. E claramente já não podia dizer "te amo" com trivialidade. Não para esse tipo de amor.

Abandonou o café sem enfrentar seu olhar. Depois, caíram-lhe as lágrimas. Concentrou-se no som das rodinhas de sua mala e seguiu. Queria evitar essa conversa.

Aquela interrupção tinha deixado, como bolhas vazias no ar, partículas de um futuro que poderia explodir entre suas mãos se ela continuasse escutando o que ele tinha a dizer.

Não posso deixar de te amar, pensou ele enquanto a via afastar-se, *mesmo se quisesse.*

CAPÍTULO 12

Riso

*O riso sozinho cavou mais túneis
úteis que todas as lágrimas da terra.*
Julio Cortázar

Gina embarcou quase duas horas antes do voo. Percorreu todo o *free shop*. Comprou um perfume novo de Yves Saint Laurent, o Black Opium, e alguns cosméticos. Sorriu ao se dar conta de que, em seu desejo de mudar até a fragrância, não foi capaz de se afastar da marca que sempre usava, mesmo com todo o universo de aromas que tinha para escolher. Do Opium clássico ao Black. Indubitavelmente, teria que trabalhar muito o desapego das estruturas.

A vendedora lhe recomendava diferentes cremes antirrugas e tônicos para a pele do rosto. Evidentemente estava mais próxima dos 50 que dos 40 anos, mesmo que se encontrasse exatamente na metade do caminho entre ambas as idades. De repente, se deteve em frente a um espelho. Estava velha? Como via a si mesma? Que percepção de seu eu atribuía subjetividade à mulher objetiva que ela era? Há quanto tempo não se detinha a pensar, a sentir, a se olhar, a se reconhecer como um ser único? Muito mais do que gostaria. Devia explicar a si mesma que a vida tinha passado sobre seu eixo e a levou para algum lugar onde os outros e o resto das coisas estavam em um primeiro lugar. Pouco a pouco nesse país de mulheres que se colocavam bem depois de suas funções ela se percebeu sem aquilo que a definia. Não sabia muito bem o quê, mas estava certa de que descobriria nessa viagem.

Quando finalmente se sentou sobre a poltrona numerada no avião, ajustando o cinto para o voo, sentiu certo temor. E se fosse um erro?

– Desculpe – interrompeu um passageiro que havia reservado a poltrona da janela. Eram fileiras duplas e ela estava localizada no corredor. Gina afastou as pernas dando espaço para ele passar. Seu perfume provocou em Gina uma reação sensorial prazerosa. Era forte, com notas de madeira e certo tom oriental. Gostou. Parecia muito ao que Francisco usou alguma vez, há muito tempo. Imediatamente, fez com que sua memória se desvanecesse.

– Não há problema algum – acrescentou.

O homem sorriu. Tinha rugas ao redor de seus olhos escuros. Cabelo curto e bem penteado, com seus fios grisalhos. Olhar nostálgico e atitude afeminada.

Gina pensou que não tinha vontade de começar um diálogo. Nem com ele nem com ninguém.

A viagem transcorreu em paz. Tranquilamente. Leu um pouco, depois dormiu e durante a última hora de voo, quando seu acompanhante começou a falar, não teve opção.

– Adorei a sua bolsa – disse ao observar sua bolsa Gucci. – Amo essas estampas.

– Obrigada!

– Você não comprou essa bolsa em Bogotá – falava espanhol

corretamente, mas seu sotaque era americano – Eu diria que vem direto de Florença... Ah! *La bella Italia*! Lá fomos tão felizes – disse ao mesmo tempo que continha lágrimas e tirava um pequeno lenço branco com as iniciais bordadas "PB" em dourado. – Desculpe. Não quero invadi-la com meus assuntos.

– Não se preocupe. Seguramente são importantes. Sempre são se custam nossas lágrimas. Não é?

– Você quer que eu conte?

– Acho que você quer me contar. E como nem eu nem você vamos a outro lugar agora, sou toda ouvidos – respondeu amavelmente e sorrindo. Gerou empatia de imediato. Tinha esse dom.

– Sou "sozinha" – disse com humor. – Nada pior que isso. Meu par me enganou com nosso melhor amigo. O que me diz disso? – perguntou indignado.

– Que talvez seja melhor assim. Se te traiu, é porque não te valorizava o suficiente.

Gina não queria conversar, mas era uma alternativa melhor que pensar demais no que estava fazendo. Além disso, seu interlocutor era divertido dentro do relato de sua tragédia. Gestualmente era uma mistura interessante. Estiloso, com porte de poder e orgulho de sua sexualidade. Isso resultava amigável.

– Exato! E eu sempre perdoando. Até que me cansei. Decidi que o trabalho e as compras são a melhor solução. E você? É uma mulher tão linda. Por que viaja sozinha? – sua voz e sua atitude a faziam pensar em uma pétala de rosa.

Gina o observou. Não falaria de sua vida pessoal com um estranho que atravessava uma crise emocional, mas assim que pensou nisso, sorriu diante das semelhanças. Acaso não era seu caso parecido ao dele? Ele a via como uma mulher linda e isso fez com que ela se sentisse cômoda e segura. Era?

– Obrigada! Suponhamos que as circunstâncias de minha vida me colocaram neste avião – evadiu.

– Ah, minha querida! As circunstâncias nunca têm culpa. Quando fugimos de algo, somos bem conscientes disso. Você não acreditou que de verdade preciso trabalhar ou comprar mais do que tenho, não? Preencho vazios existenciais, como os que colecionam coisas. A ausência e o engano são demolidores.

Fugir? Estava fugindo? Tinha razão essa figura? Vazios existenciais? Ela colecionava esferas de vidro. Preferiu não se deter no que estava fazendo ou pensando cinco anos atrás. Talvez ali tivesse começado o princípio do fim. Era admirável como as palavras daquele homem soavam próximas da verdade!

– Não parece mesmo que necessite fazer compras. Pode ser que tenha razão. Talvez a culpa não seja das circunstâncias. Às vezes só há o que há... – refletiu começando a se sentir cômoda.

– Como se chama?

– Gina. E você?

– Paul.

– Linda, Gina. E o que é que há?

Pausa. Ambos se observaram esperando uma resposta que mudasse esse vazio tácito que viajava junto a cada um.

– Nada? – perguntou franzindo o cenho com uma expressão divertida.

– Nada? – fez outra pausa – Nada! Por Deus! Sim! Quando não há "nada" falamos em um avião com alguém que nos gera certa ilusão de grata companhia. Contamos-lhe a quem seja nossa desgraçada história para liberar "tudo" que nos maltrata o coração – afirmou exageradamente.

Ambos riram livremente.

De repente, Gina sentiu que algo se transformava nela. A

imagem era tão bizarra e o diálogo tão incomum em sua realidade, que não conteve o riso. Não podia explicar racionalmente esse estalo, mas era agradável rir. Há quanto tempo não se sentia assim? Muito tempo. Então, tomou as rédeas do riso e seu acompanhante fez o mesmo. Tentaram. Sem sucesso, como se o que lhes tivesse unido fosse uma mágica necessidade de aproveitar o momento. Ali estavam rindo e fazendo do riso o protagonista. Não podiam falar atados pelo fio invisível de uma felicidade efêmera e vazia de conteúdo. Riam porque sim. Por nada. Por ser quem eram e terem se encontrado nesse avião, com suas tristezas no ombro. Ambos fugiam de seus destinos, ou talvez, os buscavam. Rir era um grande atalho. Um antídoto contra a seriedade lapidária das questões que os superavam e lhes doíam. Um ataque contra a previsibilidade. Era curador.

Sem perceber, Gina tinha recuperado algo que tinha perdido e nem sabia quando ou onde: o riso. Soube que transitava pelo caminho correto. Tinha começado a achar as coisas que não sabia que buscava, sua capacidade de aproveitar o som de uma risada espontânea.

– Não sei o que nos causa tanta graça, mas adoro. Se em algum momento quiser conversar, pode me ligar. Ficarei o mês todo em Nova York e acho que podemos nos divertir mais um pouco e com muito pouco! – disse enquanto lhe entregava um cartão.

– Obrigada, Paul – leu o cartão. – Paul Bottomley, o estilista?

– Sim. O próprio.

– Um prazer conhecê-lo. Não posso acreditar, comprei várias roupas suas em uma de suas lojas aqui em Nova York, em outras viagens que fiz.

– Eu sei. Você está vestindo uma roupa minha, querida, a mais clássica.

– Uau, é verdade! – disse ao observar seu vestido em tons de cinza combinados com o *blazer*. – Você é muito criativo – falou, encantada pela coincidência.

Nesse momento, o comandante solicitou que ajustassem os cintos, pois estavam prestes a aterrissar no Aeroporto John F. Kennedy, em Nova York.

Minutos depois, Gina e Paul realizaram os os procedimentos de imigração e buscaram suas bagagens.

– Gina, não se esqueça de me ligar quando quiser *glamour* e um bom conselho. Além disso, amo um cinema – acrescentou, piscando.

– Clássicos?

– Pode-se dizer que sim. Amo filmes que marcaram época.

– Farei. Poderíamos ver *Uma linda mulher* juntos – comentou graciosamente. Gina realmente gostou de sua companhia.

– Richard Gere... A Quinta Avenida...

Ambos riram mais uma vez.

– Obrigada...

– Pelo quê?

– Pelas risadas. Pela bendita risada – afirmou.

– Amei esse "nada". Foi tão simbólico! *Good luck, my darling!* E lembre-se: "O humor é a saída quando a vida perde o sentido". Também estou triste, mas isso não me vencerá.

Com a sensação de que tinha sido capaz de soltar suas preocupações para ser feliz por "nada" durante ao menos uma fração de tempo, Gina entrou em um táxi e foi ao seu hotel em frente ao Central Park. Tirou seu celular do modo avião e viu que havia mensagens de Isabella, Maria Dolores, de Francisco e de Andrés. Não abriu nenhuma. Só pôde pensar em Diego, seu filho caçula. Ele não tinha se comunicado.

CAPÍTULO 13

Amante

Os amantes abraçam o que está entre eles...
Mais que abraçar um ao outro...
Khalil Gibran

Manuel chegou na casa de Raquel e abriu a porta com sua chave.
– Amor! – ele chamou. Ela não respondeu. O que podia significar duas coisas: ou ela estava muito brava com ele ou estava esperando-lhe em seu quarto, desejosa por ele.

Era lastimável como Manuel sustentava suas duas vidas com naturalidade. Além disso, tinha uma percepção de si mesmo muito distorcida. Quando estava com Raquel não pensava em Maria Dolores e vice-versa. Acreditava que sua esposa se sentia segura e protegida e que era um grande amante para ambas. Nada disso ocorria na prática. Os três abraçavam uma mentira. No entanto, ele estava tão convencido de suas ideias a ponto de acreditar que essa era uma verdade que justificava suas ações. Depois de tudo, além de não ser um amante magnífico, era um homem egoísta que se colocava no foco da atenção. Não lhe importava que duas mulheres vivessem diariamente na zona de vulnerabilidade que encontram aquelas que amam com desespero. Ele sustentava a fantasia do amor sincero, duplo e simultâneo.

Ele aproximou-se do cinzeiro que estava na mesa da sala e cumpriu o ritual. Tirou a aliança de casado e a deixou ali, enquanto colocava em seu lugar a aliança de compromisso que compartilhava com Raquel. A primeira era clássica de ouro vermelho em forma de cinto, e a outra, de ouro amarelo e arredonda.

Era assim calculista a situação. Uma noite, enquanto faziam amor, Raquel chorou muito ao observar a aliança. Manuel então tirou-a e prometeu que nunca mais a usaria quando estivesse com ela.

Para compensá-la, no dia seguinte, comprou um novo par, diferente, claro, para distingui-los e com seus nomes inscritos, além da data da noite em que se conheceram. À noite, durante um jantar romântico, disse-lhe que se casariam em uma cerimônia reservada. Que as alianças simbolizavam o casamento de ambos. Raquel aceitou feliz e impôs a condição, até que se divorciasse, de que cada vez que entrasse em sua casa deveria tirar a outra aliança e usar a deles, que significava o compromisso verdadeiro. Manuel aceitou, apesar de na verdade nunca ter pensado em deixar Maria Dolores.

– Amor! – repetiu enquanto subia as escadas em direção ao quarto. Abriu a porta e a encontrou adormecida na cama de ambos. Literalmente era dos dois, porque tinham-na escolhido juntos e foi ele quem pagou. Uma cama boxe de casal na qual imaginaram que aconteceria muito mais coisas do que realmente acontecia.

Ele a observou. Raquel era uma mulher simples e honesta. Sua beleza se aprofundava em sua entrega. Amava com fervor e resiliência. Era um desses seres que, nas relações, só dá.

Uma mulher condenada à unilateralidade. Nunca lhe chegava a vez de receber. Nem gestos generosos nem atitudes que lhe demonstrassem que o outro era capaz de tudo por ela. Ou de qualquer coisa menor. Sempre em segundo plano esperando o glorioso dia em que estaria acima dos sentimentos de outra vida. Uma mulher que desejava exclusividade e formar um casal aos olhos do mundo. Sonhava em mostrar seu amor como um sinal de felicidade no rosto. No lugar disso, vivia uma relação em segredo, a maioria das vezes em sua casa, e obrigatoriamente, sem poder falar sobre ela para ninguém. Era prisioneira da clandestinidade, quando ela não tinha nada que ocultar nem obrigação de se esconder.

Tinha 30 anos, era jovem, com um passado amoroso trágico. Seu padrão de homem não era dos melhores. Raquel não era magra nem gorda; nem bonita nem feia. Uma mulher cuja atração consistia nos sentimentos que a definiam e em sua fragilidade, essa necessidade eterna de ser querida.

Manuel sentia que a amava. Queria fazê-la feliz, porque ela o fazia feliz também. Raquel tinha significado para ele um enfrentamento a um homem que não conhecia. Sentia-se poderoso e sensual. Sua virilidade alcançava esse momento único no qual sentia que a vida merecia ser vivida. Raquel era inquietante e atrevida. Maria Dolores era submissa e tímida. Complementavam-se. Então ele tinha tudo. A possibilidade de se sentir protetor e único somada à adrenalina de ser excitante e muito sexual.

Manuel se aproximou e a beijou suavemente nos lábios. Ela acordou. Tinha dormido com a absoluta intenção de falar com ele e exigir-lhe uma decisão. No entanto, ao vê-lo ali e sentir sua doçura tão próxima, não foi capaz de fazê-lo.

– Amor, me perdoe. Não pude sair de casa antes. Eu...

– Agora, não quero explicações – interrompeu.

– O que você quer agora? – enfatizou.

– Você e o silêncio, para escutar suas carícias – sussurrou.

Manuel tirou sua roupa rapidamente. Antes de que Raquel pudesse se reprovar internamente por sua fraqueza, ele já deslizava suas mãos por todo seu corpo e a beijava com paixão. Raquel sentia a umidade de um clima que se precipitava. Desejava que os momentos como esse durassem para sempre, mas não era assim. Quase de imediato, Manuel estava dentro dela. No entanto, mesmo com a ausência de um jogo de sedução prévio, ele não deixava de dizer o quão desejável e maravilhosa ela era.

– Te amo. Não posso viver sem você – sussurrou-lhe ao ouvido.

Raquel sentia que no mundo nada importava mais que essas duas palavras. Nesses instantes de intimidade, esquecia-se da realidade e da existência de outra aliança no cinzeiro da entrada. Ali ela era a esposa.

– Te amo – disse ela enquanto Manuel lhe beijava o pescoço.

Manuel não foi capaz de conter seu prazer. Mas Raquel, mesmo sem alcançar o orgasmo, se sentia plena. Quando sua respiração se aquietou, ele a abraçou.

– Você é perfeita para mim. Amo o homem que sou ao seu lado.

– Manuel... é verdade que você me ama?

– Claro que sim, você sabe disso.

– Até quando vamos seguir assim? Já faz mais de um ano.

Ele se levantou e a olhou apoiado em seu antebraço. Não gostava de falar desse assunto.

– Não posso deixá-la agora. Você sabe muito bem que ela teve um problema de saúde.

– Isso aconteceu faz uns dias. E todos os outros meses? – refutou.

– Sim, você tem razão. Mas ela depende de mim, não posso deixá-la sozinha.

– E eu? Eu também dependo de você. Meu estado de ânimo depende de você. Minha vida inteira gira em torno do que você decide fazer. Se é verdade que me ama, não tem nenhum sentido que siga casado com ela.

– É verdade que eu te amo.

– Então?

O celular de Manuel começou a vibrar na mesa de cabeceira. Era Maria Dolores. Sentiu-se cercado. Queria atender, mas não podia. Preocupava-o que sua esposa se sentisse mal e Raquel seguia pressionando-o.

– Então? Vai atendê-la?

– Por favor, não quero cenas – reclamou.

– Não gere cenas então. Você precisa tomar uma decisão. O que é há com você?

De repente sua capacidade de separar ambas as relações se desabilitou. Sentiu que Raquel tinha que compreender e respondeu sem pensar.

– É que amo as duas.

O celular deixou de vibrar no mesmo instante em que Raquel lhe deu uma forte bofetada empurrando-lhe o rosto. Ficaram nele as marcas de seus dedos. Ela abandonou a cama e se cobriu com um roupão. Ele demorou uns segundos para reagir.

– Não é possível amar duas pessoas ao mesmo tempo. Você

mentiu. Quando nos casamos secretamente você disse que iria se divorciar.

– Não. Você disse.

– Mas você aceitou.

– Amor, não quero discutir...

– Você está brincando? Acaba de me dizer que ama as duas e não quer discutir. Isso é um absurdo. Vá embora – disse entre soluços. Estava furiosa.

Manuel se aproximou dela e a abraçou forte. Entre ambos, a realidade repetia seus gritos mudos que se perdiam contra o nada.

– Não quis te machucar, amor. Falei sem pensar. Perdoa-me – pediu com doçura. Ela queria sair de seus braços, mas o sentimento era mais forte.

– Você a ama?

– Não – mentiu. – Sei que amo você e que, de algum modo, vou resolver a situação, mas por favor, não fique chateada comigo. Você é minha vida – acrescentou. Beijou-lhe a boca e ela respondeu ao beijo com excitação.

Minutos depois a dança de uma relação a três reiniciava seu ciclo inerente ao sabor do que sempre será igual ou pior.

A hipocrisia de Manuel era surpreendente. Tinha mentido. Ele tinha certeza de que amava as duas.

As palavras doces podiam derreter o coração, mas nunca teriam sentido para a razão e a lógica. Por acaso era possível amar duas mulheres e submeter uma delas a viver nas sombras em nome do "amor"?

CAPÍTULO 14

Irmãos

Mesmo que sejas diferente de mim, irmão meu, longe de me ferir, tua existência só enriquece a minha.
Antoine de Saint-Exupéry

Isabella sentia falta de Gina mesmo que ela tivesse partido a tão pouco tempo. Sabia que sua mãe era seu amparo. Agradecia por poder falar com ela sem reservas e porque sempre tinha um conselho para lhe dar sem julgá-la. Muitas vezes ela tinha dito que queria os filhos felizes e livres para tomar decisões. Que só interviria quando pedissem ou nas ocasiões em que um erro muito grande os ameaçasse, só para advertir-lhes, mas se tivessem que se equivocar, iria permitir que isso ocorresse.

Luciano era um homem bom, mas muito possessivo. Na verdade, Isabella pensava que tinham se casado por amor e gratidão, mas também porque naquele momento haviam proposto a ela um trabalho na revista na sede de Nova York e Luciano cuidou de encontrar um modo de entusiasmá-la em formarem uma família para que ela recusasse a proposta. Nunca lhe pediu diretamente, mas pela sequência dos fatos a desistência seria a consequência direta. Na ocasião, algo mais que um ano atrás, Gina disse que pensasse muito bem, pois era uma grande oportunidade. Seu pai lhe sugeriu que aceitasse o trabalho por um tempo e que se o amor fosse verdadeiro, o casamento aconteceria de qualquer jeito. No entanto, Luciano foi mais hábil. O passado pesava a seu favor. O amor e certo romantismo induziram-na a escolhê-lo.

Andrés era seu irmão do meio, apenas com um ano de diferença e eram muito companheiros. Contavam um com o outro para muitas coisas e se aconselhavam. Ele não simpatizava com Luciano, mas o tratava com respeito porque era o marido de sua irmã. Não lhe parecia autêntico e tinha a sensação de que sua irmã não evoluía ao seu lado. Cada vez brilhava menos. Isso era fato.

Certa tarde Isabella ligou para Andrés, estaria sozinha e pediu-lhe que passasse em sua casa depois do trabalho.

Andrés chegou no meio da tarde.

– Oi, irmã, como está? – cumprimentou beijando seu rosto e dando-lhe um carinhoso abraço.

– Ah, já tive dias melhores – respondeu.

Ambos foram até a sala de estar. Isabella havia preparado um café.

– O que aconteceu? Conta pra mim.

– Estou com a menstruação atrasada. Antes que você diga qualquer coisa, você precisa saber que não estou contente com isso – começou a dizer.

Longe de uma reação habitual de quem descobre que poderia ser tio, Andrés mostrava preocupação em sua expressão.

– Eu também não me alegro nem um pouco, pra ser honesto. Claramente não pelo bebê, caso a gravidez se confirme, mas porque não te vejo feliz e não acho que esse seja o momento de pensar em filhos, mas bom...

– É exatamente isso. Não estou feliz.

– Por quê? Não está apaixonada?

– Sim. Não. Não é isso – disse na defensiva.

– E o que é?

– Luciano quer que eu cuide de nossos filhos.

– Bom, você sabe que ele não é exatamente um tipo que eu tome como exemplo de nada, mas o que me diz não parece ruim. Quem cuidaria de seus filhos se não fosse você?

– Não. Você não entendeu. Claro que eu cuidaria, como fez nossa mãe com a gente, mas ele quer que eu deixe de trabalhar. E eu não quero isso. Eu gosto da revista e de escrever minha coluna – disse referindo-se à seção dedicada à mulher que publicava a cada semana, além de sua tarefa jornalística.

– Ele não sabe o que fala. Não pode pedir que você abandone sua carreira. Olha, eu não estudei, mas jamais passaria pela minha cabeça que Josefina, depois de tanto empenho nos estudos, se resignasse a trocar fraldas e limpar a casa. Ela tem que se realizar profissionalmente. Vou apoiá-la tanto, que se for preciso cuidar dos filhos que tivermos, eu cuidarei – comentou referindo-se a sua namorada.

– É que você é o homem perfeito – disse com ternura. Ela o admirava. Sua visão da realidade era tão simples que costumava dizer que seu irmão era o único que a entendia. – Você entende da vida. Josefina tem muita sorte.

– Sim, eu sei. Ela tem mesmo! – disse com humor para inclinar a conversa para uma área menos tensa.

– Você é um pedaço de sol. Sabia?

– Sim! Irmã, retomando seu problema... por que você não faz um teste? É necessário saber para poder te aconselhar. Em qualquer caso, não está sozinha, mas o que pretende Luciano não é possível. Não vou permitir. O que disse nossa mãe sobre isso? Imagino que ela já saiba.

– Sim, contei antes da viagem. Ela foi muito prudente. Disse que eu tinha que esperar, que possivelmente era o estresse que estava causando o atraso. Que eu tinha que falar com o Luciano. Não entende que não é fácil...

– Eu também não entendo isso. O diálogo é o que fortalece um casal, mais que o sexo ou qualquer outra coisa. Josefina e eu falamos de tudo.

– Você e Josefina são de outro mundo. Já te falei muitas vezes.

– Somos do mesmo mundo que você e seu esposo, só que não sou egoísta e ela não hesita tanto quando alguma coisa a incomoda.

– Entendi. Sei que sou insegura. Que não tomo decisões. Que estou triste.

– Não é insegura. Luciano te deixou assim. Desde que você se casou, está cada dia pior. Dependente dele, do que ele diz, do que pensa, do que deseja. Os planos dele são o centro dos seus projetos. Onde ficaram seus planos? Você costumava ser alegre e divertida. Curtia a vida tanto quanto eu. Agora, sinto que está se apagando na sombra desse casamento. Não sei o quanto você o ama, mas deve ser muito.

Ela o escutava atentamente. Não podia ficar brava, porque sabia que seu irmão era sincero e que não havia más intenções em suas palavras. No entanto, não era capaz de reagir. A Isabella que ele descrevia não estava mais dentro dela. Em seu lugar, existia uma outra que não se sentia protagonista nem autora de sua realidade.

– Não sei, me perdi, suponho – talvez ela tenha se lembrado e soubesse onde foi que se perdeu.

– Bom, só você pode se encontrar. E precisa fazer isso por si mesma. Quer que eu vá comprar o teste?

– Tenho medo.

– O medo não vai mudar o resultado. Postergá-lo também não.

– Você tem razão. Bom, vai lá, então. – assentiu – Quer ficar para jantar? Luciano não vai voltar hoje – avisou. Andrés só falava com ele o estritamente necessário.

– Não. Agradeço. Josefina tem uma prova e vai ficar estudando a noite toda. Vou fazer companhia a ela, preparar café, o que for necessário. Vou comprar o teste, volto, você faz e depois vou embora.

– Está bem.

Minutos depois, ambos esperavam o resultado.

Negativo.

– Irmã, a vida te dá outra oportunidade. Cuide-se. Não permita que ele te convença a ter um filho. Não ao menos que você se sinta segura disso e que ele se esqueça da ideia de fazê-la abandonar sua carreira – preferiu omitir durante a visita a novidade de Diego, o caçula dos três. Isabella não precisava de uma nova preocupação.

– Tentarei – respondeu.

Bella se despediu de seu irmão e enviou uma mensagem a Gina. "Mãe, alarme falso. Está tudo bem. Sinto saudades. Andrés acabou de me fazer uma visita".

Isabella respirou aliviada. Mas algo internamente gritava por sair de seu interior.

CAPÍTULO 15

Casal

Viviam bêbados de carícias e sonhos, nadando nos loucos voos das borboletas que sentiam no estômago, enquanto as úmidas línguas de seus intermináveis beijos entrelaçavam suas almas...
Ángela Becerra

Uma relação de casal costuma ser muitas coisas. Nos melhores casos, é uma conexão de amor que surge entre duas pessoas. Há diferentes etapas quando o cupido favorece e evolui positivamente. O apaixonar-se, o namoro, a consolidação da história e o casamento. Esse era o caso de Andrés e Josefina. Para eles, o amor era uma soma de sentimentos que os transformava em pessoas melhores. Curtiam o namoro e se escolhiam todos os dias. Complementavam-se, apesar de serem diferentes. Tinham um estilo de vida compatível, com valores semelhantes e sonhos compartilhados. O desejo de estar juntos jamais se interpunha quando se tratava do espaço de cada um.

O amor para eles era um grande paradoxo, porque os fazia fortes juntos, mas também vulneráveis ao pensar que parecia não haver vida possível sem o outro. Algumas amigas de Josefina lhe diziam que ela tinha que convencer o namorado a estudar, mas para ela não parecia necessário. Porque ambos eram felizes assim. Não se tratava de um homem qualquer, ele era o melhor deles. Importava-lhe pouco o que pensavam os demais sobre ele.

Andrés chegou à casa de sua namorada. Costumava ficar para dormir ali. Os pais dela gostavam muito dele. Essa noite, eles tinham ido a uma festa de casamento. Josefina abriu a porta vestida em um pijama rosa e branco.

– Boa noite, linda! – disse Andrés, beijando-a.

– Oi, amor! – disse Josefina. Ela sempre se alegrava quando ele chegava.

– Você parece bem cansada hoje.

– E estou mesmo. Estou há horas estudando e falta muito para repassar ainda.

– Não se preocupe, eu vou te acompanhar. Vou preparar o café e farei o que for preciso para ajudar – ofereceu com ternura. – Posso ficar para dormir essa noite também, se você quiser.

– Você é o melhor namorado do mundo. Já te disse isso?

– Não. Não o suficiente – brincou.

– Te amo – disse ela enquanto lhe tomava o rosto com as duas mãos e lhe beijava a boca.

O desejo reclamava seu tempo de carícias e entrega. Nenhum dos dois queria rejeitar esse momento. Ele a puxou para perto de seu corpo. Suspirou diante da sensação que lhe despertava seu calor. Ela era tudo e o contato de seus lábios era tão intenso como foi na primeira vez. Talvez até mais, porque já se conheciam e agora se amavam e estar juntos era como honrar a vida todos os dias.

– Estamos sozinhos em casa... E se você tirar alguns minutinhos para descansar? – disse enquanto beijava seu pescoço da maneira que ela mais se excitava e sua mão atrevida deslizava por debaixo de sua roupa íntima provocando um arrepio imediato. Ele sabia como provocá-la.

– Esperava que pedisse isso... – respondeu enquanto tirava sua camiseta para sentir o contato com sua pele.

– Eu sei – sussurrou.

Andrés a pegou no colo e, sem deixar de beijá-la, chegaram a seu quarto. Ali, depois de trancar a porta com a chave, fizeram o melhor que sabiam fazer: se amar.

Quando ambos eram um, certo magnetismo os envolvia. Olharam-se muito e se detiveram um instante, só para sentir o prazer da entrega absoluta. Não eram mais ela e ele, eram duas almas e um corpo tão livre e ao mesmo tempo tão sólido.

Podiam repetir o ritual de recomeçar com a mais simples das carícias e assim faziam. Estavam unidos por uma atração irresistível, mas também por um sentimento profundo. E o mais importante, sonhavam o mesmo sonho. Queriam seguir juntos até depois do infinito. Formar uma família. Ser feliz à sua maneira. Ele imaginava que os protegeria e ela que seria uma grande advogada que conseguiria equilibrar seu trabalho com o tempo junto a seu esposo e seus filhos.

Quando seus corpos, cansados, voltaram a ter o mesmo batimento que antes e sentiram fome, se levantaram da cama e foram jantar na cozinha. A mãe de Josefina tinha deixado a comida pronta.

Mais tarde, conversaram sentados no quarto que também era um escritório.

– Estou preocupado, Jo – às vezes Andrés lhe chamava desse modo.

– Por quê?

– A verdade... é que sou feliz. Você sabe. Nós temos tudo. Mas, ainda que eu esteja sempre de bom humor, por trás disso existe um cara muito preocupado com a família.

– O que houve? É pela separação de seus pais?

– Não. Quer dizer. Não só por isso. Claro que eu preferia que isso não tivesse acontecido, mas entendo que eles tomaram essa decisão por eles mesmos. São adultos. Mas me preocupam meus irmãos. Já te contei sobre o Diego – acrescentou.

– Sim. Ele continua com a ideia de abandonar a faculdade?

– Sim. Mamãe me contou antes de viajar que ele disse a ela que Ângela terminou o namoro e que ele acha que fará o que é o correto a se fazer.

– E o que é correto para ele?

– Demonstrar a ela com atitudes que ela e o bebê são mais importantes que a faculdade. Que é capaz de trabalhar e mantê-los desde já e que seus estudos não são uma prioridade.

– Essa postura me parece um pouco radical... não? Mas é estranho que ela tenha terminado com ele agora. Você não acha?

– Sim. Ele disse que ela não sabe se quer seguir ou não com a gravidez. Eu não gosto de como as coisas estão postas. Acho que algo mais está acontecendo aí, mas falar com Diego é difícil, é preciso achar o momento certo. Por outro lado, mesmo que não tenha dito nada, acho que ele está devastado com a separação. E para aumentar minha preocupação, minha irmã hoje pediu que eu a visitasse. Ela achava que podia estar grávida. Por sorte, comprei-lhe o teste, ela fez e deu negativo – acrescentou com os detalhes do vivido recentemente. – Mas Luciano é um homem egoísta, que a anula e ela permite. Não entendo por quê.

– Por que você diz isso? É realmente assim? Eu acho que

você nem consegue opinar muito sobre Luciano, já que você nunca gostou dele né.

– Sim, é verdade, você tem razão. Tolero sua presença apenas por ela, mas veja só o objetivo dele: ele quer ter filhos e quer que ela deixe de trabalhar para criá-los. Minha irmã estudou muito, como você está fazendo. Não é justo que ele a manipule e a deixe presa em um casamento que de parceria não tem nada. Eles não caminham no mesmo sentido. Não são como nós. Ele não respeita seu espaço e duvido que se sinta orgulhoso das conquistas dela ou da carreira que está construindo na revista.

– Meu bem, não há muito o que você possa fazer, além de aconselhá-la como fez. São assuntos deles. Enquanto ela não colocar limites no modo como o marido a trata, nada vai mudar. Na verdade, só vai piorar.

– Sei que você tem razão, mas não consigo deixar de me preocupar. Meu pai se ocupa dos filhos, mas de outro lugar, e neste momento, tem seus próprios problemas. Minha mãe... bom, não sei nem o que pensar... viajou sozinha. Nunca entendi muito bem o que foi buscar, mas me surpreende que tenha deixado os filhos sozinhos em meio a tantos problemas – disse referindo-se a seus irmãos. – Portanto, sem sombra de dúvidas, imagino que ela também não esteja vivendo seu melhor presente.

– Essa situação por acaso nos coloca diante de um Andrés Lopez Rivera sozinho e com uma família cheia de dramas sobre seus ombros?

Andrés a olhou com amor. Era perfeita. Belíssima por fora e por dentro. E dizia palavras tão suaves como sua própria pele. Não imaginava mesmo uma vida sem ela.

– Não. Isso nos coloca diante de um Andrés Lopez Rivera

realmente apaixonado por sua namorada, arrependido de trazer problemas a seu dia. Me desculpe, linda!

– Amor, eu sou o seu refúgio. Juntos podemos tudo. Fico muito feliz por você me contar. Não posso te dar soluções, mas aqui estou e aqui estarei sempre para te ouvir.

– Te amo.

– Também te amo. Não posso falar com Diego, mas poderia conversar com Isabella.

– Não. Ainda não. Vamos esperar um pouco para ver o que acontece. E o que você acha de encarar isso aqui? – perguntou fazendo referência à pilha de livros.

– Acho bom. Estudei muito, mas estou nervosa. Sinto uma pressão no abdômen e vou toda hora fazer xixi. Estou emagrecendo de tanto fazer xixi – disse divertida.

– Amor, isso é porque você vive tomando chá. E sobre a dor de estômago, idem. Quando eu estudava me sentia tão nervoso que parecia ter uma mão dentro do meu abdômen, que se divertia pressionando todos os meus órgãos. Você tem que controlar os nervos de alguma forma. Ainda faltam muitas provas pela frente até que você termine os estudos – acrescentou.

– Sim, sim, já sei. Te amo – disse com ternura. – Uma mão no estômago pressionando seus órgãos? Nossa, amor, com razão você não quis continuar.

– Não era para mim. Estudar não é meu forte.

– Eu não me importo. Não conheço ninguém que se tornou melhor só por ter um diploma. Os diplomas não nos definem. São só um meio para viver.

– Pode ser. Eu sei que é melhor tê-los que viver sem eles, mas nem todos temos a capacidade. Mas sem dúvida, você tem.

Ela o beijou impulsivamente a boca. Definitivamente o amava.

– Eu te contei que tenho consulta com minha ginecologista para levar os resultados dos meus exames anuais? – comentou mudando o rumo da conversa.

– Não. Você já viu os resultados?

– Por que eu faria isso? Não sei lê-los. Parece chinês ou grego para mim. Você acha que eu vou me sair bem na prova? – interrogou voltando ao assunto da universidade. Assim era Josefina. Falava de várias coisas ao mesmo tempo e as misturava. Andrés já estava acostumado a interromper uma linha de pensamento para retomar outra. Até se divertia.

– Você vai passar. Tenho certeza.

A noite foi testemunha de um amor que se evidenciava em algo tão simples como acompanhar a mulher amada em silêncio enquanto ela estudava, para logo observá-la dormir, porque não tinha mais nada no mundo mais lindo que isso. Senti-la em seu olhar e vê-la com seu coração.

CAPÍTULO 16

Traição

Você pode me trair uma vez.
Uma única vez.
Isaac Hayes

Diego estava atravessando o momento mais difícil de sua vida. Por mais esforço que fizesse, não conseguia entender as atitudes de Ângela. Sentia que havia algo mais do que ela dizia. Algumas vezes se mostrara insegura, porque ele seria um grande pesquisador e ela era apenas uma atendente em um café que nem era dela. No entanto, ele, do seu ponto de vista, já lhe havia explicado que a relação de ambos não era como a da maioria. Ele a havia escolhido e nada no mundo mudaria isso. Era óbvio que Diego não tinha o perfil de um jovem de 21 anos. Era diferente. Muito maduro. Racional e reservado. Escolhera uma carreira de Ciências Exatas e isso não surpreendera a seus pais. O cerne do conhecimento consiste, para os físicos, nas propriedades da matéria, no movimento e na energia. E para dominar esses tópicos é necessário conhecer a linguagem com a que a Física explica a realidade, que é a Matemática. A reação de Ângela diante da gravidez não dava a Diego os resultados previstos. Dois mais dois eram quatro. Eram namorados, tinham relações, se cuidavam, mas isso podia falhar. Diego sempre disse que se um dia ela engravidasse, ele sempre estaria ao seu lado e faria o possível para que ela fosse feliz. Nada disso estava acontecendo conforme o planejado. Dois mais dois estava dando cinco ou três. Portanto, o comportamento não era o que deveria ser. Faltavam-lhe informações para compreender. No seu entendimento, a Física e suas leis serviam como espelho da vida.

Pensou na primeira lei de Newton, conhecida também como lei da inércia. Ela diz que se, sobre um corpo não atua nenhuma força ou nenhum outro corpo, este permanecerá indefinidamente movendo-se em linha reta e velocidade constante. Isso o levou a avaliar a possibilidade de que talvez sua namorada fosse vítima de alguma má influência. Talvez sua mãe. Ele percebera que a sogra nunca se alegrava ao vê-los juntos. Mantinha a educação, mas ele tinha certeza de que ela queria alguém "melhor" para sua filha.

Para Diego estudar Física significava poder abordar o conhecimento científico da matéria, suas modificações e seus comportamentos em paralelo com sua vida. Aplicava os conhecimentos adquiridos a problemas concretos para compreender os fatos e encontrar uma solução. Caso se mantivesse afastado de sua namorada, nada disso podia aplicar a sua realidade. O comportamento de Ângela era estranho, não parecia consequência de uma decisão própria. Ele a amava. Devia lutar. Por isso, decidiu procurá-la, já que ela não atendia suas ligações nem respondia suas mensagens.

Chegou ao café e a observou à curta distância enquanto ela atendia a única mesa ocupada. Ele a via como sempre, mas seu olhar já não parecia o mesmo. Não havia paz nem doçura. Algo escuro tinha se instalado no centro de sua alma e saltava pelos olhos.

Sentou-se em seu lugar habitual e esperou. Ao vê-lo, foi perceptível a mudança de humor. Ela ficou nervosa. Mas ainda assim, se aproximou.

– Eu pedi que você me deixasse sozinha. Se não atendo suas ligações nem respondo suas mensagens é porque não quero mais te ver.

– Ângela, nós dois sabemos que tem algo mais aí. Estávamos bem juntos. Não planejamos uma gravidez, mas você sabe muito bem que não fujo de minhas responsabilidades. Diga-me de uma vez o que está acontecendo – pediu com ternura enquanto tomava-lhe a mão. – Senta aqui – acrescentou. – Precisamos conversar. Não tem ninguém a essa hora.

Ela segurava as lágrimas.

– Não.

– São seus pais? Eles não querem que você siga com a gravidez? É isso? – na verdade, ele se referia a sua mãe. Seu pai tinha falecido quando ela era pequena e em pouco tempo, outro homem bastante desagradável ocupou seu lugar, e ele e sua mãe já estavam casados há mais de dez anos. Por causa dele, a mãe brigou com a única irmã que Ângela tinha, mas ela nunca falava sobre isso.

– Minha mãe não tem nada a ver com isso. Ela nem sabe – omitiu sem referir-se a seu padrasto.

– Então? Você deixou de me amar?

– Não posso conversar. Estou trabalhando – respondeu desviando-se da pergunta. Não tinha reserva emocional para enfrentar a situação.

– Volto para te buscar na saída. Você me deve uma explicação. Estou disposto a fazer tudo por você e por nosso bebê.

– Por favor, não quero que faça nada.

– Eu farei até que você me diga as razões pelas quais age assim. Parece que não te conheço mais. Sei que você está me escondendo alguma coisa.

Ângela o olhou com vontade de chorar. Por conta disso, foi até a cozinha se recuperar.

No horário da saída, já de noite, se sentiu tranquila quando não viu Diego na porta do café. Deu os primeiros passos até a esquina. Ali estava ele esperando por ela.

– Eu te pedi que não viesse.

– Eu te avisei que viria. Quero uma explicação – ele a guiou pela cintura até o carro. Foi a primeira vez que ele pediu o carro para o irmão, porque não queria conversar em nenhum lugar público, muito menos na casa de nenhum dos dois. Ela aceitou. Ele começou a dirigir sem rumo e depois parou em frente a uma praça.

Ângela oscilava entre a verdade, o medo, a culpa e a angústia profunda que sentia ao machucar a quem mais a amou em toda sua vida. Ele tomou suas mãos entre as suas com carinho.

– Ângela, o que foi? Por que você não sabe se quer continuar com a gravidez? Eu deixarei a faculdade. Vou trabalhar. Podemos nos sustentar economicamente sem depender de ninguém. Não viveremos com muito luxo, mas teremos o necessário.

– Não posso – o olhou e descobriu nele o mesmo jovem pelo qual tinha se apaixonado. Odiou seu destino.

– Por quê?

O silêncio prolongado que precedeu as lágrimas preencheu o vazio que Diego logo sentiu existir entre eles. Percebia, com desgosto, o que se anunciava. Instintivamente soltou sua mão. A energia que rodeava a cena era fria, negativa e hostil.

– Por quê? – insistiu?

– Porque *pode ser que você não seja o pai* – disse entre soluços. – Perdoe-me, por favor – suplicou. – Posso explicar – acrescentou.

A desilusão maior.

A mentira.

O engano.

A incerteza.

A prova de que não a conhecia por completo.

Imaginá-la em outra cama, em outros braços.

Sentir que seu mundo desmoronava.

Pela lei de Newton, a toda ação corresponde uma reação de igual magnitude, mas em sentido oposto. Isso explicava o desejo de sair dali e nunca mais voltar a vê-la. Talvez fosse a razão de tanta contradição no mundo.

Essa lista de afirmações percorria a mente de Diego, que seguia paralisado, sem reagir. Tinha-lhe traído? Pior ainda, tinha mentido submetendo-lhe a um abandono disfarçado de um ato de generosidade, "que ela não ia ser quem arruinaria sua carreira". Isso era vil, espantoso, injusto. Mas enquanto a julgava, a maldita frase se repetia em seu interior. Pode ser que você não seja o pai. O que significava esse "pode"? A resposta sacudiu sua alma, seu corpo e seu coração. A mulher que amava tinha dormido com ele e com alguém mais e não podia determinar em que circunstância tinha ocorrido a gravidez. Não podia decidir o que fazer no meio desse desastre de emoções. Então, um Diego desconhecido entrou em cena.

– Desce do carro. Agora. Não quero voltar a vê-la jamais – disse com firmeza. Caíam-lhe muitas lágrimas.

– Por favor, não. Eu posso explicar, não é isso o que você está pensando, foi uma...

– Não me importo como foi nem com quem foi. Muito menos quantas vezes foi. Acabou.

– Mas pode ser que seja seu também.

– Não. Seus erros não são meus de forma alguma. Por favor, desce do carro – disse elevando o tom. Ela não se movia. – Eu teria te dado minha vida inteira e neste momento só sinto desejo de te arrancar dela para sempre. Vai embora!

Ângela chorava desconsoladamente. Queria explicar, mas não foi capaz. Não conseguiu comovê-lo. Era a consequência mais crua da traição, provocar uma ferida fatal que jamais deixaria de doer. Dessas que, quando criam uma cicatriz, a razão de estarem ali é lembrada diariamente, trazendo outra vez um padecimento à alma. Certamente, pessoas como Diego não eram capazes de perdoar esse tipo de traição.

Ângela mal saiu do carro e Diego acelerou a toda velocidade e se perdeu nas sombras daquela noite que marcaria sua vida para sempre.

CAPÍTULO 17

Chuva

*O atroz da paixão é quando passa,
quando, ao ponto-final dos finais,
não lhe seguem as reticências.*
Joaquín Sabina

Francisco saiu do aeroporto completamente abatido. Sua ação não tinha acabado nada bem. Tudo bem que tinha ido sem grandes expectativas. Conhecia muito bem a Gina e era previsível que não iria conseguir mudar sua decisão. Mas um impulso grandioso o tinha guiado até ela, verdade seja dita, e ele sentia que devia ao menos tentar mudar a realidade. Mas não pôde. Em vez disso, se sentia até ridículo por ter oferecido uma loucura quase adolescente. Perguntou-se se realmente teria sido capaz de viajar somente com a roupa do corpo, assim, sem mais nem menos. Não tinha certeza. Talvez no seu inconsciente ele já soubesse que receberia um não como resposta.

Estava dirigindo, quando decidiu ligar para todos os seus filhos. Uma necessidade incontida de saber como eles estavam. Diego não atendeu, Isabella também não. Apenas Andrés.

– Oi, pai. Como você está?
– Bem – mentiu. – E vocês? Seus irmãos não me responderam.

– Eu, bem. Na casa de Josefina. Ainda não falei com eles hoje, mas devem estar bem.

– Sim, claro, filho. Te amo.

– Eu também, pai.

Logo depois de finalizar a chamada, seu amigo Inácio, que parecia ter um radar para localizar seus momentos mais tristes, ligou.

– Como está você, meu caro?

– Mal. Fui encontrar Gina no aeroporto. Pedi para voltar. Até me ofereci para viajar com ela mesmo sem bagagem, ofereci romance, aventura...

– Nem vou te perguntar o que ela fez porque isso é evidente. Onde você está?

– Voltando para casa.

– Não faça isso. Venha ao escritório que te pago um café.

– Está bem – aceitou.

Minutos depois, Francisco relatava tudo a seu amigo, que lhe escutou atentamente.

– Você se arrependeu de ter ido?

– Não. Mas me sinto mal, porque estou começando a acreditar que não há chance de voltarmos. Gina tinha outro olhar.

– Outro olhar?

– Sim. Senti que ela estava distante e diferente. Não consigo explicar por quê.

– É o olhar de "tudo terminou". Já falei disso com você. As mulheres nos deixam muito antes de colocar o ponto-final. Nesse momento em que você já não se vê no olhar dela, é porque também já não está em seu coração. Elas já elaboraram o luto, a ruptura, tudo... e estão decididas a continuar com uma vida que só te inclui como parte do passado ou como pai de seus filhos ou qualquer outro papel que não seja o de parceiro ou amor. É difícil de assumir, mas todos os separados já viveram isso, amigo. As estatísticas mostram que foi assim com a maioria. Eu te disse. Nós, homens, somos básicos. Percebemos tarde demais.

– Isso eu senti. Que era tarde demais.

– Não vou mentir. É isso mesmo. Você chegou tarde. Já faz tempo que está em uma lista de espera para nada. Talvez tivesse tido oportunidade na primeira vez que ela disse que não estava feliz.

– Você é cruel.

– Sou realista. Agora deixe-a ir. Há vida depois do casamento. Busque-a.

– Não tenho vontade.

– É completamente normal que não tenha, mas terá que tentar.

– Como?

– Atitude. Ter atitude perante as adversidades começa em assumir que se você teve culpa nisso, não foi intencional.

– Jamais faria nada que a chateasse. Tenho vergonha do que vou dizer, mas tenho vontade de chorar o dia todo e passar o resto dos dias na cama.

– Deixe a vergonha para outras coisas. Isso é sentimento. Talvez você deva mesmo tirar uns dias para isso. É necessário antes de recomeçar. Eu mesmo fiz, mas do modo mais inesperado. Nós não somos como as mulheres que colocam música, olham para uma foto e preparam o cenário para aí se afogarem em lágrimas. No meu caso, eu saí para pescar e de repente me vi chorando como uma criança. Não sei o que disparou o pranto. Suponho que o vazio e o silêncio.

– Acho que tem razão. Agradeço, meu caro. Você é um bom amigo.

– Claro que sou!

Continuaram conversando enquanto tomavam café no escritório. Logo, se despediram.

Francisco sentia uma comoção interior. Entrou no carro e uma chuva intensa começou a golpear o para-brisa. Chegou rápido em seu apartamento. Era quase a hora do jantar, mas ele não tinha nenhum apetite. Tomou um banho e permaneceu ali com a televisão ligada tempo suficiente para que sua angústia se transformasse em noite e em vazio, em um fantasma que o obrigou a sair.

Continuava chovendo de forma ininterrupta quando começou a dirigir pelas ruas que o levavam a seu destino. Uma chuva noturna que caía como um presságio. Tudo era tão escuro como seu ânimo. Escutava sem ouvir a música de fundo que brotava do rádio. Canções novas sobre dúvidas velhas. Concentrou-se no caminho, o inconsciente o levou ao seu antigo bairro onde ali estava seu lar com Gina e seus filhos. Não sobrou nada disso, exceto a casa. A névoa da chuva comia a forma das coisas com sua boca pastosa. Ele gostava de dirigir assim. Manteve a velocidade e acendeu todas as lanternas. A chuva seguia caindo sem alma na paisagem desolada. O céu se rompeu como um cântaro gigante e a água caía como pedras sobre a noite solitária. Tudo se transformou em dilúvio e o dilúvio, em perigo. E o perigo, em horror. Sua memória lhe trazia imagens de sua vida, de quando era feliz, e essas imagens se contrapunham com as dos últimos episódios. As lágrimas começaram a brotar de seus olhos tristes ao chegar na esquina. Pensou em Inácio. Seu amigo lhe disse que isso ocorreria, um afogamento da maneira mais inesperada.

Os pneus dançavam sobre o asfalto. Parecia que os freios não conseguiriam cumprir com seu propósito. A chuva, persistente e copiosa, golpeava sobre todos os lados do carro. Francisco prendeu a respiração. Apenas via a vã obstinação do para-brisa lutando contra as torrentes de água e, não muito longe dali, o lugar onde tinha sido tão feliz. A cidade parecia chorar intensamente toda a verdade que lhe consumia. O tempo era compatível com sua dor.

O temporal ganhava o jogo, tanto no clima como nos sentimentos destroçados.

Sem saber de onde, chegou de improviso, como uma má notícia, um estrondo devastador. A pressão de uma dor insubordinável se apoderou dele. O padecimento físico somou-se ao de sua alma. O impacto lhe fez imaginar que o carro inteiro se agarrava aos seus pensamentos e ao seu corpo. Não conseguia racionalizar. Vivências do passado desfilaram como em um filme que durou alguns segundos. Sua infância, sua adolescência, seus pais, seus filhos, seu amigo Inácio... a universidade, Gina. A memória agônica reconstruía em fotografias fugazes um passado que já não existia. Vidros estilhaçados e espalhados sobre o asfalto. A chuva persistente e alheia à desgraça. O para-brisa o apontava com um olhar ferido. Troços de chapas desgarradas e inúteis, os faróis iluminando o nada e o sem sentido.

O céu elétrico foi a última imagem que repeliu em seus olhos incendiados pela nostalgia. O relógio digital marcava em seu idioma preciso e lúgubre a meia-noite exata.

A música o convidou ao silêncio.

Logo, o nada. Uma etérea e difusa confusão.

CAPÍTULO 18

Mudança

Não é a espécie mais forte que sobrevive, nem a mais inteligente, mas a que responde melhor à mudança.

Charles Darwin

Gina hospedou-se no Hotel Park Central, a exatos 322 metros do Central Park. Tinha escolhido esse hotel porque não havia nada em seu passado vinculado a ele. Não queria recordações, queria construir um presente próprio e alheio a tudo e a todos na medida do possível.

Tinha se permitido organizar apenas o primeiro destino, sabia que teria um quarto com suíte e televisão de tela plana de 46 polegadas, escrivaninha e cofre. O restaurante do hotel servia pratos de diferentes países e no Park Lounge poderia tomar uma variedade de coquetéis.

Como hóspede, podia assistir a um concerto no Carnegie Hall ou ver um espetáculo da Broadway em algum dos teatros que havia há menos de um quilômetro dali. Também estava muito perto do Museu de Arte Moderna. Até nisso ela tinha pensado.

Ao entrar no quarto não se surpreendeu ao ver que era muito semelhante às imagens que tinha visto pela internet. Uma decoração minimalista, com edredons brancos, colchão de primeiríssima qualidade. Paredes cinza combinadas com cinza-chumbo e cinza-pérola, com cortinas estampadas nas mesmas tonalidades. Uma escrivaninha ampla. Janelas grandes pelas quais se podia avistar o coração da cidade e ainda um quadro que lhe chamou muito atenção, porque mostrava a Estátua da Liberdade de costas. Não pôde evitar o riso, nada mais oportuno que uma liberdade que não lhe mostrava o rosto. Simbólico. Gostou do ambiente. Passaria ali algum tempo, assim acreditava.

Foi até o banheiro e surpreendeu-se com o quadro que ali estava pendurado. Um rosto de mulher com múltiplas tonalidades, estilo moderno e um olhar profundo. Se o quadro falasse seria algo como *Gina, o que está esperando?* Voltou a sorrir pela sua imaginação. Estava divertindo-se até da pintura do banheiro. Isso era algo que também tinha perdido.

Sentiu que lhe agradava estar ali, sozinha. Longe e desapegada de tudo e de todos. Abriu sua maleta, organizou parte dela no armário e se deitou na cama. Suspirou olhando para o pé direito alto, testemunha de suas incertezas.

Minutos depois leu e escutou as mensagens de WhatsApp pendentes e se sentiu tranquila por Isabella. Ainda seguia sem notícias de Diego. Respondeu a todos brevemente que tinha chegado bem e que sairia para passear. Talvez ficasse sem *wi-fi* para se comunicar. Tinha decidido não pagar pelo serviço especial no exterior, justamente porque não queria ficar no celular o tempo todo. O celular a mantinha ancorada à Gina que queria deixar para trás, ao menos por um tempo.

Vestiu-se de maneira casual, mas elegante. Uma calça preta, uma camisa branca e tamancos de salto na cor preta. Dirigiu-se ao saguão do hotel e saiu dali exalando otimismo. Era esse o primeiro dia de muitos outros. Sua aventura, desenhada à luz de uma mudança cujo processo desconhecia, tinha iniciado no avião e continuava nesse primeiro dia pela Big Apple.

Caminhou pelo parque, observou as pessoas, imaginou suas histórias e se sentou em um quiosque para tomar um suco. Respirava um ar diferente. Refletiu sobre as razões pelas quais se sentia assim, já que não era por ser um ar mais puro. Mesmo assim, era um ar curativo. Voltou a pensar nisso e encontrou a resposta. Esse ar era mais leve, mais suave e dócil, porque não carregava em sua essência preocupação. Tinha conseguido não pensar em nada mais que em seu presente. Sorriu do fundo da alma diante desse descobrimento paradoxalmente pequeno e gigante ao mesmo tempo.

Depois de um tempo, tirou de sua bolsa o livro que a acompanhava na viagem. Tinha começado a ler *El intenso calor de la luna*, de Gioconda Belli. Sentia certa empatia por Emma, a protagonista, não tanto por sua preocupação diante de uma menopausa iminente, mas pelo modo que analisava a própria imagem. Ambas queriam mudanças e desejavam saber como eram vistas pelos outros. Gina lia todo tipo de livros, mas escolhia aqueles os quais em suas páginas ela descobria um pouco mais sobre ela mesma. Gostava das descrições dos sentimentos e das situações da vida cotidiana. Não tinha paciência para romances históricos, já que logo se situava no momento e sobrava informação que se entendia sobre algo que já não lhe interessava. Já Emma a divertia. Estava lendo uma hilária cena de um acidente, quando sentiu fome.

Levantou-se e caminhou em busca de um lugar para almoçar. E do nada, sentiu que algo a incomodava. Estava inquieta. O que seria?

Seus sapatos. Por que caminhava com salto em Nova York, sozinha, e sem nenhum evento para ir? Caminhou. Continuou caminhando indignada. Cada passo marcava esse compromisso antigo com sua maneira de vestir, sempre impecável, quase imaculada e discreta. Escolhesse o tom que fosse, de dia ou de noite, Gina era sempre uma modelo. Queria, no meio dessa busca, continuar com essa vestimenta formal? Os passos se somaram a outros e seus pensamentos se cruzavam com essa sensação de afogamento e de calor em seus pés. Tinha caminhado muito. Seria essa a causa? Na Colômbia quase não caminhava. Sempre estava de carro. Sem saber muito bem em quanto tempo, o apetite desapareceu e ela já estava em frente a Massimo Dutti, uma loja de vários andares na Quinta Avenida que parecia convidá-la para entrar. E assim fez.

Guiada mais pelo instinto do que pela convicção, escolheu um calçado cômodo. A funcionária, em um perfeito inglês, lhe contou que o nome do desenho daquele calçado era *Bamba serpiente*. Tratava-se de um calçado esportivo de estilista, estampado de réptil com três tiras que se entrelaçavam e se prendiam em uma videira. Apaixonou-se por ele. Ao prová-lo, sentiu um imenso prazer. De imediato, encontrou uma bolsa que combinava. Era um modelo grande e desestruturado. Jamais teria comprado nenhuma dessas peças na Colômbia. Logo se deu conta de que também não queria mais sua calça preta nem sua camisa. Decidida, entrou no provador depois de pedir à vendedora uma calça *jeans* e uma camiseta que combinassem. Ela trouxe várias e de várias cores. Provou e gostou de todas. Acrescentou mais um *jeans* branco e dois *shorts* para combinar com tudo.

Olhou para a própria imagem, que o espelho refletia a cada

prova de roupa. Quem era? Não se reconheceu ali, mas gostou do que viu. Então, seus olhos se detiveram em um manequim estupendo, representando a figura de uma mulher feliz que luzia em um vestido com flores azuis sobre um tecido claro. Completavam a composição um chapéu de cor marfim e óculos escuros. Sentiu-se irremediavelmente atraída por essa moda informal. Ela nunca comprava esse estilo de roupas. Seria capaz de usá-las? Foi então que a vendedora, notando seu interesse, a instigou a provar tudo. Quando Gina se observou, sorriu diante de sua nova imagem. Sentia-se maravilhosa, como nunca antes. Decidiu que, assim como seu interior começava a descobrir o prazer de sentir-se livre, também o que mostrava ao mundo teria que mudar. Comprou o *look* completo também.

– Não quer ver algum outro vestido? – ofereceu-lhe a vendedora com um sorriso.

– Parece uma ótima ideia. Traga aqueles que você acha que eu deva usar – respondeu. A funcionária era jovem e dependendo do que trouxesse Gina decifraria a imagem que a moça tinha dela. Divertiria-se com isso. Poucos minutos depois, a jovem voltou com um vestido vermelho de muitas pregas na saia. Justo e sem decote. Era de uma cor viva, mas sem ser exagerada. Provou e a surpresa foi descobrir que o vestido era aberto nas costas. Riu de si mesma imaginando onde podia ir com um vestido assim. No entanto, algo a impulsou a levá-lo também, o pior que podia acontecer era não se animar a usá-lo.

Um tempo depois, tinha comprado um chapéu menor, outro par de óculos escuros, além de outro vestido bordado em tons de verde com um decote profundo.

Depois de pagar, pediu à vendedora que retirasse todas as etiquetas das roupas com as quais ela já sairia da loja vestida e que guardasse as outras sacolas em bonitas. Mudou seus objetos pessoais de uma bolsa para outra.

Uma mulher interessante, com determinação e atitude diferente, saiu da loja cheia de sacolas, vestindo uma roupa confortável e simples, mas com estilo. Algo mais se subvertia nela. Sentir-se diferente e renovada lhe dava uma nova energia. Seu olhar brilhava... Ao sair da loja, o ar era ainda mais leve. Seria possível isso?

Caminhava segura de si. Desfrutando de uma estranha sensação de plenitude, alheia ao que acontecia ao seu redor, do mundo interno e do futuro. Seu pensamento só se prendia ao "aqui e agora". Almoçou em um bar que servia pratos rápidos e saiu dali para continuar percorrendo a cidade a pé. Submersa nesse novo lugar que começava a ocupar no mundo, a poucos metros de distância, reagiu rápido quando alguém que não pode ver lhe arrancou a bolsa nova e saiu correndo em direção ao lugar onde tinha almoçado. Quando o ladrão passava em frente à porta, um homem saiu apressado. Gina gritava em espanhol esquecendo-se de que tinha que gritar em inglês. No entanto, seu salvador percebeu imediatamente o que estava acontecendo e justo quando o jovem passou em frente a ele, tropeçou e caiu no chão.

Gina soltou as sacolas que trazia e correu até ali para recuperar seus pertences. Não era apenas pela bolsa. Era o arrebatamento que a impulsionava. Ninguém iria mais tirar nada que era dela. Nem mesmo esse meliante em Nova York. Agradeceu por estar com aquele calçado. Porque pôde correr graças a ele. Chegou quase exausta. Seu benfeitor tinha recuperado a bolsa e um policial deteve o menino. Tudo parecia funcionar muito bem nos Estados Unidos. Como esse policial tinha chegado ali tão rápido? Ou já estava por ali e ela nem o tinha visto?

Agitada e já adotando o idioma do lugar, que sabia falar muito bem, aproximou-se do homem que sorria com sua bolsa na mão.

– Acho que isso te pertence – disse.

– Sim, acabei de comprá-la – acrescentou enquanto recuperava o ar. – Obrigada!

– Não fui exatamente um herói, senhora. Foi mais o acaso que me colocou bem na frente do rapaz no momento exato – explicou. – Não conseguiria persegui-lo – disse olhando para a própria barriga avantajada. – Ele simplesmente foi de encontro a mim, tropeçamos e caímos. No bar havia um policial que se prontificou a controlar a situação.

Gina admirou a simplicidade desse homem que, longe da pretensão de ter feito algo importante, apenas interpretava o fato como uma jogada do destino a seu favor.

– Bom, de qualquer forma, te agradeço. Se você não tivesse aparecido justo naquele momento, eu não teria recuperado minha bolsa.

– O que acha de tomarmos alguma coisa juntos? Um refresco? – perguntou, surpreendendo-a. – Como é seu nome?

– Gina – respondeu. Pensou na amabilidade nova-iorquina. Logo em seguida pensou que isso já era demais. Mas claramente ela tinha gostado desse estranho. Deveria aceitar? Por que não? Afinal de contas, era só uma bebida.

– Devo interpretar seu silêncio como um sim? Será meu dia de sorte? Recupero quase sem saber como a bolsa de uma bela dama e ela ainda aceita tomar um drinque comigo! – e sem que Gina tivesse pronunciado uma só palavra, continuou. – Desculpe. Não costumo ser atrevido assim. Não há nenhuma razão para que alguém como você queira sair com alguém como eu – concluiu.

A autoestima tão baixa desse homem anônimo lhe deu pena. Talvez porque, por tudo o que estava passando, a sua estivesse muito elevada. Sentiu-se ainda mais atraente.

– Não vou tomar um refresco com você, mas quero que saiba que o que ocorreu nesse dia será algo que sempre me recordarei. Também não me esquecerei de você.

– O que você não vai esquecer exatamente? – perguntou com curiosidade.

– O impulso de correr pelo que é meu e a espontaneidade de suas palavras. Acredite-me quando digo que tinha perdido esse impulso e agora o recuperei.

O homem sorriu.

– Meu nome é John e todos os dias estou por aqui a essa hora. Se algum dia, você mudar de opinião, o convite seguirá de pé.

– Muito obrigada.

– E muito bonito o seu calçado – acrescentou.

Gina se sentiu profundamente lisonjeada. Tudo tinha sido uma grande decisão. Nesse momento, uma jovem lhe alcançou trazendo todas as sacolas que havia deixado cair durante sua corrida pela bolsa.

Voltou ao hotel. Estava feliz. Não tinha pensado em ninguém mais do que nela mesma por tantas horas. Lembrou-se de Paul. Seria uma boa ideia jantar com ele? Buscou o cartão com seu número de telefone.

Sentiu-se livre por não ter precisado usar seu celular para nada durante todo o dia.

Capítulo 19

Segredo

*Só sei que algumas vezes terá que se quebrar
para saber o que você tem por dentro.*
Benjamín Griss

Isabella chegou no trabalho mais tranquila. O fato de não estar grávida lhe dava uma trégua para pensar de que forma iria falar com o marido. Ele não soube de seu atraso menstrual, porque ela preferiu não lhe contar. Sentia culpa pelo presente e pelo passado. Não podia dizer a ele que no lugar da felicidade ela sentiu uma profunda preocupação. Apesar de dizer à família que era feliz com Luciano, no fundo ela sabia que não era. Se casou tendo uma ideia de casamento que nunca coincidiu com a realidade. Pior ainda, se distanciava cada dia mais dessa ideia. Por isso, eram muitos os dias que ela se sentia angustiada. Vivia com a sensação de um fracasso irremediável. Sua mãe tinha razão. Isso não devia estar acontecendo em apenas um ano de casada. Por que permanecia em uma relação na qual não era feliz? Supunha que não era capaz de outra coisa. Estava em dívida com ela mesma. Sentia o peso da responsabilidade, seu papel de esposa devia se adequar às circunstâncias. Pensava nisso já sentada no escritório, pronta para escrever a coluna da semana. Ela se ocupava da seção feminina e paradoxalmente, escrevia com grande sucesso sobre temáticas ligadas a mulheres independentes e relacionamento amoroso.

– Oi, Isabella! – cumprimentou-a Matias – *Come stai?* – perguntou-lhe em italiano. Era seu companheiro de trabalho, o chefe da diagramação. Também um amigo incondicional com quem compartilhava sua verdade. Seu único confidente. Também ele contava sua vida, sua namorada o tinha abandonado por outro homem fazia alguns meses. A princípio, parecia que não iria superar, mas depois de um tempo, deixou de falar dela. Nunca a perdoou. O amor podia terminar, mas sair pela porta da infidelidade de uma relação não era necessário.

– Eu diria que estou bem, mas isso não seria verdade, amigo.

– O que aconteceu? Grávida não está. Então? – Perguntou surpreendido. Estava ciente do resultado negativo. Ela tinha lhe enviado uma mensagem aliviada.

– Sim, mas sinto que preciso falar com ele. Porque não fiquei grávida agora, mas pode acontecer a qualquer momento. Luciano quer ter um filho e ele sempre consegue tudo o que quer. E eu... bem, não acho que seja o momento. Na verdade, acho que ele não vem se cuidando na hora do sexo de propósito. Possivelmente voltará a agir assim.

Matias sentiu uma pontada na alma. Como era possível que Isabella suportasse tanta pressão? E a troco de quê?

– Você não deve permitir que isso aconteça, Isabella. É uma decisão de ambos. Assim não pode ser.

– Sim, você tem razão. Eu sei, mas alguma coisa não está bem comigo. Não sei colocar-lhe limites – disse. Estava parcialmente certa.

– Sim, você sabe. O problema é que ele te ignora e isso não

está certo. Sou seu amigo – disse indignado por ter que lhe falar o óbvio. – Por isso, volto a repetir. Você precisa se posicionar firmemente. Defender o que quer – acrescentou.

Matias tinha se apaixonado por ela e sofria em silêncio por não ser capaz de dizer. Não queria arriscar a relação que tinham e claramente, se ele confessasse qualquer sentimento, ela se afastaria. Talvez Luciano, se ficasse sabendo, ou mesmo, se só intuísse, a tiraria do trabalho não só por egoísmo, mas também por ciúmes, já que Luciano não suportava Matias. Continuamente o desqualificava para Isabella. Ela nunca o defendia, não por concordar, mas para não discutir.

– Obrigada, mas não é tão fácil. Sei que conto com você, que é meu amigo, mais que qualquer um. Talvez o único, na verdade – disse pensando que desde que estava com Luciano pouco a pouco se afastou das amigas até o extremo de só se falarem quando uma delas fazia aniversário.

Matias permaneceu em silêncio por um minuto. Nessa fração de tempo de cada dia, quando tentava encontrar a oportunidade e a coragem de ser sincero com ela. Mas não foi capaz. Podia ajudá-la sendo seu amigo. Entretanto, se lhe confessasse seus sentimentos, era possível que tudo ruísse.

– Isabella, não sou filósofo nem pretendo sê-lo. Também leio autoajuda ou vou à terapia e, portanto, não costumo ser um bom conselheiro em questões da vida... – começou.

Ela esboçou um sorriso espontâneo.

– Não faça mais publicidade desse tipo ou deixarei de te ouvir – disse. – Vamos, não estou em meu melhor momento para elevar sua autoestima – comentou.

– Certo, sou eu quem deve te apoiar neste momento – brincou. – Bom, sem tantos rodeios, o que digo é que não entendo por que você se conforma com um companheiro que não te faz feliz. A vida é curta demais. Só temos o agora e, sem nos darmos conta, o agora vira passado em um suspiro. Como imagina seus próximos anos? Seus 30? Seus 40 anos?

– Não costumo me deter a imaginar o futuro, Matias. Me assusta... Luciano... ele me faz feliz – reagiu.

– Quando? – perguntou de imediato e sem meditar.

– Às vezes...

– Às vezes é pouco. Deveria ocorrer na maioria das vezes. E se foi um erro? E se não devia ter se casado?

Isabella havia refletido sobre isso na solidão de seus pensamentos, mas não tinha se atrevido a pôr palavras nessa ideia, em primeiro lugar, por culpa. Depois, por medo de ser julgada. Sobretudo por sua família e por si própria. Olhou para Matias e viu em seu olhar a compreensão de que precisava.

– Confesso que já pensei nisso – disse finalmente. Sentiu que sua mochila de culpas se aliviava.

– Sério? – perguntou sem conseguir disfarçar sua esperança.

– Matias, qualquer um diria agora que você está feliz com essa notícia! – acrescentou Isabella, pela expressão que ele fez.

– Na verdade, sim. Me alegra muito saber disso – não estava mentindo. Apenas omitia parte da verdade.

– Não é motivo de alegria...

– Sim, é. O melhor que pode acontecer conosco é sermos capazes de ver e reconhecer nossos erros. Por isso, me alegro. É um grande passo que tenha pensado nisso.

– Não é para tanto. Pensei, é certo, mas não poderia me separar.

– Por que não?

– Porque viveria como um absoluto fracasso. Devo muito

a ele. Além do mais, meus pais pagaram uma grande festa de casamento e...

– Você não está falando sério, né? – interrompeu. – A quem interessa a festa? Seus pais não são indigentes. Além disso, estão também se separando. Não seria lógico te questionassem por isso.

Seu amigo tinha razão. Sentiu uma grande tristeza inundando-a e teve vontade de chorar. Matias adivinhou sua angústia. Seus olhos tinham brilho quando sofria. Ela se levantou e se virou de costas pra ele, de frente para a janela, sem responder. Ele a seguiu em silêncio, a obrigou a girar sobre si mesma para darem um abraço.

– Perdão, não quero ser cruel com você. É que não aguento te ver sem ter tudo o que merece ou se escondendo atrás de uma realidade que pode mudar se você quiser.

– Você não entenderia.

Ela apoiou seu rosto sobre o peito de Matias e chorou. Seu rímel preto inclusive manchou a camisa branca que ele usava. Sentiu alívio. Já não conseguia expressar suas razões com palavras. Ele compreendia de qualquer maneira. Seus braços foram como um refúgio.

Matias estremeceu. A proximidade do corpo de Isabella lhe provocava uma sensação de plenitude desconhecida. Dava um sentido diferente aos seus planos. Não pôde evitar imaginar como seria abraçá-la em outras circunstâncias, sem limitar seus sentimentos. Suspirou. *Por que estaria em dívida por toda uma vida com um homem como seu marido?*, pensou.

– Obrigada, Matias, e desculpa por essa cena. Estou muito sensível e você é a única pessoa com quem me atrevo a mostrar meus verdadeiros medos. Com minha mãe, eu a escuto, mas não consigo ser completamente honesta – respondeu se afastando.

– Medos? Que medos? Por que você diz que deve muito a Luciano, Isabella? – perguntou tudo de uma vez. Sentiu que ele era especial para ela. Algo em seu olhar lhe dava direito de saber. Já não a abraçava e ocupavam uma cadeira de cada lado na mesa do escritório.

– Tenho medo da solidão, do fracasso, dos erros, de não ser capaz de me perdoar... – evitou dizer a razão pela qual se sentia em dívida com Luciano.

– Você nunca estará sozinha e acho que reconhecer um equívoco não é fracassar e sim o contrário. A respeito de se perdoar, não entendo. Por que teria que se perdoar?

– Tem coisas que ainda não te contei...

– Que segredo você guarda aí dentro, Isabella? O que você não me contou ainda?

Nesse momento, entrou a diretora editorial, Lúcia.

– Isabella, necessito que a coluna desta semana aborde um tema concreto.

– Claro! Qual? – perguntou. Sua chefe nunca dava opções, dava ordens.

– O perdão – disse como se soubesse do que estavam falando minutos antes.

Isabella e Matias se olharam surpreendidos.

– Parece que o universo não perde tempo em enviar sinais – murmurou ele. Ela sorriu com certa cumplicidade enquanto respondia à chefe.

– Está ótimo. Trabalharei com essa ideia.

– O que houve com sua camisa, Matias? Espero que não seja o que parece. O trabalho não deve se misturar com outras questões – afirmou e se retirou sem que ele tivesse tempo de responder.

Entre avergonhados e humilhados, mas acostumados com os modos diretos de Lúcia, ambos observaram o rímel como um selo de confiança que escrevia na tela branca um imenso "obrigada" para os olhos de Isabella e um "te amo" para os olhos de Matias. Nem sempre as pessoas viam o mesmo. Mesmo quando a realidade era evidente.

CAPÍTULO 20

Notícias

Mesmo que pudesse estar em mil lugares ao mesmo tempo, tenho certeza que seguiria agarrado à mesma mão, cada vez que me sentisse perdido.

A sua.

Miguel Gane

Josefina passou no exame de Direito Penal e almoçou perto da faculdade com as amigas. Conversaram animadamente sobre os temas que caíram na prova, seus namorados e seus projetos pessoais e profissionais. Era uma jovem muito doce e empreendedora. Amava sua família e sobretudo, Andrés. Sua vida tinha outro sentido desde que a compartilhava com ele.

Tinham se conhecido de maneira quase casual, quando ele foi procurar emprego na empresa de seu pai. Ela o atendeu naquele dia porque estava substituindo uma funcionária que tinha se ausentado por problemas de saúde. Não imaginaram que naquele dia suas vidas mudariam.

Completamente atraída por sua espontaneidade e simplicidade, custou-lhe dissimular a irresistível atração que lhe despertou. Seu olhar falava o idioma da sinceridade, da humildade e outros valores. Isso não era fácil de encontrar e Josefina reconheceu essas qualidades nele de imediato. Seu pai, que estava precisando de ajuda, também simpatizou com ele e lhe concedeu o posto de trabalho. As coisas aconteceram quase como se o destino seguisse um plano, sem tropeços. Tudo era perfeito. Os pais dela, gente simples e trabalhadora, só queriam uma filha feliz, que tivesse a seu lado alguém que a valorizasse e a cuidasse. Era filha única, e por essa razão, quando eles não estivessem mais aqui, sendo uma família sem tios e sem primos, com os avós já falecidos, Josefina só teria seu companheiro. Andrés reunia tudo o que um pai deseja a uma filha.

Andrés, que até então só tivera relações passageiras, viu nela uma jovem, simpática, inteligente e linda. Naquele dia, não soube que era o amor de sua vida, mas sentiu que podia estar diante de alguém diferente. O rapaz foi muito prudente. Depois de algum tempo trabalhando ali e compartilhando várias conversas com ela, Andrés disse ao pai de Josefina que gostaria de convidá-la para sair, mas que não queria fazê-lo sem que ele soubesse. O homem, que já tinha se dado conta de que os dois se gostavam, só pediu que não a fizesse sofrer. No mais, que a vida decidisse o que tivesse que ser.

Logo após a reunião com as amigas, Josefina se dirigiu ao consultório de sua ginecologista. Camila Clark era sua médica desde que Josefina teve sua primeira relação sexual, aos 16 anos. Tinha 22.

Já no consultório, depois de uma conversa prévia sobre assuntos corriqueiros, Josefina lhe entregou os resultados de seus exames. A profissional abriu o envelope e pouco a pouco seu sorriso foi murchando.

– Queria comentar que tive algumas perdas de sangue fora do meu ciclo, mas acredito que foi estresse. Estive muito nervosa e ansiosa com as provas da faculdade.

– Alguma outra mudança?

– Nada importante. Tudo se relaciona com esses nervos acadêmicos! – sorriu.

A médica fez uma pausa. Os resultados estavam ali, diante de seus olhos e não havia dúvidas. Como dizer a uma jovem entusiasta e bonita que havia duas ameaças sobre sua vida? Permaneceu em silêncio por um instante enquanto seguia lendo os resultados e escutava de fundo a voz jovial e fresca de sua paciente.

– O que foi, doutora? – perguntou ao ter a sensação de que a médica não a escutava.

– Tem algo aqui que não deveria estar... duas questões na verdade.

– O que é?

– Bem, o papanicolau é um exame que ajudar a detectar e prevenir questões do colo do útero – foi cuidadosa e utilizou a palavra "questões" para não usar a palavra "câncer". Não queria assustá-la. – Colhem-se células do colo do útero, as porções final, inferior e estreita do útero que se conectam à vagina. As células são analisadas para ver se são ou se apresentam sinais de que podem se converter em algo maléfico.

– Tenho câncer? – perguntou com ímpeto, sem acreditar no que perguntava.

– Foram detectadas células anormais no colo do útero. A maioria das mulheres com resultados anormais não tem câncer do colo do útero. No entanto, vou pedir mais alguns exames para monitorar essas células. Muitas delas voltam sozinhas à normalidade.

– E o que acontece se elas não voltarem ao normal? – perguntou séria e consciente da situação.

– Elas podem se transformar em cancerígenas, se não forem

tratadas. A boa notícia é que nós vamos nos comprometer em resolver essa questão.

– Boa notícia?

– Sim, boa notícia. Essa é a vantagem de ter as consultas e os exames em dia.

– Não vejo nenhuma boa notícia em um papanicolau com um resultado ruim.

– Nós nos precipitemos. Vamos tratar de fazer os próximos exames.

– Você mencionou duas questões... Qual é a outra? Imagino que você não se referia a duas células...

– Não. Há microcalcificações no resultado da ecografia mamária. Também não deveriam estar ali – omitiu dizer que, por suas características, podiam ser malignas. Ela se referia a que eram heterogêneas, em forma e tamanho, anguladas e irregulares e estavam agrupadas em uma área específica da mama direita.

– Deixa ver se entendi. Tenho dois números para o sorteio de doenças?

– Não. Tem dois resultados que precisamos observar. Ou seja, sua rotina de controle está cumprindo seu propósito, e qualquer que seja o resultado dos novos exames será para detectar ou descartar algo com antecedência.

– Você é muito sutil, mas não se esqueça que estudo Direito. Você fala da metade da biblioteca que me favorece e eu trato de entender a outra metade, aquela que me coloca em risco.

– Deixemos as bibliotecas em repouso até termos novos resultados – acrescentou. Emitiu as guias para os exames em meio a um silêncio perturbador. Explicou-lhe que deveria realizar uma biopsia e que esse procedimento se realizava com um cirurgião.

– Doutora, isso é entre você e eu. Não quero que meus pais saibam.

– Vai ser da maneira que você quiser, mas sugiro que alguém do seu convívio saiba do que está acontecendo.

– Meu namorado. Só ele – respondeu. – Se precisar, só autorizo que você fale com ele, está bem?

Josefina saiu do consultório como se levitasse, sem sentir o contato com o chão ou com a realidade. Ela tinha planos e para isso precisava ter saúde. Nunca tinha se detido em sua importância até esse momento. A saúde era inerente aos jovens. Por que ela seria uma exceção à regra?

Ligou para Andrés.

– Amor, está ocupado?

– Nunca para você. Estou no trabalho, mas pode falar.

– Não me sinto bem. Você pode pedir permissão para sair e me buscar?

– O que você tem?

Ela podia dizer em uma chamada telefônica?

– Duas más notícias – respondeu e lhe contou onde estava.

– Estou indo agora mesmo – disse, muito preocupado ao lembrar que ela tinha contado que tinha consulta na ginecologista.

– Não diga para meus pais que é por minha causa que precisa sair. Por favor.

– Não direi.

Andrés não gostou do tom nem do modo como ela tinha falado. A alegria diária de sua voz tinha se apagado. Sua intuição já dizia que se tratava de algo preocupante. Internamente, sentiu pânico. Será que poderia acontecer algo grave a Josefina? Tentou descartar essa ideia no momento em que pensou, mas não conseguiu. Ao mesmo tempo, ela, na porta do consultório, sentia uma lágrima fria rolar pelo rosto.

Um tempo depois, ela chorava sobre seu peito cálido depois de contar-lhe o que houve, enquanto apertava-lhe a mão. Sentia que sua vida se rompia em infinitos cacos. Não era justo.

Fizeram um pacto de silêncio. Ambos se ocupariam de tudo o que fosse preciso fazer, mas a vontade de Josefina era de não preocupar seus pais por enquanto.

O que acontecia com a vida que se encarregava de bagunçar tudo o que era perfeito? Talvez fosse justamente esse seu trabalho. Demonstrar que nada era.

Andrés ligou para seu pai. Francisco não respondeu. Em seu lugar, uma mensagem de voz automática lhe deu nesse instante o sabor de vazio.

CAPÍTULO 21

Névoa

Ninguém se queixa da névoa. Agora já sei por que: mesmo que ela incomode permite fundir-se nela e sentir-se seguro.

Ken Kesey

Diego não tinha um melhor amigo. Era um jovem que compartilhava os espaços com seus companheiros de faculdade e se dava bem com todos, mas não era confidente de nenhum. Não contava sua vida a ninguém, exceto a seus irmãos, e mesmo assim, só em algumas oportunidades. Mas quando se tratava de dar algum apoio, Diego sempre tinha um conselho lógico para acudir. Toda sua memória emocional era uma história com capítulos que se acumulavam em seu interior. Não gostava de demonstrar suas emoções. Só a Ângela tinha dado essa oportunidade e era evidente que tinha sido um erro.

Depois que ela desceu do carro, Diego dirigiu sem saber onde ir e estacionou em algum lugar que nem sabia onde. Ficou ali estacionado sem consciência do horário, apenas pensando, por um bom tempo, por horas, talvez. Tinha perdido a unidade da medida do tempo. Seu relógio marcava a hora da dor e da raiva. A noite se encerrou em uma chuva intensa, que caía como uma mentira sobre sua alma. Tudo era tão inesperado e frio. Ouvia o som das gotas de chuva golpearem o capô. Uma injustiça nova crescia sobre os cimentos firmes de suas convicções. Em algum momento, decidiu que precisava se concentrar ao menos no caminho de volta para casa. Os relâmpagos assustavam Parker, que certamente estava junto a Chloé embaixo da cama, esperando que ele chegasse. De repente, urgia chegar em casa. Estava a duas quadras. A névoa tragava seus projetos com sua cegueira. Diego gostava de dirigir como seu pai. A chuva seguia lançando interrogativas contra o asfalto. O céu se partiu de repente em um abismo elétrico que iluminou o sem sentido em que sua vida tinha se transformado. Nesse instante, Diego avistou um acidente na esquina. Os faróis de algum veículo iluminavam a noite. Acelerou. Esquecendo a traição, abriu espaço para ser solidário com quem quer que estivesse ali. Chegando mais perto viu um carro e uma moto que tinham se chocado. Tirou o cinto de segurança e desceu para auxiliar as pessoas, enquanto, com o celular, chamava uma ambulância e passava o endereço. Aproximou-se do veículo e seu coração quase explodiu no peito. Era o carro de seu pai. Teve medo de olhar para o assento do motorista, mas teve que olhar. Francisco estava desmaiado. Não conseguiu encontrar o motociclista. Provavelmente teria voado com o impacto, mas não pôde buscá-lo. Não sabia se não era possível vê-lo ou se seu desespero não lhe permitiu. Concentrou-se em seu pai. Seria o destino tão cruel? Escapava do que acreditava ser a pior traição de sua vida e agora estava no meio de um acidente de trânsito, em meio a uma noite de chuva, das mais sepulcrais de que se lembrava, justo na esquina do que tinha sido um lar feliz. Sem dúvida, Francisco se dirigia à casa quando a motocicleta se chocou por causa da chuva e da névoa. Como pôde, meteu o braço entre as chapas retorcidas e apoiou seus dedos no pescoço para constatar se seu pai tinha pulso.

Tinha.

Estava com vida.

Havia sangue.

Muito sangue.

Tentava falar com ele, mas nenhuma palavra saía de sua boca.

Estava em choque. Queria pedir que não morresse. Dizer que precisava dele, que o amava, que estava triste, que Ângela era uma mentirosa, que sua mãe não devia ter viajado sozinha, que o angustiava que tinham se separado, mas seus desejos de dizer morreram todos no mesmo silêncio que o rodeava quase sempre. Não sabia expressar suas emoções muito bem e não gostava de fazê-lo. Naquelas circunstâncias, tinha querido ser diferente.

Sentiu que se aproximavam as sirenes que anunciavam que a ajuda estava por chegar. Quase em seguida, ambulâncias e bombeiros tratavam de tirá-lo do carro. Escutou que a outra pessoa jazia a poucos metros dali e tinha falecido.

— Foi você que ligou para nós? – interrogou um policial enquanto ele não perdia de vista o carro de seu pai, transformada em um pedaço de amargura em forma de bola, contra sua vida.

— Sim.

— Bom, tomarei seus dados e depois, você pode ir. Nós nos ocuparemos da situação.

— Não.

— Não? Escute, você está em choque, já fez o suficiente. Vá para casa.

— Não posso ir. Esse homem é meu pai – disse. Olhou na direção dos médicos e bombeiros que o colocavam em uma maca com uma máscara e o erguiam a uma ambulância. Estava ensanguentado e sem consciência.

O policial não compreendia a situação.

– Ele lhe avisou?

– Não. Moramos nessa quadra. Ambos estávamos voltando para casa com diferença de alguns minutos – explicou. Omitiu dizer que seu pai já não vivia ali. Não era relevante.

O tempo transcorria lentamente. Os vizinhos se aproximaram em meio à incômoda chuva. Diego não falou com ninguém. Seguiu a ambulância com seu carro e deu os dados de seu pai no hospital.

Na sala de espera, Diego ligou para Inácio. O amigo de seu pai era a melhor opção. Quando soubesse de algo mais sobre seu estado de saúde ligaria para seus irmãos. Andrés estava na casa de Josefina e não tinha como saber o que estava acontecendo por nenhum meio. Pensou em sua mãe. Julgou-lhe por não estar presente e a condenou por permanecer à margem do ocorrido. A sorte estava lançada, mas desta vez foi o destino quem jogou os dados.

Inácio chegou rapidamente e se colocou de prontidão para tomar a frente da situação. Francisco estava vivo. Tinha fratura aberta na tíbia e por isso passava por uma operação. Os exames não mostraram nenhuma lesão interna grave.

– Diego, devemos avisar sua mãe e seus irmãos – disse Inácio enquanto esperavam que terminasse a cirurgia e os resultados da operação.

– Não acho que seja necessário chamar minha mãe. Ela viajou e não tem nada que possa fazer.

– Eu sei, mas tem o direito de saber.

– Ela não vai voltar. Acaba de ir.

– Isso não importa. É seu direito – acrescentou.

– Estão separados – disse Diego – Eu não vou ligar para ela – notava-se a censura em suas palavras.

– Está bem. Eu me encarrego de falar com ela.

– Por favor, primeiro ligue para meus irmãos. Eu não tenho vontade de falar.

– Você chegou a falar com seu pai na hora do acidente?

– Não... – então sua própria história com Ângela voltou à memória, – Eu só estava dirigindo de volta para casa e o encontrei. Já estava desmaiado. Os vizinhos disseram que cheguei poucos minutos depois do acidente.

Inácio então ligou para Andrés.

– Boa noite. O que houve? Aconteceu alguma coisa? – a madrugada indicava a gravidade do assunto.

– Seu pai teve um acidente de carro. Está na sala de cirurgia. Informaram-me que está fora de perigo, ainda que tenha múltiplos traumatismos pelo impacto. A fratura aberta da tíbia é o mais sério. Feriu-se muito na perna.

Andrés observou que Jo dormia a seu lado. Lembrou-se de seu trágico dia e sentiu que o mundo desmoronava pela segunda vez sobre ele. Procurou manter-se calmo. Em estado de emergência, perder a calma não ajudava.

– Meus irmãos já sabem?

– Foi Diego quem o encontrou. Está aqui comigo. Agora vou ligar para Isabella. Estamos no hospital.

– Eu ligo para minha irmã. E minha mãe? Já sabe?

– Não, agora vou avisá-la.

Inácio sentiu muita tristeza ao ver como essa família estava dividida pelas circunstâncias. Só agradecia que seu amigo tinha sobrevivido. Não desejava que Gina voltasse agora, mas era seu dever avisá-la. Ligou para seu celular.

Gina descansava no hotel. Não ligou para o Paul e resolveu ficar no quarto. Quando viu o nome de Inácio na tela, já soube que era má notícia.

– Ou que houve? – perguntou sem cumprimentar.

– Oi, Gina... Francisco teve um acidente de trânsito. Uma moto bateu contra seu carro no meio de uma noite de chuva forte que está fazendo aqui. A moto praticamente entrou na porta do carro. Ele está sendo operado agora, tem a perna muito ferida. Fratura aberta da tíbia, disseram... pensei que deveria saber. – acrescentou.

Silêncio.

Culpa.

Mais silêncio.

– E meus filhos?

– Diego o encontrou. Foi na esquina da sua casa. Andrés e Isabella estão vindo para o hospital.

– Por que não foram eles que me avisaram? – perguntou, mas já sabia da resposta. Ela tinha partido e não estavam de acordo com sua ausência.

– Não sei.

– Corre risco de vida?

– Não se sabe ainda. Mas me parece que será uma longa recuperação.

Silêncio.

Deveria voltar?

Por que justo quando sua busca começava a encontrar seu norte, outra vez a vida lhe impunha dúvidas sobre priorizar-se?

Lágrimas e pena.

Culpa.

Silêncio.

CAPÍTULO 22

Firme

A única maneira de lidar com um mundo sem liberdade é tornar-se tão absolutamente livre que a sua própria existência seja um ato de rebelião.
Albert Camus

Francisco saiu da operação. O cirurgião se dirigiu a Inácio e aos filhos de seu paciente.

— A lesão mais grave está em sua perna esquerda. Tem, como já informado, uma fratura aberta na tíbia.

— O que é isso? – perguntou Isabella, muito nervosa. Só o fato de estar num hospital lhe tirava a tranquilidade e além disso, acidentes de trânsito lhe traziam memórias que ela desejava esquecer.

— Significa que é uma ferida na qual o osso está exposto. O osso saiu através da pele. Limpamos a ferida durante a cirurgia, retiramos o tecido morto, alinhamos a fratura que estava separada e colocamos um pino endomedular, isto é, dentro do osso. Isso implica, conforme sua evolução, talvez outra intervenção e uma recuperação que não será imediata. Por enquanto, ele permanecerá internado.

— Podemos vê-lo? – perguntou Diego.

— Sim. Só aguardem um momento. Mantenho-lhes informados.

Isabella, Andrés, Diego e Inácio agradeceram a equipe e ficaram na sala de espera aguardando a autorização para vê-lo.

Os meninos estavam muito mal. Abatidos e tristes. Inácio não conseguia determinar qual deles estava pior. Andrés mostrava um equilíbrio racional, mas a angústia em seu olhar era tão profunda que evidenciava o processo que estava acontecendo em seu interior. Isabella chorava muito e Diego permanecia em seu silêncio.

– Falou com minha mãe? – perguntou Isabella a Inácio quando estava um pouco mais calma.

– Sim.

– Quando ela volta?

– Não disse.

– Como não disse?

– Não. Não disse. Talvez seja melhor que não volte, não sei.

– Isabella, mamãe não faz parte dessa questão. Ela partiu por vontade própria. Ela decidiu pela separação. Não acho que nosso pai precise dela agora aqui – refutou Diego.

– Diego, mamãe está passando por um momento difícil também. Não é fácil para ela – Isabella a defendeu.

– Não me diga... sério? De verdade você acha que é difícil para ela descansar em Nova York? – perguntou ironicamente. – Por favor, não seja ingênua. Ela já não se importa com nada. Nem com a gente.

– Já chega – interveio Andrés. – Não estamos aqui para julgar nossa mãe e sim para ajudar nosso pai. Não acho que ela vai voltar agora.

– Eu sim – acrescentou Isabella. – E sei que vai voltar. Pegou seu celular e a chamou.

Gina viu o nome da filha na tela do celular. Não queria

atendê-la. Precisava pensar. Decidir o que fazer. Qual seria o passo seguinte?

Isabella insistia.

– Não te responde. Que incrível! – disse Diego indignado.

Finalmente, Gina se encorajou.

– Oi, filha. Como estão? Falei com Inácio, ele me contou o que houve.

– Mal, estamos mal. De que outro modo estaríamos? – sua voz era combativa.

– Puderam vê-lo? – perguntou omitindo o tom.

– Estamos esperando. Talvez passe por mais cirurgias. Sua perna esquerda está muito ferida. *Quando você volta?*

Gina sentiu suas palavras como um golpe feroz em suas decisões. "Quando você volta?" Repetiam-se uma e outra vez como um eco que não lhe permitia falar. Claramente esse "quando" dava por certo que voltaria. Para sua filha era só uma questão de determinar qual voo tomar. Uma data. Mas para Gina não era só isso. O que deveria responder? Podia dar-lhe uma resposta quando ainda nem tinha conseguido se concentrar no que realmente queria fazer? Claro que lamentava tremendamente o acidente. Não desejava nada de ruim a Francisco, era um bom homem e o pai de seus filhos. Que já não fosse feliz ao seu lado não apagava a vida que juntos tinham compartilhado. Esse pensamento a levava diretamente a avaliar se devia interromper sua viagem imediatamente. Ficar com esse único dia vivido e voltar a Bogotá.

No entanto, o que ela poderia fazer nesse caso? Acompanhar seus filhos? Cuidá-los? O certo era que não estava morto nem em estado grave. Só ferido e a ponto de enfrentar um trajeto de recuperação. Não era uma doença terminal. Ele também estava acompanhado de seu melhor amigo. Essa postura lhe permitia seguir firme com sua busca. Com culpa, mas poderia continuar.

– Mãe, eu te fiz uma pergunta – a situação enervava Isabella. Não suportava os acidentes de trânsito nem suas consequências. Eram fatos que marcavam a vida das pessoas e sempre de uma forma negativa. Ele nem sequer aturava os que passavam nos noticiários.

– E eu estou pensando em uma resposta. Não sei. Minha presença aí não mudará o que aconteceu.

– O que você está dizendo, mamãe? Papai precisa de você. Todos nós.

– Eu não – murmurou Diego, que, na verdade, precisava muito dela, mas jamais daria o braço a torcer.

– Não é assim, Bella. Já não é assim. Cada um de vocês decide e toma conta da própria vida e eu devo fazer o mesmo.

Uma Isabella desconhecida cortou a ligação.

– Eu te disse que era inútil – disse Diego.

Abraçou a irmã que chorou aflita em seu ombro. Uma lágrima muda e hostil também percorreu o rosto de Diego. A lágrima raspou sua pele deixando uma ferida invisível onde a dor escrevia a palavra "abandono".

Nesse instante, avisaram aos quatro que podiam entrar no quarto, mas um de cada vez, e assim fizeram. Francisco dormia. Não tinha acordado ainda da anestesia.

Enquanto isso, em Nova York, Gina estava completamente triste e desorientada. As paredes do quarto pareciam esmagá--la. Suas compras já não lhe interessavam. O espelho devolvia a imagem de uma mulher egoísta. Viu nela todos os seus medos outra vez. Uma mãe má, uma filha pior ainda, e definitivamente, uma esposa lamentável. Esse seria o resumo do resultado de suas últimas ações?

Por que, para seus filhos, Francisco era um mártir, e ela, uma insensível? Por que sua doce Bella estava tão brava com ela? Antes de partir tinham conversado amigavelmente, como sempre. Em seguida, entendeu que nesse momento havia muito mais coisas em jogo. Estaria acontecendo algo mais entre ela e Luciano?

Sem dúvida, Gina era quem sustentava essa estrutura familiar. Todos eles, incluindo Francisco, tinham colapsado.

Ligou para Diego, que não a atendeu.

– Oi, Andrés...

– Oi, mãe – cumprimentou sem dizer nada mais. Era óbvio que também ele questionava sua ausência.

– Como estão as coisas?

– Vou ser sincero com você. Não estou bravo por sua viagem, ainda que eu não entenda, mas aqui se anunciam tempos difíceis. Se vai voltar, está bem. Se não, então não se preocupe. Eu vou me encarregar de tudo com Inácio e com meus irmãos. Mas você deve saber de uma coisa: não estou disposto a ter longas chamadas telefônicas ou mantê-la informada pela internet. É simples: ou você está aqui ou segue sua aventura. Não vai ter meio-termo. *Capito?* Como você mesma diz. Não quero ser um mau filho com você, mas não há margem para nada mais. A todos nós acontecem coisas – acrescentou.

Gina se imobilizou. O que significava esse "a todos nós acontecem coisas"? Seu instinto materno se deteve nessas últimas palavras.

– O que mais aconteceu com você, filho?

– Já te falei tudo o que eu tinha pra dizer.

– Sim, muito bem.

– Bom, a vida continua. Tenho que desligar. Precisam de mim aqui. Tchau, mamãe.

A vida não era justa. Gina estava entre as redes de uma situação que a tinha como refém de seus medos e a pressionava contra a culpa de sentir, depois de muito tempo, o que desejava: pensar nela. Não pretendia esquecer os demais, mas já não suportava que fosse o eixo central de suas existências. Não era possível que seu estado de ânimo, seus sonhos e seu bem-estar tivessem relação direta com o que estava acontecendo com seus filhos, com o pai deles ou com seus próprios pais. Não mais. Observou o quadro simbólico do quarto onde a Estátua da Liberdade lhe dava às costas. Vinte e cinco anos tinha sido tempo suficiente. Sabia bem que Andrés estava escondendo algo, Diego arrastava uma gravidez e a decisão de abandonar a faculdade, Isabella, sua infelicidade, e Francisco, sua frustração. E ela? Que sentia Gina Rivera?

Aproximou-se e olhou através da janela. Então, em um segundo, o nó que prendia a sua garganta desatou. Um manto de claridade deslizou-se sobre seus pensamentos. Cada um de seus filhos faria o que tivesse pensado, com acertos e erros. Era tempo de soltá-los. Não sabia se eles dependiam dela, mas estava segura de que ela tinha dependido sempre deles.

Gina sentia um fervoroso desejo de ser livre. Encontrar as respostas às perguntas que ainda não tinha descoberto, mas que ali estavam esperando por sua atenção.

Gina Rivera queria ser a primeira de sua vida e se dar a oportunidade de ser tão feliz quanto fosse possível.

Gina Rivera queria se reencontrar com a mulher que lhe habitava, mas por quem não pulsava seu coração.

Gina Rivera sentia que tinha tomado o caminho correto.

Não voltaria a Colômbia. O acidente de Francisco não deteria sua viagem, nem mudaria sua decisão. Se seus filhos não entendiam, seria um grande sofrimento, mas desta vez não os colocaria à frente dela.

Ao longe, Gina via a Estátua da Liberdade firme. Sentiu seu olhar fixo em sua alma. Não estava de costas.

CAPÍTULO 23

Uma semana depois

Riscos

Evitar os riscos equivale a renunciar ao direito de experimentar a metade das emoções que somos capazes de sentir.
Carl Lewis

Manuel chegou ao escritório contábil de seus amigos Inácio e Francisco. Devia levar a documentação para cumprir com os requisitos fiscais e impositivos que sua profissão de arquiteto lhe impunha. Era muito organizado no desempenho de seu trabalho e cumpria corretamente com suas obrigações.

Inácio o recebeu e imediatamente o colocou a par da situação de Francisco, que seguia internado.

– A esposa do Francisco foi viajar? – perguntou. – Da última vez que nos falamos, ele estava muito mal por causa desse assunto.

– Sim. Viajou no dia do acidente. Sinto que já não a reconheço. Pensei que voltaria quando soubesse, mas não voltou.

– Melhor. Se não vai voltar com ele, vê-la lhe faria mais mal que qualquer outra coisa.

– Concordo contigo, mas os filhos estão angustiados e a

Fran lhe doeu saber que ela não voltaria nem por isso. Não disse nada, mas deu para notar. E você? Segue com a vida dupla?

– Sim... mas não diga assim. Soa tão terrível desse modo.

– E como poderia dizer sem que soe terrível? Mas sendo honesto – ambos riram. – De verdade, não sei como você consegue – acrescentou.

– Também não sei. Cada dia me parece mais complicado que o anterior. Agora que Maria Dolores teve esse problema de saúde, pior – disse referindo-se ao acidente isquêmico transitório.

– Já fez um tempo, não? Deveria tomar uma decisão... se sua esposa descobre, vai te deixar na rua.

– Por que eu deveria tomar?

– Porque você está enganando-a há mais de um ano. E quando se trata de infidelidade, as mulheres tiram o pior de si mesmas nos trâmites do divórcio. Acredite em mim, você não tem ideia do que ela pode ser capaz.

– Você se engana. Maria Dolores é dócil e muito bondosa. O difícil é lidar com a Raquel. Ela tem um gênio...

– Você está falando sério? Deveria começar uma terapia. Não pode se referir a elas como se fossem dois caminhos paralelos. Não é assim. Ambas estão em sua vida e formam um casal com você. Até onde sei não há poligamia na Colômbia – disse com humor. – Só acho que você deveria se decidir. Este modo estressante de viver ainda vai acabar com a sua saúde.

– Você não entende. Não posso.

– Por quê?

– Porque amo as duas.

Surpresa.

Silêncio.

– É uma brincadeira? – perguntou Inácio.

– Não. Não é. Te juro que quando penso em perder uma delas, me desespero. Do meu modo eu amo as duas.

– Isso não é possível – respondeu. – Quer dizer, não sei se é possível ou não – corrigiu – mas tenho certeza de que é bastante injusto, egoísta e até pouco razoável que você mantenha essa postura. Você mesmo disse que são duas boas mulheres.

– E são.

– Elas não merecem esta traição. Quando começou, eu achei que fosse ser algo passageiro, mas não se deu assim. Sou seu amigo, já passei por um divórcio e acredito conhecer um pouco as mulheres. Você está com um problemão.

– E você está intuitivo – brincou.

– Não, eu falo sério. A Maria Dolores vai descobrir, se é que já não sabe e se cala.

– Como poderia saber? Nunca me questiona em nada.

– Algumas mulheres preferem olhar para o outro lado, mas quando se cansam de ocupar esse lugar, explodem e, quando explodem, deixam de ser dóceis e bondosas para transformarem sua vida num inferno. Vai te cobrar cada minuto de engano não só com dinheiro, mas com lágrimas. Pode apostar.

– Você acha?

– Eu tenho certeza. Você não é um Casanova. Apenas um homem que sem querer se apaixonou pela primeira amante. Não sabe muito de triângulos amorosos e suas consequências. Só tento te aconselhar, te prevenir.

– Agradeço, meu caro, mas estou preso nessa armadilha. Não sei o que fazer.

– Escolher. Isso é o que você deve fazer. Sei que significa deixar uma delas, mas de outro modo, talvez perca as duas. É só questão de tempo.

Tocou seu celular, era Raquel.

– Oi, amor.

– Olá. Quero te pedir uma coisa.

– Diga!

– Que jantemos em um restaurante e depois você passe a noite toda comigo.

A expressão de Manuel passou de um sorriso amável a uma preocupação latente.

– Estou no escritório do meu contador, Inácio – disse para dilatar a resposta. Raquel sabia que eram amigos, mas desconhecia o nível de confiança, em consequência, ignorava que Inácio estava ciente de sua realidade.

– Está bem, mas não aceitarei um não como resposta.

– Está bem, depois nos falamos.

Antes de que Manuel pudesse contar a Inácio o teor da conversa, seu celular voltou a tocar e era Maria Dolores.

– Oi, Manu.

– Oi, amor, como está?

– Bem. Estou ligando porque desejo que esta noite a gente saia para celebrar. Já fiz as reservas.

– E a que celebraríamos?

– Minha menstruação está atrasada... não está confirmado, mas talvez... – soava feliz.

Manuel levou a mão direita na testa. O que acabava de ouvir o levava para a pior das situações nessas circunstâncias. Maria Dolores tinha 35 anos. Era perfeitamente possível.

– Acho que com tudo o que passei com minha saúde, esqueci de tomar alguma pílula – acrescentou.

Inácio o observava. Não sabia o que estava dizendo sua esposa, mas era evidente que era uma notícia fatal.

Manuel não conseguia reagir.

– Você não vai dizer nada?

– É que estou surpreso. Estou muito feliz de que você esteja bem. Quanto ao outro assunto, não quero que você se iluda até ter 100% certeza. Te amo.

– Eu também. Saímos então?

– Claro!

Ao desligar, contou tudo a Inácio.

– E o que você vai fazer?

– Pensar no que vou dizer a Raquel para não a chatear porque não vou poder sair esta noite com ela. Quanto ao atraso de Maria Dolores, agora é esperar. Pode ser que não seja nada.

– Sua capacidade de manter a calma me assombra! Não é arquiteto, é equilibrista! – disse com humor.

Ao sair dali, Manuel se sentia muito confuso. A ideia de ser pai lhe agradava, o problema era que tanto Maria Dolores quanto Raquel lhe pareciam excelentes mães para seus filhos.

Quando Manuel partiu, Inácio foi ao hospital. Francisco estava incômodado por não poder se movimentar sozinho e pela dor na perna, apesar dos calmantes que lhe davam. Mas, pelo menos, tinha bom humor. Os filhos não estavam.

– Gina ligou – disse ao ver que chegava seu amigo.

– Quando?

– Todos os dias desde que estou aqui. Só que me pediu que não diga a nossos filhos. Sente que estão bravos e chateados com ela.

– Deveriam estar?

– Não. O que aconteceu é entre mim e ela.

Inácio não gostou do rumo que parecia estar tomando as coisas. Seriam sinceras as ligações de Gina? Ou só um modo

166

simples de não se sentir culpada? Enviava sinais errados de esperança a seu amigo? O que devia fazer? Não tinha respostas, mas não lhe agradava nenhum pouco estar nessa posição.

– E o que ela diz, posso saber?

– Ela se preocupa por meu estado. Se ofereceu a voltar, mas a liberei disso.

– Você a liberou?

– Sim. Eu gostaria muito que ela estivesse comigo, mas desejo dar-lhe seu espaço para que quando volte possamos tentar voltar a estar juntos, quem sabe.

– E que mais?

– Nada mais. Disse que não quer que as crianças estejam no meio disso e que devemos agir como adultos que somos. Que, se agora não estamos juntos, nos une uma vida em comum de 25 anos.

– Então?

– Então o quê?

– Por que você está feliz, como que esperançado?

– Porque ela se preocupa. É um bom começo. Talvez apoiando-a nessa viagem em sua busca interior seja possível uma reconciliação quando ela voltar. Talvez este acidente sirva para alguma coisa depois de tudo.

– Você não deve ser tão otimista, Fran. Já falamos sobre Gina. Sabemos que quando toma uma decisão não olha para trás. Ela te conta sobre o que está fazendo?

– Pouco.

– Conversam muito?

– Às vezes, por um tempo. Outras, só se informa da minha saúde e desliga. É como se vivessem várias Ginas dentro dela. Por momentos, próxima e amorosa, em outros, distante e fria.

Tenho pensado que devo mesmo dar-lhe esse tempo.

– Se você vê desse modo, não sou eu quem vou me opor, mas é meu dever de amigo dizer a você que não crie falsas expectativas. Ela decidiu te deixar e não há razões, pelo que você me conta, para pensar que ela quer o contrário.

– Eu só quero recuperá-la. Assumirei os riscos.

– Hoje está sendo um dia estranho.

– Por quê?

– Porque meus dois amigos enlouqueceram diante de mim e eu só posso observar, dizer algumas palavras, que sei que não escutam, e continuar. Ambos se arriscam demais.

Francisco sorriu.

– O que houve?

– Manuel passou no escritório. Contei para ele do acidente, lamentou. Perguntou por você e conservamos sobre ele.

– Continua com as duas?

– Sim, mas é pior do que isso.

– O que pode ser pior que sustentar um engano desses?

– Ele assegura que ama a ambas.

– Isso não é possível.

– Eu disse a mesma coisa, mas juro a você que nunca o vi tão certo de alguma coisa. Você precisa ver, liga uma na sequência da outra, e querem vê-lo ao mesmo tempo... Até agora vem fazendo equilíbrio, mas vai cair. Eu sei.

– Acho que ele está bem pior que eu.

– Sim, definitivamente, mas ambos correm riscos emocionais muito perigosos. Enfim, só me resta ficar pronto para juntar os cacos, se algo não sair como esperam – disse.

O *que acontecerá, irremediavelmente*, pensou.

– Esse é o papel de um amigo. E você?

– Sozinho. Não quero relações estáveis. Já não assumo riscos desnecessários. Aprendi que sou o único que necessito para viver bem.

Os homens eram diferentes. Em tudo. Seu modo de perceber a realidade era tão básico que os afastava do que tinham diante de seus olhos. Não se davam conta dos riscos que assumiam até que esses se tornavam uma corda ao redor de seus pescoços.

As mulheres, por sua vez, com um real e metódico sentido de sobrevivência, atuavam sobre cimentos firmes. Cada uma de seu modo e dentro das possibilidades de seus temperamentos e seu modo de ser, planejavam o passo seguinte, com absoluto conhecimento das possíveis consequências.

CAPÍTULO 24

Liberdade

Um beijo que viaja a vela por seu sangue, que lhe confunde o cérebro, que lhe zumbe aos ouvidos e que transforma sua língua em um dicionário de palavras mudas que ela vai soletrando em cada respiração sem saber o que dizem, mas sabendo que estão dizendo coisas, que o beijo tem seu idioma próprio e que ele e ela estão falando agora do que jamais poderiam conversar.
Gioconda Belli

Os dias de Gina em Nova York transcorriam como se ela fosse passageira de uma montanha-russa interminável. O primeiro deles tinha sido inestimável para sua busca, porque a fez enfrentar a nova mulher que era, capaz de romper a estrutura de sua vestimenta formal para sentir-se finalmente confortável. Descobriu, além disso, que podia ver-se atrativa, mesmo dentro de uma calça *jeans* com um calçado esportivo de marca e uma camiseta básica.

Em seguida, a notícia de Francisco, o julgamento de seus filhos e sua decisão de não voltar a haviam colocado em um dilema. Então, agindo por um impulso, se comunicou diretamente com seu ex-marido para perguntar, sem rodeios ou mediadores, se ele considerava necessário que ela regressasse.

– Francisco, como está? Sinto muito pelo que aconteceu...
– tinha dito.

– Já tive dias melhores...

– Estou muito preocupada. Não quero que sinta que sou uma insensível frente a seu acidente. Estou ligando porque se você achar necessário, eu voltarei.

– Gina, eu gostaria que você estivesse ao meu lado mais que qualquer outra pessoa nesse mundo, mas te libero dessa obrigação. Sinceramente, prefiro que você faça o que deseja e que isso sirva para que no seu retorno, nós possamos conversar de novo, e...

– Por favor, não me pressione – a verdade era que não se encontrava em uma transição e Francisco parecia entender isso. Tanto que não a contradisse.

– Não o farei.

Gina sentiu pena pela situação. Era um bom homem, mas não queria se sentir confusa pela segurança que significava estar a seu lado. No entanto, não podia negar que liberá-la de voltar tinha algo de inesperado que se somava a seu favor.

Decidiu, então, ligar-lhe diariamente. Em alguns momentos se sentia feliz de escutá-lo e parecia que voltavam a se conhecer. Falavam de coisas que fazia muito tempo que não conversavam. Em outras ocasiões, ela se incomodava com ela mesma por essas ligações, que a atavam ao nada de um capítulo terminado em sua vida.

Finalmente, Gina também ligou para Paul e já tinham saído algumas vezes. Sempre a risada era a protagonista. Além disso, descobriu nele um grande confidente. Um homem com quem podia filosofar e mesclar com humor a tragédia em que às vezes se transformava a vida. Os dois tinham em comum a ironia e a capacidade de rir de seus próprios conflitos. Tinham contado suas histórias, em sínteses breves, com a sinceridade e sem julgamentos. Paul estava encantado com a sua mudança de estilo e até lhe presenteou com muitas roupas de sua nova coleção, deixando de lado as clássicas para optar pelas mais ousadas.

Além disso, ambos adoravam voltar a ver filmes que lhe recordavam épocas distintas de suas vidas. Assim, assistiram *Uma linda mulher* lembrando do comentário de Gina no aeroporto. Também viram *A força do destino* e *Sempre ao seu lado*, em uma tarde que virou noite e que Richard Gere se transformou no principal tema da conversa. Choraram muito com Hachiko, Gina sentindo saudades de seu amado Parker e ele, de seu *bulldog* chamado Bless. Também compartilhavam o amor pelos animais. Reconheciam que suas emoções comuns os uniam desde um lugar invisível, onde o destino dispõe os inícios de amizades que duram para sempre.

Mesmo que se conhecessem há apenas uma semana, a qualidade do tempo que compartilhavam e a empatia gerada lhes faziam sentir-se amigos. Esses eram vínculos autênticos que nascem da necessidade combater a solidão e suportar a distância. Justificavam-se pelos sentimentos, mas não sob a lógica do tempo ou da razão. Não era uma amizade construída em anos. Era, simplesmente, como se sempre estivessem ali esperando se encontrar para sentir que já compartilhavam momentos desde antes de se encontrarem.

Gina não deixava de pensar em seus filhos, mas já era uma vitória não pensar neles o tempo todo. Pouco a pouco recuperava seu espaço e podia aproveitar ser a Gina que tinha saído para buscar-se e que a surpreendia com mudanças e descobertas. Estava aprendendo a aceitar a ideia de que as vidas de seus filhos não dependiam das decisões que ela tomasse, nem sequer de sua presença física. Sentia muito a falta de cada um deles e seus problemas a deixavam muito aflita, mas cada vez que ela permitia deixar a preocupação avançar, e repetia internamente que devia soltá-los, algo lhe dizia que ela também lhes dava a possibilidade não só de que errassem, mas também de que acertassem, sem sua intervenção. Seu trabalho como mãe já estava feito, e agora era tempo de acompanhar em silêncio.

Ainda não tinha podido conversar com Diego. Ele só respondia a suas perguntas com respostas monossilábicas no WhatsApp. Andrés sustentava seu argumento de não falar de seu pai com ela, mas ele parecia estar sempre muito ocupado, com alguma coisa para fazer. Sua filha Isabella pediu desculpas por desligar o telefone sem se despedir na noite do acidente e aparentemente, tudo seguia igual. Uns dias, bem, outros dias, nem tanto.

Com Alícia se comunicava todas as noites para saber como estava e também para saber como foi o dia no cartório. Afortunadamente, tudo seguia bem. Apesar disso, em alguns momentos lhe vinha à memória pastas pendentes ou se surpreendia averiguando a cotação do dólar na Colômbia, preocupada com seus clientes. Então, nesses momentos, Gina ligava para o cartório no horário de seu funcionamento e passava as orientações e indicações que julgava necessárias. Seu papel profissional e seu estilo controlador tinham viajado com ela e sentia que não era capaz de se desprender disso.

Como era de se esperar, seu pai não quis falar com ela e só a mãe parecia interessada em saber sua data de volta.

Sentia muito a falta de Chloé e do velho Parker. Sabia que estavam bem-cuidados, mas sentia saudade de acariciá-los, vê-los brincar, dormir e tê-los por perto para falar, como se pudessem responder. Seria talvez, de todos os seus afetos, os únicos que lhe davam tudo e que não pediam nada em troca. Pareciam-se com ela, sempre ligados aos seres que amavam. Na verdade, pareciam-se com a versão dela no passado. Seus bichinhos de estimação definiam o amor incondicional. Costumava pensar quanto é preciso aprender com os animais e sua generosidade.

O mundo que Gina tinha deixado para trás reclamava e demandava de diferentes maneiras as ações da mulher previsível que conheciam. Porque ao sugerirem com palavras, com fatos ou com atitudes que ela estava no lugar errado e na hora errada não faziam outra coisa além de julgá-la e carregá-la de culpas para as quais ela já não tinha espaço em seu interior para carregá-las.

A grande surpresa foi Maria Dolores, quem parecia começar a compreender sua decisão e a curtir um pouco de sua vida. Claro que tudo isso também tinha a ver com Manuel.

– Oi, amiga! – disse ao receber sua ligação.

– Maria Dolores, como você está, amiga?

– Estou bem. Muito melhor. Na verdade, não tive nenhum episódio novo de saúde e estou mais tranquila.

– Que bom, fico feliz em saber disso – duvidou se perguntava por Manuel, mas antes que tomasse uma decisão, sua amiga se adiantou.

– Sei que você não quer perguntar, mas quer saber...

– Não quero ser invasiva, amiga. Respeito sua decisão – Gina sorriu.

– Manuel tem saído muito menos desde aquele dia. Não voltei àquela casa e tento não o controlar.

– E a que se deve essa mudança de comportamento?

– Estou com a menstruação atrasada. Pode não ser nada, mas estou na expectativa. Ele, contente. Talvez alguma coisa mude depois de tudo.

Gina só conseguia pensar que esse era, na verdade, um novo problema. Um filho não necessariamente substitui uma amante, só a enlouqueceria. Mas isso não era algo que se pudesse dizer. Devia se alegrar? Não era capaz.

– Ai, Lola...você me deixa sem palavras, amiga. Não sei o que dizer. Você vai fazer um teste quando?

– Minha ginecologista me indicou um exame de sangue. Terei os resultados amanhã. Não vai dizer nada?

– É que não sei o que dizer. Um filho é sempre uma boa notícia. Mas, seria ótimo que se sentisse melhor por você mesma do que por uma gravidez ou por Manuel. Não consigo mentir para você, sabe? Priorizar-se é algo muito difícil, mas muito bom.

– Vou tentar. Sei que você não mentiria. Também sei que não vou escutar de você o que gostaria, mas é a única amiga que tenho e te agradeço por isso.

– O que vai fazer com Manuel se você estiver grávida?

– Não entendo.

– Você vai falar dessa mulher? Vai lhe exigir algo?

– Não. Confio que isso vai terminar se eu estiver grávida.

– Entendo – respondeu ao mesmo tempo que decidia não dar mais conselhos que não eram requeridos.

– Você acha que sou uma estúpida, não é?

– Não. Acho que somos diferentes. Eu não poderia sustentar o silêncio nem as dúvidas. Nem sequer sei se seria capaz de perdoar. Mas não sou a dona da verdade. De fato, não sou alguém que se encontra em condições de opinar sobre outros casamentos quando tento sair do meu, mas ligo para meu ex todos os dias mesmo estando em outro país.

– Sente a falta dele?

– Indiretamente.

– Indiretamente?

– Claro, não sinto a falta dele, mas sinto falta da segurança de estar casada.

– Uau, isso é bem forte para se dizer.

– Eu diria que soa horrível, mas... é a verdade.

– E ele?

– Não lhe permito dizer muito, mas é evidente que deseja uma reconciliação.

– Também não sou alguém que possa dar conselhos, mas acho que você não deveria dar-lhe falsas esperanças.

Maria Dolores tinha essas atitudes muito oportunas nos momentos de sinceridade. No meio da conversa, introduzia uma reflexão lapidária de maneira inesperada.

– Eu sei.

– E você está fazendo isso?

– Não, mas é possível que ele interprete exatamente isso – se sentiu culpada.

– Deve ser cuidadosa. Ele não merece.

– Sim, você tem razão – Gina se sentiu ainda mais culpada. – Você tem visto algum de meus filhos? – perguntou, mudando de assunto.

– Só de vista pelo bairro... de vez em quando.

– Estão bem?

– Aparentemente, sim. Mas sabemos que seus filhos são especiais. Você não tem falado com eles?

– Pouco. Só falam rapidamente de alguma coisa que acontece com Parker ou Chloé. Mas de resto, evitam mencionar.

– É natural que estejam bravos ou diferentes. Eu acho.

– Sim.

Ao desligar, Gina sentiu que, apesar de seus erros pessoais, podia contar para sempre com sua amiga. Isso era, por si só, algo para agradecer à vida.

Tomou um banho e se arrumou. Essa noite sairia com Paul para um cruzeiro noturno onde jantariam e observariam de perto a Estátua da Liberdade.

Quando a limusine foi buscá-la, o motorista abriu a porta e Gina viu Paul vestido com um terno preto, mas de um tecido brilhoso e uma gravata de múltiplos tons de vermelho que se destacava sobre sua camisa branca. Apesar da excentricidade de seu vestuário e de seu perfume, não foi isso que chamou atenção da Gina. Um homem da idade dela, vestido muito elegantemente, mas muito mais sóbrio que Paul, estava sentado a seu lado. Não tinha planos de sair com seus amigos *gays*, mas não se incomodou. Na verdade, lhe provocou um sorriso. Tinha diversão garantida, quase com certeza. Ele se chamava Peter Jenkins e apesar de que nada lhe indicasse ser o estilo de homens que Paul dizia gostar, Gina percebeu que os dois estavam juntos.

Conversaram animadamente. Observaram os vestidos das outras mulheres. Celebraram a vida em meio a comentários muito divertidos.

– Esse é seu novo objetivo? – perguntou Gina a Paul em sussurros.

– Peter? Não, *my darling*. Ele é um grande amigo. Pareceu que seria uma boa ideia convidá-lo e ele aceitou.

Gina se mostrava muito charmosa e sensual. Vestia seu

flamejante vestido vermelho. Ainda se surpreendia porque se sentiu animada a estreá-lo. Caía-lhe maravilhosamente bem e sentia que fazia parte de sua mudança. Qual era o problema de mostrar um pouco das costas? Depois de se olhar no espelho muitas vezes, tinha rido ao pensar que era a parte de seu corpo que mais tinha carregado responsabilidades, muito mais do que tivesse querido: então ali deveria perder um pouco disso também. Essa noite ia reivindicar suas costas deixando-as livres e a vista de todos. Seria seu troféu de independência. Esse decote nas costas sem nenhum peso nem sombras. Luziria com orgulho seu corpo e sua personalidade. A cor vermelha era ousada, mas gostava de se sentir assim, seu processo a impunha abandonar as cores sóbrias e a roupa excessivamente formal.

– Você é a mulher mais linda desse lugar – disse Peter e observou detalhadamente seu corpo. – Atrevo-me a dizer que você é, na verdade, a mais atrativa em qualquer lugar em que decida ir.

Gina se sentiu lisonjeada. Era muito simpático e muito bonito. Uma pena que jogava no time *gay*. Não porque ela se interessava por ele. Ao contrário, se sentia muito bem a seu lado, porque não precisava se preocupar que ele interpretasse alguma atitude sua como uma linguagem de sedução. Ela só queria se divertir.

– Com o que você trabalha, Peter? – perguntou.

– Sou médico – respondeu. Falava espanhol.

– Ah, eu queria tanto ter estudado Medicina – acrescentou.

– Você é casada? – quis saber.

A pergunta a colocou em um lugar estranho. Colocar palavras a sua situação diante de um desconhecido era tornar pública sua condição atual.

– Não. Não mais.

– Peter, por favor, não estamos aqui para recordar temas densos. *Be happy!* – interrompeu Paul.

Mas depois de falar, Paul se levantou e foi conversar com um amigo que encontrou ali.

– Não mais? Isso me parece recente – insistiu Peter ignorando o pedido de seu amigo.

– É recente sim. Separei-me e não faz muito tempo, mas sei que fiz o certo – acrescentou.

Por que ela estava dando essas explicações? Por acaso tinha que se convencer do que estava dizendo?

– Alegro-me muito em ouvir isso. A única coisa que temos é algum tempo para aproveitar a vida. E devemos viver com a companhia adequada. Dançamos?

Gina se inquietou por um momento. Não tinha dançado com ninguém que não fosse Francisco em todos esses anos. De fato, mesmo nesses anos, dançou muito pouco, porque seu ex--marido também não gostava muito de dançar. Ela adorava. Era um modo de liberar energia e de ser abraçada pela felicidade momentânea com que a música envolve os corpos. *Por que não?*, pensou. Sorriu de modo que respondia sim ao convite e Peter tomou sua mão. Nunca havia imaginado que sua primeira diversão noturna seria com um *gay* muito elegante e que, além do mais, era médico. Evidentemente, a vida só lhe surpreendia.

Dançaram, riram e beberam, às vezes, os três e às vezes, só Gina e Peter.

Gina estava completamente desinibida. Tinha conseguido esquecer por horas sua história, seus medos, sua busca. Podia dizer que se sentiu feliz. O contato físico com Peter enquanto dançavam diferentes ritmos era natural e agradável.

De repente, sentiu calor e ele a levou pela mão até o terraço do navio. Descobriram, minutos antes que o restante da tripulação, que já estavam diante da Estátua da Liberdade. Ambos observaram em silêncio sua magnificência. Era imponente. Uma brisa cálida lhes acariciava o rosto. De lá, se ouviam os ruídos e a música que brotavam do salão de festas a suficiente distância como para que a intimidade desse momento fosse exclusiva para os dois. Gina se apoiou sobre o corrimão do corredor lateral do navio, olhando para tudo com prazer. Respirava o aroma daquelas experiências que jamais voltaria, mas que renasceria para sempre em sua memória. Peter fazia o mesmo por cima de seu ombro esquerdo. De repente, ela girou soube si mesma e antes mesmo que desse conta, o atraente Peter lhe beijava os lábios.

Gina, então, o olhou surpreendida. Tinham-lhe roubado um beijo, mas não fazia sentido que um homossexual o tivesse feito. Tinha sabor de champanhe. Tinha gostado? Sim! Muito!

– Perdão, Peter. Estou confusa. O que acabou de acontecer?

– Beijei a boca mais tentadora deste cruzeiro e vou fazer de novo – anunciou.

Beijou-lhe outra vez. Gina se esqueceu de tudo por um instante.

– Mas eu pensei que você era como Paul... – atreveu-se a dizer com seus lábios ainda mornos e úmidos.

– *Gay?* – e soltou uma gargalhada muito próximo dela. – Não! Por que você pensou isso?

Nesse momento, se sentiu uma tonta. Ele realmente não fez nada para que ela pensasse isso. Seus preconceitos criaram uma falsa verdade. Olhou-o pela primeira vez desse outro lugar. Seu olhar era intenso, seu perfume muito sensual e o cenário não podia ser melhor. Estava ela então com um homem que lhe atraía? Tinha que se afastar?

A magia da liberdade abraçou a noite quando Peter voltou a beijá-la.

Não houve mais distância possível depois de mais um ou dois beijos. Só o sabor da vida sob as estrelas mais lindas do universo.

CAPÍTULO 25

Perdão

O passado não se prende a você...
Você não se prende ao passado...
Quando você deixa de se prender a si mesmo...
O passado se evapora...
Osho

A folha em branco a ameaçava diante do nada. Sua inspiração colapsava dentro de um vazio irremediável. *Perdão.* Justamente tinha que escrever sobre algo que nunca havia conseguido praticar plenamente. Nem quando se tratava de perdoar aos outros e menos ainda quando se tratava dela mesma. Às vezes, sentia que não ter voltado a falar sobre fatos do passado, no lugar de enterrá-los ao esquecimento, os fazia revivê-los diariamente, já que a memória não lhe pedia permissão e era insolente, já que se apresentava em momentos inesperados para destruir qualquer tentativa de deixá-la para trás.

Perdão... ação de perdoar. Pedir perdão. Efeito de perdoar. Não ter perdão. Uma maré de ideias caía sobre Isabella que, desconfortável em sua cadeira, sabia que devia produzir um texto à altura das expectativas de sua editora, Lúcia. Quando ela dava uma ordem, não havia possibilidade alguma de falhar sem que isso implicasse o risco de perder o trabalho. Era muito exigente. Claramente, se existia algo que ela não precisava agora era perder seu emprego por causa de uma coluna desgraçada sobre o perdão que, sabia Deus por que, a encomendaram escrever. O universo e seus sinais não pareciam ser seus aliados.

Sua própria história lhe reclamava um espaço na tela do computador. Podia escrever algo assim? Suas colunas tinham a ver com reflexões ou relatos breves que lhe convidavam a dar sua opinião. Costumava utilizar simbolismos e isso definia seu estilo de escrita. Era sagaz, provocadora, profunda e muito inteligente. Seus textos eram geradores de debate e centenas de leitoras escreviam um *e-mail* à revista para dizer que concordavam com o texto ou simplesmente para felicitar e agradecer a Isabella. A profissão lhe dava o espaço que sua vida pessoal a tirava.

O perdão é urgente e não tem idade...

Apagou.

Perdão e culpa. Não é possível abordar uma necessidade sem esse sentimento correlativo. Se queremos pedir perdão, é porque sentimos culpa. Se é o outro quem o faz, sucede o mesmo. Mas se o perdão nos diz respeito a nós mesmos, é ainda pior. Definitivamente nosso ser reclama que nos perdoemos por algo quando o arrependimento nos tira o ar.

Gostou. Era uma verdade inquestionável. Mas apagou uma parte.

O perdão é negociável? Perdoo você e então, você deverá me perdoar? Até quando ficamos em dívida quando nos perdoam por um erro? Pensou em Luciano. Eram as perguntas certas. Não apagou.

Situações surgiam em seu rascunho como uma chuva intensa de afirmações e perguntas que seu coração relacionava com o tema da coluna e sua alma liberava sobre o teclado. Isabella sentia vontade de chorar diante dessa solitária terapia em preto e branco. Um desafogar-se em *times new roman* número doze.

Fiz por tudo por você, inclusive perdoar o que nem você mesma pode.

Traí sua confiança com ela, perdoa-me.

Dói-me sentir que o que nos une é apenas uma bagagem pesada. Perdoa-me.

Não te amo, perdoa-me.

Penso nele, perdoa-me.

Pensa nela? Perdoo você.

Já não há modo de reverter os fatos. Perdoa-me.

Tirei uma vida e você respondeu por mim. Não posso me perdoar.

Dor de estômago.

Verdade.

O texto começava a nascer no canto mais escuro de sua criatividade.

Havia se passado pouco mais de um ano e meio. Sua relação com Luciano era uma rede na qual ela estava presa. Não podia sair dela. Sentia que nunca poderia. Ela gostaria muito que o tempo ao seu lado fosse feliz. Gostaria que fossem companheiros. Queria sentir vontade de contar-lhe as coisas que aconteciam com ela, do mesmo jeito que contava para Matias, seu melhor amigo, mas a realidade não era assim. Ela vivia tratando de fazer o que ele esperava dela a maioria do tempo. E tudo isso porque ela devia a ele. Imaginar o futuro era algo para o qual não estava preparada. Portanto, o que ela falara para Matias estava certo: Luciano lhe dava medo. Mesmo que omitisse os motivos.

Suspirou. Tomou em suas mãos uma *matrioska*. Observou-a com atenção enquanto sentia no tato uma sensação estranha. Em sua escrivaninha havia vários objetos. Muitos e que não estavam ali por acaso. Todos eram presentes ou lembrancinhas que Isabella relacionava a um momento que não desejava esquecer ou a uma pessoa que necessitava ter sempre por perto. Buscava neles uma inspiração. A *matrioska*, nesse caso, era um presente de Gina, trazido de uma viagem a Rússia com seu pai. De repente, começou a abrir a boneca. Encontrou outra igual menor. Logo, outra menor e outra vez, outra. Então, como que desfolhando uma vida, a ideia a atravessou.

As *matrioskas* tinham nascido em um pequeno povoado da Rússia chamado Serviev Posad, onde havia um mercado de pulgas muito peculiar que sempre estava cheio de mulheres distintas. Isabella imaginou um paralelismo. Esse lugar onde se misturam pessoas que podem não ter nada em comum ou, ao contrário, terem as mesmas crenças, assim era também a vida. Seguramente, cada uma delas, detrás de sua imagem colorida, escondia uma culpa e a necessidade de perdoar ou de ser perdoada. No entanto, seguiam ali, formando parte de um cenário que só mostrava a representação dessas mulheres, ignorando que, por dentro, havia milhares delas se escondendo de si mesmas ou se protegendo de algo ou de alguém. O importante não era o que o mundo via, mas o que ficava escondido. O ato de abrir uma *matrioska*, como a cada mulher, para revelar o que tem por dentro, deve ser interpretado como uma simbologia da representação interior das pessoas.

Isabella se surpreendeu ao descobrir que esse objeto encerrava sua própria história. Ela era uma *matrioska*. Talvez toda mulher fosse uma. O conjunto podia ter cinco ou até trinta bonecas. Quantas constituíam uma única Isabella que todos viam? Com esse pensamento, Isabella colocou seu precioso presente na escrivaninha outra vez e começou a escrever.

Matrioskas

Ao contrário da crença popular, cada peça de origem russa não está relacionada a esse país. Cada matrioska nos representa. É uma peça tão universal como os sentimentos são. Cada mulher em qualquer país é uma delas. Porque o mundo a vê incompleta. Porque ela só deixa ver a imagem que deseja mostrar. Porque há, sem seu interior, uma parte de si mesma que busca algo e outra, que perdeu alguma coisa também. Uma que se arrepende e outra, que não se arrisca. Uma que se joga e outra, que se submete. Parecem iguais, mas não são. Não se completam, confundem-se. É difícil reconhecer-se em uma única unidade. A da história de hoje busca desesperadamente o perdão e ao mesmo tempo não pode se desenredar da culpa.

Perdão e culpa. Definitivamente nosso ser reclama que nos perdoemos de algo quando o arrependimento nos arranca o ar que respiramos. É negociável o perdão? Perdoo você e então, você deverá me perdoar? Até que momento ficamos em dívida quando nos perdoam um erro?

Talvez encontremos as respostas ao abrir um conjunto de matrioskas. Nós nos sentimos menores quanto mais nos aprofundamos em nosso interior. À medida que desejamos nos distanciar do equívoco, nos ocultamos em um mundo silencioso que nos habita, nos julga e nos limita. Mas ao nos desarmarmos por completo de toda ligação com a identidade pública, quando uma a uma abrimos as matrioskas que somos e nos permitimos sentir as emoções que cada uma guarda, nos aproximamos desse tão desejado e esperado perdão. Transitamos por lágrimas, recordações, medos, crises, alegrias e saudades à sombra dessa culpa que não nos deixa ser livres. A boa notícia é que, já completamente desunidas as partes de nosso ser sobre a mesa, começa o processo de juntar nossas próprias partes e nos reconstruir. Nesse momento sagrado, nos damos conta de que fomos vítimas de mandatos sociais que nos ensinaram a guardar silêncio como exemplo de boa educação, a resistir a tudo que nos incomoda e aflige, a emudecer cada fração de nossos erros e fazer possível que remorsos e dissabores devorem nossa fortaleza. Então, algo profundo acontece. A última boneca nos indaga, e em palavras escritas no ar, expressa que já basta, foi o limite. O perdão não é uma transação comercial e não existem dívidas morais eternas. Não há regras que imponham ações ou obriguem suportar o que é por vontade rejeitar.

Ao final do caminho, liberar-se de velhas âncoras emocionais, perdoarmos e perdoar são as únicas ações que nos empoderam frente ao mundo e nos possibilitam escolher a felicidade como única opção.

E você: quantas matrioskas *carrega por dentro?*
Isabella Lopez Rivera

Imprimiu uma cópia e foi direto ao escritório de Lúcia. A editora leu o texto atentamente. Depois, tirou os óculos Tiffany e a olhou diretamente nos olhos.

– Muitas – disse.

– Desculpe, Lúcia, não entendo – acrescentou. Você se refere a quantidade de palavras? Não superam as 450. São 439 para ser mais exata, e minha assinatura...

Lúcia a observou e constatou que Isabella sentia medo. Evidentemente, sua opinião a amedrontava. Era talentosa. Muito criativa. Não ia dizer isso para ela, mas tinha pensado em uma grande ideia. O conteúdo ia muito além da coluna para a qual havia escrito.

– Muitas – repetiu – Tenho dentro de mim muitas *matrioskas*. Mas não deveria te dizer isso.

Isabella sorriu aliviada. Isso significava que a chefe tinha gostado do texto.

– Bom trabalho – acrescentou. – Seu texto será publicado sem correções.

Isabella saiu de sua sala diferente. Algo nela tinha mudado. Será que estavam se desarmando suas *matrioskas*? Abstraída em seus pensamentos, nem chegou a ver Matias caminhando em sua direção.

Ele, ao contrário, observou com nitidez um brilho diferente em seus olhos. Ele a teria beijado até que o momento se detivesse para sempre. Mas não podia.

– O que houve? – perguntou já a seu lado.

– Acho que estou abrindo minhas *matrioskas* – disse. E lhe deu um beijo espontâneo na bochecha, presenteando-o com um pouco da luz que eu seu rosto irradiava.

Matias ficou feliz. Não entendeu nada, mas ficou feliz.

Escrever era curador, sempre era. Ser jornalista era o vínculo mais perfeito com um mundo no qual ela podia ser ela mesma, podia ser todas as mulheres ou nenhuma. Podia comunicar. O fato de sentir que tinha algo a dizer e que podia fazê-lo era o motor de seu trabalho. Internamente, conectava-se com seu ser e pedia exatidão e clareza para transmitir fatos e sentimentos da maneira exata. E conseguia.

CAPÍTULO 26

Momentos

*Amuralhar o próprio sofrimento
é arriscar que ele te devore desde o interior.*
Frida Kahlo

Josefina realizou rapidamente os exames indicados pela ginecologista e Andrés a acompanhou em todos eles. Ele não pôde entrar na sala de cirurgia durante a biópsia, mas esperou do lado de fora como se fosse um altar de proteção que a abraçava ao sair. Se já se amavam antes dos resultados que colocavam em risco a saúde de Josefina, depois, esse amor passou a ser mais intenso e poderoso. Tinham multiplicado esse sentimento a todo instante compartilhado, em que ofertavam ao tempo o valor dos presentes da vida que não se pode comprar.

Deviam aguardar pelos novos resultados. Foram dias difíceis, mas tinham uma grande vantagem sobre o destino e a adversidade. Estavam juntos. Não necessitavam de outra coisa para enfrentar o que tivesse que acontecer. Josefina tinha tomado uma decisão razoável. Não fingia que não era nada, mas tampouco se condenava a uma tragédia.

Eles dormiram todas as noites juntos na casa de Andrés,

aproveitando que nem Gina nem Francisco estavam. Decidiram também que iriam falar apenas o necessário sobre o assunto, mas sem transformá-lo em algo insuportável.

A vida de cada um seguia, enfim, o caminho que suas decisões determinavam. A ausência de Gina não deteve ninguém.

Diego continuou os estudos sem dar explicações. Não voltou a falar sobre Ângela e sua personalidade não convidava ao diálogo. Por isso, seus irmãos inferiram que a ruptura era definitiva. Alegraram-se, pois seria, sem dúvida, um crime acadêmico se ele abandonasse sua carreira. Entre o tempo que estava em aula e as horas que se dedicava a estudar, cruzavam muito pouco com ele, ainda que se revezassem para cuidar de Francisco no hospital que, por sinal, estava se recuperando. Aquela noite Diego preferiu ficar com seu pai.

Andrés e Josefina jantaram na casa dos pais dela e depois foram dormir na casa dele.

Abraçados, o cansaço os venceu. Horas depois, Josefina acordou. O silêncio da madrugada a inquietou. *Assim seria estar morta?* Mas assim que se deu conta, quis se livrar desse pensamento negativo.

– Amor – sussurrou. Andrés, que descansava a seu lado, mas que estava atento a cada um de seus movimentos, beijou-a no ombro.

– O que foi? – respondeu com suavidade. Ela estava de costas, encaixada em seu corpo, como duas colherezinhas unidas, sentia sua respiração e sua voz chegava como uma carícia.

– Tenho medo – disse.

– Entendo, eu também, mas isso não nos debilita. É melhor esquecer os temores.

– Não é tão fácil...

– Eu sei. Não é uma gripe o que te ameaça... – acrescentou.

– Não é o fato de ter um câncer que me assusta. Poderia ter dois, na verdade – Josefina era precisa em seus termos. Não tinha medo das palavras.

Andrés sentiu impulso de acender a luz e olhar para ela, mas algo em seu ser lhe indicou que assim, sem enfrentar o olhar, ela tinha começado a dizer como se sentia. Devia ficar na mesma posição. Tinha tomado sua mão entre a sua.

– Se não é isso... o que te assusta? – perguntou omitindo a crueldade de sua afirmação.

– Não poder estar contigo – disse ao mesmo tempo que uma lágrima doce rolava por sua face.

Andrés a abraçou com força. Um nó tencionou sua garganta e as palavras não saíam. Queria chorar. Amava Josefina mais do que podia imaginar.

– Nada impedirá que você esteja do meu lado para sempre.

– Amor, você sabe que não é assim. A morte é uma ladra. Leva mais que uma vida quando decide agir. Rouba o futuro e os sonhos. É injusta. Porque é seu trabalho, como se fizesse falta mais dor, dividir o que está destinado a estar unido.

Andrés não foi capaz de permanecer estável. Virou-se, acendeu a luz de sua cabeceira e a fez virar-se também. Olhou diretamente em seus olhos e beijou sua boca com ternura.

– Não é hora de falar de morte. Nem sequer sabemos se você tem algo para que nos preocupemos. *Capito?* – ela amava ouvi-lo falar em italiano. Sorriu. Essa palavra era um símbolo na família Lopez Rivera.

– Não suporto imaginar uma vida sem você.

– Pois não imagine.

– É inevitável. Tento não dar espaço para essa ideia, mas se alguma coisa me acontecer... Minha vida leva seu nome. Não há Josefina sem Andrés.

– Você vai ficar bem. Também não há Andrés sem Josefina. Te amo.

– Tenho medo – repetiu. Ele acariciou seu rosto enquanto a escutava com atenção. – Não da dor, dos tratamentos, das eventuais cirurgias ou da morte... Tenho medo porque sei que o amor que sinto por você não morrerá jamais. Então, se alguma coisa acontecer comigo, estarei condenada à dor de sentir sua ausência e isso me dá pânico – acrescentou.

– Não posso amar você mais do que amo – respondeu. Havia lágrimas nos olhos de ambos. Beijaram-se, acariciaram-se e tornaram-se um com o imediatismo daqueles que acreditam que não existe o amanhã e com a intensidade dos que estão certos de que o amor que sentem é eterno.

A noite os abrigou em seu silêncio.

As horas transcorreram entre os olhos fechados que não conseguiram descansar.

No dia seguinte, deram alta a Francisco, motivo que levou ambos ao hospital. Inácio também estava ali realizando os procedimentos necessários com Diego.

Francisco tinha a perna imobilizada. O médico explicou que um dos objetivos principais da cirurgia óssea era manter a função vital. Ou seja, a fratura aberta da tíbia o obrigava a não mover a perna, se ele desejasse voltar a caminhar normalmente.

Foi utilizado o sistema de osteossíntese, um tratamento cirúrgico de fraturas, em que essas são reduzidas e fixadas de modo estável. Para isso, era necessária a implantação de diferentes dispositivos; em seu caso, placas e pinos. Toda cirurgia podia ter complicações. Então, ainda que permitissem voltar para casa, devia permanecer em repouso absoluto e ficar integralmente em alerta, com a finalidade de verificar que as peças alheias ao seu organismo não complicassem o progresso. Eram muitas as variáveis.

Inácio queria levá-lo a seu apartamento, mas Andrés e Diego se opuseram. Francisco regressaria a casa que lhe era familiar para sua recuperação. Gina não estava e se voltasse, teria que entender que assim funcionavam as coisas, quando outros deviam tomar decisões. Francisco gostou da ideia de se recuperar no lar onde nunca tinha deixado de fazer parte. Teria a companhia do velho Parker e de Chloé. Além disso, sua janela, a luz que iluminava sua vida e, sobretudo, o bem-estar de sentir que pertencia àquele lugar.

Já instalado no quarto do casal, na verdade, no quarto de Gina já há algum tempo, sentiu até seu perfume no travesseiro. Desejou sua presença. No dia anterior, ela não tinha ligado. Não sabia de sua alta médica e também que ele tinha voltado à casa. Supunha que não ia se incomodar. Era uma mulher generosa. Ele estava prestes a ligar para ela quando Diego entrou.

– Você precisava de alguma coisa, pai?

– Não, filho. Estou bem. Você parece muito cansado. Acho que o tempo no hospital te desgastou. Vi que à noite você estava lendo, estudando, eu acho. Você resolveu as coisas com Ângela? – perguntou.

Diego não sentia vontade de explicar nada, mas era lógico que seu pai ia perguntar. Afinal, foi ele que primeiro procurou o pai pra contar o que estava acontecendo. Era justo que contasse também que tudo tinha mudado de maneira radical.

– Não. Nada se resolveu com ela. Na verdade, foi o oposto.

– Não entendo.

– Ângela já não faz parte da minha vida.

– Mas e a gravidez?

– A gravidez é problema dela, não meu.

Francisco desconheceu seu filho nessa afirmação, mas imediatamente soube que havia um motivo. Diego era nobre e justo. Não foi difícil acertar a razão.

– Não é seu?

– Ela não sabe. O que implica que não é meu para mim. Ela me traiu e eu estava disposto a tudo por ela e pelo bebê. Já não me importa o que acontecer agora. Não voltarei a vê-la. Bloqueei seu número.

– Mas ainda que ela não saiba existe uma possibilidade de que o filho seja seu.

– Objetivamente, sim. Mas nada me vincula a um ser concebido no meio de enganos e mentiras. Eu não sou assim e não me envolverei com as consequências. Desculpe-me se te decepciono, mas tomei minha decisão.

Francisco refletiu sobre o que poderia dizer. Talvez não tivesse outra oportunidade de falar do assunto. Esse era Diego.

– Aceito o que você diz. No entanto, sou seu pai e como tal devo dizer que se esse ser inocente é seu sangue, não é correto que você o ignore.

– Às vezes, pai, o correto se transforma em seu oposto quando se analisa a origem.

– Então, você vai continuar o curso? – perguntou mudando o eixo da conversa. Era inútil insistir.

– Sim, pai. Mas eu também vou viajar. Tenho dinheiro guardado.

– Eu sei, mas posso te dar o que faltar – acrescentou. – Para onde você vai?

– Obrigado, talvez eu aceite um empréstimo. Ainda não sei para onde.

– Quando?

– Quando você se recuperar. Posso pedir uma coisa?

– O que quiser.

– Não conte para mamãe.

– Ela tem o direito de saber, deve estar muito preocupada.

– Não vou falar com você dela. Não acho que ela esteja muito preocupada e, definitivamente, não acho que tenha direito algum de saber – estava muito bravo com ela, era óbvio. – Posso contar com sua discrição?

– Sim, filho – respondeu, sem outra alternativa.

Francisco permaneceu pensativo observando a porta fechar depois que seu filho saiu. Sempre achou que Diego era muito parecido com Gina, quando tomavam decisões, dificilmente as mudavam ou voltavam atrás. Ângela lhe deu razões suficientes para que ele a esquecesse e ele o faria, mesmo se fosse o pai de seu filho.

Será que ele também deu a Gina razões suficientes? Sentiu medo de não poder recuperá-la e uma angústia enorme o percorreu por inteiro.

Todos pareciam estar vivendo momentos impossíveis de se reverter. Um fio invisível amarrava o nó sem sentido em que se configurava a realidade, quando os desatinos do destino jogavam roleta-russa.

CAPÍTULO 27

Pensar

*E cortar as amarras lógicas,
não implica a única e verdadeira possibilidade de aventura?*
Oliverio Girondo

━━━━━━━

De onde Gina estava, era possível observar o Empire State. Era atrativo. Um lugar turístico no mundo. Uma aventura que parecia tocar as estrelas. Cenário de muitos filmes de amor e também do romance que vivia naquele momento. Depois de uma maré de beijos que aceleraram as batidas de seu coração e lhe deram uma cor especial às suas maçãs do rosto, Gina se deteve.

– Peter...

Ele, como cavalheiro que, sem dúvida, era, a olhou com atenção na curta distância que os separavam, pronto para avançar ou cortar o momento a qualquer sinal que ela fizesse.

– Você é irresistível, mas por você, vou amordaçar meus instintos. O que quer me dizer? – sorriu de forma muito sedutora. Gina teve que juntar forças. Ele parecia ser incrível, mas ela não estava preparada para dar o seguinte passo.

– Não sei muito bem. Na verdade, durante estes minutos, não sei nem que eu fui. Seus beijos são um antídoto contra a razão.

– Nunca ninguém se referiu a eles dessa forma. Gostei. Mas? – perguntou. Era evidente que havia um "mas".

– Mas não é meu momento. Juro que você despertou uma parte de mim que eu tinha esquecido, mas tenho 45 anos, luto por derrubar minhas estruturas e cortar as amarras lógicas. Para encontrar o que necessito para recuperar minha capacidade de curtir a vida, de entendê-la um pouco mais...

– E o que é isso que necessita encontrar? – interrompeu-a.

– Não sei. Mas tenho certeza que falta algo. Esta viagem é, em boa medida, a primeira experiência que me aproxima a descobrir por que, tendo tudo, eu não era feliz.

– Vejo que além de linda, você tem dentro de si o melhor que uma mulher pode ter – a conversa interessante se impunha sobre os lábios ainda famintos de mais.

– E o que é isso?

– Você não se acomoda. Não se importou em abrir mão de uma situação confortável ou de uma vida tradicional. Sentia que algo dentro de si suplicava aos gritos uma mudança e aqui está você. Em plena noite de Nova York, diante da Estátua da Liberdade, beijando um desconhecido que você gosta o suficiente para avançar, mas que sabe bem que não vai lhe dar, não ao menos de imediato, o que você busca. Então se detém. Há muita coragem e valores dentro de você, Gina.

Ela ficou pensando. Suas palavras elevavam sua autoestima. Não era elogios efêmeros. Peter tinha entrado por alguma parte de seu ser com suficiente atenção para compreendê-la, mesmo que não a conhecesse. Não pôde deixar de pensar no paradoxo que era Francisco conhecê-la, mas não a compreender, e que não tivesse dado a atenção necessária nem quando ela pedira por isso. Voltou a olhá-lo com atenção. Era muito atraente.

Quando falava, mais ainda. Seus beijos eram uma viagem de ida, e como se ainda não fosse suficiente, era sensível e sagaz.

– Deve saber que se estivesse preparada para algo mais, você seria o homem perfeito, mas não posso fazer nada. Permita-me que essa seja minha noite inesquecível e vamos voltar ao salão para brindar.

As pessoas começavam a sair para o terraço porque uma sirene anunciava que estavam bem diante da estátua. A intimidade tinha se evaporado, mas em seu lugar havia algo genuíno: certa confiança incomum.

Peter segurou-lhe a mão e muito próximo ao seu ouvido, sussurrou-lhe:

– Jamais beijei uma boca que se entranhasse entre minha pele e minha alma, ao mesmo tempo que sua dona me demonstrasse ser uma mulher inteligente e de convicções fortes. Não se renuncia a algo assim. Aqui estarei para quando chegar seu momento – logo, beijou-lhe os lábios mais uma vez, com suavidade.

Já no salão encontraram com Paul para brindar.

– Por seu momento, Gina – disse Peter.

Ela o olhou encantada. Sorriu.

– Pelo seu, Peter.

Ele a devorou com os olhos.

Paul, então, olhou para Gina. No mesmo momento percorreu visualmente a expressão de seu amigo. Em seguida, olhou a hora em seu relógio.

– Em que parte me perdi? Vocês não são os mesmos que subiram na limusine horas atrás – disse com malícia.

– Não, não somos. Mas os cavalheiros, meu amigo, não perguntam – acrescentou Peter tentando fazer que Gina não se sentisse desconfortável.

– Pode ser que você tenha razão, mas eu sou curioso demais e além disso, fui eu quem os apresentei. Portanto, quero detalhes. Minha melhor oferta é esperar até amanhã. Vamos dançar! – convidou. Era tão oportuno e sutil que a noite se transformou em um amanhecer diferente. Entre risadas, olhares cúmplices e carinhos sutis.

***

A recordação lhe fez sorrir. Ali estava observando o Empire State, outra vez, de volta à realidade. Mas ela não era Meg Ryan e Peter Jenkins não era Tom Hanks.

***

Outra vez a recordação, ao chegar ao hotel.

– Gina, amanhã à noite te espero no Empire State às onze. Só para compartilhar mais uma saída.

– Peter...eu...

– Não me responda agora. Estarei lá de qualquer modo.

– *Hello!* Eu sigo aqui! Tenho um *e-mail!* – Disse Paul fazendo ilusão ao filme *Sintonia do amor*, lembrada pelos três.

Todos riram da referência. Era muito divertido. Gina desceu do carro rumo ao seu quarto. Demorou muito para dormir, mas não ligou para seu ex.

Era estranho se sentir assim, plena circunstancialmente. Olhou para a mulher do quadro do banheiro enquanto, descalça, tirava a maquiagem de frente para o espelho. Ela parecia entender. Tinha conhecido outra parte de si mesma. Talvez sua decisão tinha sido equivocada. Será que deveria ter dado mais um passo com ele? Provar suas emoções nesse terreno? Em seguida, sentiu pudor só de pensar em tirar a roupa diante de Peter. Deveria ir ao Empire State? Seria capaz?

***

Outra vez de volta à realidade. Observava o magnífico edifício. Só uma hora a separava do encontro. Estava perto. Em frente, na verdade. Observando. Luzia dentro de seu vestido novo de flores azuis. Gostava de ver-se diferente, como se as roupas acrescentassem um ingrediente capaz de fazê-la sorrir segura de si mesma. Buscava-se entre o estampado e olhava-se em um espelho lateral do prédio. Definitivamente não era mais a Gina que tinha partido de Bogotá. Aquela não tinha roupas floridas.

Tocou seu celular.

– Você vai? – perguntou Paul.

– Não sei. O que você faria?

– Não acredito que você está me perguntando isso! Sabe muito bem o que eu faria. Mas deve seguir seu coração. Não é o tipo de pessoa apressada e impulsiva. A boa notícia é que Peter também não é. No entanto, lá estará esperando por você.

– Estou em um bar. Muito perto. Pensando – respondeu.

– Então, não deve ir.

– Por quê?

– Porque está pensando e quando se toma esse tipo de decisão, amiga, se deve sentir. Preciso desligar. *Love you!* – disse. Era seu jeito de dar tempo a ela.

Submersa no conselho que era uma simples verdade, observou a magia da noite.

Pagou a bebida que tomou e voltou para o hotel.

Gina acrescentou a sua busca um descobrimento inesperado. Sempre lembraria desses beijos nos quais se esqueceu de tudo. Seu corpo tinha pulsado em um novo ritmo, mas claramente isso era parte de um processo muito mais profundo, e, por mais que tivesse se permitido aproveitar desse atrevido prazer, também se acendeu uma luz vermelha sinalizando que se detivesse caso não quisesse se perder no caminho.

Lembrou-se de Peter. Não pôde deixar de sentir que foi muito sortuda em conhecê-lo. Talvez nem tudo já tivesse sido dito entre eles. Mas naquele momento, algo era certo: não havia nada mais por dizer.

Paul tinha razão. Sentir e não pensar, era sua chave.

CAPÍTULO 28

Ira

*Quando estamos irados,
nossa primeira reação costuma ser equivocada.*
Rick Warren

No dia seguinte, Gina tomou seu café da manhã, caminhou pelo Central Park e sentiu que Nova York tinha mudado muito. Era hora de partir. O ruído da cidade, as emoções, as compras, as pessoas e o que viveu ali provocaram um tsunami no meio da claridade que ela almejava em sua busca. Estava encantada com suas experiências, mas havia chegado a necessidade de silêncio. De um lugar onde pudesse olhar e olhar-se. Onde o cenário estivesse placidamente detido no tempo. Era hora decidir seu novo destino. Sorriu ao se dar conta de que era a primeira vez que compraria uma passagem aérea em outro país. Ela saía de Bogotá sempre com um plano desenhado à perfeição. A tabeliã poderia até estar em crise, mas foi substituída temporariamente pela mulher que tinha se perdido e não desistiria de sua busca.

Estava de bom humor até que pensou em sua vida. Em seus filhos e em Francisco. Sentiu falta de Parker e Chloé. Sentiu-se egoísta. Seguindo um impulso, ligou para Francisco para saber como estavam as coisas e o mesmo faria depois com seus filhos. Preferiu se comunicar primeiro com ele para ter um panorama mais geral. Ele atendeu.

– Oi, Gina, como você está?

– Bem. Estou bem, e você? E a perna?

– Melhorando. Tenho um longo caminho pela frente, mas me deram uma alta provisória. Devo permanecer em repouso total e monitorar para que a perna não se mexa.

Nesse momento, Gina pensou como faria sozinho em seu apartamento para ter tudo a seu alcance. Talvez um dos meninos tenha ido com ele, mas o apartamento era pequeno. Então, preocupada e pensando em contratar alguém, perguntou:

– Algum dos meninos está com você?

– Os dois.

– Ah... se revezam? Você não tem espaço suficiente para os três. Além da Chloé e do Parker – pensou em voz alta.

– Não. Estou em casa – respondeu com naturalidade.

Nada podia preparar Gina para essa resposta. O que era "em casa"? Que casa? Uma fúria sem freio começou a correr por suas veias. Queria desligar para não provocar um enfrentamento, mas ao mesmo tempo, já julgava necessário, fundamental. Precisava ter certeza do que ela estava ouvindo.

– Em que casa? – inquiriu.

– Na nossa.

Nossa? Não havia mais nossa. Sentia a ira na garganta, nas mãos, na cabeça, em cada parte de seu corpo. Como se atrevia a invadir seu espaço pessoal? Tinha lhe custado anos decidir pela separação. Há pouquíssimo tempo que saiu de viagem, e por causa de um acidente, tudo voltava ao início?

– Não entendo.

– Os meninos insistiram para que eu viesse para cá. Era mais fácil para eles e, claro, para mim também. Inácio quis me levar com ele, mas...

– Devia ter ido com seu amigo – interrompeu-o. Sua raiva era tão ressoante como o modo com que se expressava.

– Você se incomoda porque estou aqui? – perguntou desorientado.

– Sim. Muito – silêncio. – Não devia ter aceitado.

– Eu não acho que é para tanto. A metade desta propriedade me pertence e estivemos juntos 25 anos. Tive um acidente, não posso caminhar. Você está viajando. Parece que Diego tem razão e você não está muito preocupada.

– O que isso tem a ver com Diego? É muito inapropriado o que você está dizendo e muito invasivo de sua parte. Onde você está dormindo?

– Em nosso quarto. Obviamente não vou para o quarto de hóspedes.

– É meu quarto agora! – disse indignada.

– Gina, não te reconheço mais. Esta conversa terminou para mim – disse e desligou.

Gina chorava de tanta raiva. Tudo o que tinha conquistado desde o início de sua viagem lhe caiu por terra. Ligou para Francisco novamente, mas ele não respondeu, o que aumentou ainda mais sua ira.

Como foi capaz? Só de imaginá-lo parte da casa outra vez, em seu regresso, sentia vertigem. Não suportaria. Veio-lhe à mente a imagem dele chegando e sua presença dominando cada espaço. Mesmo que fossem os cômodos de toda uma vida, para Gina tinham adquirido outra energia. Jorravam lágrimas e mais lágrimas pela raiva que sentia.

Caminhou. Todas as experiências desde que partira da Colômbia pareciam insignificantes e longínquas. Se sentia ancorada ao passado. Densa, insegura, triste e muito enraivecida. Só a comodidade e a leveza de seus *shorts* e camiseta fúcsia pareciam ser o polo positivo desse momento.

Ligou para Paul e deixou-o a par das últimas notícias. Ele a escutou atentamente. Meia hora depois, conversavam na confeitaria de seu hotel.

– Gina, entendo seu aborrecimento, mas lamento dizer que você não tem razão.

– O quê?

– Digo o que é. Ele é o pai de seus filhos. O que eles decidiram é completamente razoável.

– Decidiram sobre minha propriedade e em minha ausência, sem sequer me perguntar! – disse elevando a voz.

– Você pediu permissão a eles para fazer esta viagem?

– Não. Você sabe que não.

– Claro que sei, mas é bom que você se lembre disso. Você não está lá e as condições não são propícias para que te peçam conselhos desde o momento em que decidiu não voltar quando te avisaram do acidente. Deve pensar com a cabeça deles, não com seus preconceitos e fraquezas. Seus filhos estão se responsabilizando por um papel que antes era seu e seu ex-marido precisa deles. Eles fizeram o correto.

Paul não tinha nenhum interesse pessoal na questão além de ser o mais sincero possível e honrar a amizade que os unia. Depois de ouvir suas palavras, Gina percebeu que, apesar do muito que isso lhe aborrecia, Paul tinha toda razão. Não tinha direito de se opor. Muito menos questionar seus filhos.

– Gina, entendo de lutos e rupturas. O primeiro tempo

supõe um processo de autoconhecimento. Apesar de estarmos com nossas fantasias esfarrapadas e de experimentarmos na pele uma decepção afetiva, podemos chegar a sentir essa gratificante experiência de viver a vida em cada etapa com o melhor que se tem a cada momento, aprendemos, pouco a pouco, a esquecer o passado e viver o presente. Peter é um exemplo disso. Você por acaso não foi feliz no cruzeiro ou no bar olhando para o Empire State à noite?

— Sim, acredito que sim, fui feliz.

— Isso é bom, mas não se engane. O processo do esquecimento está marcado pela tristeza. Vamos superando importantes desafios, nos tornamos mais fortes e nossa autoestima aumenta. Porém a ira e as lágrimas são as últimas a desaparecer. Eu que o diga, justamente eu estava sentindo falta do "inominável" que me traiu.

— Entendo... e como é seu nome? Você nunca o nomeou. Acho que fui egoísta centralizando o assunto em mim.

— Gina, jamais em minha vida voltarei a dizer seu nome. Jurei isso a mim e assim será.

— Não está sendo um pouco radical?

— É verdade, mas nada em mim vai reconhecê-lo. Nomeá-lo é dar-lhe um lugar. É uma má pessoa que não me merece. Além disso, não me questione! — acrescentou com certo humor histérico. — É "inominável" e basta! Por que você quer fazer que eu me lembre dele? — seu lado feminino tinha vindo à tona em uma agonia lenta e caprichosa.

— Está bem, não sofra mais por ele.

— Precisamos adquirir novos hábitos e outras rotinas que se afastem de tudo aquilo que nos faça lembrar de nossos ex--companheiros.

– Esse também é um dos motivos de eu ter feito essa viagem – acrescentou.

– Devemos estabelecer novos costumes que nos deem mais segurança e independência emocional.

– Parece um livro de autoajuda!

Outra vez, a risada se instalou entre eles.

– Repito palavras de meu terapeuta! – mais risadas. – E você não acha que nos faz falta uma boa dose disso?

– Evidente que sim! – exclamou. – O que devo fazer?

– Acho que não seria mal desculpar-se. Manter um vínculo cordial e dizer-lhe amavelmente que quando você retornar, ele não deverá estar mais ali.

– Isso não vai acontecer. Pelo menos hoje não.

– Quando chegar o momento. Claro que não há um manual de instruções para esses casos. Talvez você tenha uma ideia melhor.

– Não tenho... hoje fiquei pensando muito em partir – disse mudando de assunto.

– Por quê?

– Porque Nova York começou a asfixiar-me. Meu ser está pedindo tranquilidade.

– Bélgica.

– Bélgica? Não entendo. O que tem lá?

– Você deve ir a Bélgica. Bruxelas, exatamente. Ali sua busca vai enfrentar os fantasmas e a própria verdade.

– Que fantasmas?

– Os de seu passado. Os que não soltam você. Você vai compreender – assegurou.

– Não conheço a Bélgica. E definitivamente não identifico que fantasmas não me soltam.

– Melhor ainda – respondeu Paul convencido. – Eu me encarrego disso. Sei exatamente do que você precisa.

Paul ligou para seu agente de viagens. Em poucas horas, Gina tinha um novo destino. Partiria na manhã seguinte. Não podia acreditar que tinha aceitado. Era um atentado contra a previsibilidade que governava sua vida. Lembrou-se de que era uma tabeliã. Também sua profissão parecia distante, mesmo que ainda naquela manhã tenha falado com Alícia sobre as coisas do cartório.

CAPÍTULO 29

Nostalgia

*O amor não conhece sua própria profundidade
até a hora da separação.*
Khalil Gibran

Enquanto Gina se despedia de Nova York, Francisco sentia uma dor aguda na alma. Gina, longe de dar-lhe alguma esperança, tinha-o decepcionado. Não era possível que um lado tão egoísta e tenebroso tivesse saído de suas palavras, ignorando as razões concretas pelas quais ele estava ali, na cama que já foi dos dois.

Inácio foi visitá-lo depois do jantar. Andrés ficou um pouco mais na casa de Josefina aproveitando que seu pai tinha companhia. Diego tinha acabado de chegar de sua corrida diária. Tomou um banho e foi estudar, mas não deixava de passar a cada hora no quarto de seu pai para verificar se precisava de alguma coisa. Isabella tinha passado para visitá-lo depois do trabalho.

— Você não imagina como ela ficou furiosa de saber que estou aqui em seu quarto — comentou depois de contar ao seu amigo sobre a conversa. — Completamente irreconhecível — afirmou.

— Tenho a teoria de que conhecemos a mulher com quem

nos casamos somente quando nos separamos dela. Não digo que seja o caso de Gina, mas a estatística fala em meu favor. O pior delas se expõe quando o casamento termina.

– Pode ser com todas, mas não com Gina. Sempre foi muito generosa, o tipo de mulher que é capaz de fazer qualquer coisa pelos seus.

– Esses são os assuntos que você terá que assumir.

– Quais?

– Você disse "sempre foi muito generosa". Está certo, mas talvez tenha mudado e além disso, você já não é parte "dos seus". Ela tirou você daí e não quis permitir que voltasse. Não digo que não tenha carinho e respeito pelo pai de seus filhos, mas já não é prioridade como homem, como companheiro dela. Sei que é horrível o que eu digo, mas você deve começar a assumir que ela tomou uma decisão. Você precisa se recuperar. Vamos frequentar academia, sair com mulheres, talvez até viajar. Sei que agora tudo isso não te interessa, mas você vai mudar. Sei do que estou falando.

– A verdade é que não tenho vontade de fazer nada do que você diz. Não é pela minha perna. Se estivesse saudável, também não faria.

– Por quê?

– Porque não quero ser jovem. Só quero minha família como era antes.

– Não seja ridículo, Francisco! – disse, rindo. – Eu estou falando sério. É óbvio que nada disso mudará sua idade, mas não é nada mau tomar algumas atitudes diante da vida. Estamos na hora de ir para a segunda parte.

– Segunda parte? Jamais voltaria a formar um casal com alguém que não seja a Gina.

— Isso você diz agora. Eu também disse o mesmo no início.

— Mas você está sozinho — inquiriu.

— Sim, é verdade. Não quero compromisso, mas também é verdade que não encontrei uma mulher que me fizesse pensar o contrário. Às vezes, imagino que uma hora vai aparecer uma que vai dinamitar meus sentidos e então não sei. Talvez aconteça em dias o que não aconteceu em anos.

— Pode ser que tenha razão. Eu não tenho sido boa companhia ultimamente.

— Você já contou aos meninos que ela não gostou?

— Não. Mesmo que nenhum tenha me dito abertamente, a seu modo já me demonstraram seu mal-estar por causa da viagem dela. Parece que sua decisão de não voltar foi pior do que meu acidente.

— E imagino que nem sabem que você foi tentar resgatá-la no aeroporto...

— Não, claro que não. Não é necessário. Meus filhos não serão reféns de nada. E tem mais, assim que eu me sentir melhor, vou para o seu apartamento.

— Pode vir já, se quiser.

— Não. Os meninos saberiam que foi por causa dela. Prefiro protegê-la.

***

Gina organizava as malas para partir novamente. A mala verde-esmeralda mediana estava completamente cheia e agora havia mais uma, de cor similar. Era evidente que partia de Nova York com mais bagagem do que quando chegou. Não só pelas compras e os presentes de Paul, mas pelo que foi vivido. Era possível que as risadas, as dúvidas, as decisões e a autoestima ocupassem espaço? Ou o que pesava era a raiva que mantinha?

Claramente não era a jovem que tinha partido de sua cidade natal. Essa era uma lembrança cada vez mais distante. O estranho era ter se dado conta de que também não era mais a tabeliã que tinha partido de Bogotá apenas a pouco mais de uma semana atrás. Pensou em Francisco. Estava muito sensível e chorou. Não se sentia bem com o que tinha dito a ele, mesmo que tivesse sido completamente sincera. De repente, uma lembrança a envolveu. Pensou no homem pelo qual tinha se apaixonado perdidamente. Naquele momento, ela acreditava que nenhum outro seria capaz de ser tão amoroso. Fez uma pausa. Suspirou, enquanto dava lugar à memória, e continuou chorando. Não eram soluços, mas lágrimas mudas dessas que tiram o pó de recordações que doem no presente. Talvez não houvesse outro Francisco em nenhum lugar do mundo. A memória a fazia enfrentar o homem que ela tinha deixado para trás, mas não o que não soube escutar que ela já não era feliz e sim aquele a quem ela devia muitos anos de felicidade.

Fechou os olhos. Eram muito jovens, estudavam, estavam cheios de sonhos e planos. Uma noite, dias antes do aniversário de Gina, haviam conversado sobre esses sonhos depois de terem feito amor em uma praia deserta a que costumavam ir. A brisa os acariciava e sob as mesmas estrelas, o amor de sua vida lhe perguntou:

– Gina, quais são seus sonhos?

Ela sorriu. Uma pessoa sempre sonha muitas coisas, mas quase nunca está preparada para enumerá-las.

– São muitos.

– Quais? – perguntou com muito interesse.

– Eu gostaria de mergulhar. Nunca pude fazer apesar de estar tão perto do Caribe.

– Mergulhar entre corais?

– Algo assim. Amo o mar. Imagino desde pequena infinitas histórias que se sucedem naquelas profundidades. De sereias, de piratas, de dia, de noite...

– O que mais?

– Me formar. Ser tabeliã. Casar com você. Ter filhos. Ser sempre tão feliz como neste momento. Por que pergunta?

– Porque quero realizar todos os seus sonhos.

Ele, além de atraente, era muito doce e estava apaixonado. Dizia, demonstrava, gritava em seus olhos quando ele a olhava. Gina jamais se esqueceu daquelas palavras. Nenhuma mulher podia pedir mais que amar o homem que desejava realizar todos os seus sonhos.

– E você, o que você gostaria? Quais são seus sonhos?

– Meu único sonho é estar sempre com você. Amar você a cada dia mais e que você me ame também – e se beijaram apaixonadamente.

Ao chegar em casa, Francisco tinha um objetivo que cumpriria na manhã seguinte. Entrou em contato com um agente de turismo que lhe recomendou a Ilha de Providência, localizada no mar do Caribe, perto de San Andrés, para realizar seu plano.

– Essa pequena ilha tem a terceira maior barreira de corais do mundo, na qual se encontram quarenta lugares diferentes para explorar debaixo d'água. Além dessa maravilha natural, perto dela há muitas embarcações piratas que naufragaram em sua costa, o que faz a viagem ainda mais interessante – recitou o agente para convencê-lo de contratá-lo.

– Como eu chego até lá?

– Você vai de avião até San Andrés e depois toma um catamarã ou outro avião até Providência.

Em seguida, Francisco consultou os preços e fez as contas para saber se podia pagar. Podia. Então, como presente de aniversário, convidou Gina para viajar com ele a San Andrés. Seria a primeira viagem dos dois juntos. Gina aceitou emocionada e feliz. Passaram na ilha os melhores dias de suas vidas e por isso decidiram que quando tivessem um filho o chamariam de Andrés. E quando ela sentiu que nada podia ser melhor, Francisco lhe contou algo que demonstrou que aquilo ainda era pouco.

– Amor, eu disse a você que realizaria todos os seus sonhos. Isso é para você – disse e lhe entregou um folheto com os tíquetes.

– O que é isso?

– Vamos mergulhar. Juntos.

Gina pegou o folheto com as mãos tremendo de emoção. Leu:

Com a terceira maior barreira coralina do mundo, um mundo submarino embelezado por sua biodiversidade, águas multicoloridas com visibilidade ao interior durante quase todo o ano, a Ilha de Providência oferece o melhor mergulho de toda a Colômbia. A maioria de suas águas foram declaradas como área protegida pela Unesco, conhecida pelo nome de Reserva Mundial da Biosfera "Seaflower". A ilha possui uma área marinha que equivale aproximadamente a 10% do mar do Caribe. Providência conta com uma grande diversidade de lugares para mergulhar, como cavernas, grutas, majestosas paredes, além de embarcações piratas que naufragaram na ilha.

O amor entre eles havia adquirido dimensões extraordinárias, e o sorriso estampado no rosto era o sinal. Estavam felizes.

Gina interrompeu a lembrança. O quarto em Nova York era novamente o cenário. O quadro parecia ter as costas ainda mais largas, como se a liberdade estivesse perdida para sempre.

Então, voltou ao momento em que tinha aceitado se casar com ele. Ali, entre corais e sem palavras, Francisco tirou um anel de seu equipamento de mergulho e lhe mostrou a ela debaixo d'água. Ela achou que fosse morrer de tanto de amor. Apressados, voltaram à superfície para se beijar em meio a um mar turquesa de amor, inesquecível e sonhado.

– Você quer casar comigo? – ele disse flutuando em meio a um paraíso enquanto segurava a aliança para não a perder.

– Sim! Te amo! – ela respondeu tão rápido que os dois riram.

Por fim, colocou o anel em seu dedo. Com dificuldade, buscou o seu para completar o par, e ela o colocou em meio aos sons da água caindo sobre suas mãos e corpos. As mesmas alianças que usaram durante 25 anos. Na verdade, ela tirou, mas Francisco não. Isso ela notou quando ele apareceu no aeroporto.

Sentiu nostalgia ao pensar nessa viagem, naquela época. Ele, de fato, sempre realizou os sonhos dela. Aqueles que contou quando jovem e todos os demais. E ela rompeu em pedaços o único sonho dele.

Em algum momento, a rotina, inimiga íntima das palavras "por toda a minha vida", tinha devorado aquele casal que tinha definido o amor, a felicidade e a plenitude na Ilha de Providência.

Então, pegou seu celular e mandou uma mensagem de WhatsApp.

"Francisco, me perdoe. Você não merece o que eu disse. Pode ficar na casa o tempo que necessitar. Obrigada pelo que fomos alguma vez".

"Ainda podemos ser", respondeu, quase no mesmo instante.

Podiam? Teria restado algo do Francisco da ilha no homem que tinha tratado de detê-la no aeroporto? Sobrava em algum cantinho de sua alma parte desse amor? E ele, sentia o amor ou estava acostumado a ela e escolhia o caminho mais fácil?

CAPÍTULO 30

Verdade?

Há três coisas que não podem ser escondidas por muito tempo:
O Sol, a Lua e a verdade.

Buda

Maria Dolores aproveitou um jantar inesquecível com Manuel. Ele se mostrava muito entusiasmado com a ideia de ser pai, apesar de insistir que era melhor terem certeza antes de fazer planos. Ainda que repetisse essa prudência, se notava que ele estava muito feliz em vê-la feliz e relaxada.

– Eu gosto de ver você assim, feliz. Quando em seu olhar não há medos nem angústias.

– Amor, isso acontece sempre que estou ao seu lado. Você é a razão de minha felicidade – fez uma pausa. – Vou dizer algo a você que nunca contei antes... – começou.

Manuel sentiu um calafrio na espinha. Pensou em Raquel.

– Diga, amor... Sou todo ouvidos.

– Quando você me vê desse modo, quando descobre tristeza em meu olhar é porque estou pensando que posso perder você. – animou-se a dizer parte da verdade.

– Você não deve pensar nisso. Nunca vai me perder –

respondeu sem pensar e sentindo o que dizia. De imediato, ao se escutar, Manuel pensou: *E Raquel?* Também havia dito o mesmo a ela, sentindo que era igualmente sincero o seu amor. Foi justamente assim que tinha convencido Raquel de que não podia vê-la naquela noite.

– Você sente isso de verdade? Que me ama?

– Claro que amo. Você é minha vida e isso não mudará nunca. Não importa o que aconteça, nada mudará esse fato. Deve ficar tranquila quando eu digo que te amo. É o que sinto, que não poderia viver sem você.

Maria Dolores, completamente feliz, desejou estar grávida para que seu casamento vencesse por fim as tentações de Manuel e que ele se esquecesse das distrações. Ela acreditava nele. No entanto, uma parte de seu discurso fez apitar um alerta em seu interior.

– A que você se refere quando diz "não importa o que aconteça"?

– À gravidez – disse. Foi rápido ao responder. Com aquele discurso, seu inconsciente perturbado tinha deixado uma pista de seu próprio temor. Ser descoberto. Inácio talvez tivesse razão e seu esquema de vida fracassaria mais cedo ou mais tarde.

– Bom, se eu não estiver grávida, talvez seja tempo de planejarmos um filho, não? Deixei de tomar a pílula.

Manuel emudeceu.

Era lógico o que dizia. Mas como poderia avançar? As preocupações começaram a inquietá-lo. Decidiu curtir ao lado da esposa e não pensar. Era feliz por sentir que a fazia feliz. Tirar seus medos era muito importante para ele. No entanto, se esquecia de um detalhe. Esse amor genuíno que lhe tinha jurado era verdadeiro, porém não era exclusivo, e ali começava a história de sua contraditória verdade mentirosa.

Na manhã seguinte, Manuel se levantou bem cedo e disse a Maria Dolores que iria trabalhar. Teve uma ideia e fez uma ligação de seu celular.

Às sete e meia, chegou na casa de Raquel, cumpriu o ritual de trocar de aliança e chegou ao quarto onde ela dormia.

Ele a observou. Era tão linda. Algo mudou dentro de si. Pensou em Maria Dolores, e desejou tirá-la de sua mente, mas não pôde. A estratégia de mundos paralelos começava a fracassar. Não estava conseguindo se esquecer da outra em nenhum dos dois casos. Qual era a outra? Para o mundo, era Raquel, porque ela chegou depois e não estava casado legalmente com ela, mas para ele era impossível atribuir esse papel a uma das duas. Simplesmente porque amava ambas. Não havia outra, havia um homem com seu coração dividido, casado duas vezes. Uma vez de modo tradicional e outra, de maneira privada, mas igualmente autêntica.

Sentou-se ao seu lado e lhe acariciou o rosto. Ela acordou.

– Sinto muito, senti tanto sua falta, mas não pude vir.

– O de sempre – murmurou. – São desculpas.

– Não. Não foi o de sempre. Não importa o motivo, porque o único que interessa é que amo você e que estou pronto para convidá-la para tomar um café da manhã fora.

Ela se levantou.

– Onde?

– No quarto de um hotel maravilhoso. Passaremos ali o dia inteiro. Reservei a suíte matrimonial.

– Quando fez isso?

– Agora pela manhã. Por telefone. Mas você deve se apressar porque se não vou ser obrigado a fazer amor com você aqui, agora, já. Não resisto te ver e não te possuir.

Raquel o beijou apaixonadamente. Suas línguas pulsavam na urgência dos momentos que se anunciavam. Por isso, abruptamente interrompeu o beijo e se levantou urgida pela necessidade de estar pronta o quanto antes. Estava feliz e Manuel sentiu que também estava feliz por ter conseguido fazê-la se sentir tão contente.

***

Chegaram à sonhada suíte. A cama era *king size*, tinha *jacuzzi* e até uma pequena sauna. Tudo estava decorado com um estilo luxuoso e sensual. Ao realizar o *check-in*, Manuel anotou o nome de ambos e se registraram como um casal. Era um hotel cinco estrelas longe do centro da cidade. Raquel sentia que, por fim, sua sorte mudava o rumo, ele tinha a levado para um lugar público, expondo seu amor, ao menos diante daquelas pessoas. Nem observou que ficaria trancada o dia inteiro em uma suíte. Concentrou-se no fato de que Manuel lhe apresentou como esposa ao recepcionista. Era um avanço.

Todo o resto foi perfeito também. Durante quase oito horas desfrutaram de seus corpos, seus desejos e seu amor sem inibições. Fizeram amor em cada canto da suíte, como se fosse necessário para compensar seu preço. Tomaram café da manhã, almoçaram e fizeram o lanche da tarde como reis que recuperavam forças. Manuel não era um grande amante, mas tinha o potencial de recomeçar se sua companheira fosse suficientemente criativa. E Raquel era. Por isso, durante esse dia mágico, bateu todos os seus recordes de desempenho sexual. Vários orgasmos para Raquel e outros para ele, que sentia sua virilidade ao nível de um deus grego. Disse tantas coisas lindas a Raquel, que ela só podia se sentir amada. Suas palavras eram carícias e seus projetos eram sonhos que lhe tiravam o fôlego. Apesar de ter passado ali muitas horas, a cama não era o melhor que compartilhavam. Raquel tinha se apaixonado pelo efeito de suas promessas e sentimentos.

Afortunadamente, seu celular também não tinha tocado, sinal de que Maria Dolores estava tranquila. Quando o horário pressionou silencioso sobre sua tumultuada vida dupla, partiram do hotel.

Deixou Raquel na porta de sua casa, cansada e feliz, e voltou a seu lar com Maria Dolores.

Ao entrar, encontrou sua esposa radiante. Toda ela brilhava e seu sorriso iluminava a vida de ambos. Sorriu.

– Oi, meu amor – disse e o beijou. Estava tão feliz que não percebeu as marcas de outros lábios em sua boca. – Muito trabalho?

– Sim, foi uma jornada diferente. Estou cansado! Você está tão linda!

– É por isso aqui – disse e lhe entregou um envelope.

Ele abriu, enquanto ela o observava detidamente esperando sua reação. O coração de Manuel descobriu o que seus olhos adivinharam. Um resultado positivo do exame do laboratório lhe dizia que ele seria pai. Sentiu emoção. Levantou os olhos com uma lágrima já rolando em sua face.

No entanto, quando se aproximou de Maria Dolores para beijá-la, ela o afastou bruscamente. Manuel se surpreendeu. Esperava outra celebração. Insistiu e a rejeição dessa vez veio acompanhada de uma bofetada que lhe deixou marcados seus dedos no rosto.

– O que significa essa aliança? Não é a nossa – afirmou

poderosa. Era como se a força que lhe dava o filho que gestava tivesse se somado à fúria de descobrir quão longe havia chegado seu autoengano, que ela escolhera não enfrentar até então. Não era difícil adivinhar a resposta.

Havia alguma coisa verdadeira em Manuel?

CAPÍTULO 31

Sucesso

Dê seu primeiro passo agora. Não importa que não veja o caminho completo. Apenas dê o seu primeiro passo e o resto do caminho vai aparecendo à medida que caminha.
Martin Luther King Jr.

Lúcia chamou Isabella em sua sala. Depois da publicação de *Matrioskas*, o correio eletrônico reservado para as leitoras colapsou e a encarregada de administrá-los e respondê-los, tinha dito que Lopez Rivera era um diamante bruto. Lúcia já sabia. Fazia muitos anos que trabalhava como editora e já tinha passado diante de seus olhos milhares de textos de diferentes autores e jornalistas. Sabia de imediato quando algum deles tinha o dom. Este era o caso de Isabella. Quando uma editora profissional encontra alguém que fará diferença, logo percebe. Ignora de que maneira ou com que obra ou em que papel e circunstância vai estalar seu sucesso, mas é totalmente consciente de que isso vai acontecer. Então é necessário usar estratégia para medir o que dizer e como dizer.

A humildade nem sempre vence o ego, e o talento às vezes se destrói submetido à sombra da soberba. Para evitar riscos, Lúcia era distante. Agia com prudência até que sua intuição lhe indicasse qual era o momento. Isabella parecia ser uma jovem simples. Daria a oportunidade de demonstrar quem era. Se pertencia ao grupo das que valorizavam as oportunidades ao editor. Ou se, pelo contrário, era vencida por uma falsa ideia de superioridade. Isabella entrou na sala. Nervosa, nunca sabia o que esperar de sua chefe. Também não conseguia distinguir se ela a apreciava ou se a considerava apenas mais uma funcionária de sua revista. Os sentimentos de Lúcia eram um mistério. Só soube, havia poucos dias, que levava muitas *matrioskas* dentro de si. Nisso se pareciam.

– Você me chamou, Lúcia?

– Sim, por favor, sente-se.

– Aconteceu alguma coisa? – perguntou já demonstrando nervosismo. Isabella não sabia lidar com a ansiedade. Frente ao silêncio, falava primeiro.

– Sim. A coluna das *matrioskas* foi um sucesso total. Já recebemos mais de quatro mil *e-mails* desde a publicação – disse e analisou a reação da jovem. Gostou de ver que sua intuição não havia falhado. Os olhos de Isabella brilharam e ela demorou para pronunciar as palavras seguintes.

– Muito obrigada mesmo por me contar isso – era sincera.

– Isso nos marca um novo rumo.

– Qual?

– Seu espaço na revista é a última página. Decidi que sua coluna passe para a primeira e que leve sua foto. A ideia é multiplicar essa repercussão. Matias vai se encarregar da diagramação e do *design* – lembrou-se da mancha de rímel em sua camisa. Isso podia ser uma complicação. Mas preferiu se afastar dessa intuição.

Isabella não sabia muito bem o que dizer. As palavras se repetiam e se misturavam em seu pequeno mundo interior.

Primeira página? Foto? Repercussão? Milhares de e-mails? Como superar as *matrioskas*? Seria capaz? Como se escutasse seus pensamentos, sua chefe continuou.

– Essa é uma oportunidade. Acredito que você tem um dom. É capaz de dizer muito com apenas quatrocentas palavras ou menos. Nem todos conseguem. É o momento de seu primeiro grande passo. As *matrioskas* poderiam apontar o início de uma nova etapa profissional. Você não deve desperdiçá-la.

– Não desperdiçarei. Obrigada – disse enquanto por dentro suas emoções celebravam uma grande festa. Riam, dançavam e esqueciam temporariamente sabores amargos do passado. Sua primeira reação foi contar a Matias, seu confidente. Ele tinha faltado no trabalho naquele dia. Não teve vontade de ligar para Luciano nesse momento. Ele nem sequer tinha lido seu artigo.

– Bem, só mais uma coisa.

– Sim?

– Serei eu quem vai indicar o tema de cada coluna, mesmo que você seja livre para escrevê-la conforme sua inspiração. Quero o estilo das *matrioskas* e que gere empatia com as leitoras. Ou seja, seja você mesma, mas melhor em cada oportunidade. Você deve se reinventar. Logo decidirei a frequência, é possível que seja duas por semana. Uma para a revista e outra para a nossa página *web*. Entre 350 e 500 palavras.

– Pode deixar – respondeu.

– Correto.

– Então, qual será o tema da minha próxima coluna?

– A morte.

Isabela se assustou. Essa mulher parecia conhecer o mapa de seus remorsos. Era necessário exigi-la tanto e a esse ponto? Outra vez deveria escrever sobre algo que não podia assumir?

Preocupou-se. Logo, com dissimulação, agiu como se sua chefe tivesse pedido para escrever sobre a alegria.

– Algum problema?

– Não, claro que não. A morte é a justificativa da vida.

Lúcia sorriu satisfeita. A jovem estava em sua mesma frequência. Tinha tomado a decisão correta.

Isabella saiu da sala sentindo que a festa de seu mundo interior não lhe cabia no corpo. Cumpriu com o seu dever ainda que isso não coincidisse com seus desejos. Ligou para Luciano.

– Oi, Lu. Algo incrível acabou de acontecer no meu trabalho. Deram-me a primeira página da revista, com minha fotografia. E a assessoria recebeu mais de quatro mil e-mails por conta de meu último artigo – relatou com entusiasmo.

– Ah, fico feliz... – disse e permaneceu em silêncio.

– Não parece – respondeu sem pensar. Sentiu como se uma bofetada fria atingisse seu rosto, interrompendo sua comoção, e com a mesma mão, desligasse abruptamente a música de sua festa.

– É que não quero que isso interfira em nossos planos.

– Ah, isso... não, claro que não – respondeu com uma angústia que não soube evitar. Não eram seus planos, eram os planos dele. – Tenho que desligar – acrescentou.

– Te amo.

– Também – disse ela, embora não tenha sentido isso.

Não pôde começar a nova coluna no mesmo dia. O resto de sua jornada laboral transcorreu esperando que chegasse a hora da saída para contar a Matias. Ela avisou que passaria em sua casa para contar algo pessoalmente.

***

Isabella estava dividida. Uma parte dela sentia felicidade por sua conquista profissional e outra, sentia muita angústia pela falta de apoio de Luciano. Pensou que para um casal normal o ocorrido seria motivo de comemoração. Mas, pelo contrário, em seu casamento, ela devia voltar para casa, cozinhar e agir como se nada tivesse acontecido, esperando que Luciano lhe perguntasse algo e se resignando que, caso ele perguntasse, seria uma formalidade que não duraria mais que alguns minutos.

Caminhava em meio a essa trama na qual tinha se entrelaçado. Estava muito arrependida de suas decisões. Se tivesse agido de outro modo no passado, certamente seu presente teria outras perspectivas, mas não havia forma alguma de retroceder no tempo.

Sem se dar conta já estava na porta do edifício de Matias. Tocou o interfone.

– Isabella?

– Sim, sou eu.

– Sobe.

Ele a esperava ansioso. Estava vendo o canal de clipes musicais sem muita concentração. Não importava o que ela tinha de contar, e sim que ela tinha escolhido ele para compartilhar algo. Desde sua ligação, ele ficou conjeturando do que se tratava, sem conseguir imaginar nem de perto a realidade. Tudo bem que, em seu papel de amigo, compartilhava tudo com ela, mas alguma coisa já não estava fluindo muito bem. Não achava honesto de sua parte ocultar que estava apaixonado. Durante a tarde inteira, refletiu se não era, de algum modo, um delito emocional não revelar a ela seus verdadeiros sentimentos. Talvez essa tarde, no minuto de valentia que lhe aparecia diariamente, ele encontrasse sucesso e não fracasso. O sucesso não era ser correspondido, apenas consistia em poder confessar seu amor. Sua amizade era sincera, mas não era a única coisa que o unia a ela.

A jovem entrou no apartamento e ele sentiu que seu coração quase parou de bater. Não podia parar de olhar hipnotizado o brilho de seus olhos. Então era assim quando ela ficava feliz? Claro que ela lhe traria uma boa notícia.

– *Come stai?* – cumprimentou Isabella imitando seu italiano.

Sono innamorato, pensou Matias.

– *Sono felice di vederti* – contentou-se em responder.

– Eu também estou feliz por ver você – respondeu ela, que estava aprendendo a língua com sua ajuda.

Matias estava vestido de maneira informal. Uma camiseta preta sem estampas, uma calça *jeans* e um par de tênis.

– Ah! Adoro seu estilo livre – Isabela o elogiou.

Ele não parava de pensar como encontrar coragem para falar a verdade. Era urgente. Ele devia. De repente se lembrou que era ela quem tinha algo para lhe contar. Estava distraído. Ela detinha o tempo e marcava o ritmo do olhar de Matias, que só parecia ter olhos para suspirar diante de sua beleza.

– O que você veio me contar? Deve ser importante para te trazer até aqui – disse. Ela evitava estar só com Matias em seu apartamento, porque Luciano a questionava. Seu esposo não entendia a amizade entre eles.

– Bom, Lúcia vai te pedir um novo projeto.

– Não entendo qual é a novidade. Lúcia sempre me pede novos projetos – disse com humor.

– Sim. Mas desta vez você terá que fazer o seu melhor trabalho.

– Ah, sim? E por quê?

– Porque ela me deu a primeira página com fotografia. A

coluna das *matrioskas* explodiu em milhares de e-mails! – ele tinha lido seu texto e tinha entendido a razão do seu espontâneo beijo ao sair do escritório aquele dia. Ela estava se redescobrindo. Rapidamente, reagiu.

– Sim! Essa é a melhor notícia que você podia me dar. Nada me faz mais feliz que o seu sucesso – disse ao mesmo tempo que a abraçava tão forte quanto podia. Matias a reteve durante alguns segundos entre seus braços. – Precisamos comemorar. Tenho cerveja na geladeira – acrescentou e foi buscar os copos.

Isabella o observava. Era tão sincera sua alegria. Passou a admirá-lo ainda mais por isso.

– Vamos brindar. Por suas conquistas! Isso é só o começo – anunciou muito seguro do que dizia.

– Por nós! – disse ela.

De repente, a música que tocava na televisão se impôs. Um recital ao vivo de Rod Stewart começava. A canção *Have you ever seen the rain?* os envolveu e começaram a dançar e cantar simulando microfones em suas mãos ou guitarras e baterias conforme o ritmo.

– Acho que você como cantora é muito boa autora de colunas – disse ele caçoando de sua voz grave.

Ela lhe atirou uma almofada do sofá.

– Você vai se arrepender disso! – disse e começou a correr atrás dela pelo apartamento. Riam com vontade. O som da cumplicidade enchia qualquer espaço que ainda não estivesse preenchido pelo amor de Matias e pela felicidade de Isabella. A festa que tinha começado em seu interior finalmente parecia ter se estendido para fora dela. E não era a convidada, ela era a protagonista. Ninguém desligava sua música. Ao contrário, o volume só aumentava.

Matias a alcançou rapidamente e a abraçou.

– Estou muito feliz por você. Muito feliz – disse enquanto a olhava nos olhos.

Então algo estremeceu. Isabella não sabia explicar se era algo dentro ou fora de si. Matias a beijou. Depois se afastou um instante disposto a pedir perdão ou vê-la partir, mas isso não aconteceu. Ela simplesmente ficou ali, enfrentando a realidade. Não se moveu nem um milímetro de seu abraço e ele pode escutar as batidas do coração dela provocando o seu. Suplicava por um minuto, só um minuto de coragem para dizer o que sentia, mas não teve tempo. Isabella cruzou os braços atrás de seu pescoço e o beijou. Rod Stewart cantava *Sailing* como se tivesse adivinhado a necessidade de mudar o ritmo para o que se anunciava.

Matias não conseguia falar. Não era capaz de discernir se sonhava ou se havia morrido e chegado ao paraíso. Isabella estava entregue a curtir esse impulso, não queria pensar. Ele tinha feito o que ela precisava. Não importa que fosse seu amigo. Era seu amigo? As circunstâncias tinham definido a situação.

Os beijos eram intensos. Emaranhavam-se. Misturavam-se línguas, saliva e desejo. Então as mãos de ambos começaram a tocar as expectativas do prazer do outro. E lhes sobrava roupa e faltava tempo. Os beijos não matavam a sede e as carícias não satisfaziam a vontade de beber um ao outro em um gole só. A cerveja avançava pelo sangue dos dois. E Rod Stewart cantava *I don't want to talk about it*. Era exatamente isso que estava acontecendo. Não queriam falar a respeito, só queriam sentir. E nisso estavam quando ele, sem deixar de beijá-la, a levantou e ela o envolveu com suas pernas até chegarem à cama.

As peças de roupa que tiravam caíam rendidas no chão, desorganizando uma cena que tinha começado momentos antes sem a possibilidade de imaginar como seria esse encontro. Mas a realidade estava ali, devorando-lhes a pele, a alma e o calor de seus corpos. Era o desenrolar de um filme que tinha começado sem que eles percebessem.

Isabella nua era como ver o Sol de frente. Matias nu era uma tentação irresistível. Só isso conseguiam pensar um do outro. A magia aumentava enquanto seus corações pareciam saltar de seus corpos. Desejavam-se com desespero, mas a vontade de deter o tempo para jamais esquecer o que sentiam era ainda mais forte. Algo maior que a atração impôs uma lentidão de prazer única ao momento. Necessitavam se olhar e se cuidar. Os beijos então eram uma carícia que os enlaçavam de maneira invisível. Ele pegou uma camisinha na gaveta da mesa de cabeceira, mas foi ela quem o surpreendeu quando disse: *Posso?* Isabella o deixava completamente louco. Vê-la e senti-la em sua parte mais sensível colocando a camisinha fez com que o êxtase fosse inimaginável. A partir desse momento, só podiam saborear um ao outro como se não houvesse amanhã, um mundo lá fora, uma realidade à margem do maravilhoso sentimento que os unia. Estavam ardendo de vida pela primeira vez.

Devagar, protegendo-a a cada movimento como se ela pudesse se quebrar, ele penetrou-a e sentiu que era diferente. Isabella o sentia em todas as células de seu corpo, mas foi no instante que ele, sem saber, beijou suas culpas, que ela se estalou em um orgasmo que a transformou em outra mulher. Não se conhecia capaz de sentir esse nível de prazer. Ele pensava se era real o brilho de seus olhos ou se duas estrelas tinham caído sobre seu travesseiro. Beijou sua sensibilidade mais profunda enquanto a acariciava ao limite de suas resistências. Então, ela se iluminou de vida outra vez e ambos sentiram o desenfrear do desejo que umedecia a intimidade que compartilhavam. Misturada a agitação de ambos entre lençóis, suores, fluidos, parecia impossível separá-los. Houve apenas uma pequena distância entre as mãos e os lábios que continuavam a se descobrir com suavidade.

Quando se aquietaram, a ausência de palavras fez com que escutassem Rod Stewart, que continuava cantando na sala. Agora era vez de *You're in my heart*.

– É assim. Você está em meu coração, Isabella. Estou apaixonado por você. Não planejei isso, mas sou o homem mais feliz do mundo nesse momento.

Ela começou a chorar e se escondeu em seu peito.

– Por que está chorando? Quero fazer tudo por você. Quero sua felicidade.

– Não posso. Não posso estar aqui. Não posso contar para você – disse enquanto, a toda velocidade, levantou-se, vestiu-se e saiu do apartamento sem escutar nada mais do que Matias lhe falava. Sua voz era um som longínquo em sua cabeça.

O *show* de Rod Stewart terminou assim que a porta se fechou atrás dela.

CAPÍTULO 32

Eficácia

*Um homem pode imaginar coisas que são falsas,
mas só pode entender coisas que são verdadeiras.
Para cada ação há sempre uma reação oposta equivalente.*
Isaac Newton

Diego tinha se agarrado aos seus estudos mais do que nunca. Não apenas porque isso significava se ocupar de algo cujo resultado dependia exclusivamente dele, mas também porque realmente gostava de aprender. Lia sobre Física com a mesma naturalidade com que outras pessoas escolhiam romances ou livros de entretenimento nas livrarias.

Não tinha mais falado com Gina nem tinha vontade de falar. Sobre sua vida, pediu a todos que não interferissem nem comentassem nada.

Queria fazer uma viagem, mas não de férias nem para fugir da realidade. Tinha começado a projetar seu futuro. Nesse sentido, queria visitar o lugar onde tinha decidido realizar sua pós-graduação em Física. Nada o prendia a Colômbia. Sua família estava dividida. Não tinha deixado de amá-los, claro que não. Mas podia seguir amando-os de qualquer parte do mundo. Esse era seu plano. Terminar a faculdade e morar no exterior.

Previamente, era prudente conhecer o lugar e decidir onde se estabeleceria.

Seu espaço para os sonhos tinha existido ao lado de Ângela. Mas isso tinha morrido e, como bem determina a lei da gravidade, seus pés estavam sempre tocando o chão.

Nessa tarde chovia; relâmpagos e trovões convidavam a não sair do aconchego e do conforto de sua casa. Francisco dormia. Andrés não estava. Diego, encostado no sofá da sala, estava entusiasmado lendo *A física da vida: a evolução de tudo*. Era muito prático no momento de transladar leis ou teorias para sua própria vida e gostava de fazê-lo. Resumidamente, o livro falava que todo processo em movimento avança em direção a uma maior eficácia.

Era exatamente isso o que Diego desejava: eficácia. Desde que a traição lhe demonstrara que não devia acreditar em questões de sentimento, ele escolhera a eficácia. A previsibilidade e a Ciência eram aliadas da eficácia, compreendida como a capacidade de alcançar o efeito buscado depois da realização de uma ação. As relações humanas claramente não respondiam a essa condição. Ele tinha se entregado por completo a Ângela. Ainda que existisse em todo casal a possibilidade de ser abandonado, isso não necessariamente incluía traição e mentiras. Se ela só tivesse terminado a relação, ele não a julgaria. Teria ficado triste, mas entenderia que isso era possível em um quadro de lealdades. Ninguém podia mais defraudá-lo no terreno atual. Tinha traduzido sua dor para a linguagem de uma solidão construtiva, na qual era preciso centrar-se no progresso e aproveitar o trajeto. Porque, como bem dizia no livro que lia, "a inércia interrompe o fluxo e detém o processo da otimização natural". Ângela e seu engano não deteriam o avanço de sua vida. Quando pensavas nas palavras de seu pai sobre a possibilidade de o filho ser seu, não sentia nada. Era como se o passado recente tivesse se transformado em um fato histórico alheio a sua vida. Não havia vínculo algum com essa possibilidade, fosse ele o pai ou não. Se o fato de permitir que a indiferença o convertesse em uma má pessoa, pois então que assim fosse.

Continuava chovendo intensamente. Seguia imerso em seu livro quando uma ligação de um número desconhecido o interrompeu. Por alguma razão, que mais tarde atribuiu a estar concentrado no texto e não no entorno, atendeu.

– Oi! Por favor, você precisa me escutar, é só isso que te peço – disse Ângela temerosa que ele desligasse o telefone.

Diego a escutou e não pôde deixar de lamentar o que tinha acontecido. Seus sentimentos em relação a ela eram ou tinham sido verdadeiros.

– Não precisa me dizer mais nada, Ângela.

– Sim, preciso. Estou na porta da sua casa. Deixe-me entrar. Serão apenas alguns minutos.

Existe algo realmente fortuito no universo ou está tudo predeterminado? Enquanto a mecânica de Newton podia predizer como cairá um dado que se lança, se houver a informação necessária, não podia prever como atuará um átomo. Diego cedeu à breve aleatoriedade que rodeia os vínculos. Talvez porque sua determinação não coincidia com seus sentimentos. Talvez porque o simples fato de que chovia torrencialmente ou porque algo em seu interior necessitava escutar o que sua razão rejeitava. Quando não tinha explicação possível para algo, o tema estava concluído como exceção da investigação. O que Ângela poderia dizer para justificar o que houve?

– Está bem. Já vou abrir a porta. – Foi até a porta e lá estava ela.

A mesma, mas muito diferente a seus olhos. Desprotegida, com o cabelo molhado e a roupa encharcada. Sem dúvida, tinha vindo a pé. Diego só lhe permitiu passar para a salinha de recepção.

— Pode falar.

— Diego, eu amo você. Isso não mudou – tentou acariciar seu rosto, mas ele deu um passo para trás. – Perdoe-me.

— É melhor que você diga algo realmente relevante ou volte pelo mesmo caminho que chegou até aqui. Se veio buscar o meu perdão, não terá, porque não me corresponde. Não sou o Deus em que você acredita. Que ele te perdoe, eu não.

— Não seja cruel... Se soubesse...

— Eu, cruel? Ângela, me diga de uma vez por que veio até aqui.

— Uma vez. Só aconteceu uma vez. Não pude evitar.

— Sua traição? – riu com ironia. – E você acha que isso tira a gravidade do assunto?

— Sei a dor que isso te causa e não é menor que a minha, por isso estou aqui...

— Não quero detalhes – interrompeu. – Não me importa. Por favor, peço que você vá embora, não perderei tempo ouvindo o mais do mesmo.

Ângela se adiantou a beijar seus lábios como um recurso que pudesse aproximar os dois novamente e dar a ela coragem. Ele não sentiu mais que um beijo culpado e desesperado, e a afastou.

— Quero voltar com você. Vou interromper essa gravidez – disse desesperada – Seguiremos com nosso projeto de ficar juntos. Todos podemos ser vítimas de algo que não fomos capazes de evitar. Você também. Deve me dar uma oportunidade, em nome de nosso amor.

Diego não podia acreditar no que escutava. Algo assim como, por não saber quem era o pai, rejeitaria o filho e pretendia voltar as coisas ao estado anterior. Vítima? O efeito foi pior. Ela perdeu o pouco respeito que sobrara. Nem sequer tinha o instinto de proteger a esse filho. Com quem ele tinha compartilhado sua vida durante quase um ano?

– Você não foi capaz de evitar o quê? Seu engano? Quer dizer que agora você é a vítima? – repetiu indignado. – Você pode fazer o que quiser. É seu filho. Na minha opinião, a vítima fui eu, mas como é um papel que rejeito, essa condição não existe para mim. Nada mudará o fato de que não voltarei para você. Isso não vai acontecer. Nunca. Você se encarregou de me apresentar uma parte de você que me envergonha. Acabou – disse e abriu a porta indicando que ela deveria ir.

Segundo Bejan, entender melhor sua lei poderia ajudar a antecipar mudanças. Diego tinha entendido. Estava decidido a melhorar sua vida. Nesse avanço, se produziriam mudanças e ajustes para evoluir em direção a algo melhor.

Ao fechar a porta, Diego sentiu tranquilidade. Nada em Ângela o tinha mobilizado. Ao contrário, tinha confirmado que sua decisão era a correta. Não obstante, pensar que pudesse estar gerando um filho seu, lhe provocou angústia. De qualquer maneira, talvez não nascesse. Melhor assim.

Pensou que se uma dinâmica se torna mais eficaz quanto mais livre é, então a moral para sua vida bem que poderia ser "não se detenha". Não se deteria.

CAPÍTULO 33

Sonho

*Não acredite que a vida é isso, continuar a viagem,
perseguir seus sonhos, desbravar o tempo,
retirar os escombros e descobrir o céu.*
Mario Benedetti

Josefina e Andrés deviam ir à tarde ao consultório da ginecologista Clark com os novos resultados dos exames. Ele só pensava em um modo de fazê-la feliz e de distrai-la de sua preocupação. Lembrou-se de que se pai tinha pedido a sua mãe em casamento de uma maneira muito romântica, durante um passeio de mergulho na Ilha de Providência, perto de San Andrés. Sem que ela soubesse, tinha conversado com seu sogro sobre o que pretendia fazer, já que precisaria de uma semana de férias. Claro que o bom homem não lhe negou e disse que não tinha nenhum problema.

Já no consultório, Josefina lhe pediu a Andrés que entrasse com ela. A médica cumprimentou os dois amavelmente e voltou a atenção à leitura dos exames realizados. Sorriu brevemente e logo em seguida externou um semblante mais sério.

– O que houve, Camila?

– Não temos nada para nos preocupar com seu útero. Está

tudo bem. Mas seguiremos com os controles normais. A respeito das microcalcificações mamárias, a biópsia revela que há um carcinoma.

– O que é isso? – perguntou Andrés.

– Significa que a proliferação celular é cancerígena e cresce dentro do conduto sem ultrapassar sua parede, sem invadir ou infiltrar-se no tecido que o rodeia.

– É câncer? – perguntou Josefina.

– Digamos que é algo detectado bem no início e devemos tratá-lo.

– Se fosse você que tivesse isso, estaria preocupada? Posso morrer? Vou ficar careca e essas coisas? – não podia deter as perguntas e misturava os assuntos como ela costumava fazer.

– Josefina, não é para se preocupar: é para se ocupar. Se eu estivesse em seu lugar, e de fato, já estive uma vez, me ocuparia. Você não vai morrer. Só deve realizar um tratamento.

Andrés sentiu que lhe tiravam o ar. Sabia o que a estética significava para Josefina e a médica não tinha respondido a sua pergunta.

– Você não me respondeu. Terei que me submeter a quimioterapia ou que raios?

– É possível. Devemos primeiro realizar a cirurgia. O que virá depois vamos determinar depois do resultado do patologista.

Josefina permaneceu um instante em silêncio, olhou para Andrés e, de repente, perguntou à doutora:

– Tenho uma semana?

– Do que você está falando, Josefina? Se você seguir o tratamento, você tem uma vida inteira!

– Quero saber se posso ficar uma semana sem médicos nem exames antes de abordar o tema da cirurgia.

– Com que finalidade? – perguntou com curiosidade a doutora.

– Quero fazer uma viagem que temos programado – respondeu.

Andrés a olhou surpreendido. Ele não tinha dito nada. Como sabia ela sobre seu plano?

– Acredito que se é só uma semana, pode fazer sim, mas deverá vir sem demora quando chegar da viagem.

– Assim farei.

– Falo sério. Sua cura, em boa medida, dependerá de que seja responsável com o tratamento. Autorizo apenas uma semana, mas antes de partir, quero dizer, hoje mesmo ou amanhã, vou pedir exames pré-cirúrgicos – disse enquanto preenchia as guias dos exames.

– Assim será – respondeu Andrés.

– Deve voltar imediatamente depois da viagem. Não permita que ela perca tempo ou busque desculpas.

– Estou aqui. Não falem como se eu não estivesse presente. Farei o que devo fazer. Os pré-cirúrgicos, amanhã, e voltarei aqui assim que regressarmos – acrescentou Josefina, muito séria.

– Aqui estaremos – coincidiu ele.

A doutora Camila Clark chamou então sua secretária e lhe indicou que lhe desse prioridade nos primeiros horários da clínica na manhã seguinte. Asseguraria que Josefina fizesse os exames que requeria previamente a cirurgia antes de partir.

– Onde irão?

– Realizar seu sonho – respondeu Andrés sem mais detalhes. Na verdade, ele mesmo não sabia.

Andrés voltou a seu lado e desceram sozinhos no elevador. Josefina o beijou.

– Pode ser que tudo o que ela disse seja verdade e que isso se resolva, mas se por alguma razão o quadro se complicar, quero realizar o sonho de viajar com você.

Ele não reagia.

– Você não vai dizer nada?

– Jo, não sei se vai acreditar, mas pedi a seu pai uma semana de férias. Só duvido um pouco agora, porque estava certo de que os resultados seriam outros... talvez devêssemos adiar.

– De verdade queria me levar para viajar? Ia me surpreender com o que desejo?

– Sim, mais ou menos assim – omitiu que seu plano ia um pouco mais longe.

– Não me importam os resultados. Só me importo com você. Pode respeitar minha decisão? Não vamos adiar nada.

– Amanhã deixaremos os exames prontos e quando voltarmos, você fará tudo o que a doutora disser?

– Sim, prometo.

Ela o olhou com devoção. Ele não pôde negar.

– Então, vamos passar agora na agência de viagens.

***

No caminho até a agência, o celular de Andrés tocou: era Gina ligando para Andrés.

– Oi, filho. Sonhei com você e Josefina. Vocês estão bem?

Andrés olhou para Josefina atônito pela segunda vez no dia.

– Oi, Gina. Você está no viva-voz.

– Oi, mamãe. Sim, estamos muito bem. Na realidade, estamos a caminho de uma agência de viagens. Faremos nossa primeira viagem juntos.

– Que bom! E para onde vão?

– Não sabemos ainda.

– Não posso deixar de dizer que San Andrés é um lugar sonhado e mágico. Mas logo vocês decidirão.

– E você, está bem? – perguntou Andrés.

– Sim, filho. Estou bem. E os outros?

– Todos bem, mas você deve falar com cada um deles. Só te conto que Chloé e o velho Parker estão cada dia mais malcriados e dormem em sua cama.

Gina pensou que não dormiam sozinhos, e sim com Francisco, mas preferiu não abordar o assunto.

– Bem, filho. Conheço suas regras. Não devia ter perguntado por eles. Aproveitem muito.

– Tchau, Gina – disse Josefina.

– Até mais, mãe.

– Amo vocês – acrescentou.

Ao desligar, voltou à sua memória outra vez a viagem com Francisco a San Andrés. Não choraria mais. Afastou sua recordação.

– Que estranho que tenha sonhado com a gente. É muito intuitiva, não?

– Sim, mais do que eu gostaria. Acho que nos saímos bem quanto às suas perguntas.

– Por que ela disse que San Andrés é um lugar sonhado e mágico? Já sei que é, mas pergunto por que ela mencionou logo ali.

– Porque lá ela foi feliz com meu pai. Foi a primeira viagem que fizeram juntos. Na verdade, meu nome se deve a essa ilha mesmo antes de terem filhos.

– Quero ir ao lugar de onde foi tirado seu nome, então – acrescentou.

A possibilidade de que tudo pudesse terminar em pouco

tempo fazia-se presente a cada instante que vivia Josefina. Queria saber tudo sobre Andrés e compartilhar tudo o que pudesse com ele. Inclusive conhecer o lugar onde seus pais sonharam com esse filho, que por fim, depois chegou. Será que ela poderia sonhar e realizar seu sonho da mesma maneira com um filho seu? Daria a vida essa chance a ela? Que horas marcava seu relógio?

***

Na manhã seguinte, depois que Josefina realizou os exames, mas antes de pagar na agência a viagem que tinha reservado no dia anterior, Andrés esperava Diego em casa. Ele tinha ido cumprir sua rotina diária de correr oito quilômetros. Ao chegar, enquanto tomava água mineral para se hidratar, Andrés o encontrou.

– Diego, preciso te pedir um favor.

– O que houve? – disse já um pouco na defensiva. Achava que ele pediria que ligasse para sua mãe.

– Primeiro, devo pedir discrição sobre o que vou contar para você. Prometi a Josefina que não diria nada a ninguém, mas não posso ir sem te explicar as razões.

– Ir? Para onde?

– Uma semana. Para San Andrés, com Josefina.

Diego observou seu irmão e viu preocupação em sua expressão. Não era uma expressão condizente com uma viagem tão bonita.

– Sim, pode dizer. Suponho que com papai acidentado e mamãe fora, não se trata de férias normais, mesmo que eu não consiga imaginar o que pode ser. Se eu não te conhecesse, diria que é muito egoísta de sua parte, mas tenho certeza de que não é isso.

– Diego, Josefina realizou seus exames ginecológicos de rotina e os resultados não foram bons. Teve que realizar mais exames e apareceu que tem câncer de mama. Ela me pediu que eu a levasse de viagem e eu mesmo já estava pensando em fazer uma surpresa, só que meu plano era festejar por ela estar bem. No entanto, a biópsia disse o contrário. A médica que a atende autorizou que fôssemos somente por uma semana. Josefina acabou de fazer seus exames pré-cirúrgicos. E na volta, vai diretamente à cirurgia. Nem seus pais sabem – ao se escutar, as lágrimas não choradas começaram a reivindicar seu lugar.

Diego o olhou com tristeza.

– Tranquilo. Não precisa me dizer mais nada. Eu me encarrego do papai e da casa. Tire esse tempo que vocês precisam. E claro, não direi nenhuma palavra a ninguém. Eu... posso ajudar em algo mais?

– Tenho medo – confessou e começou a chorar.

Diego o abraçou. Conteve sua angústia como pôde. Ele não demonstrava, mas amava seu irmão. Eram diferentes, mas isso nunca os afastou. Respeitavam-se muito.

– Agora, faça com que seja uma viagem única. Quando voltarem, veremos o que precisa ser feito. Por hora, tudo está controlado.

– Vou pedi-la em casamento – acrescentou.

– Está bem. Vocês devem ficar juntos. Ela nunca te enganará. Felicidades! É um cenário difícil, mas estou certo de que vocês superarão.

– Obrigada... te amo, irmão.

– Eu também.

***

Dois dias depois, em meio a sentimentos misturados, se despediam de Francisco antes de ir ao aeroporto de Bogotá.

– Pai, Diego vai se encarregar de tudo esta semana. Você vai ficar bem.

– Filho, não se preocupe. Vocês se divertirão muito. Sua mãe e eu vivemos dias inesquecíveis em San Andrés. Fico muito feliz que vocês possam ir para lá também.

– Obrigado! – ambos disseram enquanto lhe abraçavam e partiram.

Chegaram ao Aeroporto Internacional Gustavo Rojas Pinilla, em San Andrés, com mais sonhos que preocupações, porque o amor marcava o caminho de seus passos. Esse era o início e o fim de tudo o que os unia.

Uma hora depois, hospedaram-se no Hotel MS San Luis Village Premium. Tudo era perfeito. Só deviam conquistar o que falta ao tempo, a possibilidade de detê-lo.

CAPÍTULO 34

Bruxelas, Bélgica

*Expliquei que o mundo é uma sinfonia,
mas que Deus toca de ouvido.*

Ernesto Sabato

Gina chegou ao aeroporto de Bruxelas sentindo a solidão em cada poro de sua pele. Não só pela vida inteira que tinha deixado para trás, e lhe reclamava espaço desde a saudade que lhe tocava o peito, mas porque a ruidosa Nova York era sinônimo de Paul, e ele era seu amigo de estrada. Estar a seu lado lhe dava muita alegria. O único sentido de estar nesse país desconhecido era confiar em seu conselho. Paul tinha dito: "Você deve ir ao silêncio mágico de Bruxelas para olhá-la e se olhar".

Depois de realizar os trâmites, caminhou uns quatro minutos até a estação de Bruxelas Midi onde, segundo indicações de Paul, deveria tomar o trem a Bruxelas. Ele foi bem detalhista na explicação. Tanto que parecia estar seguindo seus passos. Ia incômoda com suas maletas e sua bolsa. Nos trens não se despachava bagagem. Mesmo que tivesse programado poucos dias ali, sua bagagem devia acompanhá-la, pois não sabia qual seria o destino seguinte. Por sorte, seu calçado esportivo, Massimo

Dutti, sua calça *jeans* e uma de suas camisetas sem mangas, aliviavam o calor que lhe provocava a carga e facilitavam o trajeto. Lembrou-se de Paul dizendo: "Você não vai se esquecer de mim até chegar no hotel?". Nesse momento, entendeu por quê. Se ele tivesse avisado, não iria. Além de tudo, estaria ali pouco tempo e tinha vivido até esse dia sem conhece o lugar. Isso de andar buscando trens, improvisar translados e caminhar com muitas coisas lhe pesava literalmente. As estruturas e os planos faziam o possível para recuperar espaço em seu ser. Ela era tabeliã, estava acostumada a ter tudo sob controle, mas nos últimos tempos, isso tinha mudado. Nesse momento, sentiu que não era ninguém. Um ser anônimo em um país estranho onde só o idioma inglês lhe permitia se comunicar, porque as pessoas falavam uma língua incompreensível para ela. O idioma oficial era o flamengo, semelhante ao holandês. Ainda não descobrira a magia com a qual seu amigo assinalava esse lugar no mundo. Depois de mais de duas horas, por fim, chegou e se hospedou no hotel Lace, no coração da cidade. O quarto era confortável, bonito, mas sem suntuosidade. Simples. Sentiu falta dos quadros de seu dormitório no hotel de Nova York. Tirou da mala o necessário, tomou um bom banho e saiu para caminhar. Escolheu seus *shorts* brancos e uma camiseta amarela com estampa, presente de Paul. Era um pouco mais de meio-dia. Observou-se no espelho do *hall* do hotel e sorriu. Parecia, mais uma vez, outra mulher. Desde Nova York, sua forma de se vestir era mais livre e também mais espontânea. As cores lhe davam o aspecto de alguém que enfrenta a vida com desejos de atropelá-la de prazer. Não podia acreditar que tivesse comprado aqueles óculos escuros enormes tão chamativos, e muito menos que estivesse usando-os todos os dias e com tanto prazer.

Dirigiu-se à praça principal. As ruas estreitas acompanhavam um cenário medieval. Era como viajar no tempo. Retroceder e encontrar o passado. Será que Paul se referia a isso quando disse que ela enfrentaria fantasmas e a verdade? Seria Bruxelas o lugar para fazer as pazes com o passado? Por acaso ali entenderia que não deveria sofrer pelo que terminou?

Passado. Bruxelas era passado. Mas era também parte sonhada do tempo vencido. A que nunca morre e brilha quando se olha. Era essa a passagem de uma vida a que se quer regressar, entrar, olhar, aproveitar, permanecer. Casas pequenas, coloniais, cálidas. Tudo era confortável. Sentia que a cidade a abraçava. Pontes como as que a tinham levado aos lábios de Peter ou ao coração de Paul. Carroças com cavalos nas ruas em que se podia passear. Cavalos como os que habitualmente via e os outros que não sabia como se chamavam, mas que tinham as patas como as de elefantes. Eram de outra época. E a levavam a castelos e a um mundo de fantasia. Bruxelas era isso. Gina tinha entrado nas páginas de um conto sem sair de sua vida.

Em cima de um dos museus que entrou, Gina subiu para comer alguma coisa, pois tinha muita fome. Na mesa ao seu lado, um jovem devorava um *waffle*. Há quanto tempo não se permitia um excesso de calorias dessa magnitude? Anos. Sentiu-se tentada. Minutos depois, um *waffle* com sorvete de baunilha e creme de avelãs lhe anunciava um momento de prazer irresistível. Jamais em sua vida tinha comido algo tão direrente. Não sabia se era o sabor único, um ingrediente mágico ou se, simplesmente, seu paladar estava entregue a aproveitar uma delícia sem culpa. Dali podia observar todo o centro. Nada se parecia ao aspecto urbano clássico. Gostava de estar ali. Pouco a pouco a energia dessa cidade maravilhosa entrava pelos mesmos poros, esgotados de solidão, para enchê-los de expectativa silenciosa. O que levaria dessa experiência? Cada lugar deixava uma marca invisível em sua história.

Caminhou afastando-se da área central e sem se dar conta, se deteve diante de uma porta sombria. Preta, de folha dupla. Cinco degraus se alçavam em sinal de respeito até a entrada e um leão de cada lado parecia cobrar o ingresso.

Exigia coragem para atravessar a entrada que contrastava com imagens douradas de anjos bem em frente. Era a Basílica do Sangue Sagrado. Gina não resistiu à tentação. Tinha que cruzar aquelas portas. Era simbólico.

Não acreditou no que seus olhos viram. Era tanto dourado, que parecia que a cor do ouro tinha sido inventada ali. Não havia um só espaço vazio nesse esconderijo católico. Os detalhes se somavam uns aos outros, fazendo do lugar um espaço denso e imponente. Instintivamente, e sem deixar de observar, se aproximou do altar. Olhava com as entranhas e até com a alma, porque só os olhos não eram suficientes para gravar em sua memória o cenário e o que sentia. Não cabia em seu ser a inexplicável sensação de presságio. Colocou-se de joelhos na primeira fileira e fez uma oração de olhos fechados. Então, sucedeu.

– Você deve ouvir. Essa é a chave de sua felicidade.

Gina reagiu imediatamente. Como se tivesse acordado de repente. Não havia ninguém. Estava sozinha. Tinha sido sua imaginação? Não. Era uma voz de mulher, uma anciã. Buscou-a, mas não viu ninguém além dela na igreja. Não sentiu medo, mas estranheza. Fechou os olhos mais uma vez.

– Deve ouvir. Não me busque. Seus olhos não poderão me alcançar – escutou com clareza.

– Quem é você? – perguntou sem abrir os olhos.

– Não importa. Você só precisa ouvir – repetiu a voz. Sentiu uma mão pousar sobre seu ombro e quando quis tocá-la, já não estava ali. Nem a mão nem a mulher.

Permaneceu uns minutos, vítima do mistério. Cercada por um silêncio avassalador que parecia zombar da capacidade de ouvir, chegando para ela como um enigma secreto.

Tinha anoitecido quando saiu. Tudo estava fechado. Parecia que o tempo tinha adormecido profundamente. O silêncio devorava a quietude. Olhou ao seu redor confusa. Só um farol lançava uma luz amarelada como um dardo sem ponta. O nada nesse pequeno lugar do mundo chamado Bruxelas.

O que era que precisava ouvir?

CAPÍTULO 35

Alea iacta est

*Ninguém é tão valente que não seja perturbado por algo inesperado.
Nada é tão difícil que não possa conseguir a fortaleza.*

Julio César

Inácio levou Francisco ao hospital para uma consulta com o traumatologista que lhe operou. Seu amigo se arranjava com muletas, sem, de forma alguma, apoiar o pé. Ao chegar ali, informaram-lhe que o médico havia tido uma emergência familiar e que não se encontrava na cidade. Em seu lugar, atenderia a doutora Rivas, que já estava a par do histórico clínico do paciente e que também esteve presente na cirurgia.

Inácio pagou a consulta e voltou à sala de espera.

– Seu médico não está. Parece que teve uma emergência e está fora de Bogotá. Quem vai te atender é a doutora Rivas – explicou.

– Ajude-me, temos que ir – respondeu ficando de pé o mais rápido que pôde.

– Por quê? Espere! Ela conhece seu histórico clínico e esteve presente na sala de operação. É só um controle. Não quer ser atendido por ela porque é mulher?

– Não. Ela conhece mais que meu histórico clínico. Ela esteve presente em minha operação? – repetiu.

– Sim, assim falou a secretária. Não entendo. Você pode me explicar o que está acontecendo?

– Não posso acreditar. É minha ex. Terminei com ela quando conheci Gina, mas estivemos juntos quase um ano.

– Que boa história!

– Você é imbecil ou o quê? – atacou com certo nervosismo.

– Não – respondeu, rindo – Não vejo problema. Você está separado agora.

– As coisas entre nós não terminaram da melhor maneira. Não desejo vê-la.

Nesse momento, a doutora saiu do consultório.

– Senhor Lopez – chamou de maneira profissional.

Era tarde para partir. Observaram-se. Buscavam sem dissimular semelhanças com o passado. Inácio não perdia um detalhe. Era uma mulher atraente. O jaleco azul era de um tamanho maior do que seu número. Não era possível ver suas formas com exatidão. Não estava maquiada e tinha olhos claros. Além disso, era loira. Não se parecia com Gina. Na verdade, era seu oposto absoluto, ao menos fisicamente. Isso já era, por si só, uma grande notícia.

– Vamos – impulsionou-o Inácio ignorando a vontade de seu amigo. Para ele, nada melhor poderia ter acontecido do que isso.

Vencido pela situação, Francisco agarrou suas muletas e se dirigiu ao consultório.

– Você me espera aqui fora – ordenou Francisco a Inácio, quem estava contente demais por observar o espetáculo desde a primeira fila.

– Está bem. Você é um ingrato, mas aceito. Te espero aqui – respondeu em voz baixa – Pode demorar à vontade, não tenho pressa – acrescentou.

Francisco o fulminou com o olhar antes de ingressar ao consultório. A doutora fechou a porta depois que ele entrou.

– Parece que você voltou a minha vida depois de tudo – ela disse. – Confesso que não esperava que fosse em uma sala de cirurgia e anestesiado, mas foi assim. Quase 26 anos depois – omitiu as formalidades de um cumprimento típico dessas circunstâncias.

– Amália... sinto muito. Sei que não foi fácil – respondeu, sem rodeios.

– Não. Não foi. Mas já passou muito tempo. Não tenho ressentimentos.

– Te agradeço, quis desaparecer quando soube que era você quem substituiria meu médico.

– Como soube?

– Porque você estudava Medicina naquela época e depois soube que tinha se formado.

– Podia ser outra Rivas – acrescentou.

– Sim, mas alguma coisa me dizia que era você. Como disse, eu tive vontade ir embora. Mas, como já sabe, não estou em meu melhor momento para sair correndo – brincou.

– Por favor, deite-se na maca. Preciso examiná-lo.

Francisco reconhecia nela a mesma doçura e gentileza de sua juventude. Ela tinha sido boa para ele. Talvez, se ele não tivesse conhecido Gina, tivesse se casado com ela. Costumavam fazer planos quando estavam juntos. Pensou então que provavelmente ele tinha nascido para estar casado. Não se lembrava de etapas importantes de sua vida sem que houvesse uma mulher a seu lado.

– Não sei o que dizer. Confesso que me sinto desconfortável.

– Por quê?

– Porque não esperava encontrar você. Além disso, prometi que jamais deixaria você saber nada sobre mim. Queria ajudá--la a me esquecer depois de tudo...

– Francisco, já se passaram muitos anos. Aquela promessa está vencida... Você segue casado com ela e eu...

– Você o quê? – perguntou com um interesse que ele mesmo se surpreendeu ao se escutar. Não contou que já não continuava casado. A última conversa com Amália vibrou no interior de sua memória.

– Não importa. Examinemos a sua perna. Nossa relação é profissional agora.

Em seguida e sem falar mais lhe tirou a tala e a bandagem. Higienizou a ferida e constatou que não havia infecção. Era uma sorte. As fraturas expostas poucas vezes não infeccionam. Logo realizou o processo inverso.

– Está evoluindo bem. Você não precisa se preocupar.

Francisco não podia parar de observá-la. O sabor inesperado que provoca o passado quando regressa sem avisar o tinha atravessado integralmente sem que ele pudesse reagir. Por acaso os finais das histórias inconclusas voltavam para receber sua conclusão? Ou era uma viagem à nostalgia, em meio a sua crise matrimonial, o que o surpreendia pensando como teria sido sua vida se tivesse escolhido Amália, em lugar de dar espaço à atração que Gina tinha despertado? Observava-a em seu papel de médica e gostava do que via. Não a olhava como mulher, mas havia certo orgulho íntimo nesse reencontro.

– Voltarei a caminhar?

– Claro que sim – assegurou com um sorriso.

Olharam-se. Era uma dessas conversas nas que se revivem momentos que nada tem a ver com as circunstâncias que se compartilham. Era muito inoportuno recordar que se conheciam desnudos como a memória de Francisco tratava de recriar. Também resultava inevitável para Amália rememorar que tinha chorado mais por esse homem que durante os quase 26 anos seguintes de sua partida. O amor jogava com esses reveses inexplicáveis? Era necessário que ele aparecesse? Qual era o sinal que Deus pretendia enviar? Não captava com claridade.

– Obrigado...

– Por quê?

– Por seu profissionalismo e sua generosidade. Despois do que fiz, já sei que passou tempo suficiente – salientou – você poderia até negar sua participação em minha cirurgia quando soube quem era. Eu talvez tivesse feito isso em seu lugar – acrescentou.

– Não precisa me agradecer. Na verdade, não vou negar que, a princípio, senti certa sensação de revanche ao reconhecer você completamente vulnerável, mas logo pensei que aquilo era muito mais importante do que o que nos uniu ou nos separou. Só queria que sua perna se curasse.

Francisco se sentia tranquilo. Não podia dizer que se sentia atraído. Gina ainda pulsava em suas entranhas, mas durante esse momento, não pensou nela. Tinha curiosidade em saber. Algumas vezes se perguntava como Amália teria superado o abandono. Talvez o paradoxo fosse que, nesse momento, ele devia aprender com ela. Ele lhe devia uma indenização emocional. Talvez não fosse vê-la de novo.

– A verdade é que não sei se é o lugar ou o momento, mas deve saber que aquilo que você acreditava, se cumpriu em meu caso.

– O quê?

– Talvez você não se recorde, mas você disse: "Aqui se faz, aqui se paga". E estou pagando.

– Eu estava com raiva... de qualquer forma, ainda não compreendo o que você quer dizer. O que está pagando?

– Abandonei você.

– Isso eu já sei – disse com sarcasmo.

– O que não sabe é que já faz um tempo que Gina me abandonou. Não estou mais casado com ela.

– Devo dizer que lamento?

– Suponho que não.

Silêncio. Olhares cruzados. Uma parte da aniquilada autoestima de Francisco começava a pulsar pausadamente.

Lá fora, Inácio sorria e esperava qualquer movimento da porta do consultório com grande expectativa de que não abrisse tão cedo. De que falariam? Não acreditava que a perna fosse o único tema de conversa nesse cenário. Agradecia que o destino lhe trouxesse um encontro assim. Seu amigo tinha que recuperar a vontade de viver do modo que fosse. Gina não ia voltar. No mais profundo de seu ser, os dois sabiam. Ainda que ele não dissera isso diretamente a Francisco e seu amigo ainda mantivesse certa esperança.

Amália Rivas era uma espécie de raio de luz. Um trevo de quatro folhas. Não importa como fosse sua vida. Talvez estivesse casada e com filhos, talvez não. Mas algo era possível de prever: traria ao presente uma parte da história de Francisco na qual ele tinha sido protagonista, valorizado e amado. Isso já era muito nessa difícil tarefa inicial de revalorizar-se e pensar-se como um homem desejável. Alguém pelo qual uma mulher independente tinha chorado. Urgia deixar para trás o homem que derramava lágrimas por outra mulher que não mais o queria. O universo tinha lançado equilíbrio contra a desordem de seus sentimentos. Francisco fazia malabares. Mais por instinto que por vontade.

Ao mesmo tempo, Amália tratava de organizar seus pensamentos e, sobretudo, de que eles coincidissem com seus desejos e suas palavras. Tudo estava um caos. Enquanto pensava que devia agir como médica, enviava sinais de mulher que não esquece. Ao mesmo tempo que sua vontade era dizer o que era correto, de sua boca saíam palavras ao sabor de seus sentimentos. E se fosse preciso, desejava concentrar-se na perna de Francisco e devia lutar contra o olhar dele, para que seus olhos não se detivessem em sua boca.

– Desculpa, sinto muito. Não devia dizer isso – disse Amália. A parte racional de seu ser resolveu falar.

– Sabe? Acho que a esta altura não importa o que devemos ou não fazer, mas sim só estarmos conformes com o fato. Então, está tudo bem. Não lamente.

Ela sorriu.

– Nunca... – disse sem pensar. Tinha urgência por fazê-lo saber.

– Nunca o quê? – perguntou Francisco. – Ah... nunca me perdoou – adivinhou. – Não te culpo.

– Não. Nunca me casei.

Francisco sentiu um vazio no estômago. Amália atirava ao mar uma pesada mochila de dor. Sentiu que queria intuir algo mais. Por que lhe sucedia isso? Tinha chegado a esse controle quebrado de amor por Gina e um momento depois se descobria desfrutando saber que sua ex nunca tinha se casado? Era seu ego? Como acomodar as sensações nessa transição? Será que algo nele sabia que não vivia uma crise conjugal, mas sim um final definitivo?

Assim inesperado podia ser o destino. Os dados rolavam ao ritmo de quem os jogava, mas essa não era a questão. O relevante sempre seria quem os detivesse e de que maneira. Ali, a sorte estava lançada. Nem antes nem depois.

CAPÍTULO 36

Dançar

A consciência se expressa por si mesma através da criação. Este mundo em que vivemos é a dança do criador. Os bailarinos vêm e vão em um piscar de olhos, mas a dança continua. Em muitas ocasiões quando estou dançando me sinto tocado por algo sagrado. Nesses momentos, senti meu espírito se elevar e se tornar uma coisa só, com cada coisa que existe.

Michael Jackson

Gina caminhou em direção ao hotel guiada pelo GPS do seu celular. Parecia que seus passos a levavam pelos caminhos de João e Maria. Por um momento, submersa no feitiço misterioso dessa voz, pensou em se perder de propósito para desafiar a possibilidade de voltar a escutá-la. Havia um significado simbólico naquelas palavras. Como tabeliã, ela dava fé no que seus olhos viam, como poderia confiar em uma voz que vinha de lugar nenhum e a levava a nenhuma parte? No entanto, acreditava. Sentia como se uma mensagem divina fosse a portadora de seu futuro. O que devia ouvir? A ansiedade lhe ganhava. A janela de uma casa pequena chamou sua atenção. Espiou. Ela observou uma senhora de cabelos brancos, sentada de costas, lendo um livro que parecia um papiro, diante de uma lareira acesa. Tudo estava cheio de adornos. Notava-se que a cozinha era integrada ao espaço com conchas e colheres penduradas e caçarolas no fogão. Tudo era vermelho e dourado. Como um Natal que ocorria sem festejos à margem do mês de dezembro. Imaginou um caldeirão e que a mulher viesse até ela. Com esse pensamento, foi embora rapidamente. Temeu ver uma bruxa.

Assim, riu de seus pensamentos. O hotel estava perto e ela tinha dado espaço para superstições. Bruxelas não tinha nada que a relacionava com feitiços ou bruxarias, se chamava assim porque *Bruges*, em flamenco, significava pontes e havia uma grande quantidade delas ali. Seu nome tinha nascido da proximidade do som e não do significado. A energia mística foi então se convertendo em algo muito mais terreno, mesmo que a mensagem da voz não deixasse de se repetir em seu interior.

Ao entrar no hotel Lace, viu muitos jovens de ambos os sexos conversando na recepção. Pensou que era só o que lhe faltava: jovens fazendo barulho durante a noite. Não era o que esperava ouvir. Gente jovem, sem problemas, ostentando uma felicidade permanente era a pior provocação do destino. Pensou em seus filhos, sentiu falta deles. Poderia dar o que fosse para abraçá-los agora, mas assim era a distância, intransponível. Não foi possível.

Chegou ao seu quarto com um nó na garganta. Precisava desesperadamente de um abraço. Contato físico com a segurança dos seus. Pensou em Francisco. Recordou-se de Peter e sentiu saudade de Paul. Deitou-se na cama, ligou a TV e ficou mudando de canal de maneira mecânica, quando seu amigo ligou.

– *Hello, darling!* – essa inconfundível voz lhe roubou um sorriso.

– Oi, Paul! Estava pensando em você. Sinto sua falta! – confessou.

– Assim sou eu, insubstituível! – brincou. – E aí? Gosta de Bruxelas?

– Sim. Acho que estou envolta em suas raridades. Sinto que caí dentro de um conto – omitiu contar sua experiência na igreja. Isso era algo para lhe contar cara a cara.

– Como eu disse: um lugar mágico. Para encontrar o que não sabemos que buscamos – acrescentou.

– Passam aqui coisas inexplicáveis e juro que não estou louca.

– Eu sei. Por isso quis que você conhecesse. O que você vai fazer agora?

– Descansar um pouco e acho que vou jantar aqui no hotel.

– Há jantares com *show* pela cidade. Você tem que ir – recomendou.

– Não tenho vontade de ir a *shows*. Sinto-me sozinha e a angústia avança sobre mim.

– Vai por mim. Talvez possa ouvir algo que te divirta. Promete para mim que irá? A música costuma ser uma boa decisão em momentos difíceis. Gera endorfinas, dizem.

Gina parecia ter um detector para a palavra ouvir. Por que seu amigo tinha utilizado justamente esse verbo? Era impossível que ele soubesse o que aconteceu.

– Por que você diz isso? Você acha que devo "ouvir" algo? – perguntou ressaltando o verbo.

– Definitivamente. Ouvir e sentir. Por que não diria isso? Hospedei-me nesse mesmo hotel e eu gostei do que vivi naquele *show*. Sei que você está triste e não desejo que se suicide – disse com muito humor e dramaticidade. – Promete? – insistiu.

– Está bem. Eu vou.

– Não mente para mim.

– Não.

– Vou descobrir se você não for. Tenho espiões na cidade cuidando de você.

Ambos riram.

– E você, o que vai fazer?

– Acho que será uma mostra de Patrick Swayze.

– Vai ver filmes? *Ghost*?

– Algo assim...

– Poderia buscar algo mais para cima! Ou o suicidado será você – acrescentou com humor.

– Ah, não! Amo a vida e essa separação já me deu mais do que me tirou.

– Você conheceu alguém? – perguntou com curiosidade.

– Sim! Você! E me sinto como Kevin Costner em *Robin Hood: O príncipe dos ladrões*. Vou te resgatar de você mesma!

– Ah, você é o louco mais lindo que conheci em minha vida. Te adoro.

– E eu você, Lady Marian.

– Então... já não quer uma companhia?

– Digamos que mudei meu foco. Entendi a mensagem do destino e farei o que sinto. Tenho 50 anos e o mundo não termina para mim com uma traição a mais.

– Te admiro, Paul.

– Você faz muito bem em me admirar.

Outra vez os unia a risada que amavam e compartilhavam. A que os justificava diante do mundo. Nada como rir com vontade e ser espirituoso. Paul era um gênio nesse quesito.

Despediram-se. Gina tinha a sensação de que seu amigo

tinha se transformado em alguém que dava um sentido diferente a sua transformação. Só por ele, a viagem já tinha valido cada trecho de dúvida vencida.

Um tempo depois, sem muita vontade, foi à recepção, averiguou sobre o jantar-*show* e reservou mesa para uma pessoa. Em outro momento de sua vida teria sentido que uma mesa individual era sinônimo de fracasso, mas nessa oportunidade se parecia mais com uma conquista indiscutível. Era dona de sua vida.

Decidiu estrear seu vestido verde bordado. Precisava se sentir linda e segura como antídoto contra a solidão. O espelho era um descobrimento diário. Um momento de cada dia que aproveitava de maneira incomum. Era parte das descobertas de sua busca. Um funcionário do hotel a acompanhou ao salão e ela escolheu a mesa em um canto de onde se via perfeitamente o palco, ao mesmo tempo que podia se preservar do resto dos frequentadores. Estava perto da pista de dança.

Um homem tocava no piano ritmos de *jazz*. Gina pediu o cardápio, escolheu o jantar, que comeu com lentidão, saboreando cada bocado de liberdade que acompanhava uma recordação. De repente, uma música muito familiar invadiu seus ouvidos, o piano soava diferente. Conhecia essa canção. Toda a letra. Então olhou para o palco. Uma mulher começou a cantar. Gina reconheceu o tema e sorriu. O hino *gay* de Gloria Gaynor, *I will survive*, invadiu o salão.

Acompanhava o ritmo com seus pés debaixo da mesa. Seu sangue e sua expressão dançavam. A energia inquestionável da música penetrava em sua pele e pulsava o instinto de sobrevivência da letra da canção. Ela também sobreviveria à adversidade. O amargo sabor de não ser feliz deu lugar a uma sensação de plenitude e vontade de dançar. Lamentou que Paul não estivesse aqui. Uma vez mais ele tinha razão. Estava escutando algo divertido, quando a iluminação do lugar mudou. De repente, no centro do palco apareceu uma jovem de vestido rosa e um homem, com uma camisa preta justa e uma calça da mesma cor, aproximou-se em um jogo de sedução cênico. Então, *Dirty dancing* começou a tocar. Era tudo tão extravagante. Esses clássicos da música e do cinema não podiam fazer parte do programa desse estranho *show*. O dançarino não parecia muito jovem, não podia determinar quantos anos tinha, mas seus movimentos eram perfeitos. Parecia estar vendo o filme. Gina queria ligar para Paul, mas também não queria perder nenhum detalhe. Então, não acreditou no que viu. Justo no momento em que o dançarino se lança pelo corredor com seus passos estremecedores, protagonista principal da cena, Gina o reconheceu e ficou feliz. Uma lágrima de emoção se misturou ao seu sorriso. Não era um desconhecido... Era Paul! Perto dele, um grupo de jovens completava a coreografia do filme.

Enquanto tudo era uma grande festa, ele se aproximou dela e disse com tom teatral: "Ninguém deixa Gina de lado!", citando a frase célebre com que tantas vezes tinha suspirado ao ver o filme. Teve um desejo irrefreável de dançar, mas primeiro, de abraçá-lo. Abraçou-o com força.

– Não conhecia essa sua faceta – exclamou.

– Sou um criativo, Gina. Capaz de qualquer coisa pelas pessoas que quero bem.

Depois dessas palavras, dançaram, riram e cantaram. Expressaram emoções, entusiasmo e paixão. Foi uma forma fantástica de se entregar ao presente. Viveram o luxo de ser quem eram. Dançar bem não foi importante para Gina. O centro de sua alegria estava em curtir cada movimento de seu corpo. Ela gostava de ser ela. Logo, tirou os sapatos de salto alto, para deixar que a música de diferentes filmes se apoderasse de sua energia vital. *Wake Me Up Before You Go-Go*, de George Michael, a fez recordar de sua camiseta com a frase "*Choose life*", que costumava usar para dormir. Grande paradoxo "escolher a vida"! Queria conseguir outra vez.

E assim sucedeu com cada canção. Não cabiam em seu corpo, então sacudiam a alma e assim devolviam a Gina a melhor versão de si mesma, ao ritmo de seu descobrimento.

Agradeceu porque a felicidade estava instalada, ao menos essa noite, entre sua realidade e sua busca. Tinha ouvido seu amigo e a música junto ao tempo sem relógios. Sentia uma vontade enorme de que essa noite paralisasse para curti-la mais.

Isso seria tudo? Definitivamente sabia que não. Havia mais esperando por ela. Só tinha que continuar ouvindo, não sabia o quê, mas sentiu a certeza de que essa mensagem chegaria sem interferências. Pertencia a ela.

CAPÍTULO 37

Reprimendas

*Não se deve ter medo da morte
mas de não começar nunca a viver.*
Marco Aurélio

▰▰▰▰▰

Depois de sair do apartamento de Matias, Isabella caminhara sem rumo. Confusa. Sentindo as mãos dele sobre seu corpo, seu cheiro instalado nela como um sinal que lhe parecia que todos iriam notar. Sentiu culpa. Outra vez esse sentimento tão egoísta que avançava sobre sua vida ocupando o território perdido de seus sonhos. O que tinha feito? O que sentia por ele? Era seu amigo, tinha permitido que um momento rompesse em pedaços a relação que a unia com aquele que era sua pessoa no mundo. Seu confidente, seu amigo incondicional. Por que ela gostou tanto? Queria mais e não tinha nada? Estava arrependida e tinha tudo a seu alcance? Qual era a realidade? Parecia um quadro surrealista onde as formas e as cores expressavam muito, mas não existia um modo único de decodificar o sentido.

A imagem de Luciano caiu sobre seus questionamentos. Como poderia voltar para casa e compartilhar a cama com ele? Tomaria banho assim que chegasse para que ele não estranhasse o perfume. Mas e se descobrisse marcas do vivido que tinham ficado em sua alma? Essas estavam escritas em seus olhos. Não queria voltar. Menos ainda queria voltar a pensar nos planos de seu marido. Definitivamente não era a melhor situação para planejar a maternidade. Tudo estava um caos. Primeiro, pensou em Gina, e sentiu vergonha. Não podia desabafar com sua mãe. Depois, em seu irmão, Andrés. Também não era uma opção, não estava na cidade. Então deu voltas sobre seu eixo perdendo a noção do tempo. O clima havia mudado, assim como ela. O dia que havia iniciado com sol se transformou numa tarde nublada e chuvosa. Assim, encharcada e ferida de carícias, chegou em sua casa.

Luciano a esperava. Cumprimentou-o a distância. Não conseguiu olhá-lo nos olhos. Lembrou-se de Matias dentro dela. Estremeceu.

– Vou tomar um banho. Voltei caminhando. Não consegui pegar um táxi e estou com frio. Eu me molhei muito.

– Está bem. Eu preparo a janta.

Luciano notou que ela se evadia. Isabella era muito transparente, e seus sentimentos eram nítidos. Era evidente que algo lhe aborrecia. Pensou que seguramente era porque ele não tinha demonstrado muito interesse em seu progresso profissional. Ele a seguiu até o quarto. Observou-a com atenção enquanto ela tirava a roupa molhava e se enrolava em uma toalha.

– Lamento não ter perguntado mais sobre o que aconteceu no seu trabalho. Fico feliz que te reconheçam.

– Sério? E por que devo acreditar em você? Você leu, por acaso, minha coluna sobre as *matrioskas*? – uma mulher desconhecida habitava seu corpo e colocava palavras em sua boca. Era tanta sua confusão, sua ira, sua paixão e sobretudo o domínio que os restos de prazer tinham deixado sobre suas ações que não se reconhecia. Isabella, a do dia anterior, observava desconcertada a intrusa que se animava a dizer coisas que ela só sabia reprimir.

Luciano voltou a observá-la. O que a teria transformado?

– Claro que você deve acreditar em mim. Sou o mesmo homem que sempre fez tudo por você. Não. Não li sua coluna e não necessito lê-la para saber que você é boa.

A briga começava. Isabella caminhou descalça até o banheiro da suíte. Ele a seguiu. Era uma discussão em movimento. Dessas que uma das partes inicia um percurso cego pela casa, porque o único que quer é evadir-se da situação. E a outra pessoa, como costuma suceder, não desiste dos limites espaciais e persegue sua presa como se estivesse caçando.

– Como você sabe?

– Porque você é inteligente.

– Estou cansada – disse, se dirigindo agora à cozinha. De repente, teve sede e não queria vê-lo. Continuava a fuga doméstica em uma tentativa frustrada de escapar desse diálogo.

– Cansada de quê?

– De tudo. Não quero ter um filho. Quero progredir em minha carreira. Sou jovem ainda. Quero continuar trabalhando. Fico muito aborrecida que você me fale sobre seu plano como se fosse meu, porque meu não é – disse com honestidade brutal. De onde tirava coragem de dizer tudo isso?

– Você está louca? Perdeu a memória? – repreendeu.

Sua carta mais obscura tomava protagonismo. A culpa renascia em Isabella. Até quando ela estaria em dívida com alguém? Entrou no banheiro e fechou a porta.

– Não. Lamentavelmente não perdi a memória – gritou. – O lamentável é que você utilize a sua memória para me manipular!

– Abra a porta!

– Não vou abrir – respondeu chorando. O poder se converteu em angústia. A água que saía da ducha e caía sobre seu corpo agitado pelo medo. Sentada no canto do boxe, abraçada a seus joelhos, foi a mesma daquela noite fatal que ele lembrava. Chorou.

Luciano golpeava a porta. A discussão tinha chegado ao limite e começava a ceder.

– Perdoe-me. Eu não quis dizer isso.

Silêncio.

– Por favor, Isabella. Venha aqui, eu amo você. Não entendo por que estamos brigando.

Ela era uma mistura de transbordamentos, lembranças tristes e cenas fatais. O som da chuva se intensificava lá fora, como naquela noite. Tudo era igual. O princípio do fim. A culpa. Esse enterro. A prisão. Advogados. O julgamento. A mentira. O remorso. A dívida.

Por quê? O preço do medo não deveria ser uma condenação perpétua. Não era possível que sua reação de então continuasse sendo essa sentença corrosiva e interminável que lhe caía sobre sua vida como se, apesar de respirar, estivesse morta. Por acaso a voz do destino não podia mudar seu discurso?

Saiu do banho. Abriu a porta do banheiro e Luciano a abraçou em silêncio. Tentou beijá-la e ela virou o rosto.

– Não. Agora não.

– Prometo ler suas *matrioskas*, me conte sobre o projeto da editora – ele a seguiu pelo quarto.

Calada, se secou e se afundou dentro de seu pijama mais cômodo sem responder.

– Não vai falar comigo? Não entendo o que você tem para ficar assim – sua intuição pedia um espaço.

– Preciso de um tempo em silêncio. Vou escrever. Depois falamos. Se, de verdade, você se interessa por meu projeto, deixe eu me concentrar nele.

***

Morte

O que é a morte? A ausência de pulso? Deixar de sentir? O final das culpas? A justificativa da vida? Um cemitério? Milhares de passos e pensamentos urbanos? A resposta depende de qual morte nos referimos.

A do conceito universal, cheia de anjos e demônios, em meio a seres que põem fim à doença ou assumem riscos fatais ou que se tornam bons só por terem deixado de respirar. A do túnel de luz e a energia eterna, essa não é a morte da qual quero falar, porque dessa não se regressa.

Mas há outra, mais letal e menos visível. A que tem a ver com o modo que abordamos o sentido de nossa existência. A da tragédia interior.

Hoje, a morte é se sentir assim, desgraçadamente viva, por essa batalha que se luta sem saber manejar as armas. Essa é a que importa. A que constitui o motivo e o motor de um coração quebrado.

Pouco a pouco perdemos parte de nosso ser em um braço de ferro invencível contra as más decisões e pensamos que não há razões para continuar. Essa é a morte verdadeira, a que dói e ninguém define. A que não se enterra nem se crema. A que vive em cada osso e em cada célula da pele. A que te faz sentir que se acabaram as chances de ser feliz. Estar presa na rotina hostil de um remorso e só escutar a voz das reprimendas.

As pessoas morrem às vezes quando já não querem viver.

Dessa morte quero resgatá-las. Da que todas temos esperança de sobreviver em algum canto da memória, porque dessa sim é possível voltar. Reverter e renascer, mas primeiro há que reconhecê-la e aceitá-la.

A vida golpeia mais forte que o final. Os desafios nos tiram dos caixões cotidianos ou nos sepultam neles. A única diferença não consiste nas pulsações do coração, mas em se arriscar, apesar do medo.

O que é a morte então para as mulheres que pensamos, sentimos e sonhamos? A resposta é simples. A morte que nos incumbe é uma oportunidade de tirar de nossas vidas tudo o que sobra e que nos impede de atuar sobre a mulher que somos e que paradoxalmente só quer viver e ser feliz.

Você... está realmente viva?
Isabella Lopez Rivera.

Evitando falar com Matias, na manhã seguinte Isabella entregou a Lúcia o texto impresso e esperou.

A editora o leu. Tirou seus óculos, como da outra vez, e suspirou. Um impulso a empurrou a ler mais uma vez. Indubitavelmente o universo interior de Isabella Lopez Rivera estava gritando ao mundo. Era preciso que alguém a escutasse e fosse correndo abrir o cadeado que a tinha encerrado e que a devolvesse para a vida. Talvez, ao dar-lhe esse espaço na primeira página, tinha feito muito mais do que acreditava.

A coluna estava excelente. Acaso teria Lúcia algo de morta também?

CAPÍTULO 38

Fim

*Quando ao ponto-final dos finais,
não lhe seguem as reticências.*
Joaquín Sabina

A cena se repetia mais de uma vez na memória de Manuel, que observava a xícara de café que estava a horas diante dele em seu escritório.

– Diga agora mesmo o que significa essa aliança! – Maria Dolores exigira furiosa.

Ele, vítima da própria torpeza, tinha olhado para sua mão esquerda e sim, ali estava o anel que compartilhava com Raquel. Recordava o calor da bofetada e o eco de suas palavras. Tinha olhado lentamente seu dedo anular, esperando que fosse um erro. Mas não, ali estava a prova de sua mentira.

Ao deixar Raquel em casa, não desceu do carro para trocar o anel. O inconsciente tinha lhe traído? Acaso queria ser descoberto? Talvez também Raquel tivesse feito de propósito. Ela devia lembrá-lo. Por que será que ela não falou nada? A resposta lhe parecia muito óbvia. O que não tinha sido tão óbvio para ele era que sua esposa o tinha acurralado. Não tinha explicação possível. O que ele poderia dizer que fosse crível e justificasse a presença da aliança? Nem sequer era igual ou parecida com a que compartilhavam como para alegar que tinha perdido a original e substituído por essa. Não. Era de outro par.

Pensou em não dizer nada, mas isso deixou de ser uma opção quando, envolta em um ataque de nervos, Maria Dolores tinha começado a esmurrá-lo no peito com os punhos. Chorava.

– Mentiroso, cretino, filho da puta. Não só tem uma amante, como também faz o joguinho romântico – gritava.

– Não é o que você está pensando – disse em um impulso. Foi pior. Ele, o dono das palavras, tinha escolhido as que menos lhe convinham.

– Ah, não? E o que é?

– Encontrei – disse sem pensar.

– E a nossa?

– Perdi! – estava em transe. Não media o alcance de sua provocação.

– Você definitivamente está certo de que sou uma idiota, não é? Como pensa em sustentar tamanha estupidez? Nenhum homem fiel perde sua aliança, porque para isso é preciso tirá-la. Se você a tirou do dedo, foi para que alguém não a visse, já que você está longe de ser um cirurgião – seu tom era frenético. – Pior ainda. Ninguém encontra uma aliança por acaso e a coloca no dedo. Você é doente.

Manuel não podia reagir. Dizer o que sentia não era uma opção. Além disso, estava grávida. Era ridículo pensar nesse contexto, mas se supunha que tinha que estar tranquila.

– Exijo a verdade agora mesmo! Quem é? Desde quando?

Manuel lembrou-se de seu amigo Inácio. Era a crônica anunciada de um desastre inevitável. Por que não podia amar as duas? Poder, podia. O que não era permitido a ele era sustentar ambas as relações simultaneamente. Além disso, estavam prestes a formar uma família.

– Lola, você deve se acalmar.

– Não me diga o que tenho que fazer e é melhor que não volte a abrir a boca se não for para enfrentar a situação e confessar sua traição – ameaçou.

– Você está grávida, teremos um filho... – começou.

– Não! Eu terei um filho – afirmou. Soube que todo o tempo que preferiu olhar para o outro lado tinha sido uma tonta. Insegura e fraca. Ela merecia mais que isso, estar grávida lhe dava a força para atravessar a verdade. Lembrou-se de Gina. Era certo que sua amiga agora aplaudiria de pé sua atitude. Estava furiosa com ele, mas também consigo mesma por ter permitido que isso ocorresse. A indignação ganhou do amor. Uma emoção violenta adiada. Levava já muito tempo tolerando. Não faria mais. – Vai falar?

Manuel não sabia o que dizer. Sua vida não era um catálogo de alternativas.

– Te amo e amo ao bebê que teremos. Juro por minha vida que te amo – a olhou e caíam lágrimas. Maria Dolores baixou a guarda. Isso significava que a escolhia? – Você é minha vida, não menti para você.

– Então? – pressionou já sem chorar.

– Não posso te contar o que acontece comigo.

– Por quê?

– Porque é muito difícil de entender e preciso te proteger.

Maria Dolores avaliou os danos. Seu coração partido, seu orgulho ferido. Outra aliança levava as coisas a um nível de indignidade absoluto. Tinha sido capaz de ignorar uma amante na crença de que ele a deixaria em benefício de sua família, mas não podia suportar o fato de que usasse dois pares de alianças. Isso significava que tinha uma vida dupla. Que havia continuidade, que a outra era sempre a mesma, que havia compromisso afetivo. Se pudesse, teria ligado para Gina naquele instante, porque necessitava de seu conselho. Além disso, estava grávida e queria curtir seu estado. Por que Manuel chorava? Era verdade que a amava? Ela acreditava nele. O que deveria fazer? Ele tentou abraçá-la mais uma vez, ela não pôde corresponder ao contato físico e se afastou. Estava enfurecida. Não desejava submeter-se a compartilhar o pai de seu filho. Preferiria estar sozinha a isso. Algo mudou nela, talvez fosse consequência da mudança hormonal ou talvez, simplesmente, tinha chegado a hora de recuperar a dignidade e se valorizar.

– Só posso tentar compreender se você me disser a verdade – foi sua última tentativa.

– Não posso.

– Então terá que sair hoje mesmo desta casa – advertiu entre lágrimas.

Ele não era capaz de abandoná-la. Seu mundo, ou ao menos parte dele, desmoronava diante de seus olhos. Maria Dolores havia se afastado e o observava apoiada sobre a parede da sala. O perfume dos jasmins do vaso inundava o espaço.

Então, Manuel tomou uma decisão.

– Eu amo as duas – disse.

Sobre o som do "s" final, Maria Dolores agarrou o vaso com os jasmins e atirou sobre ele. Logo, seguiu com cada peça da coleção da cristaleira. Espatifavam peças de cristais de Murano e porcelanas trazidas de suas viagens. Mas foi justo com uma esfera que Gina lhe trouxera de Roma que ela o atingiu na testa e lhe provocou um corte. Ao ver o sangue, ela reagiu e tomou consciência do que tinha feito. Como tinha sido capaz de destroçar a casa por causa desse infeliz?

– Vá embora! Vá embora agora! – gritou. – Te odeio! Vou te deixar na rua. "Eu amo as duas" – repetia. – Filho da puta! Grandessíssimo filho da puta! – insultou sem se deter.

Esquivou-se dos cacos dos objetos que faziam parte de sua história e o tirou de casa a socos e empurrões. Seu rosto sangrava casa vez mais e seu olho estava quase fechado. Não lhe importou. Talvez tivesse o acertado com alguma outra coisa.

Manuel subiu em seu carro e partiu para casa de Raquel. Desde então, vivia com ela, mas não era absolutamente feliz. Sentia falta de Maria Dolores e se preocupava com seu filho.

Aquela tarde, sozinho no escritório, evocava, olhando para a xícara, o *tsunami* em que sua vida tinha se transformado. Estava esperando por Inácio.

– Oi, meu amigo. Perguntaria como está, mas acredito que é óbvio.

– Mal. Não posso trabalhar. Maria Dolores não me atende. Raquel exige que eu peça o divórcio e eu, no meio disso.

– Bom, no meio de ambas você já está há muito tempo e por vontade própria. Acho que é previsível que sua mulher não te atenda... – tentava fazer que ele visse a situação com clareza e assumisse a responsabilidade pelos fatos. – Odeio dizer que eu te avisei, mas eu te avisei. Como pôde dizer a ela que amava as duas? Você não tem instinto de sobrevivência! – exclamou com humor. Manuel já tinha lhe contado a cena dantesca. Um pesadelo no qual objetos preciosos eram disparados como balas contra sua pessoa. Foram estilhaçados em mil pedaços a torto e a direito, e como se não bastasse, os jasmins e a água jogados no chão.

Ambos riram da tragédia.

– Contei para ela porque é verdade. Amo as duas. Por que ninguém entende que amo as duas, de verdade?

– Será que é porque isso não é possível? – perguntou com ironia.

– Sim, é. Te juro. Amo as duas.

– Basta. Não precisa repetir. Não aguento ouvir isso. Com Raquel você se retratou. Foi mais inteligente, mas da última vez que você disse isso se desatou uma guerra em sua sala de estar. Por favor, peço que não volte a dizer isso.

– Eu sei... paguei pelos danos.

– Sim. Você tem quatro pontos na testa por culpa do "minicoliseu" romano e uma mulher que quis te matar, por sorte, sem tanta pontaria – disse em alusão à ferida e à briga.

– Não me referia a isso.

– Não. A que se refere, então?

– Venho do banco. Maria Dolores utilizou a extensão dela do cartão de crédito em valores que você não acreditaria. E além disso, esvaziou as contas correntes. Eram contas conjuntas.

– Eu também te avisei. Em que gastou?

– Em tudo. Móveis, joias, roupa, perfumaria, eletrodomésticos, enfim...

– Claro. Arrumou o desastre que fez por você e se indenizou.

– Suponho.

– E qual é sua situação? Imagino que você cancelou o cartão adicional.

– Não, não fiz. Ela está grávida, Inácio.

Inácio não podia acreditar no que ouvia.

– Desculpa, amigo, mas além de grávida, ela foi desprezada. Ela vai te aniquilar se você não a deter.

– Já fez isso, eu tenho só o que tenho na carteira. Nenhuma

economia e ainda uma intimação de um advogado. Só me restou o trabalho, o escritório e o carro. Mas não consigo me concentrar.

– Bom... você tem que reconhecer. Reage rápido e ela sim tem instinto de sobrevivência. Já ficou com tudo. A maioria tem as mesmas pretensões, mas nem todas têm a sorte de um ex-culposo que não reclama por nenhum centavo! Como posso te ajudar?

– Necessito que vá vê-la e trate de mediar alguma conversa.

– Eu? Por que eu? – perguntou incomodado, – Eu nem sequer a conheço.

– Porque você é meu amigo e eu, evidentemente, não posso ir.

– Vá você até sua casa e tente falar com ela.

– Ela trocou a porta.

– A fechadura, você quer dizer...

– Não. Literalmente. Ela trocou a porta. Suponho que eu a comprei e não é preciso que eu te diga que não tenho a chave.

Inácio não pode evitar o riso.

– Que criativa! Isso sim, é a primeira vez que escuto. Vai para o *top ten*. E o que você acha que eu vou conseguir mediando na jaula dos leões? – perguntou só por curiosidade.

– Quero minha roupa e que saiba que eu vou reconhecer o bebê.

– Sua roupa? Deve estar transformada em cinzas numa hora dessas. Ela trocou a porta. O que você acha que ela fez com sua roupa? Aceite a realidade, meu caro. Desculpe, mas você deve procurar agora mesmo um advogado. Eu só posso ser seu amigo. Pode vir morar no meu apartamento se quiser. Posso te emprestar dinheiro, mas falar com "Lúcifer"... Não, isso, de maneira alguma.

– Não a chame assim... eu lhe dei motivos.

– Isso é verdade, mas não era necessário esse desastre. Vamos, anime-se! Deveria pensar em deixar a Raquel e recuperar sua vida. Tudo isso ficará para trás. Não será rápido nem fácil, mas passará. Perderá a casa, deverá pagar mensalmente uma grande quantia. Se te deixou o carro e o escritório é para que produza dinheiro para poder pagá-la.

– Não posso deixar a Raquel – respondeu ignorando todo o resto dos anúncios de seu presente desolador e futuro nada promissor.

– Por que não?

– Porque é possível que também esteja grávida.

Silêncio.

Inácio não conseguia reagir. Seu amigo era literalmente uma máquina de cometer erros fatais. Como poderia ajudá-lo? Era mais fácil que Francisco saísse na frente. Ao menos o universo tinha enviado a doutora Rivas para ele. Mas em se tratando de Manuel, era melhor que o destino lhe enviasse uma creche. Tentava colocar um pouco de humor à situação, mas era muito difícil. Chamou seu advogado e conseguiu um horário para o mesmo dia. Faria o que mais se necessitava, o acompanharia para que o assessorassem.

CAPÍTULO 39

Despedida

*Uma pessoa costuma encontrar seu destino
no caminho que escolheu para evitá-lo.*
Jean de La Fontaine

A beleza de suas casas, os encantos de seus canais, a imponência de seus velhos edifícios fazia de Bruxelas um destino inevitável para todos os amantes da beleza e da arte. "É uma das cidades mais românticas do mundo." Isso diziam os folhetos turísticos. Mas Bruxelas significava muito mais do que isso.

Gina viveu em Bruxelas um tempo inesquecível. Na solidão de sua chegada e junto a Paul, depois. Tinham ido também a Gante, um lugar mágico.

Na última manhã saíram para caminhar bem cedo. Era incrível ver como a cidade amanhecia. "Despertava com a alegria da *Bela e a Fera*", dizia Paul. Tinha muitas lojas de objetos usados, um número imenso de antiguidades. Comércios atendidos por pessoas de idade. Os olhos não alcançavam abarcar a grande quantidade de detalhes. Os limites da cidade eram arborizados e havia uma infinidade de pontes.

Detiveram-se em um canal para alimentar os cisnes.

– Obrigada, Paul.

– Por quê?

– Por tudo o que fez por mim. Pelo tempo em Nova York. Por vir até aqui. Por dançar comigo, me fazer rir tanto... – enunciou já com saudade.

– A gratidão não é eterna. Pare de me agradecer – brincou. – Você precisa saber que nos salvamos mutuamente. Ajudando você em sua busca, me descobri na minha. Conheci e priorizei partes de mim que eu tinha adiado. Já não sou o que eu era, aquele para quem um companheiro era o principal objetivo ficou para trás. Agora sou outro. Alguém que entendeu que pode dar muito de si mesmo e receber felicidade, mesmo sem um homem a seu lado. A felicidade não é o sexo ou uma pessoa ou a fidelidade, Gina. Você me ensinou que a felicidade é saber quem somos e estar orgulhosos disso.

Gina o escutava atentamente. Sem dúvida ninguém melhor que seu amigo para encontrar as palavras justas.

– Você tem razão. Sabe? Muitas coisas mudaram em Bogotá. Você não acreditaria se eu te dissesse que meus filhos crescem sem mim, tomam decisões, definem seu caráter e ainda que eu não saiba bem o que se passa, eu os conheço bem e suas vozes me indicam que nada está igual. Minha melhor amiga, que era submissa e tolerava a traição de seu marido, está grávida e o colocou para correr ao descobrir sua vida dupla. Não aprovo o modo violento como fez, mas esse é outro tema.

– Que interessante! Posso saber como fez? – acrescentou divertido.

– Pôs para fora o seu pior. Jogou um vaso de flores entre outros objetos de decoração da casa na cabeça dele.

– Não acredito!

– Ele teve a capacidade de dizer que amava as duas, o desgraçado – explicou.

– Acredito!

– E ela também trocou a porta... não a fechadura. Mas a porta inteira! Não foi genial?

– Bom, isso é algo excessivo, mas sim, muito cinematográfico – comentou.

– Concordo plenamente com você. Acho que Manuel a provocou o suficiente, mas Lola não devia ter reagido assim. Podia expulsá-lo sem jogar nada contra ele... enfim...

– Só sua amiga sabe o que sentiu para uma reação dessa magnitude.

– É verdade – acrescentou. – Em outro momento de minha vida eu estaria desesperada. As pessoas mais próximas a mim em meio a um caos de situações em que eu poderia ser útil e eu, longe. A distância me obrigou a aceitar que devo soltá-los e que isso não é grave nem me transforma em alguém que não sou. Não significa que não me importo com eles, ao contrário, que eu me importo sim. Suponho que "ouvir" se relacione com esse ponto também – disse fazendo referência ao evento ocorrido na Basílica do Sangue Sagrado, que Gina já lhe havia contado com detalhes.

Abandonaram a ponte e caminharam para o sul sem falar por um tempo.

– Olha, não necessitamos de um companheiro para estar bem, mas de qualquer modo vamos cumprir o ritual de Bruxelas. Sempre respeito as lendas locais e mais ainda em lugares como esse. Vamos ao Minnewater, um pequeno lago retangular rodeado de árvores que tem o mesmo nome do parque. Há ali um pequeno restaurante para almoçar. Muito caro, mas ideal para nos despedirmos desse místico lugar.

– Claro. Mas o que diz a lenda desse lugar que vamos honrar? – perguntou com curiosidade.

– É uma trágica história de amor de Minna e seu amante Stromberg.

– Trágica?

– Conta a lenda que em Bruxelas vivia uma jovem donzela chamada Minna que estava apaixonada pelo humilde Stromberg. Sem seu consentimento, o pai da garota arranjou um casamento entre sua filha e Morneck, um jovem de condição social mais "apropriada" para ela. Ao ficar sabendo do seu futuro casamento, Minna fugiu. O jovem Stromberg saiu em sua busca, mas só a encontrou no dia seguinte, morta nas margens do lago. Para que seu amor mútuo se mantivesse em suas águas eternamente, deu sepultura à jovem em suas profundidades. Daí que surge o nome de lago do amor.

– Que terrível. Será verdade?

– Escolho acreditar que sim. Há outras versões, mas menos românticas. Também dizem que antes de existir esse lago, o lugar era habitado por um bosque com espíritos mágicos. *Minne* é uma antiga palavra germânica que significa "elfo" ou "duende", o que dá outra versão diferente para o lago se chamar assim...

– Você me assombra. Sabe de tudo! Prefiro a história trágica de amor.

– Definitivamente. Dizem que se conhecerá o amor eterno ao cruzar a ponte de Minnewater.

– Poderíamos cruzá-la? Por via das dúvidas, digo... – comentou com humor.

– Mas é claro que cruzaremos. Eu já fiz isso – pausa. – Nota-se que nem sempre funciona. Ou foi algo que entendi mal ou a lenda não garante que seja um "bom amor" – ironizou.

Ambos riram muito. Chegaram ali e o fato de aproveitar o ambiente em um banco, às margens do lago, deixou-os submersos em um silêncio perfeito. Gina brilhava em outro vestido com flores e um chapéu claro com seus já inseparáveis óculos de sol. Os sons da natureza colavam-se aos seus sentidos, as cores exploravam a possibilidade de criar imagens eternas em sua memória.

– Por que você queria que visitássemos este lugar, Paul?

– Para que você visse que somos o resultado de nossas quedas, feridas e cicatrizes. Ao fim do século XV, o rio Zwin transbordou, submetendo a cidade em um período em decadência comercial e política. Bruxelas, portanto, começou a viver no anonimato dos mapas de reis, comerciantes e conquistadores, desde o século XV até o século XX, quando a cidade, em estado de abandono total, e submersa em uma pobreza sem precedentes, foi objeto de restauração, fazendo dela o que hoje nos deslumbra.

– Entendo. Eu era algo assim como Bruxelas no final do século XV quando decidi me separar – brincou.

– Bom, no avião não passava a impressão de abandono total e pobreza: vestia um de meus vestidos e tinha uma bolsa Gucci – recordou rindo. – Mas digamos que internamente sim.

– E agora? Já estou em processo de restauração?

– Eu diria que você conseguiu em tempo recorde, ao menos aparentemente, luzir como nova. Olha só! Você é a personificação da capa da *Vogue*!

Ambos riram de gargalhar. Era tão maravilhoso falar simbolicamente. Além disso, aprendia com seu amigo. Ele saciava seus desejos de beber o mundo de forma prazerosa.

Em seguida, os sinos interromperam a conversa.

Mais sinos.

Silêncio.

– O que significa isso?

– Que devemos nos despedir da magia medieval. Em algumas horas o tempo irá se deter e levaremos daqui tudo o que vivemos.

Ambos permaneceram em silêncio, apreciando o som dos sinos.

Após o almoço, Paul entregou um envelope a Gina.

– Este é seu novo destino. É meu último atrevimento. De lá, você decide para onde ir, mas, por favor, não diga não a esta ideia. Conhecerá outra versão do mundo, mas deve ir exatamente aos lugares que indico.

– Por quê? Para onde irei? – interrogou, não muito segura.

– Você vai ao Peru.

– Ao Peru? Não me sinto capaz de aproveitar tanta beleza natural. Sou muito urbana!

– Justamente. Lá você vai aprender a desfrutar do bom que existe no que você não conhece ou no que dista de sua realidade cotidiana. Peru é um país maravilhoso.

– Paul, você não é um mestre hindu. Deixe de bancar o místico comigo. Não sou Julia Roberts em *Comer, rezar e amar*.

– Claro que não. Não te indiquei que coma, muito menos que reze, mas o amor poderia ser uma boa opção, se aparecer – brincou. – Não te peço que visite nenhum lugar em que eu não estive antes. Sabe? Não há *glamour*, nem grandes lojas, nem ruído ou castelos medievais. Mas há outra coisa.

– E o que é que há? Se posso saber, já que me fará ir.

– Energia.

– Energia?

– Sim. Não discuta, Gina. Já está paga a viagem por você mesma.

– Por mim?

– Sim. Esqueceu que tenho o número do seu cartão?

– Você é terrível. Menos mal, pois a economia é o único problema que não tenho – acrescentou.

Muitas risadas.

– Ligue para mim quando chegar em Cuzco.

– Não vou a Lima?

– Vai, mas só para esperar no aeroporto pelo seu próximo vôo para Cuzco no mesmo dia.

A despedida começava a ser uma constante. Os nós na garganta, as emoções, as vontades de dizer, mas a realidade de calar. Entregues à experiência única de ser quem eram juntos. Os olhos de Paul continham as lágrimas.

– Voltarei a vê-lo? – perguntou.

– Sempre. Mas até que isso aconteça, "vou estar aqui" – disse Paul apontando para sua cabeça e não para seu coração, evocando uma das cenas mais lembradas do cinema, quando E.T. se despede. – Aponto para sua mente, posto que é o cérebro que se encarrega de armazenar recordações na memória.

Gina chorou e o abraçou.

– Eu vi *E.T., o extraterrestre*, milhares de vezes. Tenho medo, Paul – lhe disse perto do ouvido.

– Eu também, mas o ignoro. Tenho algo para você. Não foi fácil conseguir que fizessem aqui, mas tenho meus contatos – disse e lhe deu um pequeno pacote. Gina o abriu com ansiedade. Observou com atenção e seus olhos encheram de lágrimas. Uma camiseta branca com letras negras bordadas com a frase *"Choose life"*. Ela havia comentado que tinha uma assim quando jovem.

– Obrigada, Paul! Te adoro. Você está em todos os detalhes.

Ambos se fundiram na intensidade de um abraço. As batidas de seus corações se misturaram até se equilibrar no mesmo ritmo. Assim era uma amizade verdadeira. Uma conexão invisível que transcendia as palavras ou os encontros e os enlaçava com os sentimentos mais importantes que compartilhavam.

A partir dessa despedida, Paul e Gina estariam a apenas um pensamento de distância.

CAPÍTULO 40

Acaso?

> [...] *o que chamamos azar é nossa ignorância*
> *da complexa maquinaria da causalidade.*
> Jorge Luis Borges

Amália Rivas tentou por alguns dias fingir que rever Francisco não havia provocado nenhuma mudança em seu interior. Continuou trabalhando, seguiu com sua rotina de aulas de yoga e sua terapia. Era uma mulher simples que tinha pagado o enorme preço que a vida impõe àquelas que se apaixonam para sempre por um bom homem e um dia deixam de ser correspondidas.

Depois do abandono de Francisco, não conseguiu sentir nada profundo por ninguém, depois de tanta dor e tanto vazio que sofreu por vários meses. Passou por uma depressão severa em que emagreceu muito, ao limite da desnutrição. Deixou de estudar e isolou-se das amigas, sem vontade para fazer nada. Então, uma notícia pior a sacudiu: sua mãe tinha um câncer terminal. Para piorar a situação, Francisco, o amor de sua vida, iria se casar com Gina. Sem outro remédio senão agir, porque seu pai já havia falecido fazia muitos anos e com sua irmã não podia contar, ela passou a ser o único apoio de sua mãe. Uma doença agressiva, que gerou metástase nos ossos rapidamente, reduziu seu tempo de vida levando-a a uma grande piora progressiva desde o momento em que foi diagnosticada. Já em seu leito de morte, sua mãe lhe pediu: "Filha, você deve esquecê-lo. Recuperar sua vida. Estudar. Promete?".

Com mais vontade de morrer junto com sua mãe do que de reconstruir sua vida, Amália não pôde negar e prometeu.

Ao voltar do enterro sentiu que ia desidratar de tanto chorar. Uma amiga em comum lhe contou que nesse maldito 10 de agosto ele se casaria, e por plena ironia do destino, foi nesse dia e não em outro, que o câncer interrompeu as batidas do coração de sua mãe. Na mesma noite enterrou seu passado e a mulher mais bondosa que havia conhecido na vida. Como pôde e com a única intenção de honrar sua memória, decidiu seguir adiante. Economicamente podia manter-se, tinha onde viver e o único problema herdado era sua irmã.

Anos depois escolhera a especialidade em Traumatologia. Por exigência de sua irmã que queria sua parte da herança, fizeram a escritura e venderam os bens que sua mãe deixou. Nessa época, sua irmã teve uma filha e ficou viúva. A inveja sempre a manteve afastada. Amália não entendia por que era assim. Nada lhe foi dado de bandeja, Deus sabia que era tudo fruto de seu esforço. Jamais a criticou por ter negligenciado os cuidados com a mãe, nem por suas ausências, nada. Mas já com seu diploma e cansada, a última vez que lhe emprestou dinheiro, já estava casada com um homem que era, literalmente, uma má pessoa. Por esse motivo, quando sua irmã não lhe pagou o empréstimo, Amália decidiu se afastar. Esse seria o preço. Ela não precisava passar por essas coisas. Só lamentava a sorte da criança.

Essa tarde estava no consultório, trabalhando e pensando

em Francisco. Teria sido o acaso que o tinha levado a ser vítima desse acidente? Por que justo naquela noite ela estava de plantão? Por que não sentiu rancor ou raiva? Por que, ao contrário, alegrou-se com esse reencontro? O acaso como encontro acidental implica que os processos que coincidem são independentes, não há uma relação causal entre eles, ainda que cada um tenha uma causa que atue de modo necessário. Muita teoria não lhe dava as respostas.

Alimentava em silêncio essa remota possibilidade de voltar a vê-lo, quando a secretária anunciou que sua sobrinha queria vê-la.

Um calafrio percorreu sua espinha. Devia ter vinte anos, provavelmente. Surpreendeu-se, pois imaginava que sua irmã nunca tivesse mencionado sua existência.

– Que entre, por favor. Rápido – indicou.

Minutos depois, uma jovem que parecia devastada, a fez recordar fisicamente sua aparência quando Francisco a havia deixado.

– Querida, entre. O que aconteceu? – tinha dito como se o tempo não tivesse passado, aceitando o vínculo com essa inocente sem pensar.

A jovem se lançava sobre seus braços e chorava. Amália estava desconcertada. Fez um carinho em seus cabelos. Continha suas próprias lágrimas, enquanto imaginava a que espécie de pesadelo lhe teriam submetido sua irmã e aquele crápula. Depois de chorar muito, Amália a escutou.

– Sei que você é minha tia. Minha mãe não queria falar de você quando eu era pequena. Mas eu sabia que você existia. Tenho um problema grave, não tenho dinheiro e não sei a quem recorrer. Minha mãe não é uma opção.

– O que houve?

– Estou grávida.

– E você não tem um namorado ou alguém que possa ser responsável pelo bebê – adivinhou.

– Não quero ter esse bebê. Metade de mim quer, mas a outra metade, não.

– Olha, há outras opções. Você pode dá-lo para adoção. Interromper a gravidez não é a única possibilidade. Mas me explique, por que você se sente assim, dividida?

– Porque não estou certa de quem é o pai e por causa disso me divido se quero o bebê ou não.

Amália emudeceu por uns instantes. Não parecia ter o perfil de uma garota que tivesse muitas relações. Estava realmente angustiada. Ainda que essa não fosse sua especialidade, sabia que as jovens nessas situações eram diferentes.

– Explique-me mais.

Silêncio.

Vergonha.

– O marido da minha mãe é... ele já tinha tentado muitas vezes... bom, você entende.

– Abusou de você?

– Quando eu era pequena, ele me tocava e me fazia coisas. Minha mãe nunca acreditou em mim. Mas há uns meses, ela não estava e ele me estuprou. Não fui capaz de tirá-lo de cima. Fiquei paralisada. Eu deveria ter lutado, mas não consegui reagir. Fiquei muito assustada. Pensei que se eu simplesmente não me movesse e tirasse minha mente do que estava acontecendo, tudo terminaria mais rápido – chorava enquanto relatava o ocorrido.

– Querida... – Amália se colocou de pé e abraçou a jovem que estava sentada na cadeira do paciente. – Eu vou te ajudar.

– Isso não é tudo. Eu tinha um namorado que amo.

– Tinha? Te deixou quando soube?

– Na verdade, eu o deixei, porque não fui capaz de dizer a verdade. Ele acha que eu o traí. Quando tentei explicar, ele não permitiu que eu terminasse de falar. Se fosse seu filho eu o teria sem pensar, mas como posso saber?

– Podemos determinar a data em que foi concebido. Querida, você precisa denunciar o que houve, você sabe... Não pode voltar para sua casa... – Amália pensava em mil coisas ao mesmo tempo. Então fez o que devia.

– Venha morar comigo. Agora vou te examinar, você precisa recuperar peso e faremos uma denúncia. Você é minha sobrinha. Eu vivo sozinha e você não precisa se preocupar com nada.

– Tenho um trabalho – acrescentou.

– Bem. Não é o momento para que se preocupe com isso. Você contará com todo o meu apoio.

– Obrigada...

Amália realizou um controle de rotina. Ângela estava no limite da desnutrição de acordo com seu peso e altura. Pediu para um funcionário uma consulta com a obstetra, que era sua amiga, enquanto sua sobrinha a observava triste, mas mais calma. Por que ocorriam essas barbaridades? Sua irmã era um monstro. Durante o tempo que durou essa consulta tão particular, Amália esqueceu Francisco.

– Diga, Ângela, como se chama seu namorado? Eu gostaria de falar com ele. Se ele quiser te deixar, que faça, mas deve saber a verdade.

– Diego. Diego Lopez Rivera.

Amália teve que se sentar para evitar um desmaio.

CAPÍTULO 41

San Andrés

O mar é uma antiga linguagem que já não alcanço decifrar.
Jorge Luis Borges

Hospedados no Hotel MS San Luis Village Premium, não foi difícil para Josefina imaginar a razão pela qual Gina e Francisco tinham as melhores recordações desse lugar. Era o paraíso na Terra. Para ela, que nunca tinha saído de Bogotá, era a constante sensação de felicidade. Quando conseguia esquecer as causas pelas quais estava ali, sentia que tinha tudo o que queria na vida. O homem que amava, a carreira que tinha escolhido, bons pais, harmonia familiar e muitos sonhos para conquistar. No entanto, o lado B de sua vida a enfrentava com a mais terrível possibilidade, que não era morrer, mas suportar seu amor, depois disso, longe de Andrés.

O hotel se localizava em frente à praia. Bastava seguir por um caminho que chegavam do quarto diretamente às areias mornas quase brancas que terminavam onde um mar turquesa e transparente lhes presenteava com muito frescor. Um mar que se juntava ao céu da mesma cor, enquanto o Sol interrompia a cena para iluminar tudo.

Desfrutaram o tempo todo de cada detalhe. Na ilha eram

dois seres apaixonados que estreavam beijos diferentes, tiravam *selfies*, riam, escutavam música e se divertiam em todas as atividades previstas para os turistas. Dentro do quarto eram amantes apaixonados que se queriam cada vez mais.

Uma noite, entre os lençóis brancos que foram testemunhas de seu amor incondicional, quando Andrés estava dentro de Josefina, ela pediu que ele parasse um pouco, mas sem sair de seu corpo.

– Te machuquei? Você está sentindo dor? – perguntou preocupado.

– Amor, como você poderia me machucar? Não é isso. Quero te ver, sentir, gravar esse momento em minha memória. Desejo deter o tempo...

Andrés a beijou mantendo a quietude nesse instante de paixão. Não podia responder. Não era capaz de pensar em nada, porque naquele momento enquanto ela acariciava seu rosto e olhava dentro de sua alma, ele tinha tudo. Compartilhavam uma rara excitação que não era acompanhada de ímpetos, mas que nascia das estranhas. Andrés tinha apoiado suas mãos em volta dela e a beijava pausadamente. As carícias dela eram suaves, mas provocantes, suas palavras, irresistíveis.

– Quero uma implosão – pediu.

Ele sorriu e a beijou.

– E o que seria isso?

– Quero que estalemos, mas por dentro. Que o orgasmo chegue assim, devagar e que exploda sem mais movimentos que nosso piscar de olhos.

Andrés compreendeu o que queria e não teve que se esforçar, porque começou a suceder enquanto ela falava. Seus corpos pulsavam, estremeciam como em um segundo prévio a um terremoto. O calor interno se evidenciava pelo suor. Ardiam suas peles e brilhavam seus olhos que não se soltavam nem por um instante. Ambos sentiram que era o momento, Josefina arqueou lentamente sua pélvis e Andrés com um movimento urgente, mas quase imperceptível, derramou seu amor.

Depois de se olharem, muito além deles mesmo, ela fechou os olhos e ele se deitou sobre seu corpo.

– Te amo.

– Eu sei. Não poderia te amar mais.

– Quero pedir uma coisa – disse ela.

– O que você quiser.

– Sempre que pensar em mim, que este momento e esta viagem sejam a primeira coisa que você se recordará.

– Não fale comigo como se isso fosse acontecer sem a possibilidade de falar com você.

– Nada há nada neste mundo que eu queira e você não tenha me dado. Você deve saber. Não vou falar de coisas tristes. Não vou perder esse tempo. Só quero que esta felicidade nos acompanhe sempre.

Andrés entendia a profundidade de suas palavras. Ela não necessitava que ele, de modo egoísta, pensasse em si mesmo e priorizasse seus medos. Espantou emocionalmente sua dor.

– Assim será, minha linda. E voltaremos aqui todo ano para celebrar a vida. E uma noite dessas, neste lugar, e não em outro, daremos vida a nosso primeiro filho. Eu prometo a você.

Ela ficou feliz.

– Amo esta ideia. E como se chamará nosso filho?

– Será uma menina e a chamaremos de Vitória.

– Não gosto desse nome. Não quero transferir a nossa pequena as situações do passado – disse sinceramente.

– Como você gostaria que se chamasse, então?

Da cama podiam ouvir o murmulho das ondas e ver sob a luz da lua o mar turquesa que os envolvia em sua imensidão. Ambos pensaram o mesmo. Tinha que ser um nome que lhes recordasse esse lugar.

– Maria do Mar... esse será seu nome.

Andrés voltou a beijá-la. Riram imaginando suas risadas, seus olhos e as travessuras que aprontaria até que o sono reparador os envolveu.

***

Na manhã seguinte, curtiam seu último dia na ilha. Uma tristeza silenciosa assomava no olhar de Josefina. Não dizia nada, mas como Andrés tinha imaginado que isso podia acontecer, tinha escolhido essa noite para surpreendê-la.

As palmeiras e a praia durante a noite eram realmente uma provocação para os sentidos.

– Eu gostaria de caminhar pela areia, descalços – propôs Andrés.

– Agora? São quase duas da madrugada – disse ela. Tinham ido deitar tarde arrumando as malas.

– Sim. Para nos despedirmos desse lugar.

– Bom, vamos – respondeu ainda meio em dúvida.

– E talvez possamos tomar nosso último banho de mar – adiantou.

– O que você tem planejado? Te conheço – inquiriu sorrindo.

– Não arruíne o plano então – acrescentou. Era a desvantagem de estar tão unidos. Já adivinhavam o pensamento um do outro.

Ambos riram com certa cumplicidade. Colocaram suas roupas de banho e algo por cima. Minutos depois chegavam à praia. Não havia ninguém. Apenas o som da natureza e o amor.

Ele tirou a camiseta na beira do mar e a convidou para fazer o mesmo. Entraram na água e sentiram que o mar estava cálido como uma carícia. A silhueta de ambos se fundiu em um beijo noturno. Seus corpos molhados começavam a se excitar quando ele tirou uma caixinha do bolso do *shorts*.

– Josefina... – começou a dizer.

– Sim! – respondeu vencida pela ansiedade. – Sim! – repetiu e o beijou antes que ele pudesse abrir o pequeno tesouro.

– Você não me deixa falar.

– Desculpa. O que você queria dizer? – disse sem dissimular sua felicidade como se fosse possível manipular o tempo para escutar a proposta.

– Acho que não faz falta o que eu diga. Você já escuta meus pensamentos. Para sempre, linda. Este amor é para sempre e quero que o mundo saiba. Nos casaremos ao chegar a Bogotá. Assim, só nós – disse.

– Para sempre, amor.

Colocaram as alianças sob a luz da Lua.

A noite os abraçou, o mar se misturou aos dois e aos seus sonhos mais secretos e não foram necessárias mais palavras para que o tempo se detivesse nesse momento sem risco de esquecimento.

CAPÍTULO 42

Segurança

Sempre ganha quem sabe amar.
Hermann Hesse

Lúcia levou um tempo para dar uma resposta a Isabella sobre a coluna da revista por duas razões: a primeira, queria observá-la. Queria tentar perceber se estava ansiosa ou não. Se estivesse, talvez fosse somente criativa, mas se não, significava que havia exorcizado seus demônios e continuava seu caminho. Neste caso, o que escrevia tinha relação direta com sua vida. Lúcia, por sua vez, ia avançando em seu próprio processo interior em paralelo com a escrita dessa jovenzinha que, além de talentosa, parecia ter muito em comum com ela na hora de esmiuçar feridas abertas.

Lúcia esteve dois dias atenta a Isabella, só a via centrada em seu computador e quase sem interagir com Matias, o diagramador. Eram amigos. Isso era estranho. Eram amigos? Lembrou-se do rímel na camisa dele. Não era justo supor nada, talvez só a tivesse abraçado. Então, ela focou sua atenção nele e aí soube. Alguma coisa estava acontecendo entre eles. A maneira como Matias a olhava era infinita. Como se não fosse capaz de parar de olhar. Isso era um problema? Sendo estrita, certamente sim.

Não era recomendável misturar trabalho com relacionamento. No entanto, algo a impulsionava a ser mais permissiva, a olhar por outro lado. Se seu diagramador era o disparador dessas colunas, até por uma questão comercial, não devia interferir. Que papel ocupava o esposo de Isabella? Talvez o próximo trabalho lhe desse alguma pista.

Chamou-a até sua sala pelo ramal. Isabella lhe parecia tranquila, e isso apoiava sua ideia de que ela tinha se desafogado sem mais expectativas que tirar dela esses gritos encerrados e conquistar alguma liberdade. Sua criatividade era um dom.

– Não todos os dias – disse Lúcia.

– Perdão, não compreendo.

– Sua coluna. Eu gosto desse estilo de finalizar com uma pergunta. Eu a estou respondendo.

Isabella lembrou-se de como terminava seu texto *Morte*: "E você... está realmente viva?". "Não todos os dias", tinha dito Lúcia. Tinha escutado bem?

De imediato lembrou de *Matrioskas* e da resposta de Lúcia. "E você: quantas *matrioskas* carrega por dentro?". "Muitas", tinha respondido. A magia das palavras a abrumou. Por acaso ela e sua distante editora tinham sentimentos parecidos em algum ponto de suas histórias? Isabella não sabia nada sobre a vida de Lúcia, mas tinha começado a se interessar.

– Não vai me perguntar nada?

– Posso?

– Suponho que sim, é seu artigo. Sua apresentação na primeira página.

– Por que esse temas? O perdão e a morte não me parecem temas levantados por acaso.

– Nada é.

– O que está havendo? – perguntou sem pensar. E ao se ouvir, quase se entregou. O que estava havendo com ela também? Como podia sentir que tinha o mínimo direito de perguntar sobre sua vida privada? – Perdão. Perdão, não quis me intrometer. Foi um atrevimento. Peço desculpas. É que você me passou uma segurança tácita – justificou.

Lúcia sorriu.

– Sou sua editora. Dar segurança é parte de meu trabalho. Não se desculpe. Por que você supõe que está acontecendo algo?

– Pelas respostas às perguntas das minhas colunas.

Era intuitiva, além de talentosa. Agradava tê-la por perto, cada vez mais.

– Pois a vida é o que está acontecendo a nós todos – evadiu-se de uma resposta precisa – Só queria te felicitar. Você deverá ir com Matias a uma sessão de fotos. Quero opções para escolher uma imagem sua que acompanhará seus trabalhos. É muito importante que você saia radiante e sincera na foto.

– Fotos?

– Sim. Vão te maquiar no estúdio.

– Claro, está bem – aceitou sem mais opções.

– Depois disso, que será rápido, quero que vá pensando na sua coluna seguinte. Você deve escrever sobre o abandono – Isabella teve vontade de sair correndo. Abandono? Abandonar? Que te abandonem? Era terrível. Essa mulher tinha um detector de suas piores experiências e de suas dúvidas. Se não fosse pela certeza de que ninguém conhecesse sua história, teria certeza de que era de propósito. – Algum inconveniente?

– Nenhum. É um tema muito atual. Quem não foi abandonado ou deseja abandonar alguém?

– Não sei. Você me dirá. Me dirão milhares de mulheres, na realidade – Lúcia percebeu que Isabella estava presa em algum segredo. – Oi, Matias – cumprimentou. – Já falei a Isabella sobre as fotos. Podem ir agora mesmo, já os esperam.

Isabella sentia que as batidas de seu coração estavam para sair do corpo. Não queria nem girar a cabeça para cumprimentá-lo. Ignorava se podia dissimular o sentimento que tinha nascido e que era obrigada a negar.

– Oi, Isabella. Vamos? – disse ele de modo completamente natural.

– Oi! Sim, claro!

Lúcia os observou. Soube que tinha razão.

***

– Escuta. Faremos nosso trabalho. Enquanto tiram suas fotos, é preciso que você aproveite o momento, porque simplesmente será a imagem de todas as suas colunas. É por ela que toda a Colômbia vai te conhecer. Você não vai pensar no momento que compartilhamos, ou vai, se te pedirem que se lembre de um momento que deseja repetir. – brincou.

Isabella se relaxou ao ver que além do homem, estava ali seu amigo, seu melhor amigo. Era tão lindo! Como não tinha se dado conta disso antes?

– Basta, Matias. Você é meu amigo, meu melhor amigo. Nada do que aconteceu deveria ter acontecido. Ambos sabemos – respondeu. Pretendia, ao se posicionar assim, dissipar as dúvidas que haviam nascido nela.

– Está certo, sou seu confidente, seu amigo, e você, a minha. O resto conversaremos depois das fotos.

A sessão foi esgotante. Pentearam e maquiaram Isabella e lhe deram dois conjuntos de roupa diferentes. Em ambos, ela se via juvenil e fresca. Era a imagem de uma mulher inteligente. Sua beleza não era a de uma modelo. Não tinha as maçãs do rosto exageradas ou um nariz arrebitado. Era simples, bonita e transmitia sensibilidade. Matias fazia caretas e falava em italiano para lhe roubar sorrisos. Enquanto durou esse trabalho, ela conseguiu senti-lo como sempre sentiu, mas não pôde evitar desejá-lo como nunca havia desejado ninguém antes. O que faria com esse excesso de vontade?

– Posso te convidar para uma cerveja? Em minha casa – disse ele.

– Matias...

– Está fazendo calor. Você não é irresistível! – disse com humor.

Você, sim. Esse é o problema, pensou Isabella.

Então, a *matrioska* destemida que vivia dentro dela aceitou o desafio de fazer o que sentia e não o que deveria. Não olhou para o relógio, não permitiu ao passado ocupar sua memória. Esqueceu-se da aliança que brilhava em sua mão esquerda. Suspirou.

– Só uma – respondeu.

Continuaram conversando sobre a coluna, o trabalho, as fotos e a vida que compartilhavam. Ele não a pressionava. Pelo contrário, tinha deixado espaço ao amigo. Isso dava segurança a Isabella. Ir para cama com ele não tinha modificado a relação. Ele também não a julgava. Essa atitude o tornava irresistível.

Chegaram ao apartamento. Ele pegou dois copos e serviu a cerveja gelada. Não tentou beijá-la ou se aproximar demais. Isabella começou a se preocupar. Ele não tinha dito que estava apaixonado por ela? Assim, falando de assuntos variados, mas pensando em devorar-se um ao outro, beberam duas garrafas.

– Vou embora – disse ela de repente.

– Você quer mesmo ir?

– Eu devo ir.

– Você não me respondeu.

– Não, não quero. Da mesma maneira que não estou te entendendo. Você disse que estava apaixonado por mim, e, no entanto, depois de ter acontecido tudo o que aconteceu, você não se aproximou.

– Tento fazer você sentir o que é o verdadeiro amor. O que você necessita pode não coincidir com o que eu desejo, mas entre ambas as coisas, eu escolho que você se sinta segura.

Isabella sentiu o efeito dessas palavras abraçar sua alma e cair direto em seu coração.

– Você é real?

– Você me diz.

– Não acredito. Não conheço esse modo generoso de amor.

– Pois o que você conhece não é amor. Não há modo generoso e modo egoísta. Há amor e isso significa que o outro é prioridade em sua vida. A felicidade de um é a felicidade do outro.

Ela agarrou sua bolsa e foi até a porta para ir embora. Abriu a porta. Sentia necessidade de ter Matias por todo seu corpo. Ele permanecia em seu lugar, apenas olhando-a. Então, girou seus passos, deixou cair a bolsa e voltou até ele. Ela o beijou de maneira provocante. Queria que ele lhe fizesse todo esse amor. Não resistia tê-lo tão perto e não poder tocá-lo. Ele era dela.

Matias respondeu aos seus lábios com o dobro da intensidade. Começaram a tirar a roupa ali mesmo, no meio da sala. Matias não deixava de provocar nela um desejo inusitado.

Isabella estava entregue para sentir. As carícias que ela se lembrava desde a primeira vez eram ainda mais e melhores que em sua memória, porque sobre a pele incendiavam seu corpo. Ele a levou entre mais beijos e paixão contra a parede. Não havia música dessa vez, mas os sons do prazer eram uma sinfonia para os ouvidos de ambos, que encontravam em cada um novas sensações para querer mais. Matias com destreza, pousou sua mão por debaixo da roupa íntima que Isabella ainda usava. A umidade crescia entre seus dedos enquanto ela se arqueava e se retorcia ante a iminente explosão de sentido. Ele a olhava enlouquecido e não podia acreditar que vê-la alcançar um orgasmo ainda seminua e sem estar dentro dela fosse tão excitante.

Isabella recuperou o fôlego e, guiada por um impulso que não quis deter, tirou a roupa dele, lambeu sua intimidade com suavidade e com os lábios sedentos voltou a beijar sua boca, seduzindo até o último recôndito de seu corpo e de sua alma. Matias sentiu o paraíso e em pleno êxtase, encostou-a no sofá e entrou nela em uma só investida. O prazer era infinitivo. O calor do sangue parecia acender o sexo e queimar tudo aquilo que pudesse afastá-los. Acharam juntos o momento em que perderam a noção do tempo e de suas reações. Uns minutos depois, Matias conseguiu falar.

– Menti – disse. Ela se colocou em alerta. – Você é insuportavelmente irresistível.

– Mentira. Ia me deixar partir...

– Não. Eu estava te dando tempo para se convencer.

– E estou. Não sei como vou organizar minha vida, mas isso é o que eu quero para sempre. Tenho certeza.

Matias começou a percorrer todos os cantinhos de seu corpo com carícias e beijos. Ele a explorou sem limites. Conheceu a origem de suas dúvidas e também os sonhos que nasciam em sua fortaleza. Ela o deixava fazer. Tinha se abandonado nos braços do poder desse sentimento que não conhecia. Tinha se permitido ser a mulher que a invadia. Sem medos. Só podia ser amor.

CAPÍTULO 43

Compreender

*Todos, alguma vez, fomos amores passageiros
de trens que não iam para lado algum.*
Joaquín Sabina

Manuel foi consultar o advogado e Inácio o acompanhou. O profissional o assessorou e se ocupou de conversar com o advogado que representava Maria Dolores. As pretensões dela eram simples de se resumir, porque ela queria basicamente tudo, menos seu escritório, seu carro e as dívidas contraídas, claro. Além disso, uma pensão mensal para ela e outra para seu filho.

Tinha pouco para se discutir. O matrimônio tinha terminado por exclusiva culpa do esposo. A lei a amparava porque podia provar a relação paralela de seu ex-cônjuge.

Além disso, Manuel não queria entrar numa guerra. Sentia que era completamente responsável e a amava. Em seu favor e por insistência de seu advogado, só colocou a condição de que a pensão seria reconsiderada a cada dois anos. Como existia a possibilidade de que ambos formassem novos casamentos, isso era comum de se colocar nos processos. Só o fato de pensar que ela podia se envolver com outro destroçava a alma de Manuel.

Na verdade, ele se sentia quebrado por dentro. Metade de seu ser morria de ausência, enquanto a outra tentava sustentar e curtir o amor correspondido que também pulsava em seu coração.

Raquel o esperava em casa. Estava feliz por tê-lo, ainda que ele não tenha contado exatamente o que havia acontecido. Ele apenas lhe contou que Maria Dolores tinha descoberto que estavam juntos e que ele tinha tomado uma decisão. Omitiu a briga dantesca alegando que bateu a cabeça em uma viga em uma de suas obras. Era muito mais digno do que o choque com o minicoliseu romano que foi jogado contra ele. Ele também contou que Maria Dolores estava esperando um filho seu. Raquel não suportou essa última parte. Ainda que Manuel a tivesse escolhido, ela temia que o filho desse vantagem a sua ex.

Por isso inventou seu atraso para se sentir mais segura e medir as reações de Manuel. Não estava grávida e, em realidade, não queria estar por desejo de ser mãe, mas sim porque não queria ser "a outra" para sempre. As amantes quase nunca têm filhos, as esposas sim, e ela queria ocupar esse lugar.

Essa noite decidiu que queria jantar fora, mas antes desejava saber em que termos tinham decidido o divórcio.

– Oi, amor. Como foi com o advogado?

– Bem.

– O que significa bem? O carro?

– É nosso. E também o escritório.

– Ótimo! – disse vitoriosa.

– Quando venderá a casa? Fiquei pensando que, com sua parte, mais a minha casa podíamos comprar uma casa mais cômoda – disse com entusiasmo.

– Ela não vai vender.

– Por que não?

– Porque deixei para ela.

Raquel começou a se inquietar.

– Por que você fez isso?

– Porque ela terá um filho meu.

– Pode ser que eu também – mentiu irritada.

– Isso não é certeza. E for, veremos. Eu te amo, você sabe.

– Também te amo, mas esse acordo não me parece justo.

– É justo. Estou aqui com você.

– Sim, mas a metade de tudo o que deixa para ela te pertence. Você trabalhou muito por isso – disse em tom de discussão.

– Eu aceitei – respondeu aborrecido pelos questionamentos de Raquel.

– Não me diga... e que mais você aceitou?

Manuel decidiu ser honesto. Disse que ela vai ficar com a casa, com o segundo carro e uma pensão mensal.

– O que? Você ficou louco? E nós?

– Nós estamos juntos. Essa sempre foi a ideia.

– Não é justo. Quero que volte atrás com isso. O que acontece com você? Por que você permitiu? – suas dúvidas reclamavam, mas não eram os bens. O importante era descobrir se algo mais o unia a sua ex.

Manuel estava esgotado, sensível e triste. Estava faltando parte de seu ser, ainda que tivesse a outra. Não conseguia pensar com clareza. Além disso, estava aturdido pela discussão. Foi quando pensou que não podia confessar sua verdade. Lembrou-se das súplicas de seu amigo que lhe tinha rogado, por favor, que não repetisse aquilo outra vez.

Silêncio.

O tempo simulou deter-se.

Nada ameaçava os minutos seguintes, se escolhesse as palavras corretas. Mesmo que fosse só em partes, ele queria ser honesto. Ela merecia.

Raquel só o olhava, esperando uma resposta.

– Não sei. Suponho que o tempo que ficamos juntos, o fato de que espera um filho meu e eu não estarei a seu lado do modo que ela imaginou me empurraram a não discutir. A deixar tudo para ela – Raquel permaneceu calada por uns instantes. – Estou com você. Eu amo você – repetiu. Não queria que o amor escapasse absurdamente diante de seus olhos. Com isso, sentiu que sua verdade era a ilógica mentira de um homem comum que acreditou que podia brincar de vida dupla e sair ileso. Sua autoestima se estatelou contra a realidade. Manuel a abraçou. Necessitava senti-la perto. Ela respondeu ao abraço. Ele começou a chorar.

– Preciso que você me escute. Dependo emocionalmente de você. Seu amor me dá segurança e suas palavras me sustentam. Cada carícia sua curou uma parte de mim que outro rompeu em pedaços. Desde que conheço você, eu sonho com uma coisa: não te dividir com ninguém. Ser feliz a seu lado. Só peço que você não minta para mim. Se agiu como agiu por culpa, posso entender – acrescentou – mas preciso estar segura de que você está onde deseja estar e de que construiremos juntos uma vida. Sem fantasmas do passado.

Manuel a escutava. Reconhecia em suas palavras a razão que o afastava do que tinha pretendido sustentar, até que a confusão das alianças desencadeou o ocorrido. Supôs que, se isso não tivesse passado, teria acontecido outra coisa que fizesse tudo ser descoberto. Recuperou certa coerência. Fez um esforço para expulsar o sentimento por Maria Dolores desse cenário.

– Não quero mentir para você. Eu te amo. Ficaremos bem.

Só peço a você paciência e tempo. É um luto de muitos anos juntos, mas quero atravessá-lo com você. Sei que mais cedo ou mais tarde será só uma lembrança. Tenho muita sorte de ter você a meu lado. É uma mulher incrível. Amo o modo como defende o nosso amor desde suas entranhas com uma maturidade que eu mesmo preciso aprender muito – era completamente sincero.

Essas palavras deram a Raquel a segurança de que Manuel a valorizava. Não queria perdê-lo e, já mais calma, internamente sentiu que pouco lhe importavam os bens materiais ou qualquer tipo de competição com a ex. Ela devia se centrar na luta pela felicidade. Nunca tinha estado tão perto. Apoiaria o seu amor e pouco a pouco seu sonho se tornaria realidade.

– Você acha que podemos jantar fora? Queria começar a aproveitar o fato de que não precisamos mais nos esconder.

Manuel necessitava de um pouco de oxigênio. Ninguém como Raquel podia dá-lo.

– Sim, eu acho que é uma ótima ideia – caminhou até o cinzeiro da entrada e o segurou. Ainda estava ali a aliança do par de Maria Dolores. – Já não necessitamos disso – acrescentou. Foi sua primeira determinação simbólica. Lutaria contra esse amor dividido com toda sua vontade. Compreendeu que apesar de seu sentimento verdadeiro, racionalmente era impossível. Isso de amar as duas era a melhor maneira de machucá-las e perdê-las. Não queria isso. Ignorava como, mas sairia dessa rede de fantasia.

– Ótimo – respondeu Raquel.

Manuel se dirigiu à cozinha e jogou no lixo o cinzeiro com a aliança dentro. Uma pontada no coração o obrigou a conter a dor. Estava fazendo o correto?

Uma nova etapa começava. Raquel estava feliz.

CAPÍTULO 44

Compartilhar

No final só se tem o que foi dado.
Isabel Allende

▬ ▬ ▬ ▬ ▬ ▬

Gina chegou ao Aeroporto Internacional Jorge Chávez, em Lima, onde teve que aguardar três horas para tomar o voo seguinte a Cuzco. Sentou-se em uma confeitaria. Tirou o celular do modo avião e pensou em enviar uma mensagem para cada um de seus filhos dizendo onde estava e que era provável que dali voltasse para casa. A seu lado, um casal com três crianças lanchava. A cena familiar lhe provocou uma nostalgia. Viu a si mesma jovem, em um aeroporto parecido com esse, junto a Francisco, lidando com malas, bolsas, doces e brinquedos. Tinham ido a Disney quando Isabella tinha 10, Andrés, 9 e Diego, 7 anos. Tinham se passado catorze longos anos desde aquela lembrança. Em que momento tinha deixado de aproveitar o fato de ser quem era? Quando seus papéis engoliram seus sonhos? Sentia-se tranquila. Mais segura, porém incompleta, continuava faltando parte desse algo que integrava seu ser. Voltou ao celular. Meditou sobre a informação que estava por compartilhar, poderia incluir Francisco. Acessou o grupo da família no WhatsApp e enviou uma mensagem de voz:

"Olá... estou bem. No aeroporto de Lima, indo para Cuzco por uns dias. Espero que estejam bem. Todos bem. Amo vocês."

Logo reproduziu seu próprio áudio ao ouvido, como fazem aqueles que duvidam do tom que com que envolveram as próprias palavras. Ao escutar-se, pensou: Escutar a si mesma seria parte da mensagem de Bruxelas?

Então se deu conta de que tinha conquistado muito desde sua partida. A Gina de antes teria dito "Olá, como estão?". A que tinha começado a se reencontrar se colocou em primeiro lugar. Ela era quem avisava que estava bem. Duvidou da procedência desse último "Amo vocês", não queria que Francisco se confundisse. Na verdade, o amava, mas estava cada vez mais certa a respeito da decisão de se separar. De imediato, pensou que ainda não tinham dividido tudo. Os bens materiais não eram a questão. Eles não discutiriam por dinheiro nem lhes afetaria uma dissolução da sociedade conjugal, qualquer que fosse o resultado. Mas... e o resto? O que aconteceria, por exemplo, com esse grupo do WhatsApp? Com os amigos em comum? Com os lugares que frequentavam? E se um dia Francisco pedisse para ficar com Chloé e o velho Parker? Tudo isso se compartilhava com um divórcio, ou ao contrário, teriam que decidir quem ficaria com o quê? Era realmente possível compartilhar? Enquanto essas dúvidas lhe encucavam, as respostas chegavam.

"No Peru? E quando você volta?", respondeu Isabella.

"Estamos bem, mamãe. Um beijo também de Josefina", foi a mensagem de Andrés.

"Fico feliz de saber que você está bem. Eu aqui, melhorando", escreveu Francisco. "Também te amamos", acrescentou suprindo a omissão de seus filhos. Era inerente a ele cuidá-la. Gina percebeu de imediato. Lamentou realmente que o amor tivesse acabado. Ele era um grande homem. Bom em todos os aspectos.

Então um texto de quatro palavras lhe sacudiu a alma: "Diego saiu do grupo".

E ninguém seguiu escrevendo.

O que acontecia com seu filho? Por que estava tão zangado com ela? Deveria ligar para ele? Ela não tinha vontade de discutir. Leu um pouco, caminhou pelo *free shop* e quase sem se dar conta, já estava sentada no assento do avião.

Uma hora depois chegou ao Aeroporto Internacional Alejandro Velasco Astete. Fez os trâmites de migração, e saiu com sua bagagem. Entre as pessoas que esperava passageiros, encontrou um cartaz com seu nome mal escrito em letra de mão: "Gina Ribera".

Um homem de nacionalidade peruana, com um grande sorriso, a esperava. Ela gostou da sensação de ser recebida por alguém. Pensou em Paul. Ele estava em todos os detalhes. Não conhecia o Peru, de maneira que tentaria levar dali algo mais que turismo. Diziam que a energia era diferente. O místico era um atrativo a mais. Não tão sofisticado como em Bruxelas, mas ali estaria porque Paul lhe havia assegurado.

– Olá, sou Gina Rivera.

– Bem-vinda a Cuzco. Meu nome é Carlos. Vou levar a senhora para seu *hostel* – disse com grande amabilidade.

Caminharam até um pequeno carro que não tinha nada de suntuoso. Não era do estilo que Paul escolheria. Isso lhe chamou atenção. Entretanto, ao olhar a seu redor, viu que os veículos públicos, em geral, eram modelos velhos. Pensou que no Peru um *hostel* devia ser o equivalente a um hotel. Não via a hora de chegar e poder tomar um bom banho. Doía-lhe a cabeça e atribuiu ao cansaço. Sentia calor. Fazia mais de 24 horas que não dormia em uma cama. O motorista lhe falava e ela não queria ser mal-educada, mas não tinha vontade alguma de falar. Seu mal-estar estava aumentando. As batidas de seu coração estavam aceleradas. Então, se assustou. Teria um ataque como o de Maria Dolores, sozinha nesse lugar?

Começava a parecer-lhe que todos os demônios a estavam apressando para levá-la ao inferno. Enjoos, náuseas e um suor frio lhe escorria pelas costas e na alma. Tudo girava como se estivesse dentro de um lava-roupas gigante e a cabeça parecia que ia explodir a qualquer momento.

– Desculpa, me sinto mal. Você poderia parar o carro? Tenho falta de ar – disse. Tentava se manter consciente com todas as suas forças, mas essas pareciam querer abandoná-la há um tempo.

– Não se preocupe, senhora. É o *soroche*.

– O que é isso? – perguntou imaginando se tratar de um vírus. Escutava as trombetas do juízo final. A situação a deixava muito confusa. Não era a melhor forma de começar sua estadia no Peru.

– É o mal de altura. Não me diga que você não sabia disso quando decidiu vir? – continuava sorrindo. – Você vai se sentir assim até que se acostume com a altitude.

Gina não estava em condições de explicar-lhe que não foi ela quem decidiu ir até ali. O que seria esse mal de altura? Estava cansada e se sentia muito mal. Tinha vontade de vomitar.

Carlos parou o carro. Gina mal conseguiu descer. De repente, dobrou a metade de seu corpo, e sem perceber, com uma arcada abrupta. A sensação era de estar vomitando sua história e que nunca terminaria. O homem se aproximou dela.

– Com licença – disse. Com cuidado ele colocou uma mão

em sua testa enquanto com a outra apoiada em suas costas, a equilibrou.

– Obrigada – chegou a dizer. Estava completamente atordoada. Sentia-se muito doente. – Você pode me explicar o que está acontecendo?

– Claro, senhora. Não importa de onde você venha. O mal de altura afeta geralmente às pessoas a partir de 2.438 metros acima do nível do mar, ou mais. Cuzco se encontra a 3.400 metros. Pode ser que a senhora tenha diferentes sintomas como enjoos, dor de cabeça, náuseas e taquicardia.

Gina sentia tudo isso.

– Quando vai passar esse mal-estar?

– Na verdade, não tem uma "cura". Você poderia descer de volta a uma elevação normal. Mas a maioria dos turistas chegam a seu *hostel*, descansam, tomam um mate de coca e progressivamente vão se adaptando. Não há modo de chegar em Machu Picchu senão através de Cuzco. Os voos aterrissam aqui e os ônibus que vêm de Lima também param aqui. Eu não sou médico, mas acredite, vai se sentir melhor e desejará voltar depois de conhecer a minha bela terra.

– Duvido – disse em voz muito baixa. Lembrou-se de Paul e xingou a todos os seus ancestrais em diferentes idiomas. Por que ele queria que ela passasse por essa experiência? Se tivesse em condições de ligar, teria lhe enviado um áudio, mas não podia mover a cabeça.

– Chegamos! Viu só como você já está melhor? – disse Carlos, contente. – A senhora já não vomita. – Gina estava completamente enjoada. – Vou ajudar a senhora com as malas.

Como pôde, observou a entrada da hospedagem. Não era um hotel. Era uma espécie de casa colonial. "Casa de La Gringa

Hostel, rua Tandapata, nº 148", pareceu ler. Não lhe produziu grande entusiasmo, mas pensou que só queria tomar um banho e descansar um pouco.

Despediu-se do motorista que a acompanhou até a recepção e esperava sua gorjeta. Gina deu.

– Deixo meu número. Se desejar algum translado, pode me chamar.

Gina sorriu e guardou o cartão.

– Desculpe, tenho uma reserva em nome de Gina Rivera – disse ao recepcionista. O homem procurou seus dados no computador. Gina estava pálida.

– Bem-vinda. É o quarto número seis. O banheiro fica no final do corredor.

– Não desejo ir ao banheiro, mas obrigada.

– Talvez não agora, mas para que você saiba onde está localizado.

– Desculpe, não compreendo.

– Você reservou um quarto compartilhado. O banheiro é compartilhado também, mas fica do lado de fora do quarto – comentou.

Gina achou que fosse desmaiar. O que Paul tinha feito?

– Agora, suas companheiras de quarto saíram. São duas moças de Bogotá também.

– Duas? – só isso atinou dizer.

– Sim. Seu amigo disse que um quarto triplo estava bom. Há uma quarta cama. Temos quarto de seis, se desejar – ofereceu. – É mais econômico.

– Você tem um individual com banheiro privado? – estava decidida a fazer a troca. Queria matar Paul. Não desejava compartilhar o quarto, muito menos o banheiro.

– Deixe-me ver. Não. Lamentavelmente, estão todos ocupados.

Gina avaliou as possibilidades. Sair à procura de hospedagem com suas malas nas costas e o mal de altura sobre ela não era uma boa opção.

– Está bem. Vou ficar – o *soroche* decidiu por ela.

– Acompanho a senhora.

Para sua surpresa, o quarto era muito bonito. Uma parede rosa e uma janela colonial com vista para a rua davam um aspecto juvenil às três camas. Havia uma quarta disposta perpendicularmente. Os edredons eram lisos de cor marfim com um detalhe de flores do mesmo tom rosa-choque da parede, e verde na altura dos pés e no travesseiro. Sobre cada uma das camas havia um jogo de toalhas azul-turquesa. Um quadro de uma mulher peruana com trajes típicos adornava a parede. Um móvel de madeira. Uma cortina lilás e um único armário. Abriu-o. Havia roupa e diferentes objetos como secador de cabelo, perfumes, bolsas e pequenos pacotes com artesanatos locais.

Deixou as malas no chão e se jogou em uma das camas. No mesmo instante, seu celular tocou. Leu a mensagem:

"*Hello, my darling.* Só a título informativo, devo comentar algo. Nas altitudes acima de 2.400 metros, o ar é mais rarefeito, quero dizer, tem menos pressão, por isso, cada vez que você respira, inala menos oxigênio do que está acostumada. Poderia explicar cientificamente, mas em resumo muito provavelmente você vai se sentir horrível e terá sintomas variados que você não vai gostar de sentir. Espero que não tenha acontecido. Mas... se serve de consolo, eu quase morri quando fui. Hahaha."

Gina não pôde conter o sorriso. Ele era terrível. Ligou em seguida.

– Eu te mataria se não te amasse tanto. Você ficou louco?

Um quarto compartilhado e sem banheiro privativo? Mal de altura? Por que não me avisou? Me sinto muito mal. Tenho todos os sintomas e ainda vomitei no caminho, enquanto o motorista segurava minha cabeça.

– Bom – riu imaginando a cena. – Não é o que você esperava.

– Não, claro que não.

– É disso que se trata. De que você aprenda que a vida não é sempre o que esperamos. E que com o que ela nos dá, devemos aprender a ser felizes. Sempre há algo bom também naquilo que não gostamos.

– Suponho que sim. Diga-me, vou me sentir melhor logo?

– Claro. Beba muita água e mate de coca. Descanse e depois saia para caminhar, mas sem fazer muito esforço.

– Mate de coca?

– Sim, é uma tradição milenar dos incas que está relacionada com a folha de coca. Em Cuzco te oferecem para que você se adapte ao clima e para que evite o *soroche*. Não é nada mais que uma infusão de folhas de coca. Um chazinho.

– Bem – Paul já tinha conseguido tranquilizá-la. – É um quarto lindo, mas será estranho compartilhar minha estadia com duas estranhas – disse, mudando de assunto.

– Você disse bem. Compartilhar. Essa é a chave.

– Não se faça de misterioso. Chave para quê?

– Para avançar em sua busca.

Gina se surpreendeu lembrando de seus pensamentos no aeroporto sobre as coisas valiosas que ainda não eram dela nem de Francisco exclusivamente. O que aconteceria?

– Talvez você tenha razão mais uma vez – respondeu e lhe contou sobre o que pensava.

– Deixe o tempo fazer seu trabalho. Aproveite. Sinta.

Perceba a energia. A vida de todas as pessoas muda radicalmente depois de visitar o Peru. Estar diante de Machu Picchu é observar um dos lugares históricos mais incríveis do mundo, construído há mais de quinhentos anos. Vai deixar você sem ar, não só pela magnífica natureza onde foi construída, suas incríveis estruturas, sua complexidade, sua beleza ou sua história, mas também pela altitude. Você já notou. Além disso, tem o turismo de aventura.

– Aventura?

– Sim! Você vai fazer *rafting* e bicicleta de montanha.

– Juro que vou matar você quando a gente se ver de novo.

– Eu sei.

– O motorista era bonito?

– Chega! Nem pude vê-lo. Não te disse que quase vomitei em seus pés. Pobre homem!

Ambos riram com vontade. A felicidade às vezes tomava formas hilárias.

Desligou e duas moças com a idade de sua filha entraram rindo no quarto.

– Olá!

– Olá!

Compartilhar é o ato da participação recíproca em algo material ou imaterial. Carrega de modo implícito o valor da generosidade. Saber viver significa que, à medida em que se dá também se recebe. Ao compartilhar se produz uma ruptura com o egoísmo. Poderia sua família compartilhar suas decisões? Ela era capaz de compartilhar as decisões que eles tomaram?

Gina pensou que nesse país aprenderia a dar de outro modo e a receber, a oferecer e a aceitar as pessoas. Sem preconceitos. Só precisava que seu corpo resistisse à altura.

CAPÍTULO 45

Falar

Entre as dificuldades se esconde a oportunidade.
Albert Einstein

Amália se encarregou imediatamente da situação de sua sobrinha Ângela. Acompanhou-a até sua casa para que ela buscasse suas coisas, assim que as duas viram sua mãe e o companheiro saírem da casa.

Depois, foram juntas à consulta com sua amiga obstetra, a quem lhe contou brevemente a história. Estava ainda a tempo de interromper a gravidez porque tinha uma gestação de cinco semanas.

Enquanto Ângela esperava do lado de fora, depois da avaliação médica, Amália foi direta com sua amiga.

– O que você acha que eu devo fazer?

– Vou ser honesta com você. O tipo merece ir para a cadeia... Sua irmã também, mas se o que realmente te preocupa é a Ângela, deve saber que ela tem que tomar uma decisão já. Duas, na verdade. Se continuará ou não com a gravidez e se fará ou não a denúncia.

– Que triste... O que você faria se fosse sua filha?

– É muito difícil se posicionar sobre um assunto tão delicado.

Se fosse minha filha faria o possível para amenizar seu trauma, e para isso é necessário saber o que ela sente e o que pensa. Talvez falar com o namorado, explicar a situação. Enquanto isso, ela precisa se alimentar bem e descansar. Eu proporia uma terapia também – recomendou.

– Obrigada, de verdade – disse e a abraçou. Quase se desmanchou sobre seus ombros. Como era possível em um prazo tão curto sua vida dar um giro de 180 graus?

– Acho que você deve falar com o seu ex o que está se passando ou falar diretamente com o filho – insistiu. Estava a par de que tudo se misturava a uma longa história do passado. Não tinha detalhes, mas sabia o suficiente para dar esse conselho. Sua amiga estava atravessada por essas duas questões. A primeira era Ângela e a segunda, seu antigo amor.

– Farei isso.

– Liga para mim para o que precisar.

– Obrigada outra vez.

***

Ao chegar em sua casa, Amália falou diretamente com Ângela sobre suas opções. Era terrível submetê-la a uma decisão dessa natureza estando tão angustiada, mas o tempo era de vital importância.

– O que devo fazer?

– Acho que você deve falar com Diego.

– Não, isso não. Farei o que você achar melhor – disse colocando seu futuro nas mãos dessa mulher que tinha demonstrado mais amor por ela nesses dias que sua mãe em uma vida inteira. – Posso me deitar um pouco? Eu estou esgotada – era evidente que não queria falar mais. Amália sentiu muita compaixão por ela. Era tão doce.

– Claro – Amália já tinha preparado para ela um quarto. – Acho que você precisa avisar em seu trabalho que você não poderá ir por um tempo. Se você quiser, posso enviar um atestado médico.

– Está bem – respondeu quase sem forças. Tinha os olhos cheios de lágrimas. Deu um beijo e foi se deitar.

***

Amália caminhava de um lado a outro em sua sala de estar, pensando no que fazer. Sua amiga e colega de profissão tinha razão. No entanto, não era fácil saber qual era o mal menor. Ângela estava muito vulnerável e tinha se apoiado nela. Essa noite quase não conseguiu dormir dando voltas sobre a mesma questão.

Pela manhã, tomou uma decisão. Levou o café da manhã para sua sobrinha e saiu.

– Fique tranquila. Resolveremos isso.

– Obrigada, tia – disse com ternura. Outra vez as lágrimas caíam. Amália a abraçou.

– Vou me encarregar de tudo. Acalme-se. Vou avisar no seu trabalho que você está doente. E vou tirar o dia de folga no trabalho para resolver as coisas. Quando eu voltar, conversamos. Está bem?

– Sim. O que você disser.

Era a primeira vez na vida de Amália, desde a morte de sua mãe, que ela sentia realmente que tinha família. Sua irmã nunca gerou essa proximidade e esse sentimento. Era tão diferente de sua sobrinha.

Amália se encarregou do atestado médico e decidiu, ao terminar o café, que daria a Ângela as oportunidades que ela nunca teve, independentemente da decisão que a jovem tomaria. Talvez ela quisesse estudar ou trabalhar em seu consultório. Já veria isso mais adiante. Bem diziam quando Deus não dá filhos, o diabo dá sobrinhos. Nesse momento, com a valentia que jamais havia tido antes na vida, mas que nascia do poder do sangue, estacionou seu carro na porta da casa de Francisco. Sempre soube onde vivia. Tocou a campainha. Um rapaz abriu e a olhou.

– Em que posso ajudá-la?

– Preciso falar com Francisco Lopez. É seu pai?

– Sim, e a senhora é...?

– Perdão. Meu nome é Amália Rivas. Operei seu pai, mas outra questão me traz aqui. Você é...? – queria saber se era o namorado de Ângela.

– Diego. Por favor, entre e aguarde aqui. Acho que ele está dormindo.

Francisco via um filme na televisão quando Diego avisou que ele tinha visita. Ao escutar o nome de Amália, surpreendeu-se e uma estranha sensação lhe percorreu o corpo. Estava alegre com a ideia de voltar a vê-la. Mas por que ela estaria ali? Com suas muletas e a perna ainda imobilizada pela tala de silicone, chegou até a sala. Ainda faltavam dois meses de recuperação. Afortunadamente, nenhuma infecção.

Diego os deixou sozinhos.

– Francisco, sei que não deveria estar aqui, mas é urgente. Preciso falar com você – disse sem nem ao menos cumprimentá-lo, o que lhe passou imediatamente a impressão algo grave estava acontecendo.

– Estou confuso. Algo vai mal com minha perna? – perguntou a única questão que lhe passou pela cabeça.

– Não. Não é isso. Tenho uma sobrinha. Não a via desde pequena. A relação com minha irmã sempre foi impossível e tudo piorou quando ela se casou com o pior dos homens – Francisco a observava sem compreender o que isso tinha a ver com ele. – Ontem ela foi em meu consultório pedir ajuda. Está grávida.

– Sinto muito, mas ainda não consigo entender por que devo saber, salvo que você esteja precisando falar com alguém – pensou em voz alta. – Embora eu não compreenda por que escolheu a mim para desabafar.

– Escute-me. Não suponha nada. Não se trata de nós, ainda que eu poderia dizer já que fazemos parte de uma mesma situação. Minha sobrinha foi estuprada pelo marido da minha irmã.

– Meu Deus, que horror! Lamento muito, Amália. Como posso ajudar?

– O namorado dela a deixou quando soube da gravidez, porque ele acredita que ela o traiu. Ela não foi capaz de dizer a ele a verdade. Até tentou, mas não conseguiu.

Francisco se esforçava para descobrir que relação ele tinha com esse assunto. Por que eram parte da mesma situação como tinha dito? De repente, sua intuição feroz lhe trouxe à memória parte da conversa com seu filho Diego: *ela me traiu... a gravidez é problema dela, não meu, o correto se transforma em seu oposto quando se analisa a origem.* Sentiu um calafrio.

– Como é o nome de sua sobrinha? – perguntou, já quase certo da resposta.

– Ângela... – Amália percebeu que não precisava dizer mais nada.

– Basta... não pode ser. Não continue. Não pode ser! – repetia e passava a mão na cabeça com sua mão direita. Entendeu de imediato as razões de sua visita.

– Devo continuar. Perdoe-me. Não sabe como estou desesperada. Trouxe ela para viver comigo. Vou cuidar dela. Está muito confusa e triste. Já expliquei suas opções. Eu preferiria que não seguisse com a gravidez, mas o certo é que a única coisa que importa é que ela decida o que fazer com o menor trauma possível.

– Não pode ser... – repetiu. Como se ao escutar a si mesmo pudesse ir acreditando que era verdade o que acontecia. – Você está aqui pelo motivo que eu presumo?

– Sim... é seu filho Diego. Por isso estou aqui. Não é necessário que eu siga com a história. Por outro lado, sinto impotência e muito ódio que, sem denúncia, o cretino siga livre.

– Logo vou me ocupar disso. Agora é preciso pensar nos meninos – era absurdo que falasse com sua ex algo que deveria ser uma conversa com Gina. Onde ela estaria? Queria que voltasse? Qual seria o sinal do destino em tão imensa dificuldade?

– Você tem razão – Amália aceitou o que ele dizia. – Não é possível fazer um teste de DNA em cinco semanas de gravidez sem um motivo para que se autorize uma punção de líquido amniótico, porque é um procedimento excepcional e arriscado.

– Você quer dizer que não há como, até que a criança nasça, de saber se meu filho é o pai ou não?

– Exatamente. Estou sem dormir. Essa história me dá muita pena. Não quero deixá-la sozinha. Ela se parece comigo quando eu tinha a sua idade. Está muito magra, assustada e triste.

Francisco pensou que a essa idade ele a tinha abandonado. Sentiu culpa. Instintivamente se aproximou dela e a abraçou. Amália chorou sobre seu peito. Um *tsunami* de lágrimas apertadas, na segurança que só conhecera nesses braços, levaram-na ao silêncio das recordações.

Os 26 anos de ausência tomavam protagonismo para fazer com que os dois sentissem que nada tinha mudado, ainda que tudo fosse diferente. Ele acariciava seu cabelo, que continuava sendo fino e suave. A tristeza dos acontecimentos misturava-se com o transbordamento emocional desse contato físico inesperado. Nada tinha a ver com o desejo, mas paradoxalmente tinha despertado nos dois a necessidade de se sentirem unidos. Seria a gravidade do drama que tinham para enfrentar? Acaso as segundas partes tinham ou podiam ter finais felizes? Por que nenhum dos dois queria se separar desse abraço?

Quando ela se acalmou, Francisco disse:

– Acho que ela não deve continuar com a gravidez. Seria pedir-lhe mais do que qualquer uma que estivesse em seu lugar poderia suportar. Vou falar com meu filho. Não sei como vai reagir. Está muito ferido, programando uma viagem, obstinado em seus estudos. Diego é uma pessoa de poucas palavras, sabe? Muito maduro para sua idade. Ainda assim, é um problema muito terrível para enfrentar.

– Sim... e eu acreditava que a morte de minha mãe o seu casamento era o pior que podia me acontecer. Hoje vejo que não é bem assim.

Francisco a olhou com doçura.

– Não acho que estou à altura da perda de sua mãe.

– Ambas as coisas aconteceram no mesmo 10 de agosto – explicou.

– Perdoe-me, Amália.

Ela o olhou e mergulhou na própria alma que fora em parte despedaçada.

– Já o perdoei há muito tempo. Concordo com você, mas não podemos decidir por eles. Ângela não está em condições de ver com lucidez e disse que fará o que eu considerar mais conveniente. No entanto, acho que antes de tomar uma decisão por ela, eles devem se falar.

Francisco pensou uns instantes.

– Fale com ela. Eu falarei agora mesmo com meu filho. Logo veremos como continuar – disse. Pegou seu celular e lhe pediu seu número sem vacilar. Ela fez o mesmo. – Devemos estar em contato.

– Sim. Lamento visitá-lo nessa situação.

– Eu lamento a situação, mas me faz bem estar com você.

Amália o beijou com o olhar e ele devolveu-lhe o beijo com seu pensamento mais protetor.

Acompanhou-a até a porta. Viu quando ela subiu em seu carro e partiu. Sem saber que aos dois acontecia o mesmo, cada um estava dominado por uma saudade que parecia mais uma promessa do destino que uma recordação. Haveria uma oportunidade esperando por eles em meio a esse desafortunado presente?

CAPÍTULO 46

União

*Eu faço o que você não pode e você faz o que eu não posso.
Juntos podemos fazer grandes coisas.*

Madre Teresa de Calcutá

Andrés e Josefina voltaram a Bogotá mais apaixonados do que estavam ao partir, se é que isso era possível. Sabiam que enfrentariam uma etapa difícil, mas confiavam que, por estarem unidos, estariam mais fortes.

Guardaram as malas, cumprimentaram suas famílias e sem muita explicação foram ansiosos ao cartório. Não havia horários disponíveis para uma cerimônia no mesmo dia. Explicaram à funcionária que Josefina começaria um tratamento e que queriam estar casados o quanto antes. Mostraram os exames para comprovar o que diziam. A mulher foi abraçada por seu lado mais romântico e pela lembrança do amor jovem que alguma vez tinha sentido.

– Esperem aqui. Sou a chefe, então posso dar um jeito.

– Obrigada – responderam ao mesmo tempo.

Um momento depois, ela voltou com uma pasta e alguns formulários.

– São ambos solteiros? – perguntou.

– Sim.

– Maiores de idade?

– Sim.

– Bom, devem completar a solicitação de casamento, trazer as certidões de nascimento com data de expedição de no máximo·três meses. Só assim são válidas para contrair matrimônio, e também devem trazer a fotocópia das carteiras de identidade.

– Não temos certidão de nascimento com essa data de expedição – disse Andrés preocupado.

– Posso pedi-las com urgência se pagarem por esse trâmite.

– Perfeito – Andrés sorriu. Não podiam acreditar no que estavam prestes a fazer.

A mulher sorriu enternecida. Não era justo que essa jovem tão linda estivesse doente. Conseguiu um horário para o dia seguinte. Ela estava encarregada do cartório e não havia dano algum em fazer essa pequena concessão. A tabeliã aceitaria realizar um casamento a mais quando lhe contasse as razões. Era muito bondosa.

– Bem. Isso é o que devem pagar por todo o processo – apontou o valor final que Andrés pagou no mesmo ato.

– Voltem amanhã ao meio-dia. Vejo que vocês já têm as alianças.

Josefina deu a volta na mesa da escrivã e a abraçou.

– A senhora é um Sol. Como é seu nome?

A mulher se emocionou com tamanha espontaneidade. No entanto, foi sua alma comovida que empurrou uma lágrima sobre seu rosto. Seu trabalho não costumava ser tão emocionante.

– Maria del Mar Pérez – respondeu.

Então foi a vez de Andrés dar a volta na mesa e a abraçar. Era o sinal perfeito que Deus enviava para abençoá-los.

– Assim vai se chamar nossa filha. Um dia formaremos uma grande família e será, em parte, graças a senhora.

A essa altura, a senhora era pura emoção.

***

Foi uma noite longa para ambos. Quase se esqueceram de sua preocupação mais importante em meio ao seu sonho secreto. Jantaram com os pais de Josefina e dormiram na casa de Francisco. Compartilharam com cada uma das famílias as histórias da viagem.

Na hora marcada, os dois estavam ali. Ele, vestido com uma camisa branca e uma calça escura. Ela, com um vestido marfim angelical que lhe caía maravilhosamente e ressaltada seu bronzeado. Estavam lindos, simples e impecáveis. Mas sem dúvida era o brilho dos sonhos em seus olhares o que fazia com que todos parassem para observá-los quando eles passavam.

A cerimônia se desenvolveu rapidamente. Era praticamente um trâmite formal, mas que significava tudo e lhes dava a força de dois seres que se unem para enfrentar o destino.

Maria del Mar derramou uma lágrima.

***

Radiantes, tiraram uma foto mostrando as alianças. Andrés incluiu seu irmão no grupo da família do WhatsApp novamente e a Josefina pela primeira vez. Em seguida, enviou a imagem com a mensagem.

"Casados. Para sempre. Tivemos nossas razões para fazer assim. Estejam felizes por nós." E enviou. Depois, beijou sua esposa.

***

Diego viu a notificação. Tinha saído do grupo indignado, porque sua mãe lhes escreveu como se continuassem a ser a família de sempre. No entanto, sabia o que acontecia com seu irmão. Ficou feliz por ele. Não sairia do grupo outra vez, faria isso por Andrés. Diego o amava de verdade.

"A melhor maneira de fazer as coisas é com convicção. Vocês me parecem muito felizes. É o suficiente para mim. Jantamos hoje?", foi o primeiro a responder por mensagem de áudio.

***

Isabella não podia acreditar no que lia. Mandou um emoji de cara de surpresa. "Fizeram o quê?", escreveu. E em seguida, ligou para ele.

– Irmão, vocês estão loucos?

– De amor, suponho. Estamos muito felizes.

– Então eu fico muito feliz também. Felicidades! – Acrescentou.

Suponho que minha cunhada também tenha várias matrioskas *dentro dela que não conheço*, pensou.

***

Francisco, em meio à comoção que o atravessava pelo reencontro com Amália, além do problema de Diego e Ângela, só atinou sentir que ao menos esse filho estava feliz. Aceitou sua decisão. Era estranho não ter feito parte desse momento, mas ele era adulto e estava apaixonado. Isso lhe dava licença para agir conforme suas convicções.

"Estou surpreso. Não posso ir correndo felicitá-los por razões que todos conhecem – risos – mas suponho que o amor e a felicidade é tudo o que buscamos na vida. E vocês encontraram. Jantamos hoje como disse Diego? Você vem com Luciano, Isabella?", respondeu por áudio também, acreditando que se reuniriam.

***

Gina estava se adaptando à altura de Cuzco. As jovens que a acompanhavam eram realmente muito agradáveis. Tudo era estranho, mas divertido. Tinha saído para caminhar pelas ruas da cidade. Gina chamava atenção com seu vestido de bolinhas, preto e branco. Claro, também seus óculos escuros e seu chapéu destacavam-se entre os turistas e os habitantes locais.

Era uma cidade imperial. Demonstrava ter um imenso magnetismo para os turistas nacionais e estrangeiros, pois escutava todos os idiomas se misturarem à variante peruana.

O centro era mítico. Sentia que estava cheio de mistério e enigmas. Combinavam, muito bem, segundo sua perspectiva, os aspectos históricos e modernos.

Paul tinha razão quando disse que progressivamente ela melhoraria do *soroche*. Mia e Zoe, suas companheiras de quarto, tinham-lhe contado que a cidade estava localizada no lendário Vale do Huatanay, a 3.550 metros acima do nível do mar. Foi habitada desde tempos imemoriáveis e é considerada a cidade mais antiga do continente americano.

Gina Rivera caminhava pelas ruas de pedra imersa em um

excelente clima andino. Queria saborear cada canto, embrenhar-se no coração da cidade e sentir que sua energia a abraçava. Não era uma turista comum. Era um ser em plena busca interior acompanhada por um entorno que mudava a vibração e o pulsar de seu coração. Submersa nessas sensações profundas, visitou a Catedral e derramou uma lágrima de emoção quando esteve de joelhos em frente ao altar. Percorreu a Igreja do Triunfo, cujo nome levou seus pensamentos a uma pergunta: O que significava triunfar?

Alguns museus a conectaram com o mistério que esconde o passado de peças anônimas. E apaixonou-se pela Praça de Armas. Foi ali que sentiu que o ritmo de seu coração se fazia com certa tranquilidade inusitada, como se sua viagem interior tentasse coincidir com o exterior, na medula de Cuzco.

Havia uma grande quantidade de artesãos ao seu redor. Ofereciam estátuas diversas de incas, animaizinhos, luas, sóis, vales sagrados, além de mantas, chapéus típicos e pequenas reproduções de Machu Picchu, entre muitíssimas outras coisas. Deteve-se em uma barraca de flores e sentiu seu ser unir-se ao aroma fresco e colorido. Uma festa para seus olhos. Sentiu alegria. Elevou o olhar ao céu e a surpreendeu uma ave aproveitando o esplendor que a liberdade oferece. Sorriu. Era raro e curador estar em sintonia com a natureza desse lugar lindo e colonial.

– Deseja comprar alguma lembrança, senhora? – ofereciam-lhe vários durante o passeio.

Gina achou graça. Pensou que já tinha lembrança suficiente. Em todo caso, ela bem que gostaria de vender algumas lembranças que lhe impediam de avançar. Acaso seria possível vender aquilo que se queria esquecer ou comprar o que se queria recordar? Não, claro que não. A linguagem não era literal, mas simbólica.

Cansada, sentou-se em um banco da praça no momento em que escutou seu celular vibrar. Viu que eram mensagens do grupo da família. Olhou a foto de seu filho e Josefina com suas ofuscantes alianças e pensou que tinham ficado noivos, mas em seguida leu as mensagens e ouviu os áudios. Ficou sem ar. Sentiu que eles eram uma família, que se reuniriam à noite e ela estava sozinha no meio do nada de um país estranho, onde não tinha sequer a possibilidade de abraçar alguém para não se sentir tão desolada. Como Andrés foi capaz de se casar assim, de repente, sem avisar? Não podia definir se estava irritada, ferida ou chateada por estar longe e não poder responsabilizar ninguém por isso além dela mesma. Será que realizaram um casamento secreto? Provavelmente sim. Não podia responder. Não sabia o que responder. Até Diego tinha voltado ao grupo, incluído pelo irmão, e pelo seu áudio, parecia estar bem. Francisco falava como se fosse o dono da casa ou da família? Ou de ambas as coisas? Todos estavam bem sem ela? Não gostou do sentimento que lhe causou ao pensar nisso. Ligou no mesmo instante a Paul e lhe contou rapidamente antes de começar a chorar de soluçar.

– Minha bela Gina, a vida segue para todos eles. Você mesma queria que isso acontecesse, lembra? Quando você decidiu se priorizar, você decidiu também que os liberaria para tomar suas próprias decisões. Bom, nada grave ocorreu. Só isso. Você os soltou para vida.

– Paul... Ele se casou! Não é um tema qualquer.

– E você se separou e foi viajar! Qual é a diferença? – silêncio. Ele sempre conseguia trazê-la de volta ao eixo, mas como doía nesse caso. – Você está aí?

– Sim. Processando suas palavras.

– Bem, depois de desligar nossa chamada, você deve respirar fundo e felicitar seu filho. Você não tem direito de ofuscar sua alegria, qualquer que tenha sido a razão para que casasse sem avisar. *Capito?* Como você mesma costuma dizer.

Gina sorriu mesmo sem vontade.

– *Capito* – respondeu. – Obrigada – acrescentou nostálgica. – Gostaria que você estivesse aqui.

– Você não precisa de mim. Não, nesse lugar. Aí o que te faz falta chegará.

– Por que diz isso?

– Porque essa é a energia desse lugar. Faz da sua vida um ovo mexido e logo lhe devolve para que escolha o melhor caminho.

– Não gosto muito dessa parte do "ovo mexido", mas tudo bem – acrescentou.

Ambos riram.

– Vamos, *my darling*. Não demore em responder. Escreva para seu filho. Diga que você está feliz com essa união e também com a reunião à noite.

– Quê?

– Não está feliz com a reunião?

– Não. Não sei. Tenho ciúmes!

– Você não está lá porque decidiu partir – recordou.

Despediram-se. Gina voltou ao grupo e olhou novamente as fotos, mensagens e áudios. Sentia uma pressão em seu coração. A tabeliã fez o correto opondo-se à mulher que visceralmente estava enciumada e descontente. Além disso, tinha deixado de se comunicar com Francisco todos os dias.

"Andrés, desejo a vocês o melhor. Não nego que imaginei seu casamento de modo diferente, mas respeito a decisão dos dois. Fico feliz que se reúnam em casa. Parte de mim estará aí com vocês", silêncio por uns instantes. "Cuide deles, Francisco. Beijos para Parker e Chloé. Sintam-se abraçados", disse em um áudio.

"Obrigada, mamãe! Um beijo também de Josefina", respondeu imediatamente Andrés.

"Volta logo, mamãe", pediu Isabella com um ícone de mãos juntas em forma de súplica.

"Cuidarei", escreveu Francisco.

Diego não respondeu.

Guardou o celular na bolsa e sustentou a cabeça com as mãos. *Tudo mudará*, escutou. Imediatamente, olhou ao seu redor. Uma senhora idosa, de baixa estatura e vestimenta típica do lugar, lhe sorriu. Gina pensou que a voz soava igual àquela que tinha ouvido na basílica de Bruxelas.

– O que vai mudar? – perguntou assustada.

– Sua vida. Isso que veio buscar, não é mesmo? – havia certa sabedoria em seu olhar.

– Quem é a senhora? Por que me diz isso? – era a mesma voz, tinha certeza, ainda que fosse fantasioso descobrir isso.

– Digamos que sou uma mulher com certa percepção herdada de meus ancestrais. Quando eles me indicam, simplesmente falo porque os outros necessitam *ouvir*.

Gina começou a observá-la com grande interesse. Ouvir, a palavra que encerrava sua busca.

– É possível que eu já tenha ouvido sua voz antes? – perguntou se afastando de qualquer lógica. Era impossível que essa senhora tivesse estado na Basílica do Sangue Sagrado.

– Vou lhe responder com outra pergunta. Você acredita na voz do destino?

– Suponho que sim.

– Então precisa saber que o destino pode falar através de

vozes diferentes. Se você consegue reconhecê-las, sua busca terminará na felicidade. E você voltará para si mesma.

Gina estava confusa. Olhou o céu um instante. As estrelas lhe sorriam com suas luzes. Tinha anoitecido, mesmo que ainda fosse cedo.

– Voltarei a mim? – começou a dizer, mas ao olhar para o lado, a mulher já não estava ali. Tentou buscá-la entre as pessoas, mas já não conseguiu encontrá-la.

CAPÍTULO 47

Calar

*Nada mais caótico que encontrar o veneno, o antídoto,
a ferida e o espinho na mesma pessoa.*

Joaquín Sabina

Depois de compartilhar o jantar familiar, no qual Josefina e Andrés contaram tudo sobre a viagem e que ali tinha surgido a ideia de se casar desse modo, todos ficaram felizes por eles. Puderam afastar suas próprias preocupações para dar protagonismo ao casal. Se essa noite pudesse ter um título teria sido O *que calamos*. Cada um guardava dentro de si algo importante: um novo amor sem que o velho casamento tenha tido um fim, um grande segredo, uma doença, uma falsa traição, a volta de um amor antigo e o anúncio de uma verdade muito dolorida eram capítulos que sobrevoavam as páginas do livro que escrevia em silêncio as memórias da família Lopez Rivera.

Isabella foi sozinha, alegando que Luciano tinha outro compromisso, o qual era certo e lhe deixava também com espaço para pensar. Preferia curtir seu pai e irmãos sem sua presença. Adoraria a ideia de que Matias ocupasse seu lugar, mas não era possível sem explicar algo que ela ainda não compreendia e que menos ainda podia resolver.

Andrés não conseguia parar de olhar para sua esposa. E suplicava a Deus por sua saúde e pelo futuro de ambos.

Diego, com sua ferida aberta, sangrava pelas costas pela ruptura com Ângela, negando sua existência, esforçando-se para esquecer uma dor sem olhar para trás.

Francisco estava inesperadamente devastado, primeiro pelo reencontro com Amália e segundo, pelo golpe fatal do destino. Esse que o obrigava a falar com seu filho caçula e que irremediavelmente o vinculava a ela de um modo quase íntimo. Em alguns momentos, se atordoava com os pensamentos, e em outros, agradecia por poder estar junto com seus filhos. Observava-os. O olhar cúmplice de seu amigo Inácio, também convidado, lhe dava sinal de que estava agindo bem. Tinha contado o que houve com Amália e o amigo também estava muito angustiado com a história. Amava muito Diego, seu afilhado. Essa noite os dois falariam com ele.

Era inevitável pensar em Gina. Uma cadeira vazia podia gritar tantas verdades mudas em uma reunião. Amália e Ângela estavam ali também, mesmo sem estar, pela força ao pensar nelas.

Francisco devia ligar para Gina? Era o correto contar tudo o que estava acontecendo com Diego? Já tinha pensado muito nisso e não sentiu vontade de ligar. Não sabia muito bem a razão. Talvez porque Amália estava na cena outra vez, ou talvez porque, mesmo que não admitisse, sentia que não foi um erro ela ter viajado.

Qualquer que fosse a razão, ele optou por calar.

– Pai, te ajudo a deitar ou você vai ficar mais um pouco com Inácio? – perguntou Diego depois de terminada a reunião. – Estou cansado e amanhã preciso acordar cedo.

Francisco olhou para seu amigo. O difícil momento estava iminente.

– Na verdade, filho, preciso falar com você algo muito sério.

– Vou deixá-los sozinhos – acrescentou Inácio.

– Não. Pode ficar – disse o jovem em tom determinado. – Papai, não falarei de temas privados seus nem meus –adiantou colocando-se na defensiva. Essa antessala só podia se referir a sua mãe ou a seu passado com Ângela.

– Não se trata de mim. Você pode não falar, se quiser, mas precisa escutar o que tenho a dizer. Porque é muito, muito grave. Por mais doloroso que seja, não posso privar você do direito de conhecer a verdade.

– Sem rodeios, papai. Se o que você tem a dizer se trata da minha vida, já tenho tudo muito claro.

– Não, você não tem.

– Eu já disse que a mim só traem uma vez na vida, e ela já o fez. Para mim ela está morta.

– Diego, você precisa deixá-lo terminar. Vem, senta aqui do meu lado para ouvi-lo – acrescentou Inácio apontando a um lugar do sofá.

– O que você está querendo me dizer?

Francisco media suas palavras, mas tudo se misturava na cabeça de Diego.

– Ângela não te traiu e é minha obrigação não calar o que sei.

– Ah, não? Como explica então que ela não sabe quem é o pai de seu filho?

– Porque ela foi estuprada pelo padrasto. Por isso não sabe.

Diego o olhava sem poder processar suas palavras. Parecia alguém que recebeu um nocaute. Seu olhar vazio. Seu pulso fraco. Sua boca muda. Seu rosto pálido. Seu corpo imóvel.

– Filho, lamento ter que te dizer isso, mas você precisa saber o que houve.

Diego não reagia. Apenas reproduzia repetidamente as palavras de seu pai em sua cabeça, completamente fora de si e do lugar onde estava.

Porque ela foi estuprada pelo padrasto.
Porque ela foi estuprada pelo padrasto.
Porque ela foi estuprada pelo padrasto.

Na Física, há muitas teorias, tantas quanto a mente pode imaginar. São predições sobre como algo deveria estar baseado em leis. Se Ângela não o traiu, nenhuma interpretação da Ciência podia ser aplicável.

Porque ela foi estuprada pelo padrasto.
Porque ela foi estuprada pelo padrasto.
Porque ela foi estuprada pelo padrasto.

Diego não falava. Inácio e seu pai respeitaram seu silêncio.

– Como você sabe? – perguntou depois de uns minutos.

Era lógica sua pergunta. A fonte determinaria sua veracidade. Ele era um jovem da Ciência, não do sentimentalismo. Mesmo que soubesse muito bem que seu pai nunca se aventuraria em uma conversa dessas se a informação não fosse precisa. Apenas não conseguia imaginar como sabia.

– Amália Rivas.

– A médica que veio aqui te ver? O que ela tem a ver com esse assunto?

– Sim. Ela é tia dela. Ângela a buscou no hospital em busca de ajuda. Amália a recebeu em sua casa. Ela está vivendo lá. Já a levou a uma médica que está orientando sobre o que ela pode fazer. Quando Ângela lhe disse seu nome, associou que era meu filho e veio me ver e contar. Não pretende cobrar nada de você, mas entendeu que você devia saber a verdade.

– Ela não se comunicava com essa tia.

– O desespero e a impossibilidade de resolver sozinha o que está passando a levaram ao seu consultório. Afortunadamente. Ângela não vai voltar mais a casa de sua mãe.

De repente, Diego se levantou e foi até seu quarto. Francisco pensou em segui-lo, mas Inácio o deteve.

– Agora você precisa dar-lhe espaço. E procure não esquecer que você usa muletas. Era só o que faltava você causar um estrago maior em sua perna. Um uísque? – ofereceu Inácio aproximando-se do bar.

– Sim. Um cigarro?

– Sim. O que você acha?

– Que ele está devastado. Sabe? Nada é tão terrível como a impotência de ver um filho sofrer e não poder fazer nada para ajudá-lo. Ser testemunha de sua dor te mata por dentro, todo o resto fica para depois. Sua própria vida fica para depois.

– Você está fazendo todo o possível para ajudá-lo. Nada mudará a dor que ele sente, mas você está sendo útil e apoiando-o só de estar a seu lado.

– Não é suficiente. Você viu seu rosto? Eu provoquei, talvez, uma dor ainda maior do que se ele continuasse pensando que foi traído.

– Não penso desse modo. A verdade é espantosa, mas volta a definir a Ângela nos termos que ele a conheceu e se apaixonou por ela. Agora ele só deve se perdoar pela dureza com que a tratou e decidir como quer continuar. Calar não era uma alternativa.

– Não, não era.

Compartilharam de um longo silêncio sustentado pela amizade. Bastava estarem ali, um para o outro, como sempre. Diego voltou uma hora depois, com os olhos chorosos.

– Você sabe onde vivem? – perguntou.

– Não, mas posso averiguar agora mesmo.

– Faça, por favor.

Imediatamente, Francisco ligou para o celular de Amália.

***

Enquanto isso, Amália falava com sua sobrinha.

– Querida, preciso que você me escute.

– Sim, tia – a jovem estava tão ávida de cuidados que parecia não querer fazer nada que não fosse o que sua tia esperasse dela.

– Não há modo de saber quem é o pai do bebê até o nascimento. Para saber, você teria que resistir a uma gravidez cheia de incerteza e mágoa pelo que sucedeu. Acho sinceramente que não deveria continuar a gestação. No entanto, não sou eu quem deve decidir sobre seu corpo e sua vida. Mas você não pode tomar uma decisão sem que seu namorado conheça a verdade, por isso, me ocupei disso, como prometi.

– Como? Você falou com Diego?

– Não. Acredite ou não, fui namorada do pai dele. Ele me deixou quando conheceu a mãe de Diego.

– Você foi namorada de Francisco?

– Sim. Quando você disse seu sobrenome, me dei conta na hora. Fazia anos que não o via, mas justamente há pouco tempo o destino o levou acidentado ao hospital numa noite em que eu estava de plantão. Então, ontem eu fui vê-lo. Ele falará com Diego.

– Morro de vergonha, não posso enfrentá-lo. Como lhe explico que não pude resistir ao que houve?

– Você não deve explicar isso. Nem dar detalhes do que houve. Se você autorizar, gostaria que você começasse a fazer terapia para que receba ajuda profissional para lidar com isso e superar esse momento.

– Sim, tia.

– Querida, você pode discordar de mim. Não deixarei de cuidar de você por isso.

– Não quero voltar a minha casa. Eu faço o que você disser.

– Não. Você não vai voltar jamais a sua casa. Mas não por isso você precisa estar submetida ao que eu ache conveniente. Você é valiosa e sua opinião é importante – disse tentando empoderá-la.

– Se não posso saber antes se é de Diego ou não, prefiro não ter. Já quero pôr fim a isso. Tenho que denunciá-lo?

– Você quer fazer isso?

– Na verdade, não. Quero esquecer.

– Eu vou te apoiar seja qual for sua determinação, mas antes acho que você deve conversar com Diego.

Nesse momento, tocou seu celular. Era Francisco.

– Olá.

– Oi. Falei com Diego. Você pode me dizer seu endereço?

– Claro – respondeu. – Já te envio por mensagem.

– Falaremos logo.

– Tchau.

– Quem era, tia?

– Francisco. Falou com Diego. Suponho que ele pediu nosso endereço.

Ângela começou a chorar.

– Não posso vê-lo. Sinto vergonha. Por favor, me ajude – disse com desespero.

– Acalme-se. Eu estou aqui e será sempre assim a partir de agora.

CAPÍTULO 48

Peru

*Vou viver o momento
Para entender o destino
Vou escutar em silêncio
Para encontrar o caminho.*
Marc Anthony

▰ ▰ ▰ ▰ ▰

Gina voltou a praça a cada entardecer e se sentou no mesmo lugar, aguardando pela misteriosa mulher que lhe havia falado sobre ouvir, sobre uma mudança em sua vida e sobre a voz do destino. Mas ela não voltou a aparecer. Estava certa de que ela era real. Foram seus olhos que a viram. Nesse momento, pensou: *Será que as outras pessoas também a tinham visto?* Os mistérios de Cuzco começavam a avançar sobre ela.

Tinha bebido mate de coca, mas essa manhã desejava um café. Pediu. Sem pensar na infusão bebeu um gole que quase não conseguiu tragar. Era concentrado, tão forte que era meio asqueroso. Então pediu leite. Foi acrescentando aos poucos, mas ao beber, um sabor que seu paladar não reconheceu a invadiu.

– É leite de cabra, senhora – disse a amável mulher que trouxe o leite até a mesa. Optou por um suco de frutas.

A excursão para o passeio de *rafting* que Paul tinha contratado passaria para buscá-la em breve. Iria ao Rio Urubamba. Paul dissera que ela podia participar do nível um, que eram trechos sem dificuldade e com acompanhamento de um guia.

Chegaram em uma vã para oito pessoas. Havia alguns italianos e também suas companheiras de quarto, Mia e Zoe.

As paisagens sobre o Vale Sagrado dos Incas eram espetaculares, em meio a lugares que uniam o milenar com a mais pura emoção de aventura. O trecho que fariam era Calca, Urubamba e Huarán. Fazia muito calor. Deram a todos os coletes salva-vidas e as instruções antes de caírem na água com o bote. O *rafting* era um trabalho em equipe. O guia explicou em espanhol e em italiano que, segundo as corredeiras do rio, seria preciso remar para um lado em um sentido e para o outro lado, no sentido contrário, quando quisessem girar. Ele era especialista e lhes orientaria sempre.

"Esquerda ou *sinistra*" e "direita ou *destra*", seriam as vozes de comando. Subiram ao bote e Gina não podia acreditar no que estava fazendo. Aquilo não lhe passava segurança nenhuma. Sentia-se apertada pelo colete salva-vidas e tinha calor. Assim, a pequena tripulação de quatro passageiros de cada lado e o guia ao centro começaram a aventura.

Era tranquilo, seguiam as ordens. Riam, falavam entre eles em ambos os idiomas. Até que na primeira corredeira já se surpreenderam. Primeiro se encharcaram e logo a força que deviam fazer para remar era terrível. Além disso, a risada lhes debilitava muito! *Destra! Sinistra!* Todos se divertiam, inclusive Gina. Suas companheiras a animavam. Os homens, alguns jovens e outros nem tanto, estavam em grupo, se conheciam e eram muito alegres. Curtiam. A tarefa de chegar ao destino lhes parecia titânica. Atravessaram várias corredeiras. Estavam com o corpo dolorido por causa do esforço físico. Em seguida almoçaram em meio a esse paraíso, lembrando anedotas do dia. De volta ao *hostel*, Gina não podia nem levantar os braços para lavar o cabelo: as corredeiras tinham ficado com toda sua energia e haviam lhe deixado em troca muita dor muscular. Tomou um analgésico.

Supôs que o ensinamento do dia era que não havia que baixar os braços, mas como? Essa noite dormiu contente. Tinha conhecido a uma Gina que não era capaz de imaginar nem em seus melhores sonhos. Podia fazer parte de uma aventura e desfrutar. Conseguiu trabalhar em grupo e agir sem conhecer os resultados de nada. A tabeliã conquistava a mudança que a mulher lhe impunha a sua equilibrada vida.

No dia seguinte, a excursão consistia em ciclismo de montanha em Cuzco. Conhecer antigas vias incas e pré-incas, sítios arqueológicos, povoados pitorescos e fazer um caminho por diferentes pisos ecológicos em poucas horas. Assim era o plano desse turismo de aventura. Havia diversas rotas que saíam da cidade até as zonas arqueológicas mais próximas, mas ela, por decisão de Paul, tomaria o circuito dos trilhos circulares de Moray, que passava pelas Salinas de Maras para descer até o Vale de Urubamba ou Vale Sagrado dos Incas.

Gina se perguntou quanto tempo fazia que não andava de bicicleta. Não lembrava. Os braços e ombros lhe doíam mais que no dia anterior. Uma van a levou junto a outros turistas ao início do circuito, onde lhe deram sua bicicleta e o equipamento adequado para proteger cotovelos, joelhos e cabeça. Parecia e se sentia como uma astronauta com seu capacete. Ela conseguiria? Tinha que tentar. Seu orgulho não podia deixar de participar nessa aventura. Uma espanhola, que viajava sozinha, graciosamente sempre puxava conversa e ria com ironia de tudo o que tentavam fazer. A mulher lhe contou que seu esposo disse que ela não seria capaz disso. Era um desafio. Ela já não tinha esse esposo, mas sim a marca dessas palavras em sua autoestima, entre tantas outras que a limitavam. Assim, ia pelo mundo celebrando seu divórcio e fazendo todas e cada uma das coisas que ele tinha dito que ela não era capaz de conseguir. Era livre nesse momento e queria viver. Certa empatia foi gerada entre ambas. Compartilharam gargalhadas, insultos a pedras e gravetos, quedas, golpes e ainda mais insultos e mais gargalhadas e hematomas, mas conseguiram alcançar a meta.

Com certa nostalgia, se despediram com um abraço e trocaram números de celular. Essas horas as tinham unido no esforço de descobrir que eram capazes de fazer muito mais do que acreditavam.

Durante esses dias, Gina não teve vontade de se comunicar com Francisco nem com seus filhos. Tinha falado rapidamente com sua mãe e um bom tempo com Maria Dolores. Ela se sentia julgada pelos demais e não desejava se expor a isso. Sentia falta de Parker e Chloé desesperadamente. Também, ao verificar a cotação em alta do dólar, ligou para Alícia para que ela avisasse a alguns clientes que o cartório não cobraria honorários por seu trabalho. A demora era imputável a outra parte, mas não obstante deixava Gina preocupada. Assim os compradores das propriedades estariam mais tranquilos.

Voltou ao *hostel*, tomou um banho rápido e praticamente desmaiou na cama. Doíam-lhe as pernas de maneira feroz. Latejavam pela ousadia muscular realizada. Decidiu que jantaria por ali se conseguisse acordar.

Algumas horas depois, abriu os olhos. Seu corpo a lembrava de cada segundo das aventuras vividas. Começou a rir sozinha de si mesma. Neste instante, Paul ligou.

– Oi, bela Gina. Como está você?

– Quebradíssima. Literalmente meu corpo deveria ser descartável. Não há uma só parte dele que não esteja doendo – riu. – Estou um desastre! De rabo de cavalo, sem maquiagem, cansada e passei o dia todo de tênis. Minhas compras em Nova York foram muito úteis aqui.

– E por dentro?

– Paul, me diverti sem pensar. Acho que minha capacidade de curtir quem sou despertou em toda a viagem, mas aqui se potencializou.

– Essa é a ideia. Bom, devo deixar você. Mas se arrume um pouco, querida. Nunca se sabe onde você pode encontrar o amor de sua vida.

– Por Deus, Paul! Hoje não estou para encontros. Estou até pensando que depois de Machu Picchu, talvez eu já volte a Colômbia.

– Você quer voltar?

– Não, na verdade não.

– Há problemas no cartório?

– Não, de forma alguma. Alícia se encarrega de tudo junto a minha escrivã e me comunico com elas diariamente.

– Então, não se apresse. Talvez você não tenha ouvido tudo ainda. Apareceu a senhora outra vez? – perguntou referindo-se à senhora sobre a qual Gina já tinha dado todos os detalhes.

– Não...

– *I love you, darling!*

– Também te amo.

Gina vestiu seu *short* jeans, seu calçado esportivo e a camiseta que Paul lhe presenteou em sua despedida da Bélgica. Quis jantar no *hostel*, mas não existia essa possibilidade a menos que ela mesma cozinhasse no espaço comum. Descartou essa ideia. Ainda que estivesse já habituada a compartilhar, não tinha a menor intenção de ir ao mercado e fazer sua própria comida. Foi ao centro novamente e sem saber por que, escolheu um restaurante que havia em um primeiro andar. O melhor lugar era a única mesa para dois, desocupada. Dava para uma grande janela da qual podia ver toda a praça. Havia música popular e pessoas de todas as nacionalidades e idades. Sentiu-se à vontade. Não era um local barulhento e esteticamente era muito tradicional. Gostou. Sentou-se e observou a rua de lá de cima, buscava a senhora dos anúncios misteriosos.

– Perdão, acho que você se equivocou de lugar. Eu reservei essa mesa.

Gina não quis se virar. A voz. Essa voz lhe captou por completo até isolar qualquer outro som do espaço. Seu tom era o mais sedutor que tinha escutado em toda sua vida. Queria que continuasse falando. Em um instante imaginou um homem irresistível, no segundo seguinte, não importava sua imagem, só queria que ele continuasse falando.

– Você me escutou? – insistiu. Era educado e sua pronúncia não era peruana. Soava familiar.

Acelerou o coração O que estava acontecendo com ela? Nada nem ninguém tinha lhe atraído desde a separação, nem sequer chamado sua atenção. No entanto, bem ali atrás dela o magnetismo de uma voz a hipnotizou. Justo quando ia responder uma mão pousou sobre seu ombro.

– Você está bem?

Uma energia elétrica lhe arrepiou a pele. Desconheceu-se. Tomou coragem e virou-se. Foi então que seus olhos viram o sorriso do dono da voz.

– Estou bem, me desculpe. Vi a mesa desocupada – titubeou.

– Então você não viu a plaquinha? – acrescentou, dirigindo os olhos à plaquinha que dizia "Reservada".

– Não, claro que não – respondeu. Mas não se levantava para sair. Queria que continuasse falando, não importava o quê. Teria ficado absorta até se ele lesse a Bíblia. Era um feitiço. Além disso, tinha um olhar doce. Jamais tinha passado por algo assim. Seu corpo despertou enviando sinais de alerta, de desejos, de energia viva e de oportunidade a cada uma de suas terminações nervosas.

– Bom, acho que só temos três opções. Ou fica você com minha reserva o que implicaria que eu fosse embora, ou você se retira, ou compartilhamos o jantar. O que você prefere?

Gina sentia que esse homem podia ver seu coração batendo acelerado por trás da frase de sua camiseta *"Choose life"*. Não lhe importava. Só desejava que ele continuasse falando.

– Acho que podemos compartilhar o jantar – respondeu. – Ao se escutar, pensou que desde sua chegada a Cuzco, era a primeira noite que saía de cara lavada. Lamentou, mas se sentiu atrevida. Estava bem jantar com um estranho por conta de sua voz? De que falariam? As dúvidas lhe vieram à mente, e pensou em se levantar quando lembrou-se das palavras da senhora e se deteve. Ele, então, se sentou em frente sem deixar de observá-la.

Gina perdeu a noção de tempo e da situação. Era essa a voz do destino que a levaria à sua felicidade?

CAPÍTULO 49

Amigos

O samurai deve realizar o trabalho sem duvidar, sem confessar o mínimo cansaço nem o mínimo desânimo até concluir sua tarefa.
Yamamoto Tsunetomo

Manuel tentava recuperar sua vida. Pouco a pouco tinha começado a se acostumar com a ideia de que Maria Dolores era passado e só o que os unia era o filho por nascer. Viram-se nos tribunais, acompanhados de seus respectivos advogados, apenas para assinar o acordo. Só se cumprimentaram com um distante "Olá". Seus olharem mudaram radicalmente. Nenhum dos dois dissimulava ou apresentava desculpas.

Algo os obrigada a se olharem tal como eram. Foi assim que, enquanto Manuel a via ainda mais linda e segura do que nunca, ela, pelo contrário, observava a um homem simples que, sem ser mau, tomou um caminho sinuoso que, de modo algum era coerente com seu perfil. Não sabia se era culpa de sua amante, dele mesmo ou dos dois. Mas tinha certeza de que viveu equivocada, perdendo seu tempo, seus sonhos e a possibilidade de ser feliz ao lado de um homem que não a valorizava o suficiente. Tinha iniciado uma terapia e se sentia melhor. Estável emocionalmente. Centrada em sua gravidez. Sentia muita falta de sua amiga Gina, a quem a um só pensamento de distância, acompanhava seu processo de mudança através do celular. Ela tinha lhe ensinado a rir do pior e a estar em harmonia com suas próprias decisões. Sua amiga lhe mostrava uma parte de si mesma que ela não conhecia, e sempre tinha tentando mostrar-lhe, mas as coisas acontecem quando devem acontecer, nem antes nem depois.

Raquel, por sua vez, construía seu futuro junto a Manuel. Às vezes ela se dava conta de que tinha seu corpo, mas não seus pensamentos por completo, mas escolhia não exigir tudo nesse sentido. Talvez mesmo que isso lhe enfurecesse às vezes, ela tinha se transformado na mulher que decide não perguntar. Ainda não era sua esposa legalmente, mas esse era o projeto assim que saísse o divórcio. Havia desistido temporariamente da ideia de ter um filho. Suas melhores armas eram sua sensualidade e dispor todo o seu tempo para ele, o que não gostaria de mudar ainda.

Manuel, depois dos conselhos de Inácio, e também por vontade própria, retomou o ritmo de trabalho. Tinha dias muito bons e outros que pouco a pouco seguia em frente. Internamente, sentia que ainda amava as duas, mas não voltou a repetir essa frase a ninguém.

Essa noite sairia para jantar com Inácio e Francisco. Raquel o impulsionava para que recuperasse sua vida social.

Já no restaurante, os três amigos fizeram seus pedidos e depois de conversar brevemente sobre seu trabalho, suas vidas foram o assunto da rodada.

– Conte-nos, Manuel, como você está? – disse Francisco que fazia mais tempo que não o via.

– Acho que estou melhor. Mais tranquilo, seguro, mas meus sentimentos não mudaram. É minha razão que me mantém são, mas eu...

– Nem comece – interrompeu Inácio.

Os três riram.

– E você?

– A verdade é que já tive épocas melhores. Minha esposa me deixou e está buscando um não sei o quê pelo mundo. Tive um acidente, meu filho mais velho se casou sem avisar, meu filho caçula enfrenta um drama que não posso evitar e me reencontrei com minha única ex depois de 26 anos. O que me diz, meu caro?

– A ex se chama Amália, para você ficar a par, e é muito, muito diferente de Gina – acrescentou Inácio.

– E você gosta dela?

– A verdade? Estamos velhos para isso, não? Mas devo confessar que penso nela mais do que imaginei, e em consequência, penso menos em Gina. Isso é um bom sinal, não?

– Não sou o melhor para dar conselhos, mas não minta para elas.

– Ah, você é um caradura profissional – comentou Francisco rindo. – Ouviu isso, Inácio? –.

Mas Inácio estava um pouco distraído com seu celular.

– Desculpa. Estava respondendo a uma mensagem.

Manuel e Francisco se olharam.

– O que acontece?

– Bom, vocês têm tantos problemas e eu ainda não estou certo do que acontece.

– Como assim não está certo do que te acontece? – repetiu Francisco.

– Olha, quando alguém se sente assim é porque alguma coisa muito importante está acontecendo – disse Manuel.

– Conheci uma mulher. E já conto que ela dinamitou os meus sentidos. É divina, profissional, sagaz e muito inteligente – contou com entusiasmo

– E quantos anos tem?

– Cinquenta.

– Você já está caidaço por ela, isso está claro, mas e o que ela pensa do assunto? – perguntou Manuel.

– Bem, ela enviuvou faz menos de um ano. Nos conhecemos em uma livraria.

– Quem conhece alguém em uma livraria? – indagou Francisco intrigado.

– Imagino que poucas pessoas. Mas em minha defesa devo dizer que não pude evitar falar com ela quando me dei conta de que ambos estávamos com um exemplar do mesmo livro nas mãos.

– E que livro era esse?

– *Hagakure. O livro do samurai.*

Manuel e Francisco não compreendiam.

– Ela pratica artes marciais? – perguntou Manuel. – Cuidado, que pode ser perigoso – brincou.

– Olha quem fala! Você conhece alguém que pratica tiro ao alvo com adornos, vasos de flores e cristais europeus?

Os três começaram a rir. A vida era mais fácil com amigos.

– Não. Não pratica artes marciais, mas é muito inteligente. Está fechando um ciclo e encontra sabedoria na filosofia japonesa.

– Isso sim é bem difícil de achar!

– E até onde vocês chegaram, pode-se saber?

– Meus caros, não vou lhes contar isso. Nós estamos nos

conhecendo, mas adianto que é algo muito diferente. Posso senti-lo. Quando chegar o momento lhes apresentarei. Deveriam ambos, inclusive, ler sobre esses temas – aconselhou. – O que você fará com Amália? – perguntou a Francisco, mudando o eixo da conversa.

– Por enquanto, pensar nela. Devo esperar que Gina volte.

– Você não tem que esperar ninguém.

– Penso o mesmo – acrescentou Manuel.

– De todas formas, não é um grande momento para nada.

– Nunca sabemos quando é o momento, simplesmente acontece – comentou Inácio.

Jantaram conversando sobre muitos assuntos. Se tivesse sido um jantar de mulheres, provavelmente Inácio teria sido obrigado a informar até o DNA da dama da livraria. Mas, apesar de curiosos, esses homens eram discretos e mantinham o conceito básico de aceitação: se alguém não quer falar, não se continua perguntando. Esperariam que ele mesmo contasse espontaneamente, como tinha sido nessa noite.

***

Francisco deitou-se na cama com o agradável sabor de uma boa janta com os amigos. Não tinha dormido ainda quando tocou seu celular. Era Amália.

– Francisco, pode falar?

– Claro. O que houve?

– Acabo de sair da casa de minha irmã. Aquele depravado estava com ela. Fui dizer para que eles não busquem nunca mais a Ângela, que ela está comigo agora. Falei que esse filho da puta tinha estuprado a menina e que se qualquer um dos dois se aproximasse dela ou da casa, faremos uma denúncia e eles vão presos.

– Por que você foi sozinha? Eu teria ido com você! O que aconteceu depois?

– Minha irmã me chamou de mentirosa! O cara ainda me expulsou de lá. Então eu disse que Ângela estava grávida e que eu faria uma punção amniótica para coletar o DNA do bebê e que guardaria esse resultado para acusá-lo se um deles tentasse se aproximar.

– Mas você não me disse que isso não é possível?

– Não é, salvo que haja outros exames com resultados que indiquem causas graves, mas eu menti.

– Entendi. Onde você está?

– Na rua, no meu carro. Estacionada em algum lugar no meio do caminho.

– Quer vir aqui em casa? – convidou sem pensar. – Eu iria até te buscar se eu pudesse dirigir.

– Ângela está sozinha em casa. Devo voltar.

– Promete-me algo.

– O quê?

– Você não voltará jamais a falar com essas pessoas sozinha. Eu irei com você.

– Prometo – Amália sentiu que ele a protegia. Tinha se esquecido como era se sentir assim.

– Diego apareceu?

– Não, ainda não.

– Você acha que ele vai?

– Sim.

– Pois, tomara que seja rápido. É necessário que falem e tomem uma decisão.

– Bem.

De súbito, uma vontade irresistível de vê-la tomou conta de Francisco. Talvez ela se negasse a ir porque era a casa de Gina.

– Escuta, posso te convidar para um café? Você teria que passar para me buscar, dado que, como sabe, estou de muletas – riu de nervoso. Como conseguiu se encorajar?

O coração de Amália não lhe cabia no peito. Que parte dela não tinha entendido que haviam se passado 26 anos? Por que se sentia como uma adolescente?

– Sim... quero sim.

***

Um tempo depois, ele tinha trocado de roupa e até passado perfume. Por que tinha passado perfume? Quase não usava e isso já fazia anos. A resposta era evidente. Já conseguia se mover com bem menos dificuldades com as muletas.

Andrés e Josefina estavam buscando apartamento e até encontrar, estavam vivendo ali. Nessa noite, tinham ido dormir cedo. Então, Francisco só lhes deixou um bilhete na cozinha. Diego não estava. Parker latiu quando o carro de Amália estacionou na frente da casa. Então, ele saiu.

***

Era estranho, mas não se sentiam incômodos com a situação. Não só estavam unidos pelo passado, mas também pela importância de um presente que os tinha colocado do mesmo lado e em frente a uma adversidade.

Ele não tinha estado com nenhuma mulher que não fosse Gina durante todos esses anos e ela tinha tido poucas relações passageiras. Não eram especialistas em sedução. No entanto, parecia que a sedução era especialista em si mesma, porque, por alguma razão que eles não controlavam, um sentimento autêntico crescia ao ritmo da conversa que foi ao mesmo tempo uma viagem no tempo, um modo de curar feridas e uma promessa para o futuro.

CAPÍTULO 50

Confissão

Toda dificuldade evitada se transformará mais tarde em um fantasma que perturbará nosso descanso.
Frédéric Chopin

Isabella atravessava diferentes estados de humor. Quando estava com Matias, não tinha nenhuma dúvida acerca de que desejava estar em seus braços o resto de sua vida. No entanto, quando voltava a sua casa, o remorso e todos os seus temores que diziam respeito à sua vida com Luciano lhe ameaçavam.

O mais grave era que não sentia culpa por estar enganando, mas por ter traído a gratidão que merecia. Eram coisas completamente diferentes. A dívida emocional que tinha com ele, essa que acreditava que nunca estaria quitada, a obrigava a permanecer casada. Inclusive, talvez, a se casar sentindo que seu destino tinha ficado para sempre definido naquela fatídica noite. Estava em seu quarto tentando organizar suas ideias, pensando no tema da próxima coluna e afastando a lembrança de Matias continuamente de sua memória e de sua pele, quando Luciano chegou em casa.

– Oi, amor! – cumprimentou feliz.
– Oi – Isabella começava a lidar com uma rejeição física.

Não queria vê-lo e menos ainda sentir sua proximidade. Estava aborrecida com ela mesma. Não era justo o lugar no qual ela tinha permitido que suas decisões ficassem. Luciano a viu séria.

– O que foi?

– Nada. Tenho que escrever. Vou para a cozinha.

– Por que a cozinha?

– Porque você tem sua mesa de trabalho, mas nenhum lugar dessa casa me pertence – necessitava discutir, mesmo que não quisesse abordar diretamente o tema principal.

– O que você está dizendo?

– Isso. Que não tenho espaço próprio. Sempre tenho que escolher onde você não está para poder trabalhar em outro espaço. Se decide ver televisão, então venho para o quarto. Se está cansado ou quer tomar banho, vou para cozinha e assim por diante. Sou uma itinerante nos poucos metros que ocupamos, sempre obrigada a te dar a prioridade.

Por que as mulheres nunca têm o seu lugar próprio? Por que são um canto no banheiro ou um carro ou um bar anônimo os refúgios de sua dor? Onde choram as mulheres quando já não resistem mais? Ela tinha pensado muito nisso. Não era o maior de seus problemas, mas ela estava irritável e foi o primeiro que lhe veio à mente.

– Por que você não me diz o que realmente te incomoda? – perguntou.

– Porque você já deveria saber – outra vez a Isabella que dizia o que pensava havia tomado o controle de suas palavras. A outra a observava temerosa.

– Pois até onde eu sei, discutimos, porque não li suas *matrioskas*. Depois, você se transformou, porque eu tive a ousadia de dizer que fiz tudo por você. O que é verdade! Fiz mais do que qualquer homem que dá "uma mesa de trabalho" à sua esposa seria capaz de fazer. Ou não? – ironizou indignado. A discussão se elevava em vários tons.

– Você acha que eu preciso que você me lembre?

– Parece que sim. Porque você se comporta como uma adolescente. Sustenta essas ideias feministas em suas colunas que falam de perdão e morte, como mensagens subliminares de uma vítima. Não, você não é vítima.

Isabella se enfureceu ao escutá-lo. Por fim tinha lido seu trabalho, mas o utilizava para ofendê-la.

– Mensagens subliminares de uma vítima? E, segundo você, que mensagens subliminares são essas? – avançou na discussão. Queria saber até onde ele era capaz de chegar e até onde ela suportaria.

– Você se faz de morta, mas não está. E não há mais morte que aquela da qual não se volta e pela qual, às vezes, se paga, como é seu caso. Você está viva, muito viva, e tem a possibilidade de ter filhos – disse consciente do golpe baixo que lhe acertava na alma.

– Você é o pior dos piores. É necessário que seja assim tão desumano?

– Desumano? É necessário que eu me obrigue a te lembrar quem sou?

– Tenho memória e é por esse motivo que estou aqui. Mas acabou. A gratidão também tem data de validade e também morre. Basta! – saiu do quarto, tomou as chaves do carro e partiu.

Luciano a seguiu até a porta e se deteve quando a viu partir sem olhar para trás. Por que as coisas tinham que ser assim?

***

Isabella dirigiu chorando por muito tempo. Ligou para sua mãe, mas ela não atendeu. A noite, determinada em lembrá--la do fato mais lamentável do qual já fez parte, sustentava uma chuva intensa que golpeava o para-brisa. Deteve-se. Teve medo. E se acontecesse o mesmo? Estava paralisada. Parecia observar o veículo de cima, como se estivesse separada de seu corpo. Ali, parada em meio de uma rua solitária. Os trovões lhe provocaram tremores. A tempestade se agravava e talvez por isso não passava ninguém na rua. Estava escuro. Entre soluços buscou o celular na bolsa.

– Matias – disse chorando sem consolo.

– O que aconteceu? Por que você está chorando?

– Vem me buscar.

– Aonde?

– Aqui. Não posso dirigir. Tenho medo. Muito medo. Vem me buscar – suplicou.

Matias sentiu que perdia o ar. Teria Luciano descoberto o que se passava entre eles?

– Diga onde você se encontra exatamente.

– Eu não sei.

– Isabella, respira fundo. Olha nas esquinas. As placas com o nome das ruas. Leia – ela obedeceu e passou a localização. – Bem, agora não desligue. Converse comigo. Você está sozinha? – perguntou enquanto saía de seu apartamento. O celular cortou a ligação. Ela estava a duas quadras dali. Correu desesperado. Será que tinha se envolvido em um acidente? Em seguida, viu seu carro estacionado. Ensopado pela chuva, abriu a porta e subiu. Ela o abraçou o mais forte que foi capaz.

– Eu a matei. Eu a matei. Ela e seu filho.

– O que você está dizendo? Quem?

– Foi minha culpa, Matias. Foi numa noite como esta, chovia como agora. Luciano tinha deixado eu dirigir seu carro novo. Essa mulher cruzou a rua sem ver com sua barriga enorme. Eu não a vi, porque me distraí trocando a frequência da rádio. Sou uma assassina. Eu continuo aqui e posso ter filhos, mas ela está enterrada e seu bebê nunca nasceu.

Matias acariciava seu cabelo. Assimilava a informação de seu relato, mas não compreendia. Até onde ele sabia, esse acidente tinha sido protagonizado por Luciano, dois anos atrás, ele achava. Não lembrava o tempo exato.

– Isabella, se acalme. Nada do que você fez vai mudar o meu amor por você. Fique calma e explique-me mais uma vez, embora eu esteja começando a entender – acrescentou. A culpa podia ser a razão pela qual Isabella tolerava tantas coisas em seu casamento. Os dois conversavam de mãos dadas enquanto a chuva intensa se chocava contra os vidros e gritava sua própria versão dos fatos.

– Todas as noites eu sinto o golpe do seu corpo contra o carro. Ela morreu na hora e seu bebê também. Quando descemos do carro, depois do impacto, e Luciano constatou que não tinha pulso, eu me assustei tanto, que ele tomou meu lugar. Chamamos a emergência, veio a polícia, a ambulância. Ele esteve preso por uns dias. Logo, com a defesa de seu advogado, ele pôde demonstrar que não tinha sido intencional. Um delito ocorrido por sua negligência, pela chuva e pela imprudência da pobre mulher. Mas, não sei se você se lembra, saiu nos jornais, a família da jovem apelou nos tribunais, e ele teve que pagar muito dinheiro para fazer um acordo com o advogado. Ele pagou pelo que eu fiz. Fui testemunha de tudo o que devia ter acontecido comigo. Então, me escondi da mulher que eu gostava de ser e me converti na mulher que ele merecia. Uma que agradecia sempre pelo que ele tinha feito. Por isso, recusei aquele trabalho em Nova York, por isso, me casei e teria dado um filho a ele inclusive, se você não tivesse aparecido – as lágrimas saíam de seus olhos como torrentes de culpa e liberação.

Matias a beijou suavemente nos lábios.

– Você pediu que ele fizesse o que fez?

– Não. Eu estava em um ataque de nervos, completamente em choque. Ele teve a ideia e eu aceitei.

– Você o ama?

– Quando nos casamos, eu achava que sim. Quem podia me amar tanto a ponto de fazer algo assim por mim? – não respondeu à sua pergunta.

– Eu faria isso e o que fosse necessário por você.

– Eu sei, mas eu não sabia. Também não sabia que podia sentir por alguém o que eu sinto por você. Mas agora eu sou este desastre. Uma mulher ingrata e desleal que enganou o marido que se responsabilizou por duas mortes em meu lugar.

– Não é exatamente assim – não quis perguntar outra vez por seus sentimentos.

– Matias, não minta para mim. Você nunca fez isso antes e por favor não comece justo hoje.

– Não minto. Só percebo uma realidade diferente. Luciano é um bom homem, agiu como agiu para proteger a mulher que amava, mas talvez também soubesse que não seria capaz de reter a seu lado essa mesma mulher se não fosse desse modo.

Ela ficou pensando.

– Eu gostaria que você tivesse razão, mas não acredito.

– Você já sabia naquela época da proposta para ir trabalhar na revista em Nova York?

– Não oficialmente. Só por algumas conversas. A oferta formal foi depois do acidente, alguns meses depois.

– Não sou suficientemente objetivo para opinar. Eu a amo, você sabe – fez uma pausa. – Mas vou tentar me centrar em você. Deve pensar onde você quer estar.

– Eu já disse a você, quero estar com você.

– Não quero ser sua válvula de escape. Amo você com loucura, mas necessito saber que tomará uma decisão sem pensar em mim. Porque a realidade é que você só deve fazer isso pensando em si mesma. Deve recuperar sua vida e se perdoar. Agora entendo ainda mais suas *matrioskas*. Além disso, deve deixar de sentir que uma parte de você está morta. Não está bem isso e não é justo. Abandone essa culpa. É suficiente – Isabella não pôde evitar comparar de que maneiras tão opostas interpretavam Matias e Luciano suas colunas.

– Eu amo você também.

– Eu acredito em você, mas isso não muda o fato de que você deverá voltar a sua casa e tomar decisões. Eu te esperarei o tempo que for necessário.

– Eu não quero voltar. Discutimos e eu fui embora. Só quero que você me abrace.

Matias a abraçou de imediato. Esperou que ela se acalmasse e depois de um longo silêncio compartilhado, observando a chuva, ele lhe sussurrou ao ouvido.

– Vou levá-la para sua casa. *Capito?* Você não vai sair do seu casamento pela porta dos fundos. Vai fazer o que deve fazer. Amo você demais para permitir que faça algo diferente disso. Além disso, por mais que eu não goste dele, Luciano merece que você seja sincera e que lhe explique os seus motivos.

Isabella sabia que ele tinha razão.

***

Isabella chegou em casa. Luciano tinha ido dormir. Escreveu na penumbra de sua sala, iluminada apenas pela luz da tela do computador. Enfrentou a página em branco do monitor. Ela sentia exatamente o que queria transmitir.

Abandonar

As palavras chegam em nosso pensamento de mãos dadas às imagens que as nomeiam. Assim, de maneira inconsciente, somos apanhadas silenciosamente por nossos preconceitos. Enquanto dizer "anjo" nos faz pensar em alguém bom, nomear um "ancião" nos coloca diante da finitude da vida e "abandonar" nos vincula ao inevitável conceito de desproteção. Porque abandonar é deixar, é terminar, é não atender, é partir, é soltar.

No entanto, não necessariamente essas ações são condenáveis ou tristes. Por que a palavra não sugere algo feliz? Por acaso abandonar um mal hábito não é algo para celebrar? Claro que é! Mas nossas arraigadas estruturas inclinam a balança no sentido oposto. Hoje quero me referir ao abandono saudável, o que encerra ciclos, o que conclui histórias, o que pode dar lugar a outros começos. O abandono ao qual me refiro é o que define que algo durou o tempo exato (ou tempo demais) e se redime. Por isso, devemos abandonar e assim, devemos também entender que nos abandonem.

Porque significa pôr fim aos prazos, às esperas, às condições. Ao olhar suplicante e à injustiça. Porque abandonar é proferir as palavras ditas e também as guardadas. Liberar a alma das más recordações para dar lugar a projetos e expectativas. Abandonar é pôr fim ao egoísmo, ao medo de ser e ao temor de não ser. É partir das lágrimas mudas da noite e deixar para trás a culpa. É permitir que deixe de chover e estie em nosso destino.

Escrevo a você que caminha na cotidianidade de suas obrigações como alguém que está separada de sua maior preocupação latente. Do pior pesadelo que supõe não poder fazer nada para evitar o que sabe que está acontecendo. A você, que conversa, sorri e trabalha pretendendo que a insônia e a dor tremenda de sua alma não estejam ali na madrugada. Você deve aceitar que os sentimentos gritam seus silêncios ao nada, esperando que somente você mesma decida abandonar o que não te faz feliz.

Abandonar é, no melhor sentido, pôr um fim... e seguir, porque a vida não está sempre de costas. É entender que a gratidão e a lealdade não devem ser eternas.

Quem você deve abandonar? Ou quando aceitará que te abandonaram?

Você já se soltou daquilo que te detém?

Isabella Lopez Rivera

Antes de dormir no sofá, enviou uma mensagem a Matias.

"Vou deixar tudo por você".

"Não. Faça por você mesma. Só isso vai me fazer feliz", respondeu em seguida.

CAPÍTULO 51

Ver

*Quando você muda a forma de ver as coisas,
as coisas mudam de forma aos seus olhos.*
Wayne Walter Dyer

Diego ainda não tinha processado o ocorrido. Não podia esquecer o nível de crueldade de suas palavras quando viu Ângela pela última vez. Não podia imaginar a dor que causou em seu coração já destroçado pelos fatos.

Em seu afã de compreender, só os conteúdos da mente quântica lhe lançavam respostas. Na interpretação de tudo o que acontece, seja no exterior ou no interior, há a influência das crenças que se encontram arraigadas no subconsciente. Talvez por esse motivo, Diego não tinha permitido sequer pensar em outra possibilidade que não fosse a traição. No entanto, o ocorrido era a evidência de que muitas dessas crenças eram errôneas. Diego tinha permitido que seus pensamentos, emoções e comportamento se constituíssem em fontes de bloqueio e sofrimento. E sobretudo, de preconceito. Tinha ficado com o primeiro olhar e não se deteve a ver, realmente.

Agradecia que uma mulher como Amália Rivas fosse tia de Ângela e estivesse ajudando-a.

Diego sempre acreditou que tinha o poder de transformar a realidade e inclusive de escolher quais ilusões alimentar ou não. Porque finalmente era questão de compreender a mente quântica. E nessa resolução, tinha planejado sua viagem e sua posterior radicação em um país estrangeiro. Mas a vida não pede permissão a ninguém para irromper com seus reveses, e Diego não era exceção.

Todos os seres vivos e tudo o que tem ao redor deles está formado por átomos cujo interior está, em grande parte, vazio. Na vida, tudo o que é físico não se compõe de matéria, mas de campos energéticos. A matéria é mais "nada" (energia) que "algo" (partículas). Como os sentimentos. Quem os explica? O que os gera? Por que mudam? Qual era a razão pela qual sua decisão irrevogável de nunca mais voltar a falar, ver, ouvir Ângela estava agora desintegrada? Ainda que parecesse loucura e poucos seres o entenderiam, a resposta para ele estava na Física Quântica. A pessoa que observa as partículas de um átomo afeta a conduta da energia e da matéria. Ele, depois de conhecer a verdade, permitiu-se olhar para os mesmos fatos e dar-lhes a possibilidade de uma infinidade de outras possibilidades em um campo invisível de energia. Assim, a energia respondeu à sua atenção e se converteu em matéria. O que aconteceu com Ângela o converteria em um melhor observador da vida que desejava viver.

Por isso, mesmo tendo seu endereço, ele tinha tomado um tempo, seu tempo, para depois ir vê-la. Quando pôde compreender e sentir que estava pronto, seu corpo e seu coração não resistiram um momento mais de espera.

Diego chegou à casa de Amália. Tocou a campainha. Ninguém respondeu. Insistiu.

– Tia, você esqueceu sua chave? – disse uma voz triste do outro lado da porta, enquanto abria, achando que era sua tia. Ao vê-lo, Ângela ficou muda. Não reagiu fechando a porta, afastando-se ou falando qualquer coisa. Nada. Só ficou ali, parada.

– Oi. Posso entrar? – disse ele.

Ela, simplesmente, abriu para que ele entrasse. Estava sozinha. Tinha se levantado da cama para abrir.

– Não sei como começar essa conversa. Suponho que um "perdoe-me" é um bom início – disse já com os olhos vidrados. Ela permanecia calada. – Peço a você que me compreenda. Isso não é culpa sua nem minha, é de alguém mais. Pensei em matá-lo, sabe? Mas ele não merece. Por causa e efeito terá sua própria condenação. No entanto, eu preciso dizer algo para você.

– O quê?

– Sei que você deve tomar uma decisão o quanto antes. Mas antes que faça, eu preciso dizer duas coisas. A primeira é que você não deve considerar que esse filho poderia ser meu. Não importa se é. Um filho nosso deve ser motivo de alegria para os dois, não uma incerteza letal. Não deve concebê-lo com a energia negativa, que supõe a possibilidade de que seja consequência do ocorrido – não conseguiu pronunciar a palavra estupro.

Ângela sentiu um enjoo e perdeu a estabilidade. Ele a sustentou e ambos se sentaram no sofá.

– Você pensa assim de verdade?

– Estou convencido. Analisei muito. O que acredito é também o que sinto.

– Qual é a segunda coisa que veio me dizer?

– Quero voltar, se me perdoar, seja qual for sua decisão. Eu era capaz de tudo por você, depois, me perdi diante dos fatos não entendidos por completo. Permiti que meus pensamentos

equivocados me governassem. Agora posso observar com clareza, e meu amor por você segue aqui – disse tocando o peito.
– E aqui – disse apoiando o dedo indicador em sua têmpora.
– Amo você de todas as maneiras possíveis.

Ângela empalideceu e instintivamente levou sua mão no abdômen. Uma forte dor lhe cortou a respiração e a obrigou a reclinar seu torso. Sentia que algo lhe partia ao meio. Enquanto se retorcia de dor, sentiu um calor entre as pernas e percebeu que algo estava muito mal. Diego se ajoelhou para ajudá-la quando viu que seu pijama estava ensanguentado. Nesse momento, entrou Amália.

– Deus! O que está acontecendo? – disse se aproximando de sua sobrinha.

– Estávamos conversando e, de repente, ela começou a se retorcer de dor.

***

Uma ambulância chegou rapidamente e Ângela foi levada na companhia de Diego e sua tia ao hospital.

Ingressou à sala de cirurgia, ainda com uma forte perda de sangue. A ultrassonografia foi decisiva. Tinha sofrido um aborto espontâneo. Amália conversou com a obstetra para que ela permanecesse internada para ficar de observação, pois estava muito fraca.

***

Amália, no fundo, sentiu-se duplamente aliviada. A natureza tinha se ocupado de emendar o erro dos homens. E também

Diego tinha ido a sua casa para dar todo o apoio a Ângela. Amália avisou ao Francisco do ocorrido e ele tomou um taxi e foi direto ao hospital.

Os três permaneceram em silêncio no quarto. As palavras não faziam falta. Ficaram observando Ângela descansar, ainda sob os efeitos dos sedativos e Diego não soltava sua mão nem por um instante. Quando ela despertou, ele a abraçou e se derramou em lágrimas sobre seu peito.

– Tudo terminou, meu amor. Você vai ficar bem e eu estarei com você – Amália e Francisco saíram do quarto para dar-lhes privacidade. Ângela também chorava abraçada a Diego.

– Achei que fosse morrer. Não pude resistir ou brigar...

– Shhh... isso é parte do passado.

– Será?

– Sim, definitivamente, sim. Estamos vivos – a beijou com doçura nos lábios. – Olha como é o monitor do ritmo cardíaco. Qualquer pessoa viva tem seus altos e baixos. Não?

– Sim.

– Bom... quando se morre, resta uma linha horizontal. Por outro lado, quando estamos vivos, há giros, voltas, tristezas, perdas, alegrias, piruetas. Experimentamos a cobertura e também o subsolo. Isso aconteceu, mas já curarei cada vestígio dessa violência.

– O único que me detinha era pensar que você pudesse ser o pai... – Ângela insistia com o relato.

– Isso já não importa. Talvez seu corpo necessitasse de minhas palavras para que ocorresse o que se passou ontem. Você se desvaneceu assim que eu falei, lembra?

– Sim, eu me lembro de tudo até que senti o sangue entre as pernas.

– Então... você sabe que você não me respondeu ontem, não é?

– E precisa?

– Sim.

– Diego, não sei se há algum modo para que eu possa recomeçar depois do que vivi, mas tenho certeza de que, se existe uma maneira, só será possível ao seu lado. Amo você. Sempre foi assim e assim sempre será. Tenho muita vergonha e não sei como posso voltar a ser quem fui...

– Não é possível que você volte a ser quem foi. Você será outra. Não duvido disso, mas estaremos juntos. Eu também já sou outro. Não é fácil...

– Pensar no que aconteceu? – disse convencida de que Diego, como qualquer homem, a rejeitaria ao pensar que seu corpo foi ultrajado por outro homem.

– Não! Não é fácil aceitar o modo como te tratei. Você merecia a oportunidade de se explicar e eu não deixei. Não sei se eu posso me perdoar.

– Sim, você pode.

CAPÍTULO 52

Consequências

*Você é livre para tomar suas decisões
mas prisioneiro de suas consequências.*
Pablo Neruda

━ ━ ━ ━ ━ ━ ━

Josefina e Andrés decidiram que não era justo ocultar o estado de saúde dela de suas famílias. Primeiro falaram com seus pais. Lágrimas, medo e fortaleza. Tentaram tranquilizá-los com a ideia de que o prognóstico não era tão ruim. Tinham que se ocupar, como disse a doutora, mas definitivamente poderia ter sido muito pior.

Depois, Andrés se encarregou de comunicar a Francisco e a sua irmã o que estava acontecendo. Diego já sabia. Todos, consternados, compreenderam, então, as razões do casamento apressado. Ninguém se atreveu a questionar. O respeito pelas decisões de ambos governou a situação. Foi uma dessas situações em que os outros devoram a tristeza e a preocupação e se colocam à disposição para o que for necessário. As reações não se divergiram muito entre os Lopez Rivera. Eram um grande clã tácito. Sempre estavam um para o outro. No entanto, faltava Gina. Bella lhe perguntou se ele a avisaria e ele se limitou a dizer que ninguém deveria se adiantar, que ele saberia o momento adequado de contar a ela. Tinha olhado especialmente a Francisco. Seu pai sentia que traía Gina, mas seu filho tinha tomado a frente. Era um homem. Tinha que aceitar suas condições e confiar nele. Era capaz?

O dia da cirurgia chegou como chegam as coisas que não têm muito sentido. Josefina queria que a operassem e terminassem logo com o assunto, o mais rápido que pudessem. Andrés sabia que aquele era só o início.

– Linda, estarei aqui te esperando. Tudo sairá bem.

– Isso é a única coisa que me importa, que você esteja aqui, comigo, sempre – disse com um sorriso. – Cuida dela até que eu volte. Mesmo que eu esteja dormindo, você a coloca de volta em meu dedo – disse enquanto tirava sua aliança.

– Claro – e a beijou nos lábios. Josefina fechou os olhos e não voltou a abri-los.

– Você está bem?

– Sim, mas o seu rosto é o último que quero ver. Amo você – ambos sorriram. As enfermeiras a passaram a uma maca e a levaram para o centro cirúrgico.

Quando Andrés chegou à sala de espera, seus dois irmãos, Francisco e os pais de Josefina já estavam ali, sentados. Também estava Inácio e Ângela. Eram um exército de afeto que lhe fez saber em silêncio que não estava sozinho. Ele não tinha vontade de falar, de modo que ninguém também pediu que o fizesse. Só o observavam discretamente. Brincava com sua aliança, sorria. Em alguns momentos, caía-lhe uma lágrima. As recordações brigavam contra o temor de perdê-la, era evidente. O pai de Josefina apertava suas mãos de tempos em tempos. Sua mãe estava pálida com o coração sustentado pelo tempo que faltava para que um médico lhe dissesse que o pesadelo tinha terminado.

Depois de mais de uma hora, a doutora Clark apareceu. Vestia um jaleco verde. Falou com Andrés e os pais.

– Foi retirado o setor da mama onde havia a microcalcificação. Procedi igualmente para a retirada do gânglio axilar. Como te expliquei – e se dirigiu a Andrés – é o gânglio que poderia fazer expandir a doença pelo caudal sanguíneo. Tudo foi enviado ao patologista.

– Quando saberemos os resultados? – perguntou a mãe.

– Senhora, aproximadamente em uma semana, talvez menos.

– Quais são as opções? – quis saber o pai.

– Se o resultado for positivo, deverá se submeter à quimio e à radioterapia. Se for negativo, fará somente sessões de radioterapia. Entre vinte e trinta sessões.

Andrés não podia falar muito. Estava paralisado. Só queria estar com ela.

– Posso vê-la?

– Sim, em alguns minutos ela já estará de volta ao quarto.

Quando voltou, Andrés se apressou em colocar a aliança novamente como prometido. Ela ainda não havia despertado.

Os dias seguintes foram estranhos. O humor de Josefina oscilava muito. Passava do otimismo à ira com grande facilidade. Era lógico e previsível. San Andrés tinha ficado para trás, ela também não se concentrava nos estudos. Ainda que o pós-operatório não fosse doloroso, o medo era corrosivo. Tinham feito tudo tão rápido, que o processo de assimilar a situação tinha outro tempo e por isso, era mais cruel e invasivo que a própria doença. Tinha que pensar tudo junto: no que seria adiado, no temido, no provável, no possível e por ali, entre as variáveis, estava sigilosa a figura sombria de uma jovem mulher sem cabelo. Um pouco mais atrás, na linha de partida de uma corrida da qual devia participar sem ter se inscrito, Josefina era a vida e a morte, esperando o apito para pôr-se a correr.

***

Ângela renunciou ao seu trabalho. Por conselho de Amália e com o apoio de Diego, estava decidida a recomeçar, tentando deixar para trás o passado. Iniciou a terapia e era de grande ajuda. Não ia denunciar seu agressor contanto que nem ele nem sua mãe se aproximassem dela.

– Diego, o que me aconteceu foi terrível, mas agora que estamos juntos outra vez e conto com minha tia, me dou conta de que seguir adiante depende de mim. Não sei se vou conseguir, mas o que aconteceu com Josefina também me ensina que ela está nas mãos da Ciência e da sorte. Acho que isso é ainda pior. Eu, ao menos, tive a benção de não ter que levar adiante nossa decisão. Deus quis assim, assim acredito.

– Não estou certo de que foi Deus, mas agradeço pelo o que aconteceu. Também não acho que seja menos grave, são duas situações horríveis. O importante é que esteja segura de que nunca te deixarei.

Beijaram-se com ternura.

***

Isabella se debatia entre aceitar o conselho de Matias e enfrentar a situação com um diálogo adulto ou simplesmente fazer as malas e voltar para a casa de seus pais sem mais explicações além de um "acabou". No fundo de seu ser, sabia que esta última seria uma atitude infantil e evasiva, mas a outra opção a descompunha porque sabia que Luciano tinha poder sobre ela. A doença de Josefina também a afetou. Sentiu que era dona de sua vida até que da noite para o dia podia deixar de ser. Entendeu que não há só vivos, mortos e morte da qual se pode voltar. Havia uma outra categoria muito difícil de lidar, que era a da doença.

Matias passou a ser a razão de seus pensamentos e o único parceiro possível para que, juntos, compartilhassem a vida. Sentia muitíssimo a falta de sua mãe, mas queria começar a resolver sua vida sozinha. Só assim cresceria. Escolheu não contar para ela quais eram suas questões quando falavam por telefone.

**

Francisco não sabia que posição tomar sobre Gina. Essa dúvida voltava uma e outra vez sobre ele. Andrés era um homem, já tinha demonstrado e lhe havia pedido discrição. A seu tempo, Diego também tinha feito o mesmo a seu irmão a respeito de sua viagem e o respeitou. Claro e com mais razão ainda, indicou a Francisco que se calasse diante das últimas circunstâncias de sua vida. Mas nesse momento, não se tratava dos acontecimentos na vida de seus filhos, por mais graves que fossem, mas sim de sua atitude diante disso tudo em sua nova condição de separado. Era realmente honesto de sua parte se calar? Vinte e cinco anos de casamento não valiam para quebrar o silêncio? Tinha ela o direito de saber? Ou ao contrário, o fato de que partiu implicava uma postergação unânime dessa possibilidade?

Tudo eram perguntas. Não parecia encontrar as palavras que apaziguassem suas vacilações. Talvez esse era o caminho que transitavam os separados, começar a dividir. Era a primeira vez que se sentia assim. Inevitavelmente pensou em Amália. Sua nova perspectiva de olhar a realidade tinha a ver com o reencontro? Cada dia que passava, sentia Gina mais longe de seus pensamentos, e o desejo de voltar a seu lado, por momentos, até desaparecia.

– O que está havendo com você? – perguntou Inácio que chegava ao escritório para começar o expediente. – Conheço essa cara.

– De verdade? Não sei se devo contar para Gina tudo o que está acontecendo aqui. Não são temas menores. É a mãe de meus filhos.

– Você está me pedindo um conselho?

– Sim – respondeu. Não sabia o que seu amigo diria e também não sabia o que necessitava ouvir para se sentir melhor. Se contasse a Gina, seus filhos se zangariam com ele, mas se não contasse, talvez esse seria um grande erro, como consequência da separação, mas não de sua lealdade.

– Seus filhos querem que ela saiba?

– Não. Pelo menos, não por mim.

– Amigo, ela é uma boa mulher e uma grande mãe, mas a realidade é que seus filhos cresceram e ela não está aqui.

– Mas ela não sabe o que está acontecendo aqui!

– Você acha que ela voltará se você contar?

– Sim – silêncio.

– Você está consciente de que se ela souber de tudo e não voltar, vai tentar se comunicar com os filhos te colocando em evidência e ao mesmo tempo você não poderá protegê-la?

– Eu não consigo acreditar que ela não volte.

– Ela não voltou quando soube de seu acidente. Perdão, mas essa é a verdade. Continua te chamando todos os dias?

– Não. Deixou de fazer quando soube que eu estava melhor. De vez em quando me manda alguma mensagem para saber como minha perna evolui, mas já não conversamos como antes. Pergunta pelos meninos, por Chloé e Parker. Nada mais.

– Se você tem certeza de que voltará, conte tudo a ela. Mas se você tem dúvidas, pense nela e não conte nada. Seus filhos jamais a perdoarão se Gina, sabendo das coisas que aconteceram e que estão acontecendo, não voltar. Como ela não sabe, ao menos não poderão julgá-la mais que pela viagem.

– Acho que você tem razão.

– E Amália? – perguntou, mudando de assunto.

Inácio se posicionava no presente de cara para o futuro.

– E a misteriosa mulher da livraria?

Ambos riram.

CAPÍTULO 53

Rafael

O que está reservado para você virá ao seu encontro.

Anônimo

Rafael era jornalista. Tinha ido ao Peru para se despedir de um colega e amigo. Sentia-se diferente, ocorreram-lhes algumas perguntas, mas seu sentido da transcendência o colocava em um lugar, diante da doença, que não era o da tristeza, mas o de pensar que cada pessoa tem uma missão na vida. Os que partiam cedo, pela causa que fosse, já a tinha cumprido. De modo que, quando seu amigo lhe disse que o tempo que lhe sobrava era breve, tomou a decisão de viajar a Cuzco. Uma amizade da vida inteira os unia, dessas que não importa a frequência, mas a qualidade do vínculo. Falavam diariamente e se viam quando a distância lhes permitia.

Rafael vivia em Barranquilla, mas viajava bastante por toda a América Latina. Trabalhava em um jornal local. Tinha voz de locutor. Ofereceram a ele vários postos nos meios televisivos por conta disso, mas ele preferia a tranquilidade do computador.

Uns dias antes da noite em que Gina ocupou sua mesa, seu amigo Dario a tinha reservado com a ideia de sair para jantar e tomar pisco. No entanto, não foi possível realizar o combinado.

A doença avançou e o que era para ser outra oportunidade para celebrar a amizade converteu-se em um ritual que cumpriria sozinho para honrar sua memória. Lembrou-se de sua última conversa com ele.

– Você precisa conhecer esse lugar – tinha dito Dario ao se dar conta de que não mais poderia acompanhá-lo.

– É só um restaurante, amigo.

– Não. É o lugar que escolhi faz um tempo para curtir um bom jantar, beber um pisco e ver essa maravilhosa cidade. Não deve perder a reserva.

– Se é seu desejo, então irei. Prometo.

– Minha mesa está reservada lá como todo sábado. Não poderei ir... duvido que minha saúde me permita sair do hospital até lá – estava internado. Rafael olhou para ele, ambos sabiam que estava certo. Dario tinha adivinhado seus pensamentos. – Estou tranquilo, Rafa. Você veio se despedir do seu amigo e assim o fará.

– Dario... – certa comoção o dominava. Sentiria muito a sua falta. Tinha perdido muito peso e a dor física do câncer já era protagonista. Se o sedassem, os efeitos da morfina o obrigariam se transformar no Dario das drogas e dos médicos. Já não seria seu amigo. Essas doses de calmantes eram cada vez mais frequentes, então Rafael não sabia quantas dessas conversas lúcidas com seu amigo ainda lhe sobravam.

– Só me dê um abraço. Voltaremos a nos ver quando for o momento. Você vai ficar bem e eu também – Rafael só o abraçava em silêncio. Não precisava dizer mais nada. – Agora, por favor, chame a enfermeira e diga a ela que tenho muita dor.

Na manhã seguinte, tudo acabou. Depois do velório e de cumprimentar aos filhos, Rafael decidiu que ia permanecer no

Peru para cumprir essa pequena promessa. Jantaria nesse lugar e veria Cuzco da janela do restaurante preferido de seu amigo.

Mas uma vez mais, o universo fazia o que queria com seus planos. Uma mulher ocupou a simbólica mesa e não parecia que a abandonaria tão facilmente. Assim, uma estranha passou a ser sua companheira nesse jantar que ele planejou compartilhar nostalgia e recordações. Será que seu amigo tinha sentido como um presságio de que isso poderia acontecer? Impossível saber, mas era lindo pensar na possibilidade.

***

Rafael acompanhou Gina até o *hostel*. Ambos caminharam pelas ruas coloniais de pedra conversando sob a luz da Lua como dois adultos que valorizam o tempo. Ele deu a mão para ela com tanta naturalidade que parecia que lhe pertencia.

Gina chegou completamente confusa em seu quarto. Recordava uma e outra vez suas palavras. A história da reserva da mesa. O destino que a tinha levado até ali. Sua voz. O som que lhe provocou um tremor em seu interior. O modo como ele a olhou entre a curiosidade e o interesse. Sua dor de estômago diante da sua sinceridade de brindar com um pisco pelo seu amigo e pela vida. Lembrou-se feliz dos detalhes da conversa:

– Eu gosto de você, Gina.

– Você não me conhece. Nunca havia me visto antes e só me viu faz uma hora – respondeu ela como se não fosse possível que isso acontecesse.

– Eu gosto de você – repetiu. – Eu gosto de você há uma hora, então.

— Rafael, nos encontramos por obra do acaso e nos divertimos juntos, mas é só isso o que acontece aqui.

— Não sei o que é que acontece aqui, como você diz, mas quero averiguar. Conte-me quem é você. Como você chegou nesta mesa.

Gina tinha se sentido livre para falar, mas de imediato a surpreendeu a sensação de ter que armar uma síntese de sua história pessoal pela primeira vez a um homem que não lhe era indiferente, depois de 25 anos. Não sabia por onde começar. Era tabeliã, separada com três filhos? Não. Isso parece um perfil de página de internet para buscar namoro. Era uma mulher que recentemente tinha se separado e que tinha viajado para se reencontrar? Não. Também não. Era mais que isso. Quem era? Era difícil essa autodescrição. A vantagem era que não podia ser julgada por alguém que não a conhecia. Decidiu não armar seu discurso previamente a partir da razão. Deixaria fluir a conversa. Isso tinha aconselhado Paul.

— Quem sou? É uma grande pergunta.

— Acho que grande é a resposta.

— Quem você acha que eu sou? — começava um jogo de sedução sem saber. Quase instintivamente.

— Não tenho ideia, mas como eu disse a você: eu gosto. Então, me surpreenda.

— Sou uma mulher que entregou sua vida a serviço de sua família e que, um dia, não faz muito, se deu conta de que não era feliz.

— Então?

— Então, quero ser feliz outra vez. Sabe? Em algum momento dos últimos anos, me perdi. Podia dizer que eu tinha tudo, mas não conseguia aproveitar quase nada. Toda minha vida foi organizada. Minha profissão de tabeliã me coloca em uma posição de controle. No entanto, isso não funcionou com minha vida pessoal. Pela primeira vez, então, decidi pensar em mim. Deixei meu esposo e me animei a fazer uma viagem, com o objetivo de me priorizar. Não é fácil, mas conquistei muito.

— É interessante sua proposta. E como chegou a Cuzco?

— A pergunta deveria ser: por que estou viajando sozinha?

— Isso é algo óbvio. Porque queria deixar algo para trás e não desejava ninguém do seu lado.

— É certo — ela se surpreendeu com sua precisão para entender seus sentimentos. — Paul. Estou aqui por causa de meu amigo Paul Bottomley — respondeu à pergunta de como tinha chegado ali. — Eu o conheci no avião de Bogotá a Nova York. E ele foi o melhor que podia me acontecer — Rafael a observou. Era evidente que ele tinha pensado que ela poderia estar atraída por esse homem. — Paul é meu conselheiro. Seu namorado o enganou com o melhor amigo de ambos — disse para desfazer qualquer dúvida. Por que explicava isso? Não sabia.

— Entendo — sorriu sem dissimular diante dessa aclaração.

— Ele tem sido, além de amigo, uma espécie de agente de viagens. De Nova York, fui a Bruxelas e logo cheguei aqui. Paul me aconselhou os lugares que eu deveria conhecer para encontrar as partes de mim que havia perdido. E eu confiei nele e me deixei levar.

Falavam como se já se conhecessem há muito tempo.

— Não está triste por seu amigo?

— Eu sinto mais dor pela ausência, mas entendo que a vida termina para todos. Isso é inevitável. Por isso, é preciso aproveitar cada momento. Talvez o que mais me afeta é que ele tinha a minha idade.

– Que idade você tem?

– Cinquenta e três. Isso me faz pensar que poderia seu eu ou qualquer de meus amigos. Já não são meus pais ou gente mais velha, o que estaria mais condizente com a lei da vida. São pares. Ou seja, isso me conecta com a finitude da existência. E o estranho é que não é tão longínqua como se pode supor.

– É verdade – Gina estava fascinada não só com sua voz, mas também com o conteúdo de suas palavras. Mesmo que por alguns momentos ela se distraísse só olhando para ele e pensando como era possível que estivesse vivendo essas emoções que tinha esquecido.

– Sempre acreditei que a melhor maneira de viver é tentando não criar muitos problemas. Não forçar as coisas que resistem. Quando algo deve acontecer, simplesmente acontece e quando não, não há nada que se possa fazer para ganhar do destino no braço de ferro – continuou.

Esse homem estava se metendo pela única fresta que sua alma tinha deixado aberta sem saber. Ela a desconcertava e ao mesmo tempo, absorvia sua inteira atenção. Quem era? Por que ali? Era tão cavalheiro sem deixar de ser sedutor. O príncipe mais encantado que já havia visto. Surpreendeu-se nesses pensamentos ao se dar conta de que não sabia o que ele estava dizendo. Então, sorriu e reiniciou a conversa com outra pergunta rezando para que não fosse sua vez de responder algo. A fascinação e um terremoto de sensações lhe tinham tirado dali por uns instantes.

– E quem é você? – perguntou enquanto o pouco que já sabia dele começava a se instalar entre sua alma e sua busca.

– Sou um homem que se divorciou há três anos. Pai de duas filhas. Que acreditou que estaria só o resto de seus tempos e que esta noite considera a possibilidade de que isso pode não ser assim – Rafael não tinha tido tempo para elaborar sua resposta, mas ele sabia bem quem era. – O que mais? Tenho uma irmã. O resto de minha família já não está. Era pequena.

Como era a atração numa situação nova como aquela? Como seria beijar seus lábios? Ele falava e Gina se perdia entre sua voz e suas palavras tratando de entender por que se sentia dessa maneira. Seu coração lhe gritava a seus sonhos que o universo sempre provê o que pedimos.

– O que você vai fazer amanhã? – disse ele, de repente.

– Vou a Machu Picchu.

– E à noite?

– Você vai me convidar para um encontro? – havia certa naturalidade que não reconhecia como própria em seu diálogo. Estava florescendo a mulher sem preconceitos que começava a conhecer o mesmo mundo, mas com outra visão.

– Sim. O que você me diz? Daria uma chance a este estranho?

– Sim, darei. Mas amanhã à noite eu vou dormir em Águas Calientes.

– Que seja depois de amanhã, então – disse. Trocaram seus números de celulares e a noite continuou.

Rememorando as sensações dessa conversa, Gina tinha chegado na manhã seguinte ao ônibus turístico que partia de Cuzco e parava em várias partes do Vale Sagrado, uma das zonas mais valorizadas do império Inca, rumo às ruínas. Sentia-se nervosa pela saída e ao mesmo tempo não podia deixar de pensar nisso. Oscilava entre cancelar e não se expor para que esse sentimento não avançasse dentro de seu ser. Logo pensou que, mesmo que não tivesse ideia de continuar, podia arriscar a conhecê-lo.

O guia falava e explicava que o lugar tinha um valor arqueológico e patrimonial incalculável. Vestida de maneira casual e misturada entre os turistas, pensava em Rafael. Gostava de seu nome. Passaram por Ollantaytambo, um povoado que continua habitado e mantém uma formidável fortaleza inca. Ali almoçou antes de tomar um trem até Águas Calientes, o último povoado antes de Machu Picchu.

No dia seguinte pela manhã, um ônibus a levou até a porta do complexo arqueológico. Ela se vestiu com uma roupa leve e um calçado adequado para a excursão.

Não podia tirar Rafael da memória. Tocou seu celular. Uma mensagem de WhatsApp.

"Você pode olhar para trás?".

Gina virou de imediato. Sem pensar. Só sentindo desejos de que fosse isso. Sim, ali estava ele.

– Olá. Não acho que você deva escalar sozinha a montanha Huayna Picchu.

– O que você faz aqui?

– Vim te buscar.

– Por quê?

– Porque pensar em você até amanhã à noite ia ser insuportável. Posso te acompanhar?

Gina sentiu que a felicidade brilhava em sua expressão. Não tentou dissimular. Escalar, ele tinha dito? Não importava. Faria o que fosse preciso para passar mais tempo com ele, inclusive escalar. Tinha o corpo todo dolorido ainda, mas sua alma bailava e lhe presenteava o sabor de bons tempos.

CAPÍTULO 54

Sentir

*A emoção que pode romper seu coração,
às vezes é a mesma que o cura.*
Nicholas Sparks

━ ━ ━ ━ ━ ━

Amália valorizava o apoio de sua amiga obstetra. Elas se conheciam do hospital, trabalhavam juntas fazia muitos anos. Essa manhã foi vê-la em seu consultório.

– Olá. Você tem um minuto?

– Claro que sim. Uma paciente cancelou sua consulta, então estou livre agora. Conte-me: como está Ângela?

– Ela está se recuperando, pouco a pouco. Acho que foi uma sorte que não tivesse que passar pelas consequências de interromper a gravidez voluntariamente. De algum modo, o ocorrido levou consigo qualquer culpa ou dúvida. A natureza decidiu por ela. Além disso, ajudou o fato de seu namorado ter voltado. É um bom garoto. Não deve ser fácil para ele também, mas são muito jovens. Acho que vão superar. Por isso, eu vim te agradecer.

– Não tem nada que agradecer. Eu me encarreguei da saúde dela e fui honesta com você a respeito do que pensava e penso sobre o assunto. Que bom que ela tem você e que jamais precise voltar para a casa de sua mãe ou daquele estuprador.

– Sim, daqui para frente, vai ser assim – Amália leu uma mensagem em seu celular e sorriu.

– O que é que te deixou assim tão contente? Por acaso tudo isso aproximou você daquele homem de seu passado?

– Algo assim. Não quero me iludir. Já se passou muito, muito tempo. Não somos os mesmos, mas não tenho dúvida de que algo acontece quando estamos juntos.

– O que ele diz?

– Nada. Por enquanto só compartilhamos momentos. Faz pouco tempo que ele se separou.

– Qual é o seu nome?

– Francisco.

A médica se encostou sobre o encosto da cadeira, acomodando-se melhor para escutar e observar Amália. Claramente ela tinha muito interesse nesse homem. Sua expressão inteira se dilatava ao nomeá-lo.

– O que foi?

– Olho para você e me preocupo. Não gostaria que ele voltasse a te machucar. Não o conheço, mas sei que ele te deixou faz muitos anos e que você nunca o esqueceu completamente. É informação suficiente para um alerta.

– Sim, é verdade. Mas como faço para manter distância quando ele aparece na minha sala de cirurgia e depois que descubro que é o pai do namorado da minha sobrinha?

– Acho que a questão é o quanto você gosta dele. Talvez você siga sentindo coisas por ele. O restante, mesmo que seja complicado, não é a razão desse sorriso que você traz no rosto como um sinal – disse com carinho.

– Dá para notar tanto assim?

– Muito. Você tem outra luz no olhar, é tão típico. Você é

médica. Acho que não é necessário que eu te dê conselhos de ginecologia – acrescentou.

– Não entendo.

– Pois... leve camisinhas na bolsa. Os homens que vêm de relações estáveis são os mais propensos a contágios de doenças sexuais. Não têm o hábito desse cuidado.

– O que você está dizendo? Ele nem me beijou!

– Mas vai beijar e você aceitará – disse rindo. – Só é um conselho médico. Você terá uma vida sexual muito ativa logo logo.

– Não consigo me imaginar nesse papel com ele... me dá certa vergonha.

– Por favor! Nós temos nosso corpo, entre outras coisas, para aproveitar enquanto é possível. Só te peço que avalie as possibilidades de que ele não volte com a ex-esposa.

– É impossível saber isso.

– Pois tente ficar o mais segura possível.

***

Francisco chegou de táxi no escritório. Inácio já estava por ali. Ocuparam-se de algumas questões laborais antes de fazer uma pausa para beber um café.

– Estou confuso – disse Francisco de repente. – Preciso de sua experiência.

– O que está havendo?

– Penso em Amália.

– Agora me conte uma coisa que eu não saiba!

– É sério.

– E para que você precisa da minha experiência?

– Porque não sei muito bem o que fazer quando estou com ela. Estou sem prática.

– Francisco, seduzir é como nadar. Se sabe fazer, sempre fará do mesmo modo. Vai te dar medo às vezes e segurança em outros momentos. Há mares calmos e outros nem tanto. Não há conselho válido, porque só você e ela estarão ali. E se você agir sem naturalidade, logo vai transparecer. Você precisa ser quem você é.

– E quem sou eu segundo seu arquivo de classificações?

– Você é aquele que recomeça. O que, por fim, começa a aceitar que seu casamento terminou.

– Não estou totalmente certo disso. Também penso o que aconteceria se Gina quisesse voltar comigo. Não posso machucar a Amália outra vez.

– Não, isso você não deve fazer mesmo. Não avance se você não estiver seguro.

– Quando estou com ela, minhas dúvidas desaparecem... e Gina também.

– Isso é bom, mas pode não ser definitivo. Deve estar muito decidido antes de agir. Você deve isso a Amália.

– Vamos sair essa noite.

– Você a convidou? – perguntou surpreendido.

– Sim, foi um impulso.

– Só seja você mesmo. O resto simplesmente vai acontecer.

– Quanto tempo passou entre sua separação e a primeira mulher com quem esteve?

– Isso não é parâmetro. Eu enganava a minha mulher. Lembra? – Ambos riram. – Mas se serve de alguma coisa, estive em várias camas sem encontrar alguém que, de verdade, eu me importasse, até muito pouco tempo atrás.

— A mulher da livraria?

— Sim. Estou louco por ela. Só lamento não a ter conhecido antes.

— Suponho que não somos donos do tempo. Não decidimos quando é o momento para que algo ocorra. Prefiro pensar que quem decide por nós não erra.

— É uma boa forma de não se responsabilizar.

***

Essa noite, Francisco foi buscar Amália em um táxi, já que ainda não podia dirigir. Ao vê-la notou que tinha se dedicado um tempo para ficar ainda mais linda. Estava maquiada e usava perfume. Seu cabelo solto caía sobre seus ombros. Seu vestido preto tinha um decote sugestivo e calçava saltos altos vermelhos que combinavam com sua bolsa e um colar.

Foram jantar. Começaram falando de temas variados e sem importância. Mas seus olhos se cruzavam e diziam outras coisas. As palavras não coincidiam com os pensamentos e em mais de uma oportunidade, ambos tiveram que retomar uma conversa que não sabiam bem onde tinha parado. Olhar, um para o outro, os distraía.

— Amália, quero ser completamente honesto com você.

— O que foi?

— Não sei, mas não estou te escutando. Não posso deixar de olhar para você e recordar o tempo em que estivemos juntos.

Ela permaneceu em silêncio. Não sabia como interpretar essas palavras. Eram um elogio, um carinho na alma, mas também lhe parecia ser um problema. Não podia pensar com clareza, muito menos analisar a situação.

– Também não consigo me concentrar demais – disse.

Ambos riram.

– Suponho que essa conversa também será facilmente esquecida – brincou.

– O que fazemos aqui? – disse, dando espaço para que ele respondesse o que pensava nesse instante.

– Não sei. Algo me empurra em direção a você. Sei que minha vida pode parecer um caos neste momento, e provavelmente seja, mas sou sincero quando digo que estar com você é o que espero durante todo o dia.

– Não é que eu queira falar dela, mas uma vez você me abandonou por Gina. Se existe essa possibilidade realmente prefiro que não nos vejamos mais. Eu ainda estou em tempo de me proteger...

Francisco tomou sua mão sobre a mesa. Amália sentiu esse contato como a antessala de seu melhor sonho de toda uma vida.

– Não quero machucar você. Uma história me une a Gina. Temos três filhos. A realidade é que ela decidiu pela separação. Eu achava que queria salvar meu casamento até que você apareceu.

– Pois você deverá descobrir o que deseja realmente – disse acariciando sua mão. – O que eu mais gostaria era de poder avançar com você e compartilhar. Estar com você outra vez me faz me sentir viva. Apesar de tudo o que passou, ao seu lado parece que nada mudou. Ainda que tudo seja diferente. Agradeço a sua honestidade, mas acho que...

– Vamos a outro lugar – disse ele sem pensar e sem deixar que ela terminasse sua frase.

– Aonde você quer ir? Acho que você não está me escutando – acrescentou Amália. Sua mente a levou a pensar que ele a convidaria para ir a um hotel.

– Só vem. Dê uma oportunidade. Uma hora ou duas – disse ele ao mesmo tempo que pedia e pagava a conta.

Sem poder reagir, ambos estavam em um táxi. Francisco lhe indicava ao condutor um endereço que ela não sabia onde. Ele segurava sua mão com vigor. Aonde ele a levava? Seu coração se acelerava e batia forte. Não podia falar. De repente, o carro se deteve e os dois desceram. Francisco se locomovia sem ajuda de nada além de suas muletas. Amália não podia acreditar no que via.

– Eu precisava vir aqui – disse. Ele a observava em meio a uma mistura de agitação e ansiedade. Sabia que esse lugar lhes daria outra perspectiva. Ele não queria que Amália partisse.

Ela o observou. Dominada por um impulso não pode evitar comer-lhe a boca com um beijo. Estavam em frente a um banco da praça, perto da faculdade, onde muito tempo atrás, ele a tinha beijado pela primeira vez.

As estrelas foram testemunhas da forma com que seus corpos e seus sentimentos se misturavam ao ritmo compassado de quem consegue sentir sem pensar no futuro.

CAPÍTULO 55

Acreditar

*Que a alma que pode falar com os olhos
também possa beijar com o olhar.*
Gustavo Adolfo Bécquer

O coração de Gina explodia. Não podia definir se era felicidade, expectativa, autoestima elevada, loucura ou um pouco de tudo isso simultaneamente. Rafael não foi só buscá-la em Machu Picchu, e com um romantismo de novela, mas ia passar todo esse dia mágico junto com ela. *Porque pensar em você até amanhã à noite seria insuportável.* Podia uma mulher, em sua situação, não sucumbir a essa sedução sutil? Na verdade, podia uma mulher, em qualquer circunstância, resistir a essas palavras? Algum ser humano, sem distinção de sexo, seria capaz de ouvir essa frase sem cair ao vazio desde o pico de uma montanha-russa? Como poderia alguém não suspirar pelo homem que dissesse isso?

Claro que ela aceitou sua companhia. Caminharam pelas ruínas, tiraram fotos com seus celulares. Riram de si mesmos e das limitações físicas quando se comparavam aos jovens que os ultrapassavam rapidamente.

Sem perder um só minuto, eles conversaram sobre nada

relevante e ao mesmo tempo sobre o sentido de todas as coisas. Como? Não sabiam, mas assim sucedeu. Nesse momento, conheciam muito um do outro e só queriam adivinhar o que faltava. Era recíproco. O tempo era exato, e eles seguiam iguais em suas emoções. A isso se chama descobrir ou descobrir-se.

Ao pé de Huayna Picchu, os dois se olharam pensando no beijo que não se deram.

Começaram a subida sentindo-se quase unidos por um destino invisível. Como se não fosse possível que o tempo real de se conhecer fosse tão breve. Por acaso havia seres que vinham de outra vida a se buscar na seguinte? De uma perspectiva lógica, não havia respostas. De outro ponto de vista, mais espiritual e verdadeiro, talvez, sim.

Resultou que escalar a Huayna Picchu não era subir como Gina havia imaginado. Escalar era subir, baixar, trepar, ficar sem ar. Atravessar espaços muito estreitos e outros trechos de percurso tranquilo. Assumir a dificuldade em meio ao cansaço e acreditar na força de continuar apesar de tudo. O cume, em cuja cúspide desejavam chegar, era a própria vida. Ali, nesse percurso não havia bens, nem dinheiro, nem nada material que estabelecesse diferenças entre quem tinha o mesmo objetivo. Porque o desejo de chegar às metas é universal. Não tem nacionalidade. Pertence ao mundo dos que sonham, mas também daqueles que perseguem a possibilidade de cumprir por puro esforço e convicção seus planos. É um sentimento que une.

Quando o trajeto ficava sinuoso e um pouco perigoso, Gina paralisava sem possibilidade de seguir, e Rafael tomava sua mão com firmeza para ajudá-la.

– Vamos conseguir. Você verá.

– Quanto falta? – não dava mais. Estava esgotada. Só ele era seu impulso.

– Você quer a verdade? Ou deseja chegar?

– Quero ar – disse agitada. Então ele se inclinou levemente diante dela. – Ar você quer, ar você terá. Suba – convidou. – Vou te levar nas minhas costas.

– A cavalo?

– Sim. Como costumava fazer com as minhas filhas quando estavam cansadas.

– Não acredito! Não vai fazer – disse. Mas antes de que pudesse se dar conta, seu corpo inteiro estava apoiado contra Rafael, seus braços cruzavam seu pescoço e ele sustentava suas pernas. Gina não soube quanto tempo durou esse pequeno respiro, porque seu ser sentia em todos os idiomas e lhe pedia que não afastasse esse contato que era uma dose de vida.

Entregue a curtir, permaneceu em silêncio durante essa fração de feitiço com que o tempo tinha lhe presenteado.

– Terei que baixar você agora. Este trecho devemos fazer com cuidado – anunciou. E fizeram. Mas antes de ela sentisse o vazio do abismo, ele lhe deu a mão. Ela lhe deu mais que isso. Ela concedeu o controle. Uma nova Gina emergia do passado recente.

Assim, confiando nele, se deu conta de que ele realmente lhe dava segurança, não era saber o que ia acontecer, mas estar ao lado de quem escolhia, para caminhar junto ao que a vida tivesse planejado. Rafael mudava seu eixo de sentido. Ela gostava de se sentir cuidada. Era magnífico que o desenlace de algo dependesse de outro ser, que lhe deu sua mão, mas que tinha inexplicavelmente chegado ao canto mais secreto de seu coração.

E enquanto ela era completamente devorada por um furacão de sentimentos que não conhecia, Rafael sentia que Gina multiplicava sua energia. Um Sol que lhe bronzeava a vida, até então na sombra, com um só olhar dessa mulher, que também era um farol para iluminar seu destino. O que estava acontecendo? O tempo com ela não tinha unidade de medida que não fosse seu sorriso. A seu lado, quem precisava usar relógio?

Assim, chegaram ao cume. Por obra do universo, os demais turistas começaram a descida nesse momento e por instantes ficaram sozinhos, sentados diante da imensidão daquela paisagem sublime. Olhavam no mesmo sentido quando ele tomou sua mão outra vez. Gina sentiu que lhe percorria inteira uma necessidade dele. Era possível? Uma lágrima muda se deslizou por sua face quando ele a envolveu em seus braços. As buscas chegavam ao fim? Não importava. O tempo se deteve ao escutar a voz do destino. Então, em plena comoção interior de ambos, suas bocas se buscaram para fundir-se em um beijo que lhes explicou, através de seus lábios, o motivo pelo qual estavam juntos.

Não pensavam, sentiam.

Não tinham pressa, viviam.

Não era desejo, era entrega.

Não eram suas bocas, era voltar a vibrar ao beijar. Uma energia diferente foi testemunha do que eles mesmos não podiam ver. Às vezes, os começos não são notados por quem os gera. Simplesmente surgem.

– Gina, não sou capaz de colocar em palavras tudo o que acontece comigo ao seu lado. Só posso assegurar que é a única coisa que quero. Eu gosto de pensar que eu poderia me sentir assim para sempre, como agora – disse. Sua voz fazia seu interior estremecer como na primeira vez que o ouviu.

Ela lutava contra as lágrimas de emoção que queriam saltar de seus olhos. Não se lembrava de mais nada. Não pensou em seus filhos, nem em sua família, nem em sua profissão, nem em seus amados bichinhos de estimação.

Em nada. Apenas nele.

Ouvi-lo era tudo o que mobilizava seu ser com uma intensidade que nunca tinha vivido antes. O que era para "sempre"? Então soube.

– Rafael, "sempre" é uma ilusão. O "agora" é o único que temos realmente. Somos donos de pequenas frações de tempo que nos oferecem possibilidades. Beijar você foi um modo de me animar a aceitar uma dessa possibilidades. Esta viagem me ensinou isso.

– Talvez você tenha razão. Então quero todas as possibilidades que o tempo possa me oferecer a seu lado – disse e voltou a beijá-la com suavidade. – Quero todos os seus "agora" – acrescentou.

Seu coração acelerado e seu desejo pediam para serem protagonistas. Tiraram uma foto juntos e depois ela descansou sobre seu peito. Compartilharam juntos o silêncio. Só pensavam um no outro.

***

A descida foi mais fácil, pois além de já conhecerem o percurso, algo dentro deles tinha mudado. Estavam unidos na confiança e na segurança que lhes dá o sentimento de duas pessoas que acreditam na mesma coisa.

Rafael acompanhou Gina até seu hotel em Águas Calientes. Também ele tinha reservado um quarto ali. Beijaram-se no saguão, e cada um foi ao seu quarto tomar uma ducha e se trocar. Já sentiam a falta um do outro no corredor.

***

Gina saiu do banho e se observou nua no espelho. Que pensaria ele se a visse? As cicatrizes das cesáreas eram testemunho de sua vida anterior. Parecia tudo tão distante. Seu corpo não era o da jovem que tinha sido. No entanto, não sentiu pudor, mas um imenso orgulho porque, por fim, o espelho lhe devolvia a mulher que tinha saído para buscar. Suas imperfeições eram pequenas ao lado da aceitação de si mesma.

Pensou em ligar para Paul, mas alguém bateu na porta naquele instante.

– Quem é?

– Alguém que já sente sua falta e para quem é insuportável esperar até o jantar para ver você outra vez.

Ela sorriu. Sentia felicidade em cada poro de sua pele. Abriu sem nem pensar que só vestia o roupão do hotel.

– Acho que você tem um sério problema com as esperas – disse.

– É um problema novo. Só me acontece quando se trata de você. Posso entrar? – ela abriu espaço para que ele entrasse. Estava também banhado e cheirava a perfume. Seu cabelo ainda molhado brilhava.

No instante em que a porta fechou, um mundo, que só o tempo controlava, invadiu a distância entre seus olhares. Um beijo que sucedeu justo na metade do caminho entre ambos foi a antessala das primeiras carícias.

– O que é que você tem que me atrai dessa forma? – Rafael sussurrou em seus ouvidos.

Gina se sentia desejada. Por momentos nem podia responder às suas palavras porque só queria cheirá-lo, tocá-lo, senti-lo perto e, claro, mergulhar em sua voz.

402

– Escutar você é música para mim – atinou a dizer antes de beijar seu pescoço.

– Vamos dançar então e não deixarei de dizer o quanto gosto de você.

Seus corpos começaram a se mover em silêncio misturados aos acordes de cada palavra que diziam. Gina era outra mulher. E para essa Gina, era a primeira vez que o prazer se anunciava de uma maneira tão diferente, tão intensa, tão profunda. Rafael tinha se entranhado entre seus sentidos. Não quis pensar no amanhã.

– Gosto de seu perfume e da suavidade de seus ombros – disse Rafael enquanto tirava com doçura parte de seu roupão para beijá-los.

Ela abriu sua camisa com lenta destreza e sentiu o perfume de seu peito. Apoiou sua mão sobre ele e vibrou. O mapa desse homem se abria diante de seu olhar e nada podia fazer diante do desejo de percorrê-lo.

Rafael tomou seu rosto com ambas as mãos e a olhou direto em seus olhos.

– Você acha que pode confiar em mim?

– Você consegue enxergar meus medos?

– São seus medos que fazem você ser ainda mais bela, como se isso fosse possível. Posso ir se você quiser, mas também posso ficar e cuidar de você e dar tudo o que sou agora mesmo. Você decide. Mas precisa saber que eu quero você comigo.

Ela sentia que a vida lhe beijava a boca. Estava encantada por absolutamente tudo de Rafael. Não queria que ele partisse, ainda que não soubesse como seguir.

– Não quero que você se vá.

– Não pensava em ir – ele acrescentou.

Ela sorriu. Os dois estavam de pé, um diante do outro, em um cenário breve como era o quarto de um hotel.

– Então? Você não me respondeu. Você acha que pode confiar em mim?

Gina fechou os olhos e só pode vê-lo e sentir-se seduzida pelo magnetismo que lhe conduzia a seus braços.

– Sim – respondeu. Ele a beijou intensamente.

Seguiam dançando ao ritmo dessa atração recíproca que os levava às mesmas sensações de quando eram jovens. Certo pudor, fogosidade, vontades, dúvidas. Mas se somavam à experiência, e isso fazia com que tudo fosse diferente.

O roupão que Gina vestia caiu no chão. Rafael a acariciava com suas palavras. Sussurrava em seus ouvidos que só queria estar com ela.

– O que você está pensando?

– Que você pode não gostar de mim.

– Eu já gosto de você, você me deixa louco. Mais tranquila? – os olhos de Gina brilhavam. – Você quer que eu pare?

– Não... só que entenda meu tempo. Confio em você – não sei se por convicção ou por que não pude evitar.

– Seu tempo será o meu.

– Rafael foi tirando sua roupa, sem deixar de beijá-la, enquanto iam avançando sobre a cama. Ela não podia pensar, porque a seu lado só era capaz de sentir e de se surpreender a si mesma.

– Você é tão sensual. Estou encantado. Não posso parar de tocar e de sentir você. Quero olhar para você – disse guiando-a até a cama. Gina sentiu vergonha ao ser observada estendida ali, expondo sua completa nudez. Tentou puxar um lençol.

– Não faça. Me fascina olhar você. Quero conhecer cada canto de seu corpo – disse – Eu gosto de você inteira.

Gina vibrava só de escutá-lo, o som sedutor de sua voz somado a suas palavras a faziam se sentir desejada. Sua sexualidade lhe surpreendeu desde um lugar dotado de uma paixão mais lenta, mas insuportavelmente intensa ao mesmo tempo.

Rafael não podia acreditar que habitavam nele esse sentimento que supunha perdido. O sabor dessa mulher o transformava em alguém entregue à possibilidade de voltar a sentir. Teria gostado de poder deter o tempo. Como isso não era possível, decidiu que prolongaria as carícias, os beijos e essa antessala que era sedução e prazer em estado puro.

– Eu gosto de respirar seu cheiro – disse Gina depois de um beijo úmido entre seus seios, com as mãos nos cabelos de Rafael. Já suas mãos tocavam a sensibilidade de Gina provocando-lhe estremecimentos de gozo.

Ambos estavam nus e o pudor começava a se afastar. Não havia urgência em se possuir porque os dois recuperavam sensações quase esquecidas. Havia muito tempo ninguém lhes provocava esses sentimentos.

Gina voltava a ser a mulher que tinha se perdido. Rafael estava rendido a seus encantos. Gostava realmente de tudo nela, também dos indícios em seu corpo de que era vulnerável tanto como ele e sem que isso importasse, ambos se sentiam completamente atraídos um pelo outro. Descobriu com fervor que o desejo não era só da juventude. Estava seguro de que não era possível sentir essa paixão sem experiência de vida.

Desfrutaram-se entre mais beijos, algum sorriso cúmplice e o atrevimento que se abria pausadamente. Ele colocou um preservativo e entrou em sua úmida intimidade sem deixar de dizer o quanto se desejavam.

A voz de Rafael lhe agarrava em sua essência. De repente, ele se deteve. Necessitava saber como se sentia.

– Está bem? – a expressão de Gina era seu próprio fulgor.

– Não sei como estou, mas descubro uma nova mulher e gosto dela. Quero tudo – sussurrou. Sentir aquele homem superava o imaginado.

Então ele pôde continuar. Movimentos mais intensos, beijos e gemidos deram lugar a pausados silêncios nos quais se beijavam com o olhar. Seus corpos estavam tão juntos como se não fosse possível uni-los mais que nesse momento. As mãos de Gina se marcaram nas costas de Rafael e os lábios dele em sua boca, quando juntos sentiram o melhor começo da segunda parte.

CAPÍTULO 56

Escolher

Que suas decisões sejam um reflexo de suas esperanças, não de seus medos.
Nelson Mandela

Francisco não pôde deter suas memórias quando Amália o beijou na praça em frente à faculdade, no meio dessa loucura adolescente de levá-la ali para que ela não partisse. Evocar o passado em situações como essa, sem dúvida, era um antídoto contra as despedidas. Só desejaram permanecer juntos.

— Perdoe-me. Não estou sendo razoável. Digo a você que se há um risco de que volte com Gina, não quero te ver mais, e depois, te beijo. Sou um desastre! – disse quando se sentaram no velho banco da praça.

— Não me peça perdão por algo que me fez feliz. Estou feliz porque você me beijou – respondeu. Ao se ouvir, se incomodou consigo mesmo. Parecia estar agradecendo um presente. Não era isso o que sentia. Ela olhava para ele, esperando outras palavras. Depois, se levantou.

— Acho que preciso ir embora... – o beijo lhe transportou para anos passados e sentiu que o amor por Francisco seguia ali, intacto. Para ela, era tudo, mas sentiu que, para ele, era só um detalhe. Não ia se expor a sofrer novamente. Talvez já fosse tarde, mas se avançasse mais, seria irremediável.

– Não. Não quero que você vá – e lhe tomou a mão.

– Francisco, não queremos o mesmo. Quer dizer, eu sei que te desejo, e muito, mas você não. Devo pensar em mim. Não sei se tenho forças para resistir a outro abandono. E se tivesse, escolho não passar por isso novamente.

Francisco só a olhava e a imaginava em seus braços. Beijá-la outra vez e outra e sentir essa intransferível sensação de plenitude. Como devia agir? O que devia dizer? Pensou em Inácio. Tinha que ser ele mesmo.

– Amália, vou dizer a você exatamente o que sinto. Não sei mentir e tampouco quero mentir. Neste momento, só quero estar com você. Não penso em Gina nem por um segundo quando estou com você. Não pensei em nada nem em ninguém, só você ocupa tudo o que sou. Não entendo o que está havendo, mas suponho que não é lógico e que te gera insegurança, mas é assim.

– Entende que eu não quero ser uma substituição que encha seu vazio?

– Entende que eu estou escolhendo você? Não quero nada que não seja estar com você. Essa é a verdade.

– Acredito em você. Mas você diz isso agora. O que vai acontecer quando ela voltar?

Francisco, então, imaginou a situação. Tratou de se lembrar de Gina em seus melhores momentos. Se imaginou diante da alternativa de poder escolher entre ambas. Não queria fazer nada errado. Seu coração lhe marcava dois tempos, e o de Gina era o de ontem. No entanto, de cara para o futuro, era o rosto de Amália o que lhe sorria.

– Amália, não quero convencer você de nada. Só serei honesto. Gina fará parte de minha história para sempre. Nosso casamento terminou porque ela não era feliz. Duvido que isso mude, mas...

– Está claríssimo. Você só está aqui, porque ela não vai mudar de ideia – a dúvida se adiantou.

– Deixe-me terminar – interrompeu. – É verdade. Acho mesmo que ela não vai voltar atrás, mas a questão é que acabo de me dar conta de que também eu mudei. Talvez ela tenha razão. Eu não sei se era feliz ou se só estava acostumado à minha vida. Mas não posso deixar você ir.

Amália o escutava com atenção. Seu futuro ia na decisão que tomasse.

– O que mudou?

– Beijar você.

– Não entendo.

– Ao beijá-la, fui outro homem. Sentia que voava. Quando você fala, não consigo parar de olhar para você e me sinto como um jovem em seus primeiros encontros. Só que tenho uma grande vantagem, já vivi bastante. O suficiente para reconhecer que isso é verdadeiro. Não posso prometer como será estar comigo, porque eu não sei. Estou em meio a muitas mudanças, mas sou capaz de dizer que darei o melhor de mim para que estejamos juntos e bem. Sinto vontade de começar algo com você – surpreendeu a si mesmo com essa confissão. Ela só o olhava. – Não vai dizer nada?

– Não – disse e o beijou outra vez.

Não foi um beijo extraordinário, apaixonado ou excitante. Foi um beijo que começou com seus olhares e continuou na proximidade tímida de seus lábios e os transportou ao fechar os olhos ao lugar do coração onde se permitiam deixar partir as dúvidas. Suas bocas entregavam sentimentos sinceros. O ritmo de seus corpos acompanhava essa segunda oportunidade que poucas vezes a vida oferece.

– Quero tentar – insistiu ele.

– Já estamos tentando.

Permaneceram abraços em silêncio olhando a noite cair sobre esse novo início. Sem deixar de acariciar suas almas. De repente, Francisco riu.

– Temos um problema.

– Só um? – respondeu ela enquanto listava vários em sua mente.

– Meu apartamento está um caos desde que me acidentei.

– Você logo o organizará quando você voltar a morar nele. Não vejo problema.

– Ângela e Diego devem estar em sua casa.

– Sim... e?

– Andrés e Josefina estão na minha.

– E sim... ali estarão até que se mudem – disse como se fosse óbvio. – Qual é o problema?

– Que desejo passar a noite com você.

O coração de Amália saiu de seu corpo. Explodiu em brilhos e emoções diante de seus olhos. Dançou a dança dos que acreditam na vida, apesar de seus reveses, e depois voltou ao seu lugar para respondê-lo. Mas não pôde. Francisco a beijou novamente e dessa vez, foi diferente. Sua língua e seus lábios tinham o gosto da urgência. A implacável necessidade de sentir seu corpo e sua alma. Amália inteira respondeu a essa demanda sensual potenciando o momento com suas mãos e todo seu ser.

***

Um táxi que pediram por telefone os levou a um hotel perto dali. Quando por fim estavam a sós no quarto, cada beijo lhes pedia permissão para ir mais longe. Lentamente, se despiram, com torpeza e algo de pudor. Olharam-se como se fosse a primeira vez. Na realidade, de algum modo era, porque em 26 anos tinham mudado.

Nus entre os lençóis, pouco a pouco o desejo foi se tornando irresistível. Ela sentiu vergonha ao notar, dentro de si, que não podia mais limitar todas as suas vontades. Francisco tirou muito mais que seus preconceitos. Bebeu seu medo e lhe proporcionou uma capacidade de entrega que a multiplicava em cada carícia. Francisco queria que Amália se sentisse tão mulher como merecia e ainda mais, porque era ela a que tinha despertado nele o homem que ele tinha se esquecido que era.

Amália pensou no conselho que sua amiga médica tinha lhe dado. Distraiu-se por um instante.

– O que houve? – perguntou ele. – Você está bem?

– Nada... é que... bem, devemos nos cuidar. – disse, sem pensar.

– Não tenho nada aqui.

– Eu sim – disse e foi buscar o preservativo.

O clima foi pausado por um instante, mas a excitação não. Francisco se sentia jovem outra vez.

Os beijos e a segurança de seus braços a animaram a se colocar sobre ele com muito cuidado para não ferir sua perna. Sem deixar de se olharem nem por um instante, seus corpos se fizeram um. Amália não podia reter suspiros de prazer. Ele se surpreendeu. Logo, iniciou o movimento lentamente desfrutando do ritmo de um sonho realizado.

As mãos de Francisco adivinharam todos os segredos escondidos de seu corpo. Segundos depois, ela já atingia seu primeiro orgasmo. No entanto, não foi sua explosão, mas suas lágrimas que o fizeram esquecer de seu próprio prazer para sair de dentro dela e abraçá-la.

– Olha para mim – pediu ele.

– Por quê? – perguntou sem ocultar seu gozo.

– Porque estou aqui com você e vou ficar. Você precisa se acostumar a me sentir como parte de você. Quero que você me veja para que desapareçam suas dúvidas.

Atônitos e maravilhados, ele bebeu cada lágrima. Buscaram-se com as mãos e tocaram seus corpos um no outro com as melhores recordações, e se beijaram outra vez enquanto a respiração de ambos começava a se aquietar. Transcorreram uns minutos em silêncio. Deslumbramento e satisfação se somaram a imagens que se sobrepunham umas às outras em uma colagem de passado e presente.

– Você continua incrível – disse ele pedindo-lhe perdão em cada carícia e provocando seus sentidos para voltar a senti-la.

– Não sou a mesma, você sabe.

– Não, não é. Você é melhor – disse apertando-a com força contra seu corpo. – Há uma grande mulher em você. E essa superou a jovem que eu conheci.

Amália estava em uma nuvem e não queria voltar. Também não permitiria que seus pensamentos de preocupação arruinassem esse momento. Lutava contra a realidade. Sabia bem que era tarde para não se envolver, mas não se importava.

A paixão retomou seu protagonismo e não demorou muito para que ela tivesse mais um orgasmo que ele mesmo desfrutou como próprio. Francisco sentiu que era seu momento de máxima entrega e se deixou ir atravessado pelo som do prazer.

Entre seus suores e o sentimento de ser aliados nessa nova

oportunidade, ele saiu de dentro dela e permaneceram abraçados com os olhos fechados e a alma aberta. Ficaram tão relaxados que dormiram em segundos.

– De verdade, você acha que pode funcionar? – perguntou ela, ao acordar, minutos depois.

– Vou cuidar para que assim seja – respondeu ele, aproximando-a ainda mais dela.

– Você não sabe estar sozinho... Tenho medo de que você esteja aqui por isso.

– Quase toda minha vida estive com alguém. Você tem razão nisso, mas sempre fui fiel. E estou com você agora. Tomei minha decisão. Escolho você e quero ser feliz. Ao seu lado descubro o que sou. Não me interessa analisar as razões. Desejo encontrá-las junto a você.

Amália lembrou que quando Francisco lhe contou, anos atrás, de seu interesse por Gina, ele tinha dito a verdade. Nunca a tinha traído. Tinha preferido deixá-la para depois estar com Gina. Talvez por esse motivo estavam ali.

– Acho que nunca estive tão assustada em minha vida, mas ao mesmo tempo, acho que nunca estive tão feliz – pôde dizer antes de começar mais uma vez o ritual de se beijarem.

Será que finalmente chegava a oportunidade de viver junto com o único amor de sua vida?

CAPÍTULO 57

Elas

As mulheres nunca são tão fortes como quando se armam com suas próprias fraquezas.
Madame du Deffand

━ ━ ━ ━ ━ ━

Enquanto isso, Raquel sonhava acordada ao lado de Manuel. A vida de ambos tomava um caminho mais estável. A vertigem tinha aberto lugar para o amor e a compreensão. Estavam compartilhando tudo o que antes lhes era proibido e as únicas referências a respeito de Maria Dolores só existiam em relação à sua gravidez. Raquel se sentia mais segura e, cada dia que saíam juntos, ela sentia vontade de gritar ao mundo seu triunfo. O papel de amante tinha ficado no passado. Manuel fazia com que ela se apaixonasse por ele continuamente com seus detalhes e com suas palavras. E na hora de seus encontros íntimos, ela optava por surpreendê-lo cada vez mais, já que ele não era muito criativo. No entanto, reagia apaixonadamente diante de suas ousadas iniciativas. Tinha até se fantasiado de enfermeira! De modo que, para ela, tudo estava funcionando muito bem.

Raquel tinha lutado pelo homem que amava, não porque não pudesse viver sem ele, mas porque escolhia não viver sem ele. Cada mulher desenhava e colocava em prática o plano de sua felicidade.

Manuel não a completava, ele significava que ela podia ganhar batalhas.

***

Amália vivia literalmente em um estado de felicidade permanente. A vida que, em outro tempo, lhe tinha tirado tudo, lhe devolvia uma sobrinha que era como um Sol e também o único amor de sua vida.

Não havia palavras suficientes para descrever como se sentia com Francisco. Era o mesmo, mas melhor. Conheciam-se na intimidade. No entanto, eram pessoas novas, corpos que guardavam histórias e cicatrizes que significavam batalhas perdidas. Não tinham corpos musculosos nem eram maravilhas genéticas. Eram reais e se desejavam. O melhor era que nenhum dos dois queria feridas abertas. Prometeram-se, um ao outro, curar tudo aquilo que pudesse afetar a oportunidade que tinham. Sentiam-se sortudos porque nem sempre a vida oferecia uma segunda chance de ser feliz. Eles sabiam disso muito bem.

Amália tinha se permitido voltar a acreditar no amor, mesmo que não necessitasse dele para viver. Cada mulher era dona de seu tempo e do modo como escolhia desfrutá-lo.

Francisco não a completava, ele justificava sua plenitude.

***

Depois de se recordar de parte desse livro tão simbólico, que tinha sido uma ponte para modificar seu presente, ela não podia se concentrar em seu trabalho. A necessidade de encontrar Inácio se apoderava dela a cada minuto. Ele tinha proporcionado a ela viver um novo princípio. Tudo era motivo para se sentir otimista, valorizada, desejada e inteira perante a vida. O modo pelo qual o conhecera era como uma mensagem aberta do destino e as palavras que compartilhavam diariamente, um recurso para avançar no caminho que os unia. Eles se entendiam e se escolhiam.

Ela se apaixonava pela maneira com que, lentamente, ele tinha se apossado de seus pensamentos para logo se hospedar em seu coração. Suas carícias e sua sensualidade a atraíam tanto como sua experiência e seus erros. Porque ambos eram o resultado de cada situação. Aprendiam e se superavam. Além disso, Inácio não perdia o humor jamais e isso o tornava irresistível.

Ela era exatamente o que desejava ser. Tinha terminado seu luto. Cada mulher decidia como transitar a dor até convertê-la em uma lembrança a qual era possível regressar, mas sem angústia.

Inácio não a completava, ele tinha transformado seu mundo em um lugar melhor.

***

Era a noite dos amigos mais uma vez. Francisco chegou com Inácio ao restaurante e, minutos depois, chegou Manuel. Pediram o menu de sempre. Estavam diferentes. Sobretudo Inácio e Francisco.

– Suponho que devo perguntar as novidades de Amália e da misteriosa mulher da livraria. Vocês estão com caras boas, de felicidade. O que aconteceu? – perguntou Manuel.

Os amigos se olharam. Ele tinha razão. Francisco começou.

– Você pode ser um desastre em sua vida amorosa, mas é muito bom observador. Eu sou outro. Não posso acreditar como me sinto. Não pensei nunca mais em Gina. Até trocamos algumas mensagens, mas eu não leio mais entrelinhas o que ela não diz.

– Por que essa mudança? – acrescentou Inácio, que já sabia de alguma coisa, mas sem muitos detalhes.

– Porque me dei conta de você tinha razão e me permiti ser eu mesmo. Estando com Amália me sinto vivo novamente, ela está comigo, faz-me sentir bem. Acredito que ela nunca deixou de me amar, mas não sobrou ressentimento. Conversamos algumas vezes sobre isso. Apenas pediu que eu me afaste por completo se acreditar que posso voltar a abandoná-la.

– Espera, espera... vocês já estão falando nesses termos mesmo que nada tenha acontecido entre vocês ainda? – interrompeu Manuel.

– Manuel, não vou dar detalhes do que já aconteceu entre nós. Só posso dizer que nos beijamos e depois eu sentia que já não podia perdê-la. Toda minha vida me atropelou, mas finalmente entendi que a quero comigo. Gina fará parte de minha história para sempre, mas depende de mim aceitar que agora ela é parte do passado. Ela decidiu assim.

– Então?

– Então farei que funcione. Amália significa muito para mim. Penso nela o dia todo e fico ansioso pelo momento de vê-la novamente. Não é isso o suficiente?

– Admiro sua capacidade resolutiva – disse Manuel.

– Não foi minha capacidade de nada. Amália simplesmente tirou o melhor de mim. E eu aprendi, neste último tempo, que não dá para forçar os fatos. Comecei a me perguntar se era feliz, ou se, pelo contrário, eu só estava cômodo e acostumado a vida que tinha. Talvez Gina tivesse razão, afinal de contas.

– Por que você acha isso?

– Porque isso é o que ela pensava. Ela me disse quando afirmou que já não era feliz. Eu não dei importância. Mas depois de me surpreender sorrindo várias vezes ao dia e esperando a hora de ver Amália, entendi o que Gina dizia.

– Definitivamente agora devemos agradecer a Gina por ter deixado você? – perguntou Inácio.

– Espero que sim! Não me coloco na posição de vencedor. É provável que, se não aparecesse Amália, eu ainda estivesse em pedaços por Gina, mas o destino a levou e me levou dela. Talvez nada seja por acaso.

– É sempre assim. Os sinais estão aí como indicadores florescentes. É responsabilidade de cada um encontrá-los e decidir entre agir e ignorá-los – afirmou Inácio.

– Nota-se que meus sinais estão confusos – acrescentou Manuel.

Todos riram.

– Amar é também uma decisão, Manuel – disse Inácio.

– Não se escolhe a quem amar. Diz alguém que ama duas mulheres.

– É certo, mas sim se escolhe dar tudo e manter o amor para que esse não morra. Agora quem diz sou eu, que não fiz isso na primeira vez, mas que sou capaz de tudo para sustentar o que eu sinto hoje – Inácio era convincente. Notava-se que estava tranquilo e feliz.

– Quem é ela? – perguntou Francisco – Já sabemos que é leitora, mas queríamos saber um pouco mais.

– Ela é a razão da minha vida. Estou apaixonado – confessou.

Silêncio breve.

– Bom, está bem. Brindemos então pelo amor – celebrou Francisco levantando sua taça de vinho.

– Pelos amigos e pelo amor – completou Inácio.

– Pelos amigos e por elas – acrescentou Manuel.

– Não é certo, você não vai brindar pelas duas – replicou Inácio.

– Brindarei pelas quatro! Aceito meu destino, mas não deixarei de amar as duas. E aqui é o único lugar que posso dizer sem efeitos secundários!

– O que você sabe de Maria Dolores? – perguntou Francisco.

– Pouco. Não atende minhas ligações. Só me respondeu uma mensagem quando lhe perguntei sobre a gravidez.

– O que disse – inquiriu Inácio.

– "Estamos bem". A verdade é que quero vê-la, mas também quero paz. Ambas as coisas, pelo visto, não são compatíveis.

– Não tente mais, pelo menos, por ora, por favor – Francisco e Manuel lhe pediram.

A conversa continuou e cada um, a seu modo, compartilhou sua realidade. A vida podia ser maravilhosa, mas também sabia colocar uma pessoa de joelhos, quando quisesse. Os três sabiam disso. Tudo era mais fácil quando os amigos estavam aí. Não só nos dias de sol, mas também naqueles de intensa tempestade, com raios e trovões.

Essa noite, a amizade desfrutava de um clima favorável.

CAPÍTULO 58

Palavras

Às vezes é tão simples como abrir sua janela interior.
Ángela Becerra

Isabella tinha decidido falar com Luciano. A relação entre eles não era tensa, mas ela o evitava. Ele percebia que algo tinha mudado. Na intimidade, pela primeira vez, ela fingiu no início. Logo, com os olhos fechados, Bella tinha imaginado Matias. Nada era o mesmo. Sentia-se culpada. Não só porque se apaixonou por seu amigo, mas também porque não tinha tido a coragem de enfrentar o tema de maneira adulta com Luciano. Seu esposo, apesar de todas as diferenças que tinham, a amava. Podia ser que a amasse de um modo que não era o que ela necessitava, mas só por amor alguém podia fazer o que ele tinha feito. Quem era ela para julgá-lo e condená-lo a um silencioso engano?

Essa manhã, ele a acordou com café da manhã.

– Bom dia, amor – disse. E a beijou na boca com ternura.

– Olá – respondeu um pouco confusa. – Por que você me trouxe o café da manhã na cama? – perguntou diante de um detalhe que quase nunca tinha acontecido.

– Porque você é minha esposa e quero que me perdoe.

Disse coisas que não sinto, nas últimas discussões. Você sempre tirou o melhor de mim. Não quero que discutamos mais.

Isabella tinha um nó na garganta. Podia ver nele um homem generoso que, naquela noite, tinha tirado todo o medo que podia sentir. Também não queria brigar ou discutir ou precisar caminhar pela casa para que ele não a alcançasse. Mas também não desejava beijá-lo ou senti-lo. A realidade caiu sobre sua cabeça como um caixão. Teve vontade de chorar. Certa harmonia reinava no ambiente, apesar de seus sentimentos desencontrados.

Não pensou em Matias, mas o sentiu completamente. Porque já não era alguém a quem era possível trazer à memória, mas alguém que já era parte dela, mesmo que às vezes quisesse o contrário. Nem se arrancasse toda sua pele, poderia mudar essa verdade. O amor não pedia permissão para instalar-se. Mas assim era o amor: não avisava quando chegava, muito menos quando partia. Nesse momento, olhando Luciano, soube que não lhe sobrava nada mais que passado e gratidão. Não podia compartilhar o presente com ele. Não podia amá-lo. Se é que alguma vez já o tinha feito, isso com certeza já havia chegado seu fim.

– Você não vai me dizer nada?

– Eu... Obrigada. Não fui completamente honesta com você e terei que ir trabalhar cedo. Você acha que podemos jantar juntos? Precisamos conversar.

– Sim, claro – respondeu sem perguntar qualquer coisa para averiguar por que ela tinha calado.

Será que ele já sabia?

***

As colunas de Isabella era um sucesso absoluto. Milhares de *e-mails* das leitoras chegavam pelo correio eletrônico do editorial da revista com o desejo de expressar seus sentimentos. Lúcia confirmava que não tinha se equivocado. A última coluna tinha sido publicada sem que ela tivesse chamado à jovem para felicitá-la. Estava testando seu temperamento. Não queria que fosse dependente de seu juízo de valor. Era editora e tinha o poder de decidir, mas em alguns casos tinha também o dom de saber a quem deixar voar entre os planos de seu próprio talento. Isabella era um desses casos. Essa manhã devia pedir um novo texto e por isso a chamou ao escritório.

– Bom dia, como você está?

– Bem – não podia explicar que vivia às vésperas da conversa mais dolorosa que não desejava ter.

– Você soube bem como se referir ao abandono – disse em alusão a seu último trabalho. – Não responderei às três perguntas dessa vez, mas você ganhou o direito de saber que nada mais me detém. Isabella se lembrou rapidamente o final da coluna:

Quem você deve abandonar? Ou quando aceitará que te abandonaram?

Você já se soltou daquilo que te detém?

– Suponho que "soltar" é a chave, e avançar é a ação – pensou em voz alta.

– Você fala de você, não é? Acho que em cada caso, há algo que você sente que devia dizer – afirmou Lúcia.

– Suponho que somos o que escrevemos – disse sem vacilar. – A *matrioska* de uma Isabella intermediária era a que falava. Nem submissa nem rebelde. Era uma mulher que conseguia um domínio equilibrado entre a dor e o amor.

– Também somos o que lemos.

– E o que você lê?

– As suas colunas, jovenzinha – disse com certo humor. – Entre muitas outras coisas.

Isabella sorriu pela sutileza. A enigmática vida de sua chefe a gerava curiosidade.

– Obrigada por acreditar em mim.

– Você fez por merecer. Sobre o que você gostaria de escrever esta semana?

Isabella se surpreendeu. Não tinha pensado em um tema. Tratou de selecionar um rapidamente, mas não pode. Não soube o que responder.

– Não sei. O que você me indicar.

Lúcia notou no olhar da jovem uma preocupação. Ia ajudá-la do modo como podia.

– Mudaremos a condição. Você escolhe os temas e se eu desejar algum em especial, pedirei. Você ganhou essa possibilidade – acrescentou. Dessa maneira seria mais simples que ela liberasse seus sentimentos. Além disso, essa incomum empatia que as unia também talvez lhe daria respostas através de sua coluna. Lúcia acreditava nos sinais do destino.

***

Isabella e Matias saíram juntos do trabalho. Caminhavam em silêncio.

– Queria te dar a mão – disse ela.

– Você não pode. Já sabe – ela o olhou com tristeza. – Não sei para que quer a minha mão agora se tem a minha vida inteira – acrescentou. – O que houve?

– Vou falar com ele hoje durante o jantar.

– Você está certa disso? – ele sabia que sim, mas necessitava escutar de sua boca.

– Sim. Posso ir até a sua casa um pouquinho?

Matias sonhava em tê-la só para ele, mas isso não ajudaria no passo importante que ela tinha decidido dar.

– Acho que hoje você deveria focar sua atenção no que decidiu resolver: colocar um ponto-final nessa preocupação. Não será fácil. Você sabe eu gostaria de estar com você mais do que qualquer outra coisa no mundo, não é uma recusa, mas...

– É amor. Do bom e do verdadeiro – interrompeu Isabella, tomando a real consciência do maravilhoso ser que ele era.

– Algo assim – assentiu com um riso doce. – Faça o que você sente que precisa fazer e se, por alguma razão, mudar de ideia, não pense em mim, pense em você mesma. Você é sua prioridade.

Ela sentiu que Matias era a definição do amor incondicional. Queria lhe dizer muitas coisas, mas não disse. Só conseguiu pronunciar quatro palavras.

– Você é meu amor.

– E você, o meu.

***

Isabella caminhou sem rumo durante um bom tempo. Buscando respostas, encontrando perguntas, recordando momentos, redimindo sombras e também sonhando com a felicidade possível e tão próxima.

Chegou em sua casa e para sua surpresa, Luciano a esperava com a mesa posta e a janta feita.

– Liguei para você várias vezes no celular – disse ele. – Você o esqueceu no trabalho?

– Não... não escutei – respondeu. Buscou seu celular em sua bolsa e ali estava. – Caminhei e pensei muito. Acabei me distraindo.

– O que está acontecendo com você? – perguntou. Seu tom era preocupado e sincero.

– Vem, sente aqui – disse ela, acomodando-se no sofá.

– O jantar está pronto – a intuição de Luciano queria postergar esse diálogo, ainda que ele mesmo tivesse iniciado.

– Terá que esperar.

Luciano se sentou na frente dela.

– Diga.

– Não estou feliz – disse sem pensar em suas palavras nem no poder delas mesmas. – Eu mudei – não sabia se tinha mudado realmente, mas de algum modo misterioso ela sentia o mesmo que tinha motivado Gina ao partir. Costuma acontecer que mãe e filha quase sempre compartilhem mais do que imaginam, porque são, em boa medida, partes de uma única alma, com destinos diferentes.

– O que você quer dizer com ambas as coisas? – Luciano estava surpreendido. Esperava uma proposta remediável, mas era evidente que o que Isabella expunha era um conflito muito mais sério.

– Digo que não é justo estar a seu lado dessa maneira. Nós nos perdemos. Os dois.

– Explique-me.

– Perdidos, Luciano. Não estamos no mesmo barco.

– E onde e quando, segundo você, aconteceu isso?

– Não sei em que momento exato nem em que lugar, mas aconteceu. Você, na segurança de acreditar que eu sempre estaria aqui e que faria tudo o que fosse para te fazer feliz. Eu, na cegueira de permitir que a gratidão ganhasse no braço de ferro do amor. Eu sinto um carinho e uma gratidão eterna por você, mas não é o suficiente. Um casamento não se sustenta com carinho.

Luciano a observava. Não podia se zangar, porque ela falava com sinceridade e sem rancor. Uma mulher madura pronunciava sua verdade. O que podia fazer um homem apaixonado quando se dá conta de que esse amor não é correspondido? É digno retê-la mediante qualquer recurso? Como saber se ainda lhe restava uma oportunidade? Que carta jogar quando a sorte estava lançada?

– Não parece que isso seja algo que você descobriu esta manhã – atinou dizer. – Você está me deixando? – perguntou de forma direta. Era uma pessoa que acreditava que era melhor sofrer de uma vez que prolongar a agonia.

– Sim. Perdoe-me. Não quero machucar você, mas...

– Mas você machuca – interrompeu. – Não posso perdoar você por isso.

– Quero que entenda que não sou uma má pessoa por tomar esta decisão.

– Você tem certeza? – perguntou com ironia.

– Sim. Serei clara com você. Foi um acidente que não pude evitar. Assumi meu erro a pura dor. Não posso falar sobre isso sem chorar. Meu erro não foi somente atropelar a essa pobre mulher grávida e tirar-lhe a vida. Isso foi um fato desgraçado pelo qual eu devia responder. Meu maior erro foi permitir que você o pagasse por mim. Não devia ter deixado. Suponho que tudo o que se inicia sobre uma mentira não pode sobreviver.

– Você está dizendo que se casou comigo pelo que eu fiz por você?

– Naquele momento eu me casei acreditando que estava realmente apaixonada, mas agora, a distância, e me responsabilizando pelos meus próprios traumas, sinto que podia não ter sido assim. Sempre vou te agradecer pelo que fez. Mas é tempo de verdades. Já não quero essa culpa para mim. Não posso mudar o que houve, mas quero começar a ser dona da minha vida, de meus projetos, de minhas decisões. Não desejamos o mesmo. E muito menos quero viver à sombra do passado.

Luciano levantou e se serviu um copo de uísque. Durante esses minutos, ninguém falou. Porém, as palavras que não disseram transformaram a calma do ambiente em um vento sombrio e tenebroso.

– Quem é? – perguntou olhando diretamente em seus olhos. Não teve dúvidas. Tinha que existir outro homem.

Nesse momento, Isabella não pode pensar. Simplesmente respondeu.

– Não é você.

– Você me traiu? – ele avançou sobre ela e a sacudiu apertando seus braços. Isabella permaneceu imóvel. Não baixou seus olhos.

– Solte-me. Agora! – disse séria e com ênfase. Luciano reagiu a tempo e se afastou.

– Diga-me a verdade, eu a mereço – uma grande desilusão afogava seu amor-próprio. Uma coisa eram discussões e concessões dentro do casamento. Outra muito diferente era a infidelidade.

– Eu já te disse. Não sou feliz e vou embora daqui.

– Quem é? Desde quando? – insistiu.

Mas Isabella não respondeu. Foi ao quarto fazer suas malas. Luciano a seguiu.

– Por favor, não torne isso mais difícil. Logo voltarei para buscar as outras coisas – afirmou Isabella.

– Por quê? – perguntou. Havia dor em suas palavras.

– Porque não posso evitar. Às vezes, a vida sucede como a morte ou a doença, sem que possamos fazer nada a respeito. Tento fazer o mais justo, ser honesta.

– Não é totalmente honesta. Você não tomaria essa decisão se não tivesse força e apoio de alguém mais. Eu conheço você.

Nesse momento, Isabella pensou em suas palavras. Era certo? Ela agia por Matias? Qual era o fato determinante de sua decisão? Lembrou e sentiu certo alívio.

– Você está errado. Pude me perdoar. Sou capaz de separar minha gratidão, que tenho por você, do que eu sou.

– E o que você é?

– Livre, Luciano! Sou livre, finalmente, de sentir que essas mortes não definem minha vida para sempre nem me obrigam à culpa e à gratidão eterna. Não existem dívidas emocionais perpétuas. Já não quero sentir que te devo nada. Paguei com entrega, sofrimento, renúncias. Farei orações por toda minha vida para que Deus me perdoe e para que essa família encontre paz. Mas não serei responsável pela sua felicidade e não permitirei que esse fato desgraçado não deixe que eu seja feliz.

Ele a abraçou. Teve certeza de que esse era o fim. Ela respondeu ao contato com carinho. Ambos choraram.

– Não faça... não se vá... podemos resolver isso. Eu amo você – pediu porque ele precisava, apesar de já saber a resposta dela.

– Não, não podemos. Já não sou a Isabella que você conheceu e você merece uma mulher que possa te dar tudo. De verdade, desejo que seja feliz – disse. Ela o beijou com suavidade nos lábios e partiu. Luciano não pôde conter as lágrimas.

Ele a observou subir em seu carro e partir.

Isabella se dirigiu à casa de seu pai. Precisava de espaço. Não pensou em Matias. Chovia intensamente. Não sentiu pânico. Algo dentro ela se liberou. De repente, se deteve. Estacionou. Ao ritmo de um ruído de tempestade muito similar ao daquela noite, tomou seu caderno e escreveu.

Palavras

O que é a palavra? Quem deu a ela o poder de mudar os destinos das pessoas? Por que não aprendemos a importância de dizer? O termo "palavra" provém do latim e expressa um dos elementos mais imprescindíveis em qualquer linguagem. Trata-se de um fragmento funcional de uma expressão, delimitada por pausas e acentos. Como a vida, a palavra reflete momentos em que é preciso que se detenha, e outros nos quais o que se impõe é enfatizar uma ideia, fatos ou sonhos.

A combinação das palavras permite formar frases com um significado próprio. Esse seria, mais ou menos, o conceito acadêmico que todos aprendemos alguma vez.

Não quero me referir a essas palavras, mas àquelas outras. As relacionadas diretamente com a mulher que somos. Vivemos esperando escutar algo de alguém ou do mesmíssimo destino. No entanto, não paramos para pensar nas palavras que outros esperam ou merecem que pronunciemos. Porque não é só escutar, é dizer. Por palavras às emoções, poder, por fim, contar fatos dolorosos, redimir culpas, confessar amor. Assumir fracassos com dignidade. Expressar o que somos e sentimos. Contar as consequências da ausência e também agradecer à presença. Por que no momento de assumir um erro calamos no lugar de verbalizá-lo? Por que é que nós resistimos em aceitar uma nova oportunidade e coloca-mos palavras ao medo, mas não à possibilidade? Porque escutar nossas próprias palavras nos obriga a aceitar. E às vezes, pode ser que não falemos a alguém exatamente quais são as nossas expectativas.

Hoje, eu disse. Pude posicionar as palavras sobre a mesa e ex-pressar minha verdade. Necessito compartilhar com vocês. Porque calar me convidou, por muito tempo, a capítulos de dúvidas que me machucaram e me questionaram por cada arrebatamento que encontrava na busca por mim mesma. O silêncio me sugeriu in-terrogativas que não me animei a fazer. Falar, pelo contrário, me liberou delas.

As palavras que não dizemos escrevem o tempo que não temos.

E você, tem algo a dizer? Que sinal está esperando para proferi-las? Todas estão dentro de você. É hora de pôr fim ao confinamento.
Isabella Lopez Rivera

Ao terminar, um relâmpago iluminou mais do que somen-te a noite. Derramou luz sobre esse texto e a fez explodir em lágrimas. Chorou com a intensidade de quem luta contra a ad-versidade e se emociona. Eram lágrimas vivas e necessárias que desatavam, um a um, os nós que a amarravam ao perdão, à morte e ao abandono. Às vezes, há que fazer o que corresponde. Avançar não é tarefa dos outros. É efeito das ações que cada ser decide desde seu coração.

O verbo é o caminho da libertação.

CAPÍTULO 59

Ângela

*Te amo por tudo o que compartilhamos,
e te amo antecipadamente por tudo o que está por vir.*
Nicholas Sparks

Diego havia retomado o ritmo quase habitual em sua rotina de estudos e estava especialmente atento às necessidades de Ângela. Ela era sua prioridade. Sentia que só ele podia trazê-la de volta do pesadelo vivido e da vulnerabilidade. Todas as suas ações lhe demonstravam seu amor incondicional e tratavam que ela não sentisse que havia manchas invisíveis em seu corpo. Ele sentia falta da intimidade que tinham antes, mas sabia muito bem que devia dar todo o tempo que ela precisasse. Não a pressionaria nesse sentido e em nenhum outro. Pouco a pouco ela estava se recuperando e as longas conversas que mantinham os unia cada dia mais. Eram o passado e a promessa de um futuro que os encontraria fortalecidos e felizes.

Aquela tarde, tinham decidido ver um filme na casa de Amália. Diego tinha sido aprovado em mais um exame final e tirariam essa noite e o dia seguinte para descansar. Não coincidiam muito nos gêneros de filme que escolhiam, mas estavam completamente de acordo em compartilhar todos, por mais que fossem filmes de amor, de guerra, ação, drama ou suspense. Dessa vez, foi ela que escolheu.

Deitados no quarto de Ângela, assistiam a *Noites de tormenta*. Lá fora, ameaçava uma iminente chuva. Um cenário que parecia estar completamente de acordo com as cenas do filme transformava o quarto em algo mágico e azul. Diego não era romântico, mas estava apaixonado. Por isso não era imune a certos diálogos que inevitavelmente faziam pensar neles mesmos. O filme colocava conflitos do passado e um amor que transformava dois seres em pessoas melhores, a partir do momento em que decidiram escutar às suas histórias.

— Eu gosto de pensar que o amor existe para as mulheres mais velhas – disse Ângela pensando na relação amorosa da protagonista do filme.

— Por que você diz isso? Você vai estar comigo quando tiver a idade dela. Não vamos mais nos separar. Eu jamais te enganaria como fez o marido dela na trama – acrescentou. A impunidade de seus anos lhe permitia ter certeza sobre um futuro longínquo. E tudo bem. A juventude tinha essa força, esse domínio sobre a segurança de seus sonhos que as pessoas de mais idade ressentem por pura experiência.

— Eu não estou falando isso por mim! – respondeu, rindo. – Eu amo intuir que jamais te perderei.

— Jamais.

— Estou dizendo por minha tia Amália.

— Devo reconhecer que as coincidências me surpreendem às vezes. Quem diria que ela seria a médica de meu pai.

— Ela é muito mais que sua médica.

— O que você está dizendo?

— Você não sabe?

– Não sei o quê? Não!

– Sim, é verdade que ela é a médica dele. Operou sua perna no plantão, de urgência. As voltas da vida o levaram à sala de cirurgia muitos anos depois...

– Muitos anos depois do quê? – Diego interrompeu e pausou o filme.

– No passado, antes da sua mãe, ela foi namorada do seu pai. Ele a deixou justamente quando conheceu sua mãe. Eles se reencontraram por causa do acidente, e depois, quando eu vim pedir a ajuda dela e disse o seu sobrenome, ela soube que você era filho dele. Ela foi vê-lo por mim, por nós.

Diego não saía do seu estado de surpresa. Lembrou-se da conversa com seu pai e na realidade ele tinha suposto que a médica tinha associado os sobrenomes com seu paciente e pela gravidade do assunto tinha ido falar com seu pai. Um vínculo anterior fazia sentido.

– Mas como ela sabia onde ele morava?

– Não perguntei. Imagino que buscou no hospital. Ou talvez sabia sobre seu pai e seus filhos, mesmo que não tivessem se visto nunca mais.

– Será que ele a enganou com minha mãe?

– Não sei, Diego, não era hora dela me contar detalhes, eu estava completamente devastada. Mas eu me pergunto o que sentirá minha tia agora, que ela continua sozinha e seu pai está separado – acrescentou.

– Não sei. Você acha que eles poderiam ter uma relação, se é que já não tem alguma coisa?

– Não tenho ideia. Só quero que minha tia seja feliz.

– Nunca pensei na felicidade de meu pai... – disse com sinceridade. – Mas suponho que poderia ser...

Antes de que pudessem abandonar essa ideia e voltar ao filme, Ângela trouxe outro tema, igualmente intenso.

– Por que você nunca mais me falou nada sobre sua mãe desde que ela viajou? – perguntou algo que a preocupava.

Diego se sentia incomodado com a pergunta, porque era Ângela quem a formulava. Ele teria que responder. A realidade era que o que lhe zangava era Gina. Não tinha nunca se detido a pensar por quê. Seria pela separação? Pela viagem? Por descobrir que sua mãe também era uma mulher e que podia refazer sua vida? Ou por que essa decisão era injusta com seu pai? Seria um pouco disso tudo de uma vez?

– Não falei mais de minha mãe porque estou bravo com ela. Não entendo sua atitude.

– Qual atitude de todas as que tomou?

Quando Diego falava com Ângela, ela dava sempre um jeito de curá-lo e lhe brindava com outro olhar sobre os mesmos fatos. Um olhar mais conciliador. Diego a beijou nos lábios com doçura.

– Você sabe que só você pode conseguir que eu fale sobre isso, né?

– Eu sei. E também sei que você tem estado tão furioso pelo que se passou com a gente e, depois, tão focado em cuidar de mim que este é o primeiro momento que encontro, depois de tudo o que passou, para eu poder cuidar de você. Agora, me diga: o que é que você sente sobre isso?

– Raiva. Uma família quebrada. Uma mulher insatisfeita que mesmo tendo tudo optou por se fazer de jovem aventureira. Além disso, deixou três filhos à deriva, sabendo que podia acontecer de tudo com eles. Não se cria filhos ensinando que você sempre estará para eles e logo, da noite para o dia, você os abandona.

Ângela se sentou na cama com as pernas cruzadas e ele permaneceu deitado do seu lado.

– Bom, eu acho que você não tem razão. Eu te amo e o apoio em todas as suas decisões, mas desta vez preciso e devo dizer que está errado. E quem diz isso a você é alguém que tem, não só o conceito, mas a experiência do que significa algo pior que uma família quebrada, que é uma família negada – Diego a escutava com atenção. – Uma família não está quebrada porque um casamento terminou. Vocês têm uns aos outros de maneira incondicional, independente da relação amorosa do casal que foi sua mãe e seu pai. Vejo você com seus irmãos, com seu pai. Você é o resultado de um grande trabalho que seus pais fizeram. Eu não sei qual foi o fato determinante que fez sua mãe tomar essa decisão de se separar e logo viajar, mas eu a entendo.

– Você me confunde. Como entende algo que não sabe? Além disso, é tão ilógico.

– Porque não é ilógico. Ela se cansou. Agora que vivo com minha tia, ainda que seja pouco tempo, sei o que é se sentir amada e pude descobrir na terapia, não sem muita dor, que minha mãe me usou e que, por mais esforços que eu tenha feito para fazê-la feliz, ela nunca quis. Se eu tivesse tido a coragem de Gina, eu teria saído muito antes de casa.

– Não é a mesma coisa. Ela maltratou você. Ninguém maltratou a minha mãe!

– Como você sabe? Você acha mesmo que a única maneira de maltrato são de violência física? E se seu pai foi, simplesmente, indiferente? Não poderia ser isso suficiente para que ela queira outra coisa? E se ela tentou e tentou até que não deu mais?

Era a primeira vez em todo esse tempo transcorrido desde a separação que conseguiu pensar em Gina de outro ponto de vista. Ângela teria razão?

– Não sei o que dizer. Não posso pensar em meus pais como um casal.

– Mas pode ficar bravo porque deixaram de ser? Pensa, amor. Estiveram juntos por 25 anos. Você e seus irmãos são pessoas boas. O que eles fizeram de mal, segundo você?

Diego estava acurralado. Não havia princípio da Física que viesse a sua mente para ajudá-lo.

– Dito desse modo... Mas mamãe foi embora! E o que é pior: não voltou quando meu pai sofreu o acidente. O que precisa fazer sozinha no mundo? Josefina teve câncer, Isabella não disse nada ainda para ela, mas também está passando por problemas, que já contou para mim e para Andrés. E comigo, bem, sabemos tudo o que nos aconteceu.

– É verdade. Mas quando viajou, você não tinha me deixado, e Josefina não estava doente. Nada de grave estava acontecendo. Além disso, ela sabia que tudo o que se podia fazer por sua família ela tinha feito. Não deixou ninguém que era dependente realmente dela. Eu penso que ela quis fazer finalmente alguma coisa por ela mesma.

– O quê? Ela tinha tudo!

– Talvez seja como a protagonista do filme, amor – disse referindo-se a *Noites de Tormenta*. Talvez, estava ferida ou vazia ou ambas as coisas.

Reflexões novas começaram a andar pelo mundo interior de Diego. Não era idiota. Algo de verdade podia existir nas ideias de Ângela.

– Por que você está defendendo minha mãe?

– Não é a sua mãe. São todas as mães em seu lugar. Eu faço, porque eu não tive uma e foi bem difícil. Não quero que o amor de minha vida seja injusto com a sua.

– Amo você.

– E eu, você. Agora aperta o *play* e vamos ver como termina – disse. Conhecia bem Diego e era tempo de deixá-lo processar suas palavras.

Quando o filme terminou, o final trágico havia provocado lágrimas em Ângela e Diego não podia conter seus pensamentos. Era verdade que havia condenado a sua mãe ao silêncio só porque não estava de acordo com ela e sem saber seus motivos?

Cada um deles interpretava Gina com seu próprio sentido. Cada experiência, boa ou má, tinha um potencial de interpretação que os obrigava a dar resposta. Não havia escapatória. A diferença entre Diego e Ângela era que ele o fazia através do "como" ocorrem as coisas, tarefa que compete usualmente às Ciências Exatas; e ela, através do "porquê" ocorrem as coisas, uma postura mais filosófica, arraigada a sua experiência. Encontrar o equilíbrio entre esses extremos não era simples, porque estavam muito relacionados e sempre um repercutia no outro.

No entanto, as pessoas que usam mais o "como" que o "porquê" são as que costumam arruinar as histórias. Diego era um exemplo vivo disso. Ao se inteirar da gravidez e de que Ângela não podia determinar quem era o pai, tinha reduzido a realidade até desvinculá-la de seu mistério e de seus reveses. Tinha construído uma triste interpretação mecânica e horizontal da situação que a transformava em uma traição inexorável. Não queria correr esse risco com sua mãe. Ter um olhar demasiadamente científico sobre a vida poderia acabar por interpretar sua mãe e seus "porquês" de uma perspectiva meramente mecânica do "como". Talvez sua namorada tivesse razão e os motivos de Gina não pertenciam a um mundo rigoroso que acabou sendo o final do vínculo que o unia a ela.

– O que você acha que eu devo fazer com minha mãe?

– Escutá-la – disse. Sabia que suas palavras tinham chegado ao coração de Diego e que, desde então, ele as estava analisando.

– Tudo o que sucede excede a dimensão do calculável.

– E o que isso te diz?

– Que é preciso ter outro olhar para interpretar os fatos?

– Exato. Um olhar que supera em muitos graus as leis da Física e que nos permite descobrir como atrás de cada "como", há um potente "porquê". Não pense que Gina se separou de seu pai e viajou. Você precisa averiguar se existe uma causa e uma razão que possa lhe dar sentido.

Qual seria a razão de Gina?

CAPÍTULO 60

Voltar

> *Deixe-me voltar com a recordação daquelas esperanças do dia que parti.*
> **Homero Expósito**

Gina estava recostada em sua cama do quarto do *hostel*, olhando para o nada e sentindo em todo seu corpo a inundação de sensações reencontradas que tinham despertado em sua pele e em sua alma durante os últimos dias. Sua estadia em Cuzco se prolongou por mais de uma semana. Isso deu a sua viagem completa pouco mais de um mês. Claramente o Peru não era o motivo. Apesar de ter aprendido a amar o que esse país tinha provocado nela, este não era seu lugar no mundo. Porque não era "Onde?", era "Com quem?" a pergunta cuja resposta dizia por que motivo ela ainda estava ali. Essa verdade era irrefutável.

No entanto, nessa tarde quase noite, Gina sentia saudade. Sentia falta de seus filhos, seus animais, de Maria Dolores, de Alícia. Começou a pensar na saúde de seus pais. Doía-lhe comunicar-se apenas com sua mãe e ser julgada tão duramente pelo seu pai. Precisava ver o velho Parker, porque já quase se esquecia da ternura de seu olhar. Queria beijar a sua amada gata Chloé e falar com ela todos os dias como costumava fazer. Tudo o que tinha deixado começava a reclamar o seu lugar. Era saudade mesmo. Mas por quê? Era simples a resposta, porque nada nem ninguém, por mais longe que estivesse, podia mudar o sentimento que a unia aos seus. Priorizar-se tinha sido e era a melhor decisão, mas de modo algum significava dividir-se. Ela os amava profundamente e desde esse lugar, a distância começava a angustiá-la. Não estava arrependida de nada, mas sabia que não podia prolongar para sempre esse idílio. Uma dose de realidade se apoderou dela.

Rafael era tudo o que uma mulher como ela podia imaginar em um homem. Divertiam-se muito, riam, falavam seriamente dos filhos, compartilhavam projetos e algo diferente lhes sucedia. Já tinham falado sobre isso. Admiravam-se. Sentiam um pelo outro o que nunca haviam sentido em uma relação amorosa de forma tão equitativa. Sentir admiração por alguém e que isso fosse recíproco. Admirar o outro a ponto de compartilhar uma entrega absoluta. A quem é possível dar o controle do próprio corpo e a chave das emoções mais secretas. Porque depois dos 45 anos, compartilhar uma cama não era dormir juntos ou ter sexo, era algo que ia muito mais além do prazer e se transformava no desfrute do depois garantido. Gina se lembrava de seu cheiro, suas palavras e suas carícias com o mesmo sorrido que no momento em que tudo acontecia e junto com a necessidade de voltar a senti-las. Rafael sentia que Gina estava instalada em seu coração e em seus pensamentos de forma permanente. Só queria voltar a senti-la do modo que foi, e olhá-la outra vez. Ver sua expressão quando o escutava não se comparava com nada que lhe aconteceu antes. O tempo juntos era igualmente valioso entre os lençóis como durante uma conversa em um passeio pela cidade.

Esse sentimento de admiração mútua em todos os aspectos carregava uma conotação importantíssima em sua busca. Tinha concluído que devia ser requisito para cada casal, porque a falta de admiração envelhece o amor, debilita-se e em muitos casos pode ser a causa de seu fim.

Como continuaria essa história? Ele vivia em Barranquilla; ela, em Bogotá. Não queria uma relação à distância. Nunca tinham acreditado nelas. Por outro lado, não sabia bem se queria uma relação. Sua busca não tinha a ver com um homem, mas com ela mesma, com sua capacidade de ser feliz, de recuperar a Gina que tinha se perdido na rotina de uma vida colocada à serviço dos demais. Ela falava com todos por mensagens ou ligações, mas começava a sentir que, exceto Alícia, nenhum dos demais eram os mesmos. Por acaso suas mudanças não seriam as únicas? Por que seus filhos e Francisco não pareciam mais os de sempre?

Sentia insegurança porque precisava tomar decisões e a isso se misturavam sentimentos contraditórios. Nesse momento, seu celular tocou. Atendeu.

– *Hello, my darling!* Como segue o romance de Lady Marian e Robin Hood? – disse Paul, que já estava a par do que acontecia com Rafael. – Deve fazer com que valha a pena, porque ontem já cortei as asinhas de Peter Jenkins por completo. Disse a ele que a lembrança do que aconteceu será tudo o que ele terá de você.

– Oi, meu querido. Chove em Cuzco e não tenho um grande dia. Mande meu abraço a Peter – sorriu ao lembrar daquela noite no cruzeiro. Diga que ele foi o princípio de uma grande mudança para mim. Não o esquecerei.

– Por que você está tão dramática hoje?

Ela sorriu. Paul sempre conseguia tirar-lhe um sorriso seu.

– Porque os sonhos terminam. Este que vivo não é a realidade.

Devo voltar. Sinto falta de meus filhos e de meus bichinhos. Além disso, Rafael não é compatível com minha vida. Ele é jornalista em Barranquilla, e eu, tabeliã em Bogotá.

– Bom, ao menos estão na Colômbia – disse, otimista.

– Não brinque assim!

– Não, eu não estou brincando. Acho que não está sendo honesta com você. O que você tem, além do sentimento de "viagem pós-mês", é medo.

– O que é o sentimento de "viagem pós-mês"?

– É a angústia e a saudade do lugar de origem. É o momento em que o mundo te afoga e mostra a real dimensão da distância. Quando você quer voltar, ao menos por uma hora, para ver todo mundo e depois, partir de novo. Na maioria dos casos, uma passagem de volta é o que marca essa hora no relógio. No seu caso é pior, porque você vai ter que tomar uma decisão estando apaixonada. Por isso tem medo.

Gina escutou atentamente cada uma de suas palavras. Ele sempre tinha razão.

– Gostaria que você estivesse aqui. Tenho vontade de chorar e preciso do seu abraço.

– Não posso te abraçar agora, mas tampouco é disso que você realmente precisa. Pense. Confie.

– O que você quer que eu pense? Em que devo confiar?

– Você está na parte melancólica de *Dirty dancing* ou de *Uma linda mulher* ou de *A força do destino* ou de *O casamento do meu melhor amigo* ou de tantos outros clássicos do cinema. Confie em você, em quem você é e no que sente. Esta viagem, Rafael e sua vontade te trouxeram de volta à vida. Você já não está perdida. Segue seu coração.

– E o medo?

– Neste momento você tem medo de tudo, e por isso, adia tudo. Tem medo de voltar, de ficar, de Rafael, de sua família, do tempo, de você mesma... Continuo?

– Não. Acho que já é o suficiente. Amo você, viu?

– Claro que vi! – brincou – Também te amo. Vou ligar para você amanhã. Você deve acreditar em suas decisões. É a mesma mulher que soube se reencontrar. O que fizer daqui para frente vai ficar tudo bem. Você escutou a voz outra vez? – perguntou com referência à senhora de Bruxelas e da Praça de Armas.

– Sim.

– Quando? O que ela disse? Por que não começamos nossa conversa por aí? – perguntou ansioso. Sua superstição era extrema.

– Ontem em meus sonhos. Ela disse: "Avance".

– Em que contexto?

– Não lembro mais que isso.

Paul ficou em silêncio por uns instantes.

– Então, avance, bela Gina. O destino é que está falando. Você está voltando para você.

– Mas como você acha que eu devo seguir?

– Só você sabe.

***

Gina se despediu de Paul e seu celular voltou a tocar. Atendeu com urgência. Seu coração começou a acelerar, nervoso.

– Oi. O que houve? – era a primeira vez que ele ligava.

– Preciso de você, mamãe.

Gina perdeu o ar. Queria se transportar a Bogotá num passe de mágica, mas tentou manter a calma.

– O que houve, Andrés?

– É Josefina. Tem câncer de mama. O prognóstico é bom...
a biópsia indicou que não será necessária a quimioterapia, mas
já começou com as sessões de rádio e eu, enfim... eu gostaria
que você estivesse aqui – sua voz soava quebrada.

Gina não pensou em sua reação. Em um instante, seu papel
de mãe se apoderou dela. Entendeu agora as razões do casamento sem avisar.

– Hoje mesmo vou comprar uma passagem de volta. Como
ela está?

– Bem, dentro do possível. Apesar das circunstâncias, estamos bem. Sabe? E não sou eu quem deve te dar as notícias, mas
Diego também está passando por umas coisas e Isabella também.

– O que houve com eles? Não me assuste.

– Não posso contar. Eles me pediram reserva, mas sim posso,
sem trair a confiança deles, dizer que acho que é hora de voltar.

Andrés sabia tudo o que acontecia com seus irmãos. Isabella
lhe confiou com detalhes o que houve com Luciano e Matias.
Diego também tinha contado o que aconteceu com Ângela e
como ia o processo de recuperação. Entre eles, tinham falado
pouco porque Diego era de poucas palavras, mas tinham se
reunido e o sangue que compartilhavam permitiu que confessassem tudo sinceramente. Os três irmãos se aconselhavam e
se acompanhavam, de diferentes maneiras, de acordo com seus
problemas e seus temperamentos.

– E seu pai? – perguntou referindo-se a Francisco.

– Ele está sempre para nós.

– Sabe de tudo o que você não me disse?

– Algumas coisas sim e outras não. Você deve confiar em
mim. Volta.

– Voltarei, meu amor. Imediatamente.

– Obrigado, mãe!

– Amo você.

– Eu também.

Gina ligou para a agência de viagens e comprou a passagem de volta a Bogotá para o dia seguinte. Seus sentimentos nesse dia tinham sido um presságio. Sua intuição lhe avisou que devia voltar. Não a alertou sobre a necessidade que os filhos tinham dela, mas, coerente com sua decisão de priorizar-se, colocou-a à frente e a fez sentir que necessitava voltar por ela mesma.

***

Essa noite saiu com Rafael para jantar em um restaurante argentino, onde escutariam tango. Vestiu-se outra vez com o vestido vermelho. Ele pensou ao vê-la que gostaria de alterar a ordem da saída. Adiar o jantar e levá-la à cama primeiro. Estava irresistivelmente sensual. Suas costas eram perfeitas.

Sua voz tinha o mesmo magnetismo de sempre para Gina, mas sua expressão era outra e ele pode notar de imediato.

– O que houve, Gina?

– Amanhã volto a Bogotá – disse de forma direta.

Rafael a observou. Não parecia surpreso.

– Está bem.

Gina esperava outra reação. Não se importava? Por que não oferecia resistência? Por que não perguntava?

– "Está bem". Só isso dirá?

– Confio em você. Sabíamos que não podíamos ficar aqui para sempre.

– Você nunca disse nada sobre.

– "Sempre" é uma ilusão. O "agora" é o único que temos.

Você me disse isso, lembra? Que éramos donos de pequenas frações de tempo que nos oferecem possibilidades. Quando me beijou, aceitou uma dessas possibilidades. Você me disse que essa viagem te ensinou isso e eu respondi que queria todas as possibilidades que o tempo pudesse me oferecer ao seu lado. Que eu desejava todos os seus "agora".

Gina lembrou-se desse diálogo no pico do Huayna Picchu. Tinha razão. Como ele conseguia se lembrar das palavras com esse nível de precisão?

– Estou surpresa porque você se lembra literalmente de tudo o que eu e você dissemos.

– Acontece quando você vive um dos melhores momentos de sua vida, em um lugar memorável e junto a uma mulher incrível.

Sua voz seguia sendo música para ela. Caía rendida diante do que ele lhe provocava.

– Falei com meu filho mais velho. Sua namorada, sua esposa – corrigiu – está doente. Tem câncer. Ele disse que precisa de mim. Além disso, não me disse o que é, mas contou que meus outros dois filhos estão passando por "coisas" – explicou proporcionando os poucos detalhes que tinha. – Devo voltar.

– Não deve, quer. E está bem. Você é mãe e eu também não gostaria que você desse as costas a esse chamado. Nem por mim nem por ninguém. Sua decisão fala por você.

– Fico angustiada de não voltar a ver você – confessou.

– Por que você se angustia por algo que não acontecerá?

– Assim será. Vivemos em diferentes lugares, nossos trabalhos, os compromissos... – começou a dizer. – Você não se dá conta de que é o fim?

– Passo a passo, Gina. Eu mesmo te acompanharei ao aeroporto. Logo, a vida irá dizendo – não quis assustá-la. Não era o momento para dizer-lhe que jamais iria renunciar a ela, a não ser que ela mesma pedisse.

Acompanhando o diálogo tocava o tango *Volver*, de Carlos Gardel. Já tinha começado quando ambos prestaram atenção na letra.

[...] Tengo miedo del encuentro
con el pasado que vuelve
a enfrentarse con mi vida.
Tengo miedo de las noches
que pobladas de recuerdos
encadenan mi soñar.
Pero el viajero que huye
tarde o temprano detiene su andar.
Y aunque el olvido, que todo destruye,
haya matado mi vieja ilusión,
guardo escondida una esperanza humilde,
que es toda la fortuna de mi corazón.*

Os olhos de Gina brilharam. Rafael segurou sua mão.

---

* Em português: "Tenho medo do encontro / com o passado que retorna / para enfrentar a minha vida. / Tenho medo das noites / que povoadas de lembranças / concatenam meu sonhar. / Mas o viajante que foge, / cedo ou tarde, detém seu caminhar. / E embora o esquecimento, que tudo elimina, / tenha matado minha velha ilusão, / guardo escondida uma humilde esperança /que é toda a fortuna de meu coração." (Nota da tradutora)

CAPÍTULO 61

Dúvidas

Há um único lugar onde ontem e hoje se encontram e se reconhecem e se abraçam. Esse lugar é o amanhã. Tomara que possamos ter a coragem de estarmos sós e a valentia de arriscarmos a estar juntos.

Eduardo Galeano

À noite Gina abraçou Rafael ao sair do restaurante. Depois, caminharam em silêncio. A despedida era iminente e já não era possível manter-se afastada de suas preocupações. Necessitava ver Josefina, informar-se sobre sua saúde. Falar com seus filhos. Definitivamente, voltar. Uma urgência que ela tinha esquecido como era sentir voltava a se apoderar dela.

À tarde tinha se despedido de suas jovens companheiras de quarto. Estava só. Pela terceira vez em sua vida tinha que fazer uma mala simbólica. Caberia nela o que tinha posto ao sair e tudo mais que essa viagem tinha somado a sua bagagem?

***

Às vezes, é preciso voltar. Tomar decisões simples e autênticas. Reunir em um mesmo ato de valentia forças que se tem e verdades que se encontraram. Aproximar-se. Abraçar o novo e respirar na intensidade do que se conhece, mesmo que já não se necessite.

Há momentos na vida em que uma mala é a única opção. Não é viajar pelo mundo. É ter se perdido nele e depois de uma busca única encontrar a mulher que habita nosso corpo e mantê-la por perto.

O que falta quando aparentemente se tem tudo? Saber ouvir e ver. Decidir e recuperar.

É possível ter perdido, nas idas e vindas do tempo, a capacidade de reconhecer os momentos valiosos e a possibilidade de desfrutar das pequenas coisas simples? Sim, mas não é definitivo.

O caminho para todos os descobrimentos é assustador. No entanto, o desafio de entender que a vida passa e o tempo não pede permissão estava cumprido. A missão de ser feliz era um fato assumido indubitavelmente.

Às vezes, é preciso voltar. Saber ler a bússola da alma e enfrentar a voz do destino.

Para onde? Ali para onde se pertence.

Como? De maneira honesta e segura.

***

Com o beijo de Rafael pulsando em seus lábios e a noite que tinham passados juntos, Gina não pôde conter as lágrimas. Sentada no assento do avião, recordou-se das últimas palavras antes de embarcar. *Continue confiando em mim. Não há nenhum final aqui. Você só está subindo em um avião e eu, em outro.* Seria verdade? O que queria a nova Gina? Formar um casal não estava em seus planos. Tinha amado compartilhar esse tempo, mas como poderia adequá-lo à sua vida cotidiana? Ela não tinha a menor intenção de negociar aspecto algum de sua independência. Tinha recuperado o controle de suas prioridades, não as perderia do primeiro lugar. Também tinha conseguido preservar-se, já que não queria expor sua vulnerabilidade a um homem que, por mais mágico que fosse, era um homem afinal de contas. Também Francisco a deslumbrou tempo atrás. No entanto, isso tinha terminado sem que ela soubesse nem como nem quando.

Tinha avisado o horário do pouso em Bogotá somente a Maria Dolores.

As horas de voo foram intermináveis, apesar da pouca distância, em comparação às outras que fizera. Não havia o Paul do seu lado. Em seu lugar, a ausência ocupava um espaço infinito e seu coração parecia gritar diante de um buraco cujo nome Rafael se via nas nuvens pela janela. Podia sentir saudade dele? As recordações não lhe deixaram dormir nem por um momento. As vivências, cada lugar, cada momento dessa viagem lhe proporcionou a possibilidade concreta de reencontrar-se, de rir, de chorar, de sentir, de dançar, se entrelaçavam em seus pensamentos até provocar-lhe suspiros e alguma lágrima de emoção. Tudo parecia fazer parte de um grande plano de nostalgia. O filme do voo não ajudava, nada mais nada menos que *Ghost: do outro lado da vida*. Era mesmo necessário esse filme? Pensou em Paul, ele teria rido tanto e depois chorado. Mas ele não estava.

Pensou nela mesma e desligou a tela. Um minuto depois voltou a ligá-la. Era mulher! E o amor a definia.

***

Enquanto isso, Francisco e Amália viviam um romance que nem eles mesmos podiam acreditar. A perna tinha evoluído do melhor modo e só usava uma faixa de neoprene para imobilizar o joelho, além de uma Bota Walker. Já não precisava das muletas.

Mantinham a relação em resguardo do mundo, não só por conta dos filhos de Francisco e por Ângela, e também porque Amália considerava que Gina fosse a primeira a saber. Durante o jantar em um hotel onde pediram serviço de quarto, ele a escutou atentamente.

– Fran, sou feliz com você. Recuperei neste tempo cada lágrima derramada há 26 anos, mas não sou mais uma jovenzinha.

– Fico feliz que você não seja, porque amo como você me faz sentir.

– Refiro-me a que não quero perder tempo.

– O que você quer me dizer concretamente? Não é minha intenção que perca nada, salvo as recordações tristes.

– Amo você, você bem sabe. Sempre foi assim. Mas preciso que você pense muito bem que passo dará. Você ainda vive na casa de Gina...

– Justamente disso queria falar com você. Com ajuda de Inácio, já levei todas as minhas coisas para o meu apartamento. E o organizei o melhor que pude. Não sou bom nisso. Queria surpreender você. Também não tenho habilidade de decorar nada, mas comprei um colchão tamanho *queen* e um edredom azul. Você gosta de azul, não é verdade? Eu digo pelo seu jaleco de trabalho.

Ela começou a rir.

– É sério?

– Sim, é. Errei a sua cor preferida? – perguntou como se isso fosse o importante. Francisco era tão inocente pela idade que tinha. Tão primário na sedução, mas tão doce em suas ideias. Amália não podia sentir mais amor por ele.

– Não. É claro que eu gosto de azul – disse para dar-lhe tranquilidade.

– Bom, quero que minha casa seja um lugar para nós dois. Não pretendo que você se mude até que se sinta segura ou queira, mas deve saber que o resto da decoração ficará esperando por você.

– Gina vai voltar. Antes de qualquer decisão, você deve me prometer que falará com ela. Você será honesto com seus sentimentos e se pretende continuar comigo, então você mesmo lhe dirá que nos reencontramos e que estamos juntos senão...

– Não há "senão" possível. Voltei a me apaixonar por você, mas desta vez não vamos terminar. Nem por Gina nem por nenhuma outra mulher.

– Quero que você esteja muito seguro disso. Só quando a rever poderá ter certeza.

– Eu tenho agora.

– Mas eu não. Necessito que faça isso por mim. Se você tiver razão, quero que tenha com ela uma relação adulta. Tem seus filhos e minha sobrinha. É necessária a harmonia entre vocês. Tenho medo de que ela queira voltar com você e você mude de ideia.

– Entendo seu temor, Amália, mas isso não acontecerá. Estou convencido do que sinto. Você me faz bem. Tira o melhor de mim, coisas que tinha esquecido que era capaz de fazer.

– Você também me devolveu à vida. Mas entenda que ainda não me acostumei com essas coisas.

– Entendo e cuidarei de cada medo seu. Eliminarei seus temores um por um, com beijos. Farei amor com você por cada dúvida que te angustie até que só lhe reste a segurança de que estamos unidos pelo tempo que nos sobra viver. E viveremos. Prometo. Acontecerão coisas lindas conosco e outras não tão lindas, a vida é assim. Não posso garantir só felicidade, mas sim, posso dizer que estarei a seu lado, seja qual for o destino que nos espera.

Amália, simplesmente, estava feliz. Beijaram-se.

– Depois de você falar com Gina, se tudo sair como você diz, contarei para Ângela. Acho que ela suspeita, mas é tão respeitosa e tem tanto medo de fazer algo errado, que não me pergunta. Só me observa e sorri.

– Não duvide de mim. Ela teve sorte de que você é tia dele. Tem notícia de sua irmã?

– Soube por uma vizinha dela, que é minha paciente, que saíram do país. Venderam tudo e a casa. Não me pareceria estranho que nunca mais voltem. Acho que ela nunca amou a filha.

– Melhor então que estejam bem longe – meditou um instante. – Farei o que me pede. Falarei com Gina – disse.

Nesse mesmo momento, tomou seu celular e lhe enviou uma mensagem.

"Gina, não sei quando você volta. Mas queria dizer que a partir de amanhã, já não estarei na casa. Estou bem, só preciso falar com você. Avise-me se volta logo ou se posso ligar para você. Desejo que esteja bem."

Amália leu. O celular de Gina estava fora de serviço e a mensagem ainda não chegava.

– Logo, vou dizer a meus filhos. Quero que todos saibam de você. De nós.

Poucas pessoas tinham a oportunidade de voltar a viver o mesmo primeiro amor, porém melhor do que a primeira vez, em todos os sentidos. Amália agradeceu à vida por dar-lhe tanto. Francisco estava fazendo muito mais do que ela imaginou ser possível.

***

Na manhã seguinte, ambos acordaram com o som do celular. A mensagem tinha sido respondida.

"Estou voltando. Fico feliz que esteja bem. Se é pelo que passa com Josefina, falei com Andrés. Se não, conta comigo para o que precisar. Ligo para você quando eu chegar em casa,"

Amália se sentiu segura ao ler sua resposta. Pareciam amigos. Não notava em suas palavras as de uma mulher apaixonada. Sua intuição tampouco lhe indicava qualquer alerta. Estava tranquila.

CAPÍTULO 62

Chegar

É melhor se distanciar e deixar uma valiosa recordação que insistir e se transformar em alguém que resiste à realidade. Não se perde o que nunca se teve, nem se conserva o que não nos pertence e não podemos obrigar a permanecer quem não deseja ficar.
Laura G. Miranda

Gina chegou ao aeroporto de Bogotá. Decidiu que só Maria Dolores fosse recebê-la. Igual ao momento da partida, começava um novo capítulo de sua história e diante de outra "página em branco" queria ser somente ela junto a sua amiga de alma, a que só atira sobre ela as palavras da experiência vivida. A mala de cor verde-esmeralda tinha sido sua bagagem ao partir, mas ao regressar havia mais outra, de uma cor similar, presente de Paul. Tinha comprado muita roupa, tanto de verão como de inverno para ela, já que visitou hemisférios diferentes com temperaturas distintas, e muitos presentes os seus. Desceu do avião e sentia que era a metade de si mesma. A realidade voltava a tomar protagonismo. O vivido com Rafael a debilitava, e se zangou com ela mesma por isso. Não era justo perder o conquistado mais uma vez. Ela devia esquecê-lo. Ele não tinha prometido nada, só dito que ela continuasse confiando. Porém, reconheceu que ela também não pediu nem prometeu nada. Seria o medo? Não podia tirá--lo de sua memória, mas era necessário, porque a prejudicava como pessoa inteira que ela queria se sentir.

Retirou sua bagagem e se dirigiu à portaria de desembargue do aeroporto. Ali estava sua amiga com um sorriso lindo e aberto. Radiante. Abraçaram-se como se, em vez de um mês, tivesse passado um século. É que muito mais do que o calendário, a intensidade dos fatos era a unidade de medida do tempo. Lembrou-se do dia em que voltou para sua cidade natal com o diploma de tabeliã nas mãos. Tudo era o mesmo ao redor, mas ela não. Acontecia a mesma coisa.

– Como você está? Está tão diferente! – disse Maria Dolores, ao tomar breve distância para observá-la.

– Estou bem, muito bem. Deus! Você também está diferente! – acariciou seu ventre.

– Você está vestindo um *jeans* e uma jaqueta de couro, e está calçando um tênis! Não posso acreditar como você está mudada! Você está maravilhosa – disse Lola com entusiasmo.

– E você leva um bebê! – acrescentou Gina, dando risada.

– Tenho muito o que contar. O que você quer fazer? Ir direto para sua casa?

Gina pensou um instante. Precisava de espaço, encontrar um equilíbrio antes de entrar em contato com todos. Além disso, queria falar com Francisco a sós.

– Eu gostaria que tomássemos um café aqui. Que você me conte suas coisas e que eu também te conte as minhas.

– Uau, que mudança, amiga. A outra Gina teria voltado para casa em seguida.

– Não sou a mesma.

– E a outra, você a deixou junto com meu velho eu? – brincou.

– Talvez ambas estejam sentadas pensando juntas! – respondeu com humor. Já sentadas em um café do aeroporto, se atualizaram das últimas novidades com muitos detalhes. Riram muito e também se emocionaram. A amizade era uma dessas maravilhas que sempre estava por ali, esperando para compartilhar.

– É sério que você jogou em Manuel aquela esfera que te trouxe do Coliseu romano?

– Sim. Desculpa, amiga, sinto muito porque era um presente seu. Mas o genial foi que ele aterrissou direto na testa dele. Um pouco da sua energia foi junto como um tiro ao alvo.

– Eu acho que foi um excesso, amiga. Você podia expulsá-lo de casa sem jogar nada contra ele.

– Acho que a fantasia de quase todas as mulheres é, em algum momento, mais cedo ou mais tarde, atirar alguma coisa contra o marido. Reivindiquei o gênero! – acrescentou lembrando-se da cena.

– Não, Lola, a violência não reivindica nada. Mas sim a sua decisão de pensar em você e fazer com que fosse escutada.

– Eu não tive controle nenhum sobre a cena. Ele me disse que amava as duas e eu me transformei em um ser endemoniado. Não pude resistir. Comecei a jogar tudo o que eu tinha perto. Mas acho que não foi só pela barbaridade que eu tive que ouvir, mas por todos os anos que fui guardando, que fui adiando, de tolerância, de injustiças e mentiras. Ele não é uma má pessoa, mas é um desgraçado. Se ele realmente sentia que amava as duas, é um problema dele, ele não tinha que ter me dito. Você não acha?

– É possível e entendo, mas não justifico. Não foi correto, amiga. Mas exceto por esse fato pontual, eu me surpreendi positivamente pela sua reação em separar-se e me surpreendo agora por ver como você está bem. Não sente a falta dele?

– Às vezes, mas algo se rompeu dentro de mim e não me refiro aos objetos da casa e aos adornos! Ele destroçou minha incondicionalidade e a gravidez me deu uma força que eu nunca senti antes, nunca achei que fosse capaz. Terei um bebê, minha vida passa por esse caminho agora. Sei que vive com a outra, não sei se ele chegou a dizer a ela que ama as duas. Talvez já não e não me ame mais. Mas fiquei com tudo o que garante uma boa vida junto com meu filho. E ele não se negou a nada que pedi.

– É incrível o que aconteceu desde a noite do ataque até hoje. Te vejo inteira, segura e também feliz.

– E com porta nova!

– Deus meu, Lola. Não era suficiente trocar a fechadura?

– Não! Nesse momento, tudo contra ele era muito pouco. Quis deixar uma mensagem clara de que eu o queria longe. Me libertei.

– Você foi bem clara mesmo na mensagem!

– Agora eu acho que fui um pouco impulsiva, mas na hora...

– Um pouco? – ambas riram de gargalhar.

– Estou fazendo terapia, amiga. Chorei tanto no começo que ia três vezes na semana. Mas um dia eu disse a mim mes-ma. "Ele usava dois pares de alianças. Te enganava com descaro absoluto. Basta de chorar por ele." Sei que o lance dos anéis é simbólico, mas foi mais doloroso isso que saber que se deitava com ela. A realidade me deu um soco na cara e na alma, e só assim pude reagir.

– Fico feliz, amiga. Não por sua angústia, mas porque ser-viu para que você se valorize como a mulher valorosa que é. Ele que está perdendo.

– Eu sei.

– Em favor dele, só devo dizer que não discutir os termos do divórcio foi um gesto que nem sempre acontece. A maioria das mulheres sempre acaba perdendo mais do que ganha. Não é uma má pessoa, concordo com você. Ele errou e reconheceu.

– Suponho que foi a culpa e que também pensou no bebê. Enfim... e você? Nova York, Paul, Peter, Bruxelas, Cuzco, Rafael... e aquela voz misteriosa que mudou a sua vida? – disse fazendo uma apertada síntese de suas aventuras e sucessos. Ambas riram.

– Vejo que você se especializou na arte de resumir! Sim, assim foi – respondeu já com certa nostalgia, lembrando-se de sua viagem e sentindo na pele as marcas do desejo por Rafael. Será que ele lembrava dela também?

– O que você sente?

– Em relação a quê?

– Ao Rafael, e a todo o restante.

– Não sei. Eu viveria para sempre o que compartilhamos. Me senti desejada, cuidada, eu diria até que amada, mesmo que pareça uma loucura... Mas também renasceu em mim a mulher que eu fui buscar. Reencontrei minha independência, meu riso. Sabe? Eu danço, vejo filmes, escuto música, saboreio um bom prato, das coisas simples... e não vou permitir que ninguém modifique isso. Entende?

– E por que alguém modificaria isso?

– Porque um casal se desgasta. Eu sei bem. Tira sua energia. Além disso, não conversamos sobre nada concreto. Poderia ter terminado com essa despedida no aeroporto e eu nem sei.

– Não se apresse em julgar. Ele é diferente e o momento em que se encontraram também foi. Nenhum dos dois estava procurando aquilo que vocês encontraram. Isso é muito bom. Vai avisá-lo de que você já chegou?

– Não sei. Nem quero pensar nele agora. Vou conversar com o Francisco, antes de ir para casa. Necessito que ele me conte tudo sobre nossos filhos, ele também me disse que quer falar comigo sobre algo. Você pode me levar até ele? Deixo no seu carro minhas bagagens e te ligo depois da conversa para você me buscar também.

– Claro, estou aqui para isso.

Gina ligou para Francisco e combinaram de se encontrar em um café, ao lado do escritório dele.

***

Gina ainda estava no carro de Maria Dolores quando o viu entrar no café. Então desceu e foi ao seu encontro. Para sua surpresa, ao vê-la, ele se levantou e a abraçou antes mesmo que ela pudesse reagir, mas não sentiu rejeição nem nada do tipo. Era outra energia. Ela também se surpreendeu que ele estava usando perfume. Não usava há anos!

– Fico feliz que você tenha voltado. Você está linda! – disse. Francisco esperou que ela se sentasse na frente dele para só depois sentar-se novamente em sua cadeira. – O que você quer pedir? – era amável. Não havia rancor em seu tom de voz nem ironia. Tampouco expectativas. Desta vez, inclusive, ele não pediu o de sempre sem perguntar antes.

O que ele queria dizer? Poderia ter mudado em pouco mais de um mês? Sim. Se ela mudou, por que ele também não poderia?

– Um café – respondeu. Estava surpresa. Não era o homem abatido que se despediu no aeroporto e que tinha oferecido até viajar com ela para não a perder. Aquele Francisco não estava ali. Nem um vestígio dele se assomava em sua expressão. Estava de barba feita, arrumado e sorridente. Então percebeu. Uma mulher. Tinha conhecido alguém. – O que você queria me contar? – perguntou.

– Gina, quero falar com você sobre nossos filhos. Aconteceram várias coisas sérias que você deve saber antes de vê-los, para estar preparada. Além disso, quero ser honesto com você para estarmos de acordo sobre como seguiremos adiante – soava adulto e seguro.

– O que mais aconteceu além da doença da Josefina?

– Diego. Algo terrível aconteceu a Ângela.

– Estavam brigados quando eu parti. Ele pensava em deixar a universidade porque ela estava grávida e ela tinha terminado o namoro. Isso foi o que ele tinha me contado – ao se lembrar lhe pareceu incrível ter viajado nesse cenário, mas afastou esse pensamento e não sentiu culpa. – Depois, ela não sabia de quem era o bebê e ele a deixou. Essa parte eu soube por Isabella, que me fez jurar que eu não contaria nada.

– Foi um assunto muito mais grave. Ela não o traiu, ela foi violentada pelo esposo de sua mãe. Por isso não sabia de quem era o bebê – Gina sentiu um calafrio. Emudeceu-se esperando que ele continuasse o relato. – Em meio a isso, tive meu acidente – disse olhando para sua perna ainda parcialmente imobilizada pela faixa ortopédica e a Bota Walker.

– O que seu acidente tem a ver com tudo isso?

– Pois muito. Ângela é sobrinha da médica que me operou.

– Não sabia nem que Ângela tinha uma tia médica.

– Não se falavam desde que ela era muito pequena, porque a mãe não deixava, mas ela, assustada, foi buscá-la e pedir ajuda.

– Continuo sem entender onde você aparece nessa confusão. Ela continua grávida? O que Diego fez?

– Ângela é sobrinha de Amália Rivas.

– Sua ex? – disse sem pensar.

– Sim. O destino quis que ela tivesse de plantão bem na noite em que eu me acidentei, ela interveio na cirurgia e quando soube do sobrenome do Diego, ela me procurou. Ângela depois teve um aborto espontâneo. De qualquer forma, eles tinham decidido interromper a gestação. Diego voltou com ela e lhe deu apoio... Ângela não quis denunciar e nós entendemos que era melhor não a expor, caso ela não quisesse enfrentar um processo judicial desse tipo. Ela se mudou e está vivendo com Amália. Começou a fazer terapia...

– E a mãe? E o marido da mãe?

– Amália se encarregou de ir até lá e dizer a eles que se tentassem se aproximar da menina, ela os denunciaria. Depois ficou sabendo que eles saíram do país. Um horror. Nós achamos que, no fundo, eles nunca nem a amaram.

"Nós". Por que ele falava no plural? Gina lembrou-se que, antes de começarem a sair, ele tinha acabado de deixar essa moça, Amália. Era quase uma novela de televisão o que aconteceu em sua ausência. Não podia sentir nada, só absorver.

– Imagino que você e Amália tenham se reencontrado...

– Sim, estamos saindo. Ninguém sabe... Ela me pediu que falasse com você sobre isso. Insistiu que eu deveria encontrar você também, para ver se mudariam meus sentimentos, e me pediu que eu estivesse seguro dos próximos passos.

– E está. É notável o quanto está seguro – disse sorrindo, mas com certa nostalgia.

– Sim. Você não é uma pessoa qualquer, mas não quero

que voltemos. Finalmente, posso dizer que talvez você tivesse razão: estávamos acostumados a estar juntos. Fui feliz com você e não quero que tenhamos uma relação ruim. Como foi a viagem para você? Encontrou o que foi buscar? A julgar pela sua nova aparência, eu diria que sim.

Gina suspirou. Francisco não tinha perdido tempo. Reconhecia em si certo ciúme inconfessável pelo fato de que ele não a queria mais, mas deveria deixar de lado seu ego ferido, porque ela também não o queria. Era o melhor para todos. Devia ser sincera com ele? Respirou fundo antes de falar.

– Fico muito feliz pela sua felicidade, Francisco. Você é muito importante em minha vida, além de ser o pai de meus filhos. Diga a Amália que eu não sou mesmo uma ameaça a vocês. Eu mudei, encontrei mais do que saí para buscar. Reencontrei a mulher que sou – começou a dizer e comentou breves episódios da viagem. Falou sobre Paul.

– E conheceu alguém? – perguntou sem dar voltas.

– Não preciso falar disso com você. Também não quero detalhes da sua relação. Há uma linha de intimidade que devemos manter e que não cruzarei. Agradeço muitíssimo por ter falado comigo primeiro, mesmo que tenha sido decisão de Amália, porque é o melhor para todos que fiquemos bem com isso.

– Tem algo mais que preciso contar.

– Mais?

– Isabella se separou de Luciano. Não sei os motivos, mas voltou para casa. Os meninos sabem, mas não me disseram. Funcionam como uma fraternidade ultimamente. Diego já sabia da doença da Josefina antes mesmo da viagem deles a San Andrés e nunca contou nada.

– Isso é bom, na verdade. São irmãos – depois de um breve silêncio, completou: – Quero ir para casa. Vou agora. Posso contar a eles que você me contou essas coisas? – de repente, sentiu uma urgência em vê-los.

– Sim. Desejo que saibam que nos separamos como casal, mas que seguimos sendo o apoio deles. Não te liguei para contar nada. Isso foi o que prometi e cumpri. Agora você está aqui.

Ainda paralisada pelos fatos e sua nova realidade, Gina chamou Maria Dolores, que foi buscá-la e a levou para casa.

***

O coração de Gina estava muito acelerado. Queria chegar, abraçar seus filhos e seus bichinhos de estimação. Dormir em sua cama. Com tanta informação, Rafael seguia em seu coração, mas como um grande espectador de sua volta.

Ao abrir a porta, o velho Parker começou a girar sobre si mesmo e a balançar seu rabo, agitado. Latia com euforia e saltava com torpeza por sua idade, enquanto celebrava a chega de sua dona com o corpo e o olhar. Sua expressão doce e simpática era única. Chloé se juntou para recebê-la caminhando entre seus pés, emitindo sons de "bem-vinda" e se esfregando em sua calça. Gina a abraçou e a beijou com alegria enquanto com a outra mão acariciava o cachorro mais leal do mundo.

– Como senti a falta de vocês dois! Estão bem-cuidados? Dormiram em minha cama? Comeram bem? – perguntou rindo de si mesma.

Era óbvio que não responderiam, mas ela sabia que eles podiam entender sua preocupação por eles. A linguagem do amor era universal. E o amor pelos animais a definia.

Deixou sua bagagem na casa e aproveitou seus bichos por

um espaço de tempo que não soube quanto durou, mas era preciso e inesquecível. Os animais brincavam juntos como sempre, e Gina se divertia observando-os. Era falso que cachorro e gata brigavam, ao menos não os seus. Então, ouviu um barulho de porta se abrir. Isabella se fundiu em um abraço ao vê-la.

– Oi, minha vida. Que linda você está!

– Oi, mãe! – disse feliz e a abraçou por mais uns instantes. – Você está mais jovem, rejuvenesceu vários anos!

– Mudei meu estilo e voltei a mim.

– Adorei. Vou usar essa jaqueta emprestada – disse referindo-se a de couro cor marfim que usava.

– Quando quiser. Eu trouxe muita roupa nova. Tem um vestido que escolhi pensando em você, que adora roupas com bolinhas. É branco com bolinhas pretas, você vai adorar. Depois te mostro. – era uma delícia compartilhar roupa com sua filha Bella, ela jamais teria imaginado que um dia isso ia acontecer.

Logo, se sentaram no sofá.

– Mamãe, tenho que te contar uma coisa. Estou vivendo aqui por enquanto. Eu me separei do Luciano – disse. Entre ambas, estava Parker a seus pés e Chloé em cima dele.

– Seu pai me contou – começou a falar.

– Vocês se falaram?

– Sim. Agora. Antes de eu vir para casa. Mas ele disse que não sabia dos motivos.

Tinha chega o momento de Isabella contar a verdade.

– Há uma coisa em meu passado que me avergonha muito, mãe. Entendi que era só isso o que me unia a Luciano: culpa. Ainda não contei para o papai. Só Diego e Andrés que sabem.

– O que é isso de tão grave e culposo? – perguntou intrigada.

– Lembra do acidente em que morreu aquela mulher grávida?

– Claro, como posso esquecê-lo?

– O que acontece é que era eu quem dirigia, não Luciano – disse e não pôde evitar chorar. – A culpa foi um tormento que me perseguiu durante todo esse tempo. Meu casamento existia por gratidão a ele por esse dia.

Gina estava atônita. Como uma torrente de respostas, entendeu sua filha e suas atitudes. Ela a abraçou novamente e Isabella chorou sobre seu ombro.

– Meu amor, só um bom homem pode fazer esse ato de generosidade. Ele agiu bem e mostrou que tem valor, mas também é correto que tenha posto fim a sua gratidão. Um casamento é outra coisa. Deve ser muito mais que isso. *Capito?* – ela gostava de ouvir sua mãe voltando a usar essa palavra.

– Você não pensa que eu sou uma má pessoa?

– Jamais! Era só uma mulher assustada a quem o homem que estava a seu lado protegeu. Não digo que tenha sido justo com Luciano, mas o amor poucas vezes é – Isabella se emocionou ao não ser questionada e se animou. Queria contar o resto.

– Além disso, me apaixonei por outro homem – acrescentou.

Gina sentiu que não iria se entediar tão cedo com aquela família. Tinha tanta informação para assimilar! Seria capaz que sua filha refizesse tão rápido sua vida?

– Quem é ele? – perguntou, enquanto a informação do acidente já parecia velha. Tudo era repentino.

– Matias, o meu melhor amigo, sabe? Ele é o amor da minha vida, mãe. Eu o amo com loucura – disse antes dela dar detalhes de como tinha acontecido as coisas.

Gina sentia grande emoção por vê-la feliz. Porque era valorizada e apoiada por Matias. Sentia muita pena de Luciano, ele, sem dúvida, a amava também. Ninguém faria algo assim se não sentisse amor. Valorizava isso apesar de suas diferenças com ele. Desejou que também encontrasse uma mulher que o fizesse feliz.

A vida parecia começar mais uma vez. E nada exteriormente tinha mudado, eram eles, seus protagonistas, os que tinham crescido, amadurecido à força das experiências, enfrentando a adversidade, sofrido com os golpes da vida, pagado por seus erros e abraçado as oportunidades. Gina se sentiu em meio a uma revolução emocional. Seu mundo era real e valeu cada decisão tomada.

Tocou seu celular e era uma mensagem de Rafael.

"Você chegou bem? Penso em você e sinto sua falta."

Gina titubeou antes de escrever. "Sim. Não te esqueço." Sentia que seu coração estremecia, mas não deixaria que sua parte vulnerável tomasse protagonismo agora. Não perguntou nada. Voltariam a ver-se? Ou com o tempo tudo seria uma lembrança de uma experiência inesquecível?

CAPÍTULO 63

Esperar

E sempre amarei você, minha vida, sempre
E estarei ali sempre e para sempre,
Estarei ali até que as estrelas não brilhem,
Até que o céu se arrebente e as palavras não rimem,
E sei que, quando eu morrer, você estará na minha mente,
E eu te amarei. Sempre.
Bon Jovi

Isabella se despediu de Gina para ia à casa de Matias. Sentia-se muito mais livre e leve. Confirmou que ao falar, colocar palavras aos fatos que se impregnam na alma, ela se redimia de seus remorsos e renascia. Só tinha que dizer isso também a seu pai, e então, seu mundo afetivo estaria a par e ciente de seus equívocos e arrependimento e a culpa deixaria de corroer seu presente e seu futuro promissor.

Gina estava desfazendo as malas na companhia de Chloé, que se se enfiava dentro das malas, e de Parker, que dormia em sua cama, quando escutou a porta da entrada. Reconheceu os passos de Diego.

– Oi. Tem alguém em casa? – perguntou ele com seu grito habitual na entrada.

– Sim. Sua mãe. – respondeu ela e esperou sua reação.

O jovem foi a seu encontro. Ele a olhou a uma curta distância. Notou suas grandes mudanças externas, mas não disse nada. Toda a conversa com Ângela tinha calado seu raciocínio anterior. Ela sorriu.

– Não vai me dar um abraço, filho?

Ele se aproximou e Gina o rodeou com todo o amor que era capaz. Quando se separaram, ela o viu mais maduro, mais homem, como se algo tivesse mudado nele que não eram seus traços físicos. Assim tinha sido. Decidiu ir direto ao assunto, porque com Diego devia evitar dar muitas voltas.

– Diego, sei bem que você está bravo comigo pela minha decisão de viajar. Posso lidar com isso, mas quero que me escute e compreenda minhas razões, porque não se trata de mim, mas de você – ele a olhava sem interrompê-la. – Falei com seu pai... Antes de que o julgue, você precisa saber que ele não te traiu. Nunca me ligou para contar nada. Faz umas horas que me contou, depois que eu cheguei e nos encontramos. Sinto imensamente pelo que vocês tiveram que passar... – seu filho continuava observando-a com atenção. Ela era sincera. – Como está Ângela? – continuou.

– Bem. Está superando. Vai ter recaídas, tem seus altos e baixos, mas seguiremos em frente – nada disse sobre as palavras de sua mãe respeito a sua chateação. Entendeu que era lógico que seu pai lhe dissesse também. Isso mostrava que eles ainda tinham uma boa relação apesar da separação. Um silêncio breve foi o prelúdio para um impulso que não pode evitar. – Por quê, mãe?

– Por que o quê? – perguntou interessada em saber a que ele se referia.

– Por que você nos deixou para viajar?

Gina sentiu uma pontada em seus sentimentos mais profundos.

Os dois sentaram na cama.

– Eu não os deixei, filho.

– Sim, você fez isso. Primeiro, deixou meu pai. Depois, todo mundo.

– Filho, você aprendeu, à força de uma grande dor, que nem tudo é o que parece. Minha viagem também não foi. Não viajei porque queria férias, compras, aventuras ou deixar vocês. Fiz porque me perdi. Não sei em que momento do meu casamento isso aconteceu, mas deixei de ser feliz. Seu pai não soube compreendê-lo a princípio também. Eu nunca, desde que me casei, tinha pensado primeiro em mim, no que eu queria. E senti que era hora de fazer isso. Vocês já são grandes, já são adultos, e sinto que fiz minha tarefa mais importante como mãe. Não quis esperar mais para que eu fosse minha prioridade, que eu fosse a número um em minha vida. Confiei em que um tempo de ausência não os afetaria.

– Mas não foi assim. Afetou todo mundo. Você sabe de tudo pelo que o papai te contou, imagino.

– Sim. Também falei com Isabella. Mas por que você diz que minha ausência te afetou? Nunca me respondeu ou me escreveu – perguntou surpreendida, mas afetuosa. Ele era o mais forte dos três, ou talvez por trás de seu caráter reservado ele tinha uma extrema sensibilidade e se sentia vulnerável?

– Eu... bem, eu não falo muito. Prefiro pensar. Mas eu cresci seguro de que vocês sempre estariam para mim e de repente, você foi embora quando eu estava mais furioso com a vida do que nunca. E me doeu, como um abandono. Não podia escrever em um grupo de família que eu acreditava que não existia mais – se referiu ao grupo do WhatsApp. Ele se aproximou um pouco mais.

Ela o puxou e o abraçou, colocando sua cabeça em seu colo. Acariciou seu cabelo.

– Nada muda meu amor por você, meu filho. Sempre estarei quando você precisar de mim. Eu vou amar você para sempre. Na verdade, vai além da vida meu amor por você e seus irmãos. A família é muito maior que um casamento. Eu faria o que fosse preciso por você, também por seu pai, e ele também, por mim. Só terminou o amor de casal, mas o outro é para sempre. *Capito?*

– Você teria voltado se eu tivesse pedido?

– Não sei, não vou mentir. Era muito importante para mim minha busca por mim.

– Acho que você é das que entendem a vida pelos seus "porquês" e não por seus "comos". Ângela também é assim. Ela fez com que eu tentasse compreender seus motivos.

– Fico feliz que você se abriu a isso. Nem sempre pensei no "porquê" das coisas, mas aprendi e é quase tão importante como os fatos em si mesmos.

– Não quero mais falar do que aconteceu. Podemos começar de novo – propôs. Era seu modo de dizer que tentava entendê-la.

– Vamos continuar, meu filho. Nunca terminou.

– Posso perguntar uma coisa?

– Claro, o que quiser.

– Você vai voltar a namorar, casar?

– Não sei – foi honesta com ele antes de abraçá-lo com todas as suas forças. – Só posso dizer por enquanto que consegui voltar para mim – acrescentou.

Logo, chegaram Andrés e Josefina, que elogiaram muito

sua mudança de estilo. Disseram que ela estava diferente, bonita e jovial. Gina pensou que não era para tanto, afinal de contas, era um tênis, um *jeans* e um casaco de couro. O que eles diriam de seus vestidos e de todo o resto? Não importava. Ela estava feliz com sua mudança. Conversaram um instante entre os quatro e Diego saiu.

Gina estava contente, mas se sentia quase como se tivesse sido atropelada por tantas emoções e confissões. Parecia que tinha passado anos fora.

– Gina, fico feliz que você tenha voltado. Sei que Andrés te pediu – Gina observou sua nora. Algo tinha mudado nela também e era para o bem. Via que estava segura diante dos acontecimentos. – Não quero que você leve o que vou dizer como um atrevimento, mas obrigada.

– Por voltar? – perguntou comovida.

– Não. Por compreender. Se eu tivesse um filho como Andrés, eu teria querido muito vê-lo no dia de seu casamento...

Gina a olhou com ternura. Como todos tinham amadurecido! As duas se abraçaram. Andrés observava emocionado.

– Josefina, nada no mundo precisa ser de um só modo. Há muitas formas de se fazer o correto sem deixar de priorizar nossos sentimentos. Acredite que aprendi isso muito bem e o respeito. Só quero a felicidade de vocês – não sabia se falava sobre a doença ou se calava. Enquanto estava enredada em suas dúvidas, a jovem continuou.

– Pedi a Andrés que fosse eu quem te dissesse uma vez mais o que você já sabe. Estou em tratamento. Tenho câncer de mama, mas quando terminar as trinta sessões de radioterapia, estarei curada. Eu sei disso. A boa notícia é que não precisarei de quimioterapia, então não ficarei careca. Quero que você esteja tranquila e não tenha pena de mim. O mesmo eu disse a meus pais. Sejamos uma família. Sejamos felizes, não devemos esperar para aproveitar, não acha? – disse tudo sem fazer uma pausa.

– Entende, mãe, por que me casei com ela? – disse Andrés.

– Entendo, filho. Você tomou a melhor decisão. E quanto a você, pequena – disse, olhando para Josefina. – Que lição de vida você pode dar a mais de um adulto! Estou orgulhosa. Tem toda a razão. Sejamos uma família – disse. Então o que outrora tinha sido impensado, sucedeu. Teve vontade de desfrutar com eles. Ali, nesse momento que se reduzia a tudo o que tinha certeza, pegou seu celular, o conectou por *bluetooth* com uma caixinha de alto-falante que ficava em seu quarto, sob o olhar estupefato de Andrés, e colocou música. – Vamos dançar. Há que se celebrar a vida – acrescentou. Paul tinha lhe enviado uma lista com as melhores canções. Quando tocou *Stayin' Alive*, dos Bee Gees, não pode evitar rir com vontade. Josefina começou a rir também.

– Que música é essa? – perguntou.

– A de ser felizes – respondeu.

– Mãe, como você mudou. Gosto dessa versão.

– Minha sogra é extraordinária. Essa é a atitude!

Os três dançaram ao ritmo de quem compartilham o simples fato de estarem juntos. Gina pensou em Paul e dançou ainda mais e melhor. O nome de Rafael pulsava em todo seu ser, lembrando-a que estava viva e aproveitando ser quem era.

***

Isabella chegou ao apartamento de Matias sem avisar. Tocou o interfone e ele abriu de imediato. Ela subiu. Ao abrir a porta, seu olhar pôde dizer mais que todas as palavras. Ela se entregou a seus braços e o beijou com toda a intensidade. Sentia o sabor de sua boca com a exata precisão dos seres livres para amar-se.

– Você acha que eu posso fechar a porta? – disse ele com certo humor, quando o beijo terminou.

– Sim, claro.

– O que aconteceu?

– Ouvi o amor da minha vida, que é você, a propósito. Falei de maneira adulta com Luciano. Senti pena, mas tomei minha decisão. Voltei a casa de meus pais temporariamente. E você nem sabe: minha mãe voltou e pude contar-lhe toda a verdade – disse aliviada.

– Estou muito feliz por saber disso. E o que ela disse?

– Que ele me protegeu e que apesar de não ter sido justo, o amor poucas vezes era...

– Ela tem razão. *Come ti senti ora?* – falou no italiano que ela gostava de ouvir.

– Começo a me perdoar e isso só me leva a um único lugar.

– E que lugar é esse?

– Seus braços, sua boca, seu corpo, sua cama... – começou a lista. A sedução inevitável que os enlaçava tinha começado a falar.

Tiraram suas roupas com pressa. Entre beijos, suspiros e carícias alvoraçadas pela ausência de culpas. Apoiaram-se sobre a parede. Ele entrou nela de maneira urgente. Ela se sentiu livre e logo alcançou o gozo. De repente, os orgasmos a atropelavam. Eram orgasmos múltiplos? Matias enlouquecia de prazer ao vê-la liberar tanto desejo. Quando já não pôde resistir mais, acabou dentro dela e sentiu alívio de seu êxtase. Agitados, foram cair sobre a cama onde sabiam que podiam voltar a começar. Sentiam-se insaciáveis.

Um tempo depois, entre beijos e risadas, olharam-se de maneira cúmplice ao se dar conta de que na televisão tocava a canção *Crazy*, de Aerosmith.

– Estou louco por você. Vem morar comigo – disse com grande expectativa. Ela era seu mundo inteiro.

– Estou louca por você também, mas devemos esperar.

– Esperar o quê?

Isabella repensou os acontecimentos. Queria ela esperar ou era um mandato social que a detinha? Não seria bem-visto que na última semana deixara seu esposo e fosse viver com seu amigo. Podia lidar com isso?

Então se levantou de repente.

– Seu computador está ligado? Preciso escrever. Tive uma ideia e vou perdê-la se não escrever agora.

– Sim, aí está – respondeu. Olhou embelezado como ela se cobria com uma camiseta dele que ficava grande e se sentava diante de sua escrivaninha. Ao ritmo da canção, ele se apaixonou ainda mais, como se isso fosse possível, e ela se submergiu em sua verdade. O tema de outra coluna lhe mobilizou.

Esperar

O que significa esperar? Ter a esperança de conseguir algo? Acreditar que é preciso que alguma coisa aconteça? Desejar que aconteça? Permanecer em um lugar de onde se acha que é preciso partir em direção a um lugar, uma pessoa ou um sucesso? Deter uma atividade até que aconteça o desejado?

Assim esperamos conseguir um bom trabalho ou que chova intensamente ou que alguém se cure ou um alguém no café de sempre ou não fazemos o que tínhamos previsto porque esperamos que uma pessoa chegue. Essas são as acepções do conceito, mas o que é "algo" nesses contextos e "quem" é esse alguém que justifica a espera? Poderiam ser infinitas as variáveis a se considerar. Mas isso saberá cada uma.

Eu quero me referir à mais importante de todas as esperas, aquela que se vincula indefectivelmente à possibilidade concreta de que os fatos podem acontecer e que estamos ali para ver e sentir. Vocês já pensaram que para decidir esperar há que se ter certeza de que se tem o tempo necessário? Eu não. Até o dia de hoje.

Como saber que somos capazes da espera se não podemos ter segurança de que nos será dado o tempo necessário para sobrelevá-la? Tampouco temos segurança do que sentiremos ou do que acontecerá durante esse pretendido tempo. Parece sensacionalista, eu sei. Mas saibam vocês que é verdade. Há que se ganhar do tempo na vantagem do acaso. Ser feliz quando se pode, comer quando temos vontade, sorrir quando há motivos, abraçar quando os seres estão presentes, dizer quando podem nos escutar e calar só quando nos pedem companhia em silêncio. Amar quando assim se sente, sem preconceitos. Sem pensar no que os outros podem falar.

Há que se ganhar das esperas o tempo roubado das mulheres que não puderam se dar conta de que só podem aguardar as que sabem fazê-lo. As que nada perdem, portanto, nenhuma razão as detém. Porque não sofrem com o trajeto, mas crescem com ele e se fortalecem graças a ele. Mulheres que podem não esquecer de si mesmas, enquanto derramam alguma lágrima.

Para as outras, para as que sofremos com o medo, a culpa, a morte, o abandono, as dúvidas e a angústia, para elas, escrevo esta coluna. Porque a espera, nesses casos, se transforma em pranto amargo, em desilusão, em preconceitos, em frustrações ou tudo isso de uma vez. Em síntese, no adiamento do que a vida nos oferece para sermos felizes.

Hoje, decidi que não esperarei mais. Pela simples razão de que compreendi que "aqui e agora" é tudo o que eu tenho e me ganhei o direito de aproveitar ou de chorar ou das duas coisas, sem esperar. E você? Seguirá aguardando ou porá um fim aos prazos de espera?

Isabella Lopez Rivera

Matias não tinha deixado de olhá-la enquanto escrevia. Não podia. Suas mãos voavam sobre o teclado como se suas ideias fossem mais velozes que seus dedos. De repente, ela suspirou sem olhar mais para o monitor e voltou para a cama.

– Pronto – disse sorrindo. Sua expressão era de felicidade.

– O que foi isso? Além de uma inspiração espontânea.

– Isso foi um sim.

– Um sim a quê?

– Sim. Hoje vou ficar aqui para dormir e não vou embora. Nem amanhã nem nunca mais. Deixei de me importar com o que pensa o mundo, porque estou certa do que eu penso e quero. Não esperarei nem por nada nem ninguém para ser feliz. Amo você.

– E eu, você.

Ao ritmo de *Always* de Bom Jovi, se amaram sem mais palavras que as que suas mãos diziam a seus corpos em cada carícia, as que seus movimentos lhes gritavam de amor e as que seus olhares sussurravam a seus sentimentos.

CAPÍTULO 64

Revolução?

Defendo a revolução em nossas cabeças.
John Lennon

Uma semana depois, Gina já tinha se habituado à nova realidade. Todos, sem exceção, lhe apontavam o quão benéfico tinha sido sua mudança em relação a estilo, vestimenta e acessórios. Sentia muita saudade de Rafael, se saudade se entendia por pensar nele todo o tempo e escutar sua solidão chamando-o em silêncio antes de dormir toda a noite. Falavam por telefone todos os dias. Ele ligava para ela ao menos duas vezes. Conversavam, diziam o quanto sentiam a falta um do outro, ele dizia que ela era única e que estava organizando a vida e encontrando um modo para voltar a vê-la. Pedia para que ela seguisse confiando nele. Claro que ainda, durante o dia, enviavam várias mensagens, mas Gina sentia que estava brincando de adolescente em uma relação à distância condenada ao fracasso. Não obstante, não era capaz de cortar o vínculo por mais difícil que fosse sustentá-lo, porque de verdade sentia, não sabia muito bem o que, que ali em seu coração esse homem da voz sonhada tinha conquistado um lugar cativo. Escutá-lo seguia sendo um modo de que o amor se fizesse em palavras, com o tom mais sedutor que ela ouvira na vida. Como resistir depois de tudo o que compartilharam? Como imaginar algo real entre eles se tudo parecia reduzir-se à magia de Cuzco?

Paul, o anjo da guarda de seu novo eu, parecia até mais amigo de Rafael, a quem não conhecia, que dela, quando ouvia suas dúvidas e ideias.

– *My darling*, você deve deixar o medo de lado quando pensar nele como uma possibilidade.

– Não há aqui nenhuma possibilidade. Você sabe.

– Se ele diz para que você siga acreditando nele, não há razão para não fazer. Se sua ideia fosse desaparecer do mapa, ele já teria feito. Rafael Juarez não é um sedutor que anda solto pelo mundo. É um homem que foi se despedir de um amigo e encontrou o amor de sua vida – afirmou.

– Você está vendo filmes demais – afirmou.

– É verdade. Você também. Mas o tempo que você viveu no Peru não tem nada de ficção, segundo o que você mesma me contou. Por que você não se anima a viver isso para sempre?

– Primeiro, porque ele não me propôs nada, nem sequer viajar. Segundo, porque eu não voltarei a me casar. Não quero outra convivência, não...

– Pare já agora mesmo – interrompeu levantando a voz. – Falei de ser feliz como um casal, não em cumprir padrões sociais. *Capito?* Como você diz.

Ambos riram.

– Estou de péssimo humor, verdade?

– Você está intensa! – Disse com humor. – Acho que sente a falta dele e pretende negar – disse.

– Mudando de assunto. Quando vou poder ver você?

– Quando for o momento, estarei aí.

– Você e seus mistérios. Ah! Não te contei. Francisco contou para nossos filhos que ele está namorando com Amália e adivinha?

– Que ninguém o julgou e estão felizes por ele?

– Bingo! Exatamente.

– Gina, o mesmo vai acontecer com você. Seus filhos são adultos. Belos e formosos por dentro e por fora, segundo as coisas que me contou e o que vejo nas fotos.

– Isso é verdade.

– E você? Já encontrou com Amália?

– Não. Tudo está ótimo e em harmonia, mas não buscarei esse encontro.

– O que você vai fazer agora?

– Vou trabalhar, Paul. Alícia já não está indo mais ao cartório. Depois que eu voltei, conversamos muito. Queria que minha mãe fosse tão compreensiva como ela. Além de se ocupar de tudo no cartório, ainda está feliz por mim. Amanhã ela vai viajar com uma amiga. Eu mesma a levarei ao aeroporto.

– Olha, que bom. Que horas será isso? – perguntou.

– Às oito da noite, depois do trabalho, vou buscá-la. Por que pergunta?

– Porque sou curioso! E seus pais? Você já foi ou vai para o interior vê-los?

– Ainda não. Só liguei. Meu pai continua sem falar comigo.

– Deixe que o tempo faça seu trabalho – aconselhou.

– Deixarei. Não vou me expor. Não tenho vontade.

– Preciso ir, querida. Bom dia para você.

– Você também.

***

Gina chegou ao escritório cedo. No cartório, o tempo nunca era suficiente. Sempre havia algo que revisar, ordenar ou arrumar. O controle em sua máxima expressão se radicava ali, em seu trabalho, onde cada tarefa era o resultado da perfeita precisão anterior com que tinha sido prevista. Foram chegando seus funcionários. Eram doze no total. Atendeu consultas, e voltou a rir internamente ao descobrir que seus clientes, para realizar uma doação, como era o caso, começavam o relato com a história do dia de seu casamento. Como isso era possível? Surpreendia-se escutando as histórias que nada tinham a ver com seu papel profissional, mas que seus clientes sempre queriam contar. Enquanto questões alheias ao seu trabalho eram minuciosamente contadas pelos seus interlocutores, pensou no relógio de areia que os advogados na Austrália viravam ao início de uma consulta, porque cobravam por hora. Então as pessoas desenvolviam uma imediata capacidade de síntese. Mas ela era tabeliã e não cobrava consultas. Entregou-se ao trabalho e aproveitou seu pequeno grande mundo de histórias irrelevantes que eram confessadas em sua mesa para seus protocolos. Foi feliz na comodidade de seu sofá. Desfrutou da música baixinha de fundo, de cada pasta que com sua intervenção avançava em direção ao seu processo final, da vida mesma e das conquistas maravilhosas que lhe permitiam sentir-se plena.

No fim do dia, falou com seus filhos. Iriam todos jantar na casa de Francisco. Amália os tinha convidado. Teria então uma noite para relaxar em casa.

Depois de despedir-se de Alícia, estaria sozinha, mas em companhia de sua gata sobrevivente e do incondicional e velho Parker. Gostou de saber que não se sentia triste por isso. Nem nostálgica. Pensou em Rafael. Seria encantador sair para jantar com ele, mas não era ela quem podia decidir isso.

Conforme o previsto, buscou Alícia em sua casa, quem tinha insistido até o último momento para tomar um táxi e não a incomodar.

– Alícia, você é uma mãe para mim. Você fez com que fosse possível que eu realizasse a melhor viagem da minha vida, sem ter que me preocupar com minha profissão e compromissos do cartório, além do necessário que se resolvia por telefone. Não deixaria que você fosse sozinha para o aeroporto nem hoje nem nunca.

– Uma pessoa nunca deixa de ser tabeliã totalmente, e você fez muito em sua ausência nas suas ligações diárias apesar de que eu estivesse lá. Amo você, minha filha que eu nunca tive. Você sabe.

– Eu sei. Adoro você, Alícia. É verdade, minha profissão viajou comigo e me manteve em estado de alerta – ambas riram.

– Escuta, você não me pediu um conselho, mas...

– Mas você me dará mesmo assim – disse com uma expressão compreensiva.

– Você é linda, jovem e bem-sucedida. Não presenteie esse tempo precioso ao nada. É muito bom que você tenha se reencontrado, celebro isso, mas o companheiro adequado soma, não subtrai. Você não precisa dele, eu sei, mas pode escolher acrescentar mais felicidade à vida que você já tem. Dará outra cor ao seu presente e não tem nada a ver com sua independência.

– Você me conhece muito bem.

– Melhor do que ninguém, acredito. Às vezes você me faz pensar em você como uma revolucionária que ganhou sua causa e que não quer ceder nem um milímetro de seu território para obter mais.

Gina a escutava com atenção. Era um ser humano de valor. Sentia-se afortunada por tê-la por perto.

– Você se refere a minha revolução interior?

– Exatamente.

Gina deu uma risada gostosa pela comparação, mas a mensagem nas entrelinhas tocou sua fibra mais resistente.

O aeroporto lhe fez recordar sua partida e seu retorno. Quando se despediu de Alícia, no momento de embarcar, sentiu-se feliz por ela.

Caminhava pelo corredor e decidiu que comeria algo leve por ali mesmo. Não tinha desejo de cozinhar. Sentou-se em uma mesa de onde se podia ver a pista de voo. Pediu o menu e uma salada e um suco.

Ligou para Maria Dolores.

– Oi, amiga. Como você está?

– Bem. Pedi sorvete e estou vendo uma série.

– O que está vendo?

– *Revenge.*

Ambas riram.

– Você não precisa ver essa série em que tudo é vingança e uma rede de mentiras, Lola – acrescentou com humor.

– Mas foi você que me recomendou!

– Sim, mas em outro momento de sua vida.

– Fique tranquila. Não há sede de vingança, mas sim de comprar todos os vestidos que as protagonistas usam nessa série. Que elegância! E sabe o que mais? Eu posso comprar. São as vantagens de um bom divórcio.

– Fico feliz que pense assim, mas você sabe que vai precisar trabalhar em algum momento por você mesma. Já veremos. Talvez depois que o bebê nascer e você tiver se adaptado, eu posso te incorporar no cartório.

– Sério? Uau, eu adoraria.

– Ótimo. Trouxe Alícia ao aeroporto. Vou jantar agora aqui mesmo e volto para casa. Os meninos estão na casa de Francisco.

– E o que você soube mais da "voz"? – se referia a Rafael pelo que sua voz provocou em Gina.

– Hoje me disse que já falta menos para que nos vejamos outra vez, mas eu prefiro não perguntar quando. Será quando tiver que ser. Portanto, estou bem.

Despediram-se porque chegava a comida. Gina se serviu de suco. Tinha sede. Não podia tirar Rafael da memória. Seu celular tocou. Era uma mensagem dele. Leu.

"Você pode olhar para trás?"

Nesse instante, Gina lembrou da emoção daquele mesmo texto em Machu Picchu, mas a intensidade de seu coração se multiplicava milhares de vezes mais. Era possível? Gina virou-se de imediato. Sem pensar. Só sentindo desejos de que fosse certo, como aquela vez inesquecível. Ali estava ele, na mesa da diagonal. Ela estava de costas para mesa. Ele se levantou, se aproximou e disse:

– Oi. Não acredito que você deva jantar aqui sozinha – repetia outra cena romântica da viagem.

– O que você está fazendo aqui? – seguiu ela o mesmo roteiro, sabia desse diálogo de memória.

– Vim te buscar.

– Por quê?

– Porque pensar em você à distância por mais tempo seria insuportável. Posso acompanhar você?

Gina sentiu que a felicidade brilhava em sua expressão máxima e ainda melhor que naquela primeira vez. Não tentou dissimular o que sentia. Levantou-se e o beijou sem pensar em nada mais. Ele respondeu ao beijo e a abraçou tão forte que sentiu que uma dor deliciosa a percorria inteira.

Sentaram-se um de frente para o outro sem soltarem as mãos.

– Como você chegou aqui justo neste momento? Não posso acreditar que seja uma coincidência.

– Seu amigo Paul Bottomley.

– O que Paul tem a ver com isso? – perguntou desconcertada.

– Falei com ele no mesmo dia que você partiu. Se alguém sabe como chegar em seu coração é Paul. Não quero pressioná-la muito menos assustá-la com meus planos.

– Que planos? Você já está me assustando.

– Serei direto. Estou apaixonado por você. Nunca pensei em dizer isso em um aeroporto, mas logo a ideia se tornou perfeita. Justamente, a decisão de viajar por diferentes motivos nos uniu em Cuzco. Senti tanto a sua falta que entendi que não é onde, mas com quem, o que pode definir nossa felicidade. Então, chamei minha irmã. Ela vive aqui em Bogotá e através de um amigo dela, diretor de um jornal local, consegui um emprego na cidade. Já fazia tempo que ela queria que eu me mudasse para mais perto.

Gina sentiu que se descompunha. Não sabia se de emoção ou medo. Rafael era irresistível. Ainda assim, e além de tudo o que sua voz e suas palavras provocavam nela, uma coisa era que a visitasse e outra muito diferente era que se instalasse em Bogotá. Onde ia viver? E suas filhas? Ele teria contado que se apaixonou? Estava confusa. Então, começou pelo final.

– Serei direta também. Não sei que expectativa você tem e ainda que eu esteja muito feliz que você esteja aqui, quero que saiba que não desejo agora viver com ninguém. Recuperei minha independência e... além de tudo, suas filhas.... Você vai abandonar suas filhas? Sem mencionar que...

– Você pode parar e me ouvir? E ouvir o que eu disse?

– Justamente porque ouvi é que estou falando – disse a ponto de retomar o seu discurso.

– Eu disse que estou apaixonado por você, Gina. Não que eu quero ir morar com você. Disse que senti tanto a sua falta que quero estar onde você estiver sem me importar em qual cidade seja. Essa é a felicidade que escolho. E, claro que não abandonei as minhas filhas! Elas têm 23 e 25 anos. Quanto tempo você acha que eu passo com elas? – Gina começou a processar a informação. Era certo. Em nenhum momento ele falou em viver com ela. Talvez tudo estava indo muito rápido. Queria falar com Paul.

– Desculpa. Preciso ir ao banheiro – disse.

– Aqui te espero – respondeu. Sabia perfeitamente que ela precisava de espaço.

Quando saiu do campo visual de Rafael, ligou para Paul.

– O que você fez? – Disse sem sequer cumprimentar.

– O que fez você que está me ligando em lugar de estar com esse pedaço de mau caminho?

– Paul... por favor. Ele está aqui e eu...

– Espera – interrompeu. – Respira. Esquece os seus medos. Concentre-se na Gina que você reencontrou – ela o fez. – O que você sente?

– Que quero estar com ele, mas não desejo mudar todo o resto.

– O que aconteceria se você voltasse à mesa e ele não estivesse?

– Morreria de angústia – respondeu sem pensar.

– Então?

– Mas ele se mudou para Bogotá. Já tem trabalho. E se não funcionar do meu modo?

– E se for perfeito para os dois?

– Tenho medo.

– É lógico que tem, mas tem também a oportunidade que poucos conseguem. Você escolhe.

Gina permaneceu uns segundos em silêncio.

– Amo você, Paul. Muito! Obrigada.

– E eu, você. Escolhe com o coração.

Gina caminhou devagar, pensando e sentindo. Voltou a mesa e ali estava Rafael com um sorriso, esperando-a.

– Você se sente bem?

– Melhor do que nunca.

Saíram dali depois de conversar sobre tudo o que tinham vivido durante o tempo em que estiveram separados. Gina foi clara em sua posição. Depois lembrou-se do conselho de Alícia. Era uma revolucionária vencedora, mas não seria tão tola para não negociar alguns milímetros de seu território emocional em benefício de mais felicidade. Nunca pensou em conhecer um homem em sua busca, mas aconteceu. A voz do destino acompanhou suas palavras com esse fato que se anunciou como um presságio. Quem era ela para não escutar? Além disso, se ele falava, o mundo pausava em uma música que tinha o ritmo que ela podia e queria dançar para sempre.

CAPÍTULO 65
Três meses depois

Encontro

Nascemos para viver, por isso o capital mais importante que temos é o tempo, é tão curto nosso passo por este planeta que é uma péssima ideia não gozar cada instante, com a dádiva de uma mente que não tem limites e um coração que pode amar muito mais do que pensamos.

Facundo Cabral

Lúcia estava em sua mesa ordenando as tarefas que deixaria a cargo de seus funcionários durante sua ausência. Tinha decidido que merecia um descanso. Então, chamou Isabella.
– Oi, Isabella. Tenho algo para dizer a você.
– Sim – disse a jovem, que estava radiante. Era pública sua relação com Matias e, longe de questioná-la, sua chefe disse que se estar com ele lhe fazia escrever com essa intensidade, então que ela desejava que fosse para sempre. Sentia-se bem em todos os sentidos. Tinha tido algumas conversas mais com Luciano, que depois de passar por vários estados de humor, começava a aceitar a realidade.
– Vou viajar. É justo que saiba que seu texto *Esperar* me fez refletir, como os anteriores e os seguintes. Depois dele e por causa dele, em alguma medida, decidi pôr fim à espera.

– Obrigada! Estou muito emocionada. Você é tão reservada que não imagino como seja seu mundo interior.

– Talvez seja mais parecido com o seu do que imagina. Quero que, durante os quinze dias em que eu ficarei ausente, você assuma meu cargo – afirmou. Isabella sentiu que não cabia em seu corpo. Uma festa cheia de música e cores se precipitava em seu ser. Acreditava que tinha tudo. Indubitavelmente quando se conseguia soltar as culpas, o universo podia fluir sem limites e dar mais – Você não vai dizer mais nada?

A jovem se levantou e logo lhe deu um abraço e um beijo. Ela sorriu. Depois, Isabella voltou a seu lugar.

– Perdão, isso não foi formal, mas é que eu gosto de você e admiro seu trabalho. Você não sabe, mas fez muito por mim.

– E você, por mim. Também gosto muito de você. Seu trabalho me transforma na melhor versão de mim mesma.

Nas horas seguintes passou-lhe instruções e no fim do dia, despediram-se.

**

Chegou o sábado e oito pratos em uma mesa disposta para um jantar, muito esperada por todos os comensais, anunciava a promessa de encontro e empatia.

Dar rosto às pessoas que se conheciam muito bem, apesar de não as ter visto nunca, era algo que gerava expectativa e certo nervosismo. No recôndito mais humano dentro de cada ser, todos querem estar à altura das circunstâncias. Querem ser aceitos e sentir-se cômodos nas reuniões. No entanto, não era o caso de nenhuma das mulheres que se sentariam nessa mesa. Todas elas sabiam muito bem que lugar ocupavam no mundo e era justo onde queriam estar, por convicção, por sentimentos e por aceitar o melhor oferecimento que a vida tinha lhes dado. A segurança as definia. Quatro personalidades completamente diferentes, mas igualmente valiosas, não por perfeitas, mas justamente pela autenticidade de suas imperfeições e pela veemência com que tinham lutado por ter e ser o que essa noite tinham e eram.

No caso dos homens eram simples demais para esses questionamentos. Eles costumavam se aceitar de maneira básica e podiam falar de qualquer trivialidade como se fossem causas de Estado.

Inácio beijou sua misteriosa mulher da livraria.

– Fique tranquila. Será uma noite excepcional.

– Eu sei, não estou nervosa por mim, mas por você. Sei que a opinião de seus amigos é valiosa para você.

– Não há motivos para se preocupar. Eles já gostam de você porque me faz feliz e ainda que não a tenham conhecido pessoalmente, sabem de você. Além disso, eles virão com suas namoradas e esposas também. Também virá seu irmão. Vai ser uma noite deliciosa.

Quando tocou a campainha, Lúcia, em um esplêndido vestido preto, abriu a porta. Francisco, Amália, Manuel e Raquel chegaram juntos. Inácio fez as apresentações em meio a um clima cálido e festivo. O motivo da reunião, além de se conhecerem, era despedir-se de Inácio e Lúcia que iriam passar férias em Paris.

Todos conversavam animadamente sentados no sofá quando a campainha voltou a tocar. Lúcia foi atender, mas já sabia quem era. Sentia-se completamente feliz.

– Oi, Rafa! – disse e o abraçou. – Você pode me apresentar à maravilhosa mulher que finalmente conseguiu fazer você se mudar para Bogotá? – acrescentou observando Gina, em seu esplêndido vestido azul, com um pronunciado decote.

– Claro. Essa é Gina. Gina, essa é minha irmã, Lúcia.

– Bem-vinda! – Lúcia a abraçou com carinho. Podia sentir sua vibração.

– Um prazer conhecê-la! – respondeu.

– Vai nos apresentar ao homem que fez com que você finalmente tire suas merecidas férias? – perguntou Rafael enquanto entravam na casa.

– Claro! Entrem, por favor. Gina, sinta-se em casa.

– Obrigada.

Avançaram. Sentiam-se à vontade e felizes. Passaram à sala e o tempo se deteve por um instante.

Gina observou o cenário. A voz da senhora de Cuzco falou alto e forte dentro de si: *Seja você mesma.*

De repente, um breve silêncio. Chocavam-se os pensamentos de uns contra os outros. Reinava certo nervosismo. Então, antes que o caos e o constrangimento tomassem protagonismo, Gina liderou. Era necessário controlar a situação e ela era a indicada. Porque tinha toda a informação e porque, como tabeliã, podia organizar o que fosse para que tudo saísse nos conformes. Pensou que esse momento poderia ser um desastre. Como se tratasse de uma compra-venda litigiosa em sua sala de reuniões, tomou a palavra.

– Olá, boa noite a todos – disse – É evidente que não sabíamos que nós éramos os convidados. Talvez teríamos buscado desculpas para não vir se tivéssemos tido conhecimento.

– Não entendo. O que acontece aqui? – pergunta Lúcia.

– Eu vou explicar, Lúcia.

– Você está bem, amor? – sussurrou Rafael. Ela lhe deu a mão.

– Lúcia, você é irmã de Rafael e namorada de Inácio. Eu conheço Inácio de longa data, porque ele é amigo de Francisco, seu outro convidado, que é meu ex-marido. Junto a ele, está Amália, sua namorada, e Manuel com sua nova esposa, Raquel. Manuel era o marido da minha melhor amiga – Lúcia a observava contendo a respiração e vítima de um assombro feroz. – De modo que ou começamos a rir disso tudo e desfrutamos dessa nova realidade ou ao menos eu me retiro – disse, com tom firme, mas cordial e simpática. Não estava incômoda. E todos notaram que ela estava se segurando para não gargalhar, na verdade. Era muito estranho, mas também era muito divertido.

Silêncio breve.

– Você não vai a nenhuma parte – acrescentou Amália. – Estamos com quem escolhemos compartilhar a vida e com quem segue fazendo parte dela. Então eu escolho brindar a este encontro. Acho que foi bom ter chegado aqui sem saber que isso aconteceria. Sem termos provocado este encontro.

Silêncio. Rostos que se entreolhavam ainda em meio ao desconcerto gerado pelas circunstâncias.

– Eu brindo a isso – acrescentou Francisco quebrando o gelo.

Manuel estava aturdido; Raquel, feliz; Inácio, atônito. Mas todos concordavam em algo: aproveitar a noite e a vida.

O som das taças ao se tocarem no brinde e o sorriso desenhado pelo amor em cada rosto demonstravam que há segundas partes perfeitamente compatíveis com a lembrança das primeiras. Porque o que é capaz de separar pode perder força, quando se pensa no que une. Porque não é o passado, é seu modo de ensinar. Não é o presente, é a maneira de vivê-lo. E convenhamos, também não é o futuro, já que a voz do destino não diz nada sobre ele.

Epílogo

O universo escreve os discursos da voz do destino. Esses discursos sempre indicam como voltar a si mesmo porque ali tudo começa e tudo termina. Nada deveria faltar àqueles que são capazes de reconhecer essa voz. Ela pode falar através de uma anciã, de um homem, um pensamento, uma amiga, uma pintura, um livro, uma canção. Pela arte de dançar ou por qualquer outro processo profundo em que uma mulher decida voltar à vida.

Não é onde, é com quem. Não é quando, é como. Não é no momento planejado, mas no momento certo. Nem antes nem depois. Não é do modo que imaginamos, mas sempre é da melhor maneira possível. O enigma é como reconhecer essa voz em uma vida tão barulhenta. Como voltar quando o caminho está encoberto.

Por que algumas mulheres buscam fora delas o que lhes falta para ser felizes? Por que a solidão, as lágrimas e a ausência às vezes são o resultado? Pode ser que busquem onde não há respostas e escutem uma voz equivocada, a que as empurra a tomar más decisões em meio a ansiedades, vítimas da sensação de que tudo deve ocorrer imediatamente e de que tudo precisa estar sempre vinculado a outra pessoa.

A felicidade é apenas a soma dos momentos em que nossos sentidos nos revelam a voz certa.

Qual é, então, a verdadeira voz do destino? A que nos permite voltar a ser quem somos. Voltar para nós mesmas.

É a voz que nasce na mulher que nos habita. Na mulher que trabalha fora ou dentro de casa, na que tem filhos ou que escolhe não os ter, na mulher que lê ou que canta ou que dança. Ou que escreve, cozinha, pinta ou viaja ou sai com suas amigas ou prefere ver filmes na solitude ou várias dessas coisas ao mesmo tempo às quais outras coisas se somam.

A voz que nasce na mulher que sente prazer no que faz e encontra uma maneira de gritar sua verdade. Na mulher que avança em direção à própria plenitude. Na mulher que não necessita de ninguém para nada, mas adora compartilhar tudo com quem escolhe para estar ao seu lado.

E você, já escutou a voz que há dentro de você?

Laura G. Miranda

Agradecimentos

Ao meu marido, Marcelo Peralta, e meu filho, Lorenzo, por me acompanharem e me entenderem. À minha filha, Miranda, por seus olhos na Bélgica. Nenhum olhar melhor que o seu para ver um lugar onde nunca estive. Sem vocês, eu não teria conseguido.

À Susana Macrelli, minha mãe, que desta vez não esperou o livro impresso e leu o manuscrito assim que terminei. Obrigada por sentir cada página, pelo orgulho infinito e pela ligação no momento em que terminou a leitura. Nunca esquecerei suas palavras nem o que fez.

À Flor Trogu, por me acompanhar nesta história e na escrita. Por se emocionar com a leitura, esperar ansiosa o próximo capítulo toda noite e me enviar uma mensagem depois, sem se importar com a hora. Obrigada por sua admiração inesgotável.

Às minhas amigas, Andrea Vennera, Valeria Pensel e Alicia Franco, porque é imprescindível tê-las em minha vida. O apoio das três enquanto escrevia este livro me sustentou em momentos muito difíceis.

À Gloria V. Casañas, por me ensinar a paz e a sabedoria que certas circunstâncias impõem. Porque muitas de nossas conversas inspiraram diálogos desta obra.

À Ángela Becerra, por tornar possível que o tempo se detivesse e fosse tão perfeito como o amor que é o pilar que sustenta nossa amizade há tantos anos. Pelos seus conselhos durante o trajeto que transitei até "voltar para mim".

À Stella Maris Carballo e seu esposo, Guillermo Longhi, amigos de toda uma vida, grandes tabeliões que me contaram tudo o que eu quis saber com a finalidade de que este romance, através de Gina, permita conhecer a quem o leia do que se trata essa profissão e quanto amor e entrega pode haver entre as linhas de cada protocolo.

À Hilda Barbieri, porque sua leitura prévia é de vital importância para mim.

À minha avó, Elina Ferreyra de Giudici, onde quer que esteja na imensidão da eternidade, obrigada pelo seu legado e por iluminar minha inspiração. Eu sei que a senhora está do meu lado.

Às companhias insubstituíveis de Oishi, Akira e Takara, meu minizoológico, durante as longas horas de escrita. Sempre a meu lado confirmando o significado de lealdade infinita.

A Santo Expedito, ele e eu sabemos a razão.

À Anabella Franco, pela generosidade com que expressou meu nome e sua valiosa opinião.

À minha editora Marcela Luza, por me escolher e me dar a possibilidade de fazer parte de um grande projeto editorial. E assim, também se transformar em minha parceira no voo de ida que significou escrever este livro. A toda equipe da VR Editora, por trabalhar em favor do melhor para "Voltar para mim". Em especial, à Marianela Acuña, pelo maravilhoso projeto visual, e à Natalia Yanina Vázquez e à Florencia Cardoso pelas suas valiosas sugestões durante o processo de revisão.

Ao Alberto Rodriguez e à Andrea Di Pace, por se alegrarem por mim ao receber a notícia a respeito desta oportunidade e me felicitarem ao aceitá-la.

À Florencia e Flavia Valdes, filhas da irmã que escolhi e

também um pouco minhas, pelos seus gestos de amor durante o tempo de criação.

À Rosario Ferré e Tini Inda, ambas médicas e amigas, pelo assessoramento profissional. Responderam a minhas perguntas em qualquer horário deixando tudo o que estavam fazendo para que eu pudesse cumprir com meu prazo de entrega.

À Daniela Basso e Eugenia Ortega, por nossa viagem a Nova York, por acompanhar o avanço deste romance com encontros e recordações. À Eúgenie, em especial, pela ajuda em relação à Big Apple no momento de encontrar o que Gina precisava.

A Paul Bottomley, um ser generoso que vive em Londres. Dei seu nome a um personagem memorável como um modo de honrar seus lindos gestos que me deram tranquilidade apesar da distância.

A Marcos González, por compartilhar a seleção de músicas que acompanha algumas das cenas e pela bendita gargalhada que nos une. "Evocar o passado" é genial ao seu lado.

Às minhas incondicionais leitoras, quem dera eu pudesse mencionar todas (tentei, mas temi omitir a alguma sem querer e acabei por desistir, só por isso, não lerão seus nomes aqui), saibam que vocês escrevem o destino de meus livros. O modo com que os esperam e os recebem determina o caminho. Valorizo-as sempre. Em especial a Elvi Marquis, Yanina Zajd e Verónica Eden, porque sem saber, aportaram entre estas páginas.

A Carlos María Fernández Blanco e Marcelo Damen, amigos e leitores que me acompanharam enquanto descobria verdades que permaneceram nestas páginas.

À Yanina Sanchez Ribotta, por inspirar um dos personagens desta história compartilhando uma conversa grupal inesquecível.

A todos os Grupos de Leitura e de Facebook pelas resenhas e recomendações que significam tanto que para nós que escrevemos. Pelo respeito com que opinam, difundem os romances e organizam reuniões.

A todas e cada uma das mulheres que fazem parte deste gênero tão valioso, por dar à vida o ímpeto necessário no momento de tomar decisões e buscar a felicidade.

À possibilidade de "Voltar para mim", porque mudou minha maneira de viver.

SUA OPINIÃO É MUITO IMPORTANTE

Mande um e-mail para **opiniao@vreditoras.com.br**
com o título deste livro no campo "Assunto".

1ª edição, mar. 2021
FONTE FreightSans Pro Light 16/19,2pt;
       Carrington 75,9/70pt;
       Berling LT Std Roman 12/16pt
PAPEL Polen Bold 70g/m²
IMPRESSÃO Gráfica Santa Marta
LOTE GSM14924